숨결

3

숨결 3

초판 1쇄 인쇄 2014년 7월 4일
초판 1쇄 발행 2014년 7월 11일

지은이 훈자
발행인 오영배
기획 박성인 **책임편집** 김보나
표지 · 본문 디자인 신경선
제작 김아름 **일러스트** 클로이

펴낸곳 (주)삼양출판사 · 단글
주소 서울특별시 강북구 솔샘로67길 92
대표 전화 02-980-2112 **팩스** / 02-983-0660
블로그 blog.naver.com/dan_gul
출판등록 1999년 3월 11일 제9-00046호

ISBN 979-11-313-0074-9 (04810) / 979-11-313-0071-8 (세트)

단글은 (주)삼양출판사의 로맨스 문학 브랜드입니다.

숨결

훈자 장편소설

3

달

| 차례 |

1화

시커먼 어둠이 밀려들다

"나 현이 고모예요, 혹시 오늘 시간 괜찮으면 잠깐 볼 수 있
을까요?"

가빈은 생각지도 못한 편집장의 연락을 받고 부랴부랴 약속장소
로 향했다. 춘천에 다녀온 이후, 현과 이렇다 할 연락을 주고받지
않는 상황에서 그녀를 만난다는 게 마음에 걸려 처음엔 거절했었
다. 하지만 현이와는 별개로 일적인 문제로 보는 것이니 부담 없이
나오라는 편집장의 말에, 가빈은 결국 매몰차게 거절하지 못하고
승낙할 수밖에 없었다.

편집장과 만나기로 한 레스토랑에 도착한 가빈은 웨이터에게 편
집장의 이름을 말하고, 그의 뒤를 쫓아 안으로 들어섰다. 미리 와서

기다리고 있었는지 들어서자마자 오른편 테이블에 앉아 있는 편집장의 모습이 그녀의 눈에 들어왔다.

"어서 와요, 찾는데 힘들지 않았어요?"

편집장이 환하게 웃으며 묻자, 가빈이 작게 고개를 저으며 대답했다.

"아니요, 전에 한 번 와본 적 있어서 금방 찾았어요."

"아, 그래요? 그렇다면 다행이네요. 일단 앉아요."

"네."

편집장은 다소곳하게 자리에 앉는 가빈을 천천히 훑어보며 흐뭇하게 미소 지었다. 뭐랄까? 같은 여자가 봐도 지켜주고 싶고 보듬어 주고 싶달까? 거기에 이상하게 눈을 뗄 수 없는 묘한 매력이 느껴져, 새삼스레 현이 가빈에게 반한 이유를 깨달을 수 있었다.

"일단 식사부터 주문하죠."

"아, 네."

"여기 A 코스 괜찮은데? 어때요?"

메뉴판을 둘러보며 편집장이 묻자 가빈이 살짝 긴장한 표정으로 고개를 끄덕였다.

"네, 좋아요."

"그럼 여기 A 코스 두 개와 와인 준비해 주세요."

"와인은 어떤 걸로 준비해 드릴까요?"

"돔 페리뇽 빈티지(Dom Perignon Vintage), 괜찮아요?"

편집장의 시선에 가빈은 그저 연신 긍정했다.

"네, 좋아요."

"그럼 이걸로 준비해 주세요."

"네, 알겠습니다."

주문을 마치고, 웨이터가 자리를 떠나자 편집장이 어색한 표정으로 앉아 있는 가빈을 돌아봤다.

"긴장하지 마요, 나 여기 현이 고모로서 나온 거 아니니까."

편집장의 말에 가빈이 조심스럽게 말문을 열었다.

"혹시 뫼비우스의 띠 보조 작가 못 구했나요?"

"아, 그건 현이 혼자 마무리했어요. 자식이 한 번 마음만 먹으면 그 자리에서 웬만한 시나리오는 국수 뽑아내듯 쭉쭉 뽑아내는 신통방통한 재주가 있어서요. 뭐…… 매번 그런 기지를 발휘하는 건 아니라서 그 점이 아쉽긴 하지만."

"다행이네요, 걱정했는데."

가빈이 안도하며 작게 한숨을 내쉬자, 편집장이 안경을 추켜올리며 눈을 가늘게 떴다.

"흠, 그런데 그걸 나한테 물어보는 걸 보니 요즘 현이하고 연락 잘 안 하나 봐요?"

편집장의 질문에 가빈은 뜨끔하며 시선을 아래로 내렸다.

"그게……."

"뭐, 대답하기 어려우면 안 해도 돼요. 어차피 둘이 풀어야 할 일인데 굳이 제삼자가 끼어들 필요가 있나요? 호호."

사실 제삼자의 입장에서 끼어들 생각으로 이 자리를 마련한 편집장은 속내를 숨기고, 뻔뻔하게 웃어 보였다. 순간 그녀의 머릿속으로 요 며칠 좀비처럼 방 안에만 처박혀 있는 현이 떠올랐다.

평소 활발한 성격은 아니었지만 그래도 꽤 활동성이 많은 아이였는데, 요즘 들어 의욕을 잃은 듯 소파에만 누워 있으니 지켜보는 입장에선 가슴이 미어져 왔다.

"술 마실 줄 알죠?"

"네, 감사합니다."

조금은 서먹서먹한 분위기를 풀고자 와인을 주문했던 편집장은 먼저 그녀에게 와인 한잔을 권했고, 가빈은 자연스럽게 받았다.

가족모임 이외의 자리에서 다른 사람들과 술을 마셔 본 적 없었던 가빈은 나름 들뜬 마음으로 와인을 한 모금 들이켰다. 와인이 이상할 정도로 부드럽게 식도를 타고 넘어가는 것이 느껴졌다.

"생각보다 잘 마시네요? 여기 한 잔 더 받아요."

못 마신다고 뺄 줄 알았던 가빈이 잔을 비우자, 편집장이 흥미롭다는 표정으로 한 잔 더 따라줬다.

"가빈 씨라고 불러야 하나?"

편집장이 씨익 웃으며 묻자 가빈이 세차게 고개를 저었다.

"아니요, 그냥 편하게 말 놓으셔도 돼요."

"그럴까? 그럼?"

어느새 가빈이 두 잔째 술을 비웠고, 편집장도 맞춰 들이키고는 그녀에게 한 잔 더 따라줬다.

"가빈이도 우리 현이처럼 작가 되고 싶다고 했지?"

편집장의 질문에 가빈이 붉게 달아오른 얼굴로 대답했다.

"네, 그런데 전 현이처럼 재능이 없어서요. 잘 모르겠어요."

"아직 나이도 어린데 그런 걱정 할 필요 없어! 앞으로 잘 준비하면 되지. 현이는 특별한 경우니까 굳이 자기하고 비교해서 기죽을 필요는 없어."

"네, 그렇게 말씀해 주셔서 감사합니다."

"감사는 무슨, 아! 그래서 하는 말인데, 이번에 우리 출판사에서 공모전을 하는데 거기 한번 도전해 볼 생각 없어?"

뜻밖의 소식에 가빈은 순간 정신이 드는지 눈을 동그랗게 뜬 상태로 편집장을 응시했다.

"공모전이요?"

"응, 이번에 우리 출판사에서 야심 차게 준비한 공모전이라 상금도 꽤 큰 데다, 당선되면 혜택도 많아서 신인 작가들한텐 아주 좋은 기회가 될 거야."

평소 공모전에 관심이 많았던 가빈은 그녀의 말에 얼굴이 한층 밝아졌다.

"자세한 일정은 내가 나중에 따로 현이 통해 전해 줄게, 한번 잘 준비해 봐."

현이 통해 준다는 말에 가빈이 난감한 표정으로 이마를 긁적였다.

"괜찮으시면 제가 출판사로……."

"와, 우리 이렇게 만난 것도 인연인데 같이 건배하자."

편집장이 말을 자르며 와인 잔을 내밀자, 가빈은 결국 말을 삼키고 그녀의 잔에 건배했다. 이후 순식간에 편집장의 와인 잔이 비워졌고, 반 모금만 마시고 내려놓으려던 가빈은 예의가 아니라는 생각에 단숨에 잔을 비웠다.

"오늘 술도 잘 받는데 한 번 달려 볼까?"

한껏 달아오른 편집장을 마주 보는 가빈의 눈이 점차 풀려가기 시작했다.

"이게 도대체 어떻게 된 거예요?"

편집장의 연락을 받고 레스토랑으로 달려온 현은, 의자에 몸을 기댄 채 잠들어 있는 가빈을 발견하곤 황당해했다. 처음 편집장의 전화를 받았을 땐 그저 술 취해서 한 농담인 줄 알았건만, 현실인 상황 앞에 그는 편집장에게 화를 내지 않을 수 없었다.

"아니, 고모가 왜 가빈이를 만나서 술을 마셔요?"

"뭐, 공모전 얘기 전해 줄 것도 있고 할 말도 있고 해서 만났는데…… 이렇게 되어 버렸네?"

분명 서너 잔 마실 때까지만 하더라도 멀쩡했건만, 다섯 잔을 들이켜면서부터 온몸이 흐물흐물 춤을 추더니 추가로 와인을 주문했을 때 그녀는 녹다운이 되고 말았다.

갑자기 이렇게 훅 취할 거란 상상도 못 했던 편집장은 난감해하면서도 이때가 기회다 싶어 곧바로 현에게 연락을 했고, 예상대로 그는 우사인 볼트로 돌변해 엄청난 속도로 레스토랑에 도착했다.

편집장은 지금의 상황에 만족하며 현에게 슬금 다가가 어깨를 툭 쳤다.

"어쨌든 이렇게 됐으니까 네가 가빈이 집까지 잘 데려다 줘."

"제가요?"

"그럼? 내가 데려다 줘? 나 지금 약속 있는 데다 가빈이 집도 모르는데?"

편집장이 핑계를 대며 발뺌하자, 현이 곤란한 표정으로 가빈을 내려다보았다. 그의 뇌리로 가빈이 거절했던 말들이 스쳐 지나가며 주저하게 만들었다.

"나 간다, 가빈이 잘 데려다 줘라."

"네? 이렇게 가시면 어떡해요!"

현이 팔을 붙잡으며 못 가게 말렸지만, 편집장은 가차 없이 그의 손을 밀어냈다.

"뭘 어떡해? 네가 극진히 모셔다 드려야지, 솔직히 내 눈에도 저 아이, 너한테 과분해. 그런 마당에 그렇게 소심 떨어서야 되겠니? 열 번 이상 들이대도 모자랄 판에!"

그녀의 말에 현이 피식 웃음을 터트렸다.

"……고모하고 저하고 같은 줄 아세요?"

"네 방법대로 안 됐으니 아쉬운 대로 내 방법대로라도 해 봐야지? 그럼 이대로 포기할래?"

그녀의 마지막 반문에 현이 한숨을 푹 쉬며 말했다.

"그러고 싶어도 그럴 수 없는 이유가 있어요."

"그게 뭔데?"

"그건 모르셔도 되고요."

편집장이 뭔데, 뭔데? 라며 연타로 물었지만 현은 끝끝내 대답하지 않고, 가빈에게 다가가 이름을 불렀다.

"가빈아?"

일어날 기미가 보이지 않자 현은 그녀의 어깨를 흔들기 시작했다.

"가빈아? 정신 좀 차려 봐!"

계속되는 부름에도 그녀는 미동도 없었다. 현은 난감한 표정으로 고개를 돌려 편집장이 있던 자리를 봤다. 어느새 자리가 텅 비어 있었다.

"하여튼 고모 때문에, 진짜······."

순간 현은 골이 아픈지 머리를 감싸 쥔 채 고민했다. 현은 일단 가빈을 집에 데려주자 결론을 내렸다. 자신의 옷까지 벗어 어깨에 걸쳐 주곤 그녀를 등에 업었다. 현은 마지막으로 그녀의 핸드백을 어깨에 멘 채로 레스토랑 밖으로 나왔다.

'저번에 오피스텔에서 내려 주긴 했는데······ 아직도 거기서 지내려나?'

춘천에서 헤어졌을 땐 분명 오피스텔에서 내려줬지만, 아직까진 본가에서 지낼 가능성이 컸다. 하지만 이 상태로 본가로 데려다 주자니 혹시 새엄마가 있을 경우 안 좋은 상황이 올 것 같아 주저하게 되었다.

어떡해야 하나? 한참을 고민하던 중, 현은 귀로 들리는 가빈의 새근새근 한 소리에 머리를 긁적였다. 한시라도 빨리 편히 쉴 수 있도록 그녀를 침대에 눕혀 줘야 하건만, 어찌해야 할지 쉽사리 결정하기가 쉽지 않았다.

'먼저 오피스텔로 가볼까.'

한참을 고민하던 현은 일단 택시를 잡으러 도로로 향하다 문득 드는 생각에 걸음을 멈췄다. 사실 외면했지만 지금 상황에선 가장 좋은 방법이 있긴 했었다.

"그래, 일단 가빈이가 중요하니까……."

자존심이 상했지만, 차마 가빈이를 이태로 두고 볼 수는 없어, 현은 휴대폰을 꺼내 전화번호부에서 이름 하나를 찾아냈다.

[류하준 대표]

한참을 머뭇거리던 현은 이내 통화버튼을 눌렀다.

이혜연은 혼란스러운 표정으로 하준을 바라봤다. 그의 얼굴은 석고상처럼 감정의 변화를 읽을 수 없을 정도로 딱딱하게 굳어 있었다. 그것만으로도 그녀는 본능적으로 하준이 모든 얘기를 들었다는 것을 알 수 있었다. 이혜연은 하준의 시선을 피해 눈을 내려 뜨렸다.

무슨 변명이라도 해야 하는 걸까? 아니면 아무것도 모르는 척 지금의 상황을 모면하는 것이 나을까? 짧은 시간동안 오만 가지의 생각들이 그녀의 머릿속을 가득 메웠다. 하지만 정작 결론은 쉬이 나지 않았다.

이혜연은 초조한 표정으로 입을 꾹 다물고 축축하게 젖은 손을 말아 쥐었다. 선뜻 입을 열었다간 그물망에 걸려 올라오는 물고기처럼 수면 위로 진실이 떠오를까 조심스러웠다.

진실, 유진과 자신과의 관계. 그건 절대 하준이 알아선 안 된다. 하얗게 질린 이혜연의 입가에 어색한 미소가 걸렸다.

"이제 들어오니? 저녁은?"

이혜연은 최대한 아무 일 없었다는 듯 행동하려 애썼다. 그저 지금 이 순간이 거리낌 없이 흘러가길 바라는 마음뿐이었다. 하지만 그녀의 기대는 서늘한 하준의 눈빛을 마주하자 거짓말처럼 사그라지고 말았다.

"하준아. 일단 엄마하고 얘기 좀……."

이혜연이 위기감을 느끼고 다급하게 그의 팔을 붙잡았지만, 하준은 말없이 그녀의 손을 뿌리쳤다. 그러고는 무감한 표정으로 이혜연을 지나쳐 류목형을 향해 발걸음을 내디뎠다.

평생 마음 한구석에 남아 있던 찜찜하고 불쾌했던 감정이, 둘의 대화를 듣는 순간 아지랑이가 피어오르듯 그의 가슴속에 차올랐다. 잊으려 애썼던 유진에 대한 기억, 거짓말처럼 그의 뇌리 속에 상기됐다.

*   *   *

"나, 어제 친엄마라는 사람…… 만났어."

유진과 격정적인 사랑을 나눈 뒤, 샤워를 하고 나온 하준은 침대 위에 앉아 담배를 피우고 있는 그녀를 의아한 표정으로 돌아봤다. 생소한 말에 다소 멍한 기분마저 들었다.

"친엄마……라니? 지금 계신 부모님이 친 부모님 아니었어?"

유진은 조금은 놀란 듯 보이는 그의 표정에 피식 웃음을 터트리며, 남 얘기하듯 무심하게 말을 꺼냈다.

"응. 지금 우리 엄마는 아기를 가질 수 없는 몸이시거든. 그래서 고아원에서 자란 날 8살 때 입양한 거고."

유진은 담배 한 모금을 길게 내뿜었다.

"뭐, 드라마에선 흔하게 볼 수 있는 시답잖은 얘기지."

가슴 아플 법한 얘길 아무렇지 않게 하는 유진의 모습에, 하준은 젖은 머리카락을 닦던 수건을 손에 들고 그녀의 곁에 다가섰다.

어딘가 평범하지 않다 생각은 했었다. 외동딸임에도 불구하고, 어릴 적부터 부모님 도움 없이 혼자 아르바이트를 하며 학비며 용돈이며 벌어 썼다는 것도 그렇고, 고등학교 때부터는 가까운 집도 놔두고 혼자 자취하며 살았다는 것도 이상하다 생각했었다.

그래도 그땐 단지 자립심이 뛰어나구나, 라고 단순히 생각했건만, 이제 보니 다른 이유가 있었던 것이다. 지금껏 만나온 그녀의 성격상, 양부모의 도움 받으며 살 바엔 힘들더라도 혼자 스스로 세상을 살아가는 걸 택했을 것이다.

남한테 빚지는 게 죽기보다 싫다는 말을 항상 입버릇처럼 하던 그녀를 비추어 볼 때 충분히 가능할 일이었다.

"왜 그런 얘기를 이제야 하는 건데?"

하준은 유진의 무릎 위에 머리를 대고 누웠다.

"내가 아직 고등학생이라 믿음직스럽지 못해서?"

하준은 그녀가 물고 있는 담배를 빼앗아 물었다. 그리고 알싸한 담배 향이 코와 목 안으로 진하게 배겨 들어오자, 자연스럽게 연기를 훅 하고 내뿜었다. 금세 둘 사이에 하얀 담배 연기가 자욱하게 번졌다. 하지만 곧 시야를 가렸던 뿌연 연기가 사라지며, 하준의 눈앞에 선명히 유진의 얼굴이 보였다.

그는 물고 있던 담배를 한 손에 쥐고는, 다른 한 손을 뻗어 유진의 목을 자신의 얼굴로 끌어당겼다. 달콤한 그녀의 머리카락의 향이 흐드러지듯 그의 뺨과 코끝에 내려앉았다.

본능적으로 하준의 시선이 그녀의 입술로 향했다. 하준은 유진의 얼굴을 한차례 훑어보더니, 망설임 없이 그녀의 입술에 진한 키스를 퍼부었다.

"내가 웬만한 대학생보다 믿음직스럽지 않아?"

한참 동안 그녀의 입술을 탐닉하던 하준이 이마를 맞댄 상태로 장난스럽게 속삭이자, 유진이 훗 하고 작게 웃음을 터트렸다.

"그렇지, 거기다 웬만한 대학생보다 키스도 잘하고."

"이건 워낙 선생님이 훌륭해서 그런 거고."

"청출어람이라고, 이제 날 능가하는 것 같은데? 다만……."

유진은 하준의 손에 들린 담배를 빼앗아 도로 입에 물고는 그의 이마를 손바닥으로 세게 내려쳤다.

"아."

"이건 미성년자가 누릴 수 없는 특권이라고 분명 가르쳐 줬던 것 같은데."

"대학생이라고 유세 떠는 거야, 지금?"

"응, 그러니까 아니꼽거나 더러우면, 어서어서 공부 열심히 해서 멋진 어른이 되렴."

유진이 침대 헤드 보드에 상체를 기대고 보란 듯이 담배를 피우자, 하준은 고개를 절레절레 흔들었다.

유치하긴, 하준은 피식 웃으며 그녀를 올려다봤다. 그러다 문득 이혜연이 과외선생이라며 데리고 온 그녀를 처음 만났을 때가 떠올랐다.

쓸데없이 당당하고 활기찼지만, 혼자 멍하니 앉아 있을 때면 쳐다보는 것만으로도 가슴 한편이 찌릿해질 정도로 아련하고 슬픈 기운이 감돌았다.

처음엔 그 모습에 단순한 호기심만 느꼈을 뿐이었는데, 어느 순간 진한 스킨십을 나눌 정도로 사이가 깊어져 버렸다.

그때 당시만 하더라도 이런 식으로 관계가 발전할 거라곤 상상조차 하지 못했었다. 아니, 남다른 감정을 느끼긴 했지만 이렇게 서로에게 빠져들게 될 줄은 몰랐다.

인연, 참 재밌지 않을 수 없었다.

"생각나? 우리 처음 만났을 때?"

하준의 말에 유진은 멈칫하더니, 손에 든 담배를 재떨이에 대고 비벼 껐다.

"응."

"어머니께서 제자든 뭐든 남자가 아닌 여자를 집에 들인 건 처음이었는데, 그게 너라니. 우리가 만날 운명은 운명이었나 봐?"

운명이라…… 유진은 쓸쓸한 미소를 머금었다.

"……그렇지?"

"어머니 눈에 드는 거 쉽지 않은 일인데…… 그러고 보니 언제부터 어머니하고 알고 지낸 거야?"

유진은 그의 질문에 망설이며 어깨를 으쓱했다.

"어쩌다 보니."

하준은 유진의 반응에 몸을 일으켜 앉은 뒤 그녀를 마주 봤다.

"어쩌다…… 보니?"

유진은 뭔가를 말하려는 듯 입술을 옴짝달싹하다 결국 내뱉지 못하고, 하준의 얼굴을 두 손으로 감싸 쥐었다.

"사실 오늘 널 만나면 하려던 얘기가 있었어."

"친엄마 얘기 말고?"

유진이 입술을 꼭 깨물었다.

"관련된 얘기야."

하준이 작게 고개를 기울였다.

"무슨 얘긴데 그래?"

"헤어지자."

하준의 눈빛이 크게 흔들렸다. 갑자기 헤어지자니?

"유진아?"

"그 말 하려고 했는데…… 바로 취소할게."

"너……!"

하준이 장난이 지나치다는 듯 도끼눈을 뜨자, 유진은 그의 입술에 짧게 입을 맞추고는 목을 끌어안았다.

"넌 어떤 일이 있더라도, 아니…… 평생 내 옆에 있어 줄 거지?"

하준은 가늘게 떨리는 유진의 목소리에, 불안한 표정으로 그녀의 허리를 감싸 안았다.

"갑자기 왜 이러는 건데?"

"대답해. 죽어서도, 시체가 돼서도 내 곁에 있겠다고"

유진의 강한 어조에 하준은 긍정의 대답을 꺼냈다.

"그래. 죽어서 시체가 돼서도 네 곁에 꼭 붙어 있을게."

그녀의 질문을 인용해 대답 후, 하준은 유진의 어깨를 꽉 붙잡고 물었다.

"이제 말해 봐. 갑자기 네가 이러는 이유."

되짚어 생각해 보니 오늘 처음 만났을 때부터 그녀의 행동이 이상하긴 했었다.

주말도 아닌 평일에, 그것도 새벽에 전화해서 집으로 오라고 하지 않나. 집 안에 들어서자마자 다짜고짜 키스를 퍼붓고 저돌적으로 달려들지를 않나. 갑자기 헤어지자 했다가 곧바로 번복하질 않나. 이상한 게 한두 가지가 아니었다.

하준은 유진을 유심히 살폈다. 뭘까? 그녀는 뭐 때문에 이러는 걸까?

"친엄마한테 무슨 문제라도 있는 거야?"

유진은 애써 그의 시선을 외면했다. 그리고 몸을 돌려 협탁 위에 놓은 담배 한 개비를 손가락 사이에 끼우고 라이터를 손에 들었다.

"생각해 보니까 오늘 할 얘긴 아닌 것 같다."

"백유진."

하준은 얼른 말하라는 듯 낮게 그녀의 이름을 부르곤, 그녀의 손에 든 담배와 라이터를 빼앗아 들었다. 유진은 그런 그의 행동에 난처해 하며, 길게 숨을 내뱉었다.

"이 얘기 듣고 나면 넌 분명 나보다 10배는 충격 받을 테고, 뒤도 돌아보지 않고 내 곁을 떠나게 될 거야."

"네 멋대로 날 판단하지 마."

"아니, 이건 네가 아니더라도 그 누구라도 그렇게 행동할 만한 일이야."

하준은 유진의 마지막 말에 자리에서 일어나 의자 위에 놓인 옷을 챙겨 입었다.

"화났어?"

유진이 묻자, 하준이 힐끔 그녀를 돌아보며 입을 열었다.

"날 그저 그런 놈 취급했잖아."

"놈이라고 지칭하진 않았는데?"

그녀가 어깨를 으쓱하며 싱긋 웃자, 하준은 한숨을 푹 내쉬며 의자에 털썩 앉았다.

"말장난하지 말고, 사실대로 말해."

"사실대로 얘기하면 오늘 집에 돌아가지 않고 내 옆에 계속 있어 주겠다, 약속할 수 있어?"

"그래, 약속할게."

하준의 확답에 유진은 그가 테이블 위에 내려놓은 담배와 라이터를 가리키며 말했다.

"담배 한 모금 피우고 말할래."

유진의 말에 그는 담배와 라이터를 손에 들고 그녀에게 다가갔다. 그러고는 직접 유진의 입에 담배를 물려주고 불을 붙여줬다. 그러자 그녀가 깊게 한 모금 들이키더니 하준의 손을 꼭 붙잡고선 천천히 입을 열었다.

"맹세코 얼마 전에 알게 된 일이야."

뭐길래 저렇게 서론이 긴 걸까? 하준은 그녀의 얼굴에서 한시도 눈을 떼지 않았다.

"말해."

그의 단호한 음성에 유진은 시선을 아래로 내리며 말을 꺼냈다.

"이혜연 교수님."

유진은 마른침을 꿀꺽 삼켰다. 교수인 줄만 알았던 그녀, 하준의 어머니인 줄만 알았던 그녀,

"그분이 바로……."

그녀는 부르르 떨리는 입술 새로 힘겹게 목소리를 냈다.

"그분이 바로…… 내 친어머니이셔."

재앙과도 같은 한마디가 그녀의 입에서 흘러나오자, 순식간에 하준의 얼굴 위로 어두운 그림자가 드리웠다.

*   *   *

"아버지께서 어머니에 대해 알고 계신 게 뭔지 말씀해 주세요."

짧은 순간, 과거를 슬피 되뇐 하준은 아무것도 모른다는 표정으로 류목형에게 되묻곤 이혜연을 바라봤다. 새파랗게 질린 얼굴을 하고선 다급하게 다가오는 것이 보였다.

"정확히 네가 알고 싶은 게 뭔데?"

"미쳤어요? 당신, 지금 애한테 무슨 말을 하려는 거야!"

"어머니에 관련된 것 전부 다요."

하준의 입에서 흘러나온 단호한 한 마디, 이혜연의 눈빛이 크게 흔들렸다.

"하준아……."

"전부 다 말씀해 주세요. 하나도 빠짐없이."

하준은 지금의 상황에서 물러설 생각이 없는지 이혜연을 외면한 채 류목형을 응시했다. 그의 얼굴엔 진실을 듣고 말겠다는 결연함이 서려 있었다. 뒤늦게 곪아 터진 상처지만 이젠 별 게 아닌 게 되어 버렸다.

"전부 다라……."

말끝을 흐린 류목형의 눈이 이혜연을 향했다. 그녀는 말하면 가만두지 않겠다는 듯 희번덕거리는 눈빛으로 자신을 노려보고 있었다. 모든 건 사실이 아니라고 그렇게 부정하더니, 그녀의 표정과 행동은 자신이 알고 있는 것이 진실이라 말하고 있었다.

씁쓸하다. 가슴 한구석이 답답해져 왔다. 어쩌다 만나지 말아야 할 인연들이 얽히고설켜 이런 최악의 상황에 직면하게 되었을까? 하늘을 원망하며 잠시 말없이 상념에 잠겨 있던 류목형은, 이내 한숨을 푹 내쉬었다.

"하긴, 너도 알고 있긴 해야겠지. 그 아이의 존재를…… 적어도 너와 같은…….."

"그만! 내가 직접, 차라리 내가 직접 말할게요!"

류목형의 말을 다급하게 자르며 이혜연이 소리쳤다. 그는 어두운 눈빛으로 이혜연을 돌아봤다. 그녀는 더 이상 아무 말도 하지 말라는 듯 고개를 내젓고 있었다.

그의 눈매가 슬며시 가늘어졌다. 이혜연이 모든 것을 밝히겠다고 나선 이상, 본인이 나설 필요 없다는 생각에 류목형은 그 즉시 입을 다물었다.

"네가 알고 싶은 게 유진이 그 아이에 대한 거겠지?"

이혜연의 물음에 류목형을 향해 붙박아져 있던 하준의 시선이 그녀에게로 옮겨졌다.

"그래, 네가 원한다면 말해 주마."

그녀의 얼굴이 일그러졌다.

"고아였던 아이를 데려다 기껏 배우로 키워 주려 했더니 은혜도 모르고 너한테 들러붙기에 내가 협박했단다. 당장 네 옆에서 사라지지 않으면 가만두지 않겠다고. 평생 밖에 돌아다니지 못하도록 망가뜨려 버리겠다고⋯⋯."

한 마디 한 마디 힘줘 말한 이혜연은 싸늘한 하준의 눈빛에도 주춤거림 없이 이어 말했다.

"그랬더니 그 아이가 차라리 네 앞에서 죽겠다고 하더구나, 그래서 내가 그랬단다. 할 수 있으면 한번 그렇게 해 보라고."

그때를 회상하며 이혜연은 목까지 차오른 뜨거운 감정을 힘겹게 삼켰다.

"단순히 오기인 줄 알았건만, 그 독한 게 결국 사고를 치더구나. 한편으론 다행이다 싶긴 했었다. 굳이 내 손에 피를 묻힐 필요 없이 그 아이 스스로 내 눈앞에서 사라진 꼴이 되었으니."

"어머니!"

잔인한 그녀의 말에 하준은 결국 참지 못하고 감정을 폭발시켰다. 그의 눈은 원망으로 가득 차 있었고, 몸은 분노로 떨리고 있었다. 잔인했다. 그녀의 말과 행동, 모든 것이 소름이 돋고 끔찍했다. 사람의 탈을 쓰고 할 수 없는 말이었다.

핏줄인 유진을 눈 하나 깜짝 안 하고 궁지로 몰고 죽음에 이르게 해 놓고도, 어쩜 저렇게 태연히 얘기할 수 있는 건지 도무지 믿기지 않았다. 하지만 그런 하준의 마음을 알 리 없는 이혜연은 오히려 당당한 기세로 항변하듯 그에게 소리쳤다.

"그래! 이제 다 듣고 나니 속이 후련하니? 난 오히려 전부 말하고 나니 속죄한 기분마저 드는데 말이다."

"어머니께서 스스로 속죄하실 자격이 있다고 생각하세요?"

하준이 분노로 얼룩진 눈빛으로 그녀를 노려보며, 입술 끝을 비틀어 물었다. 그러자 이혜연이 류목형과 그를 흘겨보며 입을 열었다.

"적어도 두 사람이 날 더 악하게 만들지만 않는다면."

뻔뻔한 이혜연의 말에 하준은 자신도 모르게 헛웃음을 터트렸다. 반성하는 기색 없이 오히려 당당한 그녀의 모습에 아무리 어머니라지만 치가 떨릴 정도였다.

박하연의 일도 모자라 유진까지…… 점점 드러나는 그녀의 악행에 하준은 더는 가만히 두고만 볼 수 없어 말을 꺼내려던 그때, 그는 주머니에서 울리는 진동소리에 멈칫했다. 마음 같아선 무시하고 싶었지만 계속해서 울려대는 통에 일단 휴대폰을 꺼내 확인했다.

[남궁현]

먼저 연락해 온 일이 극히 드물었던 그의 전화에 의아함이 들었다. 하지만 하준은 전화를 받지 않고 자동응답으로 돌렸다. 일단은 지금의 상황을 해결하는 게 먼저였다. 하지만 곧바로 날아온 그의 문자를 확인한 순간, 하준은 다시 걸려온 전화를 받지 않을 수 없었다.

"이게 무슨 소리야? 지금 어딘데?"

가빈이 술에 잔뜩 취했다는 문자, 그의 표정에 걱정이 묻어났다.

—저희 집 근처인데요, 제가 데려다 주려고 하는데 평창동으로 가야 할지 아니면…….

평창동이란 말에 류목형과 이혜연의 눈치를 살피던 하준은, 재빨리 그의 말을 가로막으며 물었다.

"혹시 전에 살던 오피스텔 알아?"

—네, 거기로 데려갈까요?

"그래, 나도 지금 바로 출발할 테니까 거기 있어."

—알겠습니다.

통화를 마친 하준은 복잡한 표정으로 이를 악물었다. 모든 걸 이 자리에서 폭로하고 끝내고 싶었지만, 일단은 가빈이 우선이었다. 이제 남은 유일한 버팀목, 어떻게든 목숨을 걸어서라도 사수할 생각이었다. 유진처럼 허무하게 상처 입히고 버림받게 할 순 없다.

"갑자기 일이 생겨서 나가 봐야 할 것 같습니다."

그가 다소 침착해진 표정으로 말하자, 류목형이 의아한 눈빛으로 물었다.

"무슨 일인데 그러는 게냐?"

"별일 아닙니다. 신경 쓰지 않으…….."

"가빈이 그 아이한테 가는 거니?"

정곡을 찌르며 물어오는 이혜연, 하준은 냉랭하게 쳐다보며 대꾸했다.

"앞으로 제 일에 상관하지 마세요."

한마디 툭 내뱉고는 그는 작게 묵례를 한 뒤 밖을 향해 몸을 돌렸다. 가빈이 현과 함께 있는 것만으로도 불안한 마음에 다른 어떤 생각도 들지 않았다.

서둘러 발길을 재촉해 걸어 나가던 하준은 등 뒤로 들리는 이혜연의 목소리에 우뚝 멈춰 설 수밖에 없었다.

"그럼 너도 내가 그 아이한테 어떤 짓을 하더라도 상관하지 마렴."

차분하지만 소름 끼치는 한 마디, 하준이 뒤를 돌아봤다.

"원래 죄짓는다는 게 처음에만 힘든 거지, 두 번째 이후부턴 점점 무뎌……."

짝!

"터진 입이라고 함부로 지껄인다 이거지?"

이혜연의 뺨을 가차 없이 내려친 류목형은 살기 가득한 눈빛으로 그녀를 노려보며 말을 이었다.

"제 딸을 죽음으로 내몬 게 뭐가 그렇게 잘난 일이라고 지금……."

"당장 그 입 닥치지 못해요!"

폭풍우가 몰아친 것처럼 내뱉어진 그의 말에 이혜연이 아연실색하며 소리쳤다. 설마 했건만 결국 일어나고야 만 끔찍한 사태에 이혜연은 심장이 멎는 기분마저 들었다.

어떡하지? 이혜연은 순식간에 벌어진 일에 잔뜩 긴장한 얼굴로 천천히 하준을 돌아봤다. 하지만 그녀의 걱정과 달리 그는 별다른 표정의 변화가 없었다.

"그만 가 보겠습니다."

하준은 굳은 표정으로 주먹을 꽉 말아 쥐곤 밖으로 나갔다. 하준이 눈앞에서 사라지자 류목형은 그제야 다시 이혜연에게로 시선을 돌렸다. 그녀는 차마 하준을 쫓아가지 못하고 허망한 눈빛으로 그가 사라진 곳을 응시하고 있었다.

"참으로 눈물겹군. 어떻게든 하준이 모르게 하려는 당신의 의지 말이야."

류목형의 빈정대는 말투에 이혜연은 독기 가득한 눈빛으로 그를 쏘아보며 사납게 대꾸했다.

"그딴 말을 하준에게 내뱉다니…… 당신, 미치기라도 한 거예요?"

"알아서 다 말한다고 해 놓고 정작 중요한 얘길 숨기고 말하더군. 하준이 앞에선 차마 입이 떨어지지 않는 모양이지?"

"당신이 알고 있는 건 전부 다 사실이 아니라고 분명……!"

"이렇게 된 마당에 더 이상 무슨 변명이 필요해! 당장 눈앞에 증거라도 갖다 놓아야 정신을 차릴 셈이야?"

모든 것이 확실한 시점에서 끝까지 아니라고 잡아떼는 이혜연의 행동을 두고 볼 수 없는지, 류목형이 참고 있던 광기를 터트렸다. 더는 그녀를 참아 낼 연민도 인내력도 그에겐 남아 있질 않았다.

"더 이상 날 건드리지 마, 그리고 혹시나 싶어 경고하지만 이 일을 빌미로 가빈이 털끝 하나 건드릴 생각 하지 않은 게 좋을 거야,

만약 그 아이한테 무슨 일 생긴다면 당신부터 가만두지 않을 테니 내 말 꼭 명심하도록 해."

경고하듯 마지막 말을 남기고는 류목형은 망설임 없이 방문을 쾅 닫았다. 이혜연은 기가 막힌다는 듯 코웃음을 쳤다. 천지가 개벽할 이 상황에서도 하나밖에 없는 남편이란 작자는 고작 첩 년 딸한테 정신 못 차리는 꼬락서니라니, 속에서 천불이 들끓었다.

'그래도 하준이가 못 들어서 다행이야.'

유진의 관련된 일은 무덤까지 가져가야만 했다. 그러기 위해선 류목형, 그 작자가 실수로라도 입도 뻥긋 못 하게 해야 한다.

"그 아이한테 무슨 일 생기면 가만두지…… 않겠다라?"

그래, 누가 한 번 이기는지 해 보자 이건가? 한참 동안 제자리에서 선 채로 류목형이 했던 말을 이를 갈며 곱씹은 그녀는, 잠시 후 의미심장한 표정으로 방문을 흘겨보고는 밖을 향해 걸어 나갔다.

현은 하준과 통화를 마치자마자 지체 없이 택시를 타고 가빈의 오피스텔로 향했다. 시간이 얼마 지나지 않아 오피스텔에 도착했고, 그는 가빈을 업은 채로 입구에서 하준을 기다렸다. 밤이 깊어갈수록 추위는 더해갔지만, 현은 힘든 기색 하나 없이 오히려 가빈이 춥진 않을까 걱정하며 때때로 고개를 돌려 그녀를 살폈다.

지금쯤이면 정신을 차릴 법도 하건만, 가빈은 고른 숨을 내쉬며 여전히 잠에 빠져 있었다.

귓가에 닿는 그녀의 숨결, 등에서 느껴지는 가빈의 온기와 감촉,

민감하게 신경이 곤두서며 점차 묘해지는 기분에 현은 자신도 모르게 헛기침을 했다.

'저, 정신 차리자. 넌 지금 민호를 업고 있는 거야.'

현은 최면을 걸듯 마음속으로 다짐하고, 눈을 질끈 감았다. 하지만 그럴수록 끊임없이 샘솟는 잡생각들로 인해 현은 안절부절못했다.

'민호였다면 진작 바닥에 내 팽겨 쳤을 테지.'

그리고,

'차라리 이대로 시간이 멈춰 버렸으면 소원이 없겠다, 라는……'

"이런 미친 생각을 하지 않았겠지."

자신도 모르게 속마음을 내뱉은 현은 한심하기 짝이 없는 자신의 모습에 한숨을 푹 내쉬었다.

그만 잊자, 결심한 지 얼마나 됐다고 벌써부터 이러는 건지. 모래성처럼 무너져 내리려는 마음을 겨우 다잡은 그의 눈에, 때마침 주차장 안으로 유유히 들어서는 하준의 차량이 보였다.

현은 말로 형용할 수 없을 만큼 묘한 기분에 입술을 꽉 베어 물었다. 어쩔 수 없었다고는 하나, 혼자서 가빈이를 끝까지 책임지지 못하고 하준을 불렀다는 것에 스스로에 대한 실망감이 들었다. 그는 애써 스스로를 다독이며 표정 관리했다. 잠시 뒤, 하준이 차에서 내려 현을 향해 걸어왔다.

"어떻게 된 거야?"

"그게……"

막 상황설명을 하려던 현은 성큼 다가와 자신의 등에 업혀 있는 가빈을 품 안에 안아 드는 그의 행동에 말을 삼켰다. 마치 한시도 같이 있는 걸 두고 보지 않겠다는 듯, 그의 행동엔 거침이 없었다.

"너랑 같이 술 마신 거 아냐?"

하준은 현의 상태가 가빈과 다르게 멀쩡한 것을 확인하고 의아해 하며 물었다. 현은 그의 품 안에 안겨 있는 가빈을 응시하며 대답했다.

"편집장님하고 같이 식사하면서 와인을 마신 모양인데 평소보다 과하게 마셨나 봐요, 전 가빈이 취해서 쓰러져 있다는 편집장님 연락받고 나중에서야 간 거고요."

현의 말에 그제야 하준이 아까보단 풀어진 표정으로, 가빈의 어깨에 걸쳐져 있던 그의 옷을 건네며 말했다.

"알겠으니 그만 가 봐."

할 일 다 했으면 그만 가 보라는 그의 말에 기분이 상했지만, 현은 가빈을 생각해 최대한 감정을 억누르고 옷을 건네받았다. 그리고는 아쉬운 마음을 숨기며 뒤돌아서 걸어갔다.

"여기까지 데려다 줘서 고맙다."

그때 들린 낯선 한 마디. 현은 천천히 그를 돌아봤다. 하준이 무뚝뚝한 표정으로 자신을 바라보고 있는 것이 보였다. 저 냉혈한이 지금 고맙다고 말한 건가? 의심스러운 마음에 혹시 헛것을 들은 게 아닌가싶어 자신의 귓속을 손가락을 후빈 현은, 말없이 건물 안으로 들어가는 그의 뒷모습을 멍하니 바라봤다.

"왜 안 하던 말을 하고 그런데? 무섭게."

괜스레 투덜거린 그는 이내 밀려드는 공허함에 땅이 꺼질 듯 깊은 한숨을 몰아쉬었다. 너 지금 뭐 하고 있는 거야? 스스로를 타박하며 택시를 잡아탄 현은, 이후 축 처진 몸을 이끌고 집으로 향했다.

'피곤해…….'

긴장감이 풀린 건지, 현은 금방이라도 쏟아질 듯한 잠을 느끼며 택시에서 내리자마자 서둘러 집으로 향했다. 겨우 거실 안으로 입성한 그는, 갑자기 울리는 휴대폰 진동소리에 일단 소파에 무거운 몸을 던졌다.

"여보세요?"

─현!

익숙한 목소리에 현은 몸을 바로 눕히곤 밝은 목소리로 대꾸했다.

"서진 누나?"

─오랜만이라 누나 목소리 까먹은 줄 알았더니 그래도 아직 기억하네?

"하마터면 못 알아들을 뻔했어. 도대체 무슨 일이 있었길래 목소리가 더 예뻐진 거야?"

─훗, 넉살은 여전하구나.

"그럼! 나야 여전하지. 누나는? 별일 없고? 서민 누나도 잘 지내고 있는 거야?"

─응, 서민이도 나도 많이 좋아졌어. 이젠 걱정하지 않아도 돼.

전에 통화했을 때보다 한층 활기찬 목소리에 현은 내심 안도했다. 그녀들의 건강상태에 대해 걱정이 많았는데 목소리로 봐선 이제는 한시름 덜어도 될 듯싶었다. 현은 한결 편안해진 표정으로 소파에서 몸을 일으켜 앉았다.

"그런데 이 시간에 웬일이야? 아, 거긴 이제 낮인가?"

─응, 오늘은 오전 수업만 받고 병원에 가는 중이야.

"병원?"

생각지도 못한 서진의 말에 현은 걱정스러운 표정으로 황급히 그녀에게 되물었다.

"누나, 어디 다른 데 아픈 거야?"

─아니, 난 괜찮아.

"그럼 서민 누나가 아픈 거야?"

─아니, 그게…… 사실 아버지께서 많이 편찮으셔서.

현은 마지막으로 던져진 그녀의 한 마디에 얼굴이 순식간에 경직됐다.

"아버지께서?"

─응, 저번 주에 수술하셨어, 심장에 문제가 생겨서.

현은 믿기지 않는다는 듯 손으로 얼굴을 감싸 쥐었다. 항상 정정하신 줄만 알았던 아버지께서 편찮으시다니, 적잖이 충격적이었다.

"고모는 아무 말씀 없으셨는데……."

─고모는 아직 모르서, 일단 너한테 먼저 말하는 게 순서인 것
같아서.

"수술은…… 잘 된 거야?"

─응, 다행히 수술은 잘 됐어. 지금은 회복 중이서.

현은 안도의 한숨을 내쉬며 이어 물었다.

"왜 진작 말하지 않은 거야?"

"아버지께서 너 걱정할까 봐 절대 말하지 말라고 해서."

서진의 말에 평소 자신을 무뚝뚝하게 대하던 아버지의 얼굴이
그의 머릿속을 스쳐 지나가며 울컥하게 했다.

"아무리 그래도 그렇지……."

─너 이번에 새로 작품 준비도 했다며, 그래서 더 말 못 했어.

"내일이라도 당장 비행기 표 구해서 미국 갈게."

─일단 진정하고 내 말부터 들어, 중요하게 할 애기 있으니.

수화기 너머로 들리는 그녀의 나지막한 음성에, 현은 혹여 아버
지께 또 다른 문제가 생긴 건 아닌지 불안한 표정을 지어 보였다.

"그게 뭔데?"

잔뜩 긴장한 그의 귀로 서진의 목소리가 강하게 들려왔다.

─아버지 건강이 언제 회복될지 미지수인 데다 네가 미국으로
아예 들어오길 원해서. 그러니 너도 그만 아버지 생각해서 한국 생
활 정리해.

그녀가 단호하게 말했다.

─이번 기회에 우리 가족, 미국에서 같이 살자.

갑작스러운 서진의 제안, 현은 할 말을 잃고 말았다.

가빈은 꿈을 꿨다. 박하연과 함께 눈밭을 걷는 꿈, 같이 밥을 먹고 수다를 떠는 꿈, 행복하고 또 행복했다. 그런데 갑자기 어둠이 찾아오더니 환하게 웃던 박하연은 사라지고, 그녀는 설원 위에 홀로 휑뎅그렁하게 남겨졌다. 춥다, 추우면서도 목이 말랐다. 입술이 절로 바짝 타들어 가는 게 느껴졌다.

"무⋯⋯물."

그녀의 입술 새로 익숙하지 않은 잔뜩 갈라진 목소리가 흘러나왔다. 갈증과 함께 그녀의 눈에 새하얀 빛줄기가 서서히 비치기 시작했다.

목이 너무 마르다. 수없이 속으로 외친 그녀는, 잠시 후 촉촉한 입술의 감촉과 함께 입안으로 흘러들어오는 물을 느끼곤 본능적으로 그걸 꿀꺽 삼켰다.

어느 정도 평온을 되찾자 가빈은 정신이 드는지 무거운 눈꺼풀을 천천히 들어 올렸다.

"윽."

눈으로 빛이 새어 들어오며 엄청난 두통이 느껴졌다. 가빈은 짧은 신음 소리를 내뱉음과 동시에 인상을 잔뜩 찌푸렸다. 낯설다. 몸이 천근만근 무겁고, 기분이 무척 나빴다. 가빈은 멍하니 천장을 올려다보더니 이내 천천히 몸을 일으켰다. 익숙한 방 안 풍경, 그리고⋯⋯.

"어떻게…… 된 거지?"

의문을 갖자마자 마치 시동이라도 걸린 듯 그녀의 머리가 빠르게 회전하더니 과거의 기억들이 파노라마처럼 펼쳐지기 시작했다. 편집장님을 만났고, 밥을 먹었고, 와인을 마셨고, 이후 뚝 끊겼다. 그리고 지금 이곳은 집이다?

"이제야 정신이 드나 보네?"

가빈은 문득 옆에서 들린 나지막한 목소리에 느릿하게 고개를 돌렸다. 전혀 인지하지 못했건만 그녀의 눈길이 닿은 곳엔 하준이 있었다. 다만 정신이 몽롱해 정말 자신의 옆에 있는 게 하준인지 아닌지 구분이 정확히 되질 않았다.

"오빠가…… 왜 여기 있어?"

겨우 그를 현실로 받아들인 가빈이 혼란스러운 표정으로 물었다. 왜 자신이 레스토랑이 아닌 집에 있고, 편집장이 아닌 하준과 함께 있는 건지 아무 기억조차 떠오르지 않으니 답답하기만 했다.

"정말 기억 안 나?"

하준이 눈을 가늘게 뜨고선 묻자 가빈이 뭔가 심상치 않은 기운을 느끼곤 고개를 홱 돌렸다. 지금의 상황을 미루어 짐작하건대 술에 취해 뻗은 자신을 하준이 데리고 온 모양이었다.

그녀의 얼굴이 횃불을 밝힌 것처럼 붉게 달아오르며, 몸속에 저장되어 있던 술기운도 덩달아 확 올라오는 것이 느껴졌다. 무슨 술주정이라도 하지 않았을까 하는 생각에 손이 축축하게 젖어갔다.

"류가빈?"

"어?"

"아무것도 기억 안 나냐고 물었잖아."

나직한 그의 목소리에 가빈은 복잡한 표정으로 고개를 세차게 저었다.

"그, 그게…… 취해서 아무것도 기억이 안 나."

"흠…… 그래?"

"응, 정말이야."

"그렇단 말이지?"

의미심장하게 되묻는 그의 모습에 가빈은 마른침을 꿀꺽 삼켰다. 본능적으로 뭔가 사건이 있었음을 느낀 가빈은 창피함에 어쩔 줄 몰라 했다. 도대체 뭘까? 끊임없이 머리를 굴렸지만 도통 떠오르는 게 없었다.

"일단 있어, 물 떠다 줄게."

하준이 뒤돌아 앉은 채 협탁 위에 놓인 컵을 쳐다보며 말하자, 가빈이 순간적으로 그의 옷깃을 붙잡았다. 지금 상황에선 물보다 어떻게 된 건지 아는 것이 더 중요했다.

"내가…… 무슨 해코지라도 한 건 아니지?"

술 마시면 나 자신조차 몰랐던 자아가 깨어나 진상을 피우기도 한다는 걸 들은 적 있는 가빈은, 걱정 가득한 표정으로 그에게 조심스럽게 물었다. 하준은 그녀의 질문에 속으로 피식 웃음을 터트렸다.

조금 전까지 숨통을 옥죄던 우울한 마음이 그녀로 인해 잠시나

마 사라진 듯 착각이 일었다. 하여튼 장난기 발동시키는 데는 남다른 재주가 있다 생각하며 하준은 몸을 돌려 그녀를 마주 봤다.

"듣고 싶어?"

하준이 입꼬리를 추켜올리며 묻자 가빈이 그대로 고개를 떨궜다. 솔직히 듣고 싶지 않다.

"생각보다 아주 대담하더라, 너?"

단지 한마디 들었을 뿐인데 가빈은 벌써부터 등에서 식은땀이 흐르는 것 같았다.

"아, 아무래도 안 듣는 편이 낫겠어."

다급하게 말을 꺼낸 가빈은 얼굴을 바짝 들이대는 그의 행동에 숨을 멈췄다.

"왜? 꽤 재밌었는데."

"그러니까 말하지 마."

"싫어."

피식 웃음을 터트린 하준은 검지를 들어 그녀의 코에서부터 입술까지 쓰윽 매만지더니 말을 꺼냈다.

"생각보다 능숙하게 해서 놀랐어."

그의 묘한 어감에 가빈의 심장이 세차게 뛰며 눈앞이 어질어질해졌다.

"거짓말하지 마. 내가 그럴 리가……."

하준이 강하게 부정하는 가빈을 뚫어지게 쳐다보더니, 이내 그녀의 코를 손가락으로 툭 치며 입을 열었다.

"분명 들었는데, 아주 능숙하게 코 고는 거."

"뭐?"

"이까지 아주 고르게 갈더라."

하준의 말에 가빈의 얼굴이 순식간에 구겨졌다. 잔뜩 긴장하고 있었던 가빈은 모든 게 그의 장난임을 깨닫고는 그대로 침대에 누워 얼굴까지 이불을 뒤집어썼다.

혹시나 무의식중에 그에게 스킨십이라도 했을까 잔뜩 긴장했던 가빈은 그나마 안도했다. 그러면서도 실제로 코를 골고 이를 갈았나 싶은 마음에, 쉽사리 그의 얼굴을 마주 볼 자신이 생기지 않았다.

"그만하고, 일어나 봐. 할 말 있어."

옆에서 들리는 하준의 음성에도 가빈은 이불을 두 손에 꽉 쥔 채 대꾸했다.

"그만 가, 나 한숨 더 잘래."

"듣고 자."

또 장난치려는 건가 싶어 가빈은 눈을 지그시 감고, 애꿎은 손톱을 물어뜯었다.

"가, 나 머리 아파."

"그럼 그냥 그 상태에서 들어."

아까와는 다른 낮고 강한 어조에 가빈이 뭔가 이상함을 느끼고 슬며시 그를 향해 몸을 돌렸다.

"너…… 이번 학기 휴학하고, 미국이나 호주로 유학 가는 게 어때?"

불시에 던져진 그의 제안에 가빈은 뒤통수를 망치로 얻어맞은 것처럼 멍해졌다. 가슴이 크게 요동쳤다.

"가빈아?"

이불 너머로 들리는 하준의 목소리에 가빈은 흠칫 놀라며 손으로 입을 막고 숨죽였다. 단지 유학 가는 게 어떠냐는 질문을 들었을 뿐인데도, 알 수 없는 공허함이 밀려들면서 막연한 두려움이 느껴졌다. 왜 이런 기분이 드는 건지 낯선 감정에 가빈은 당황했다.

"대답 좀 하지? 확 덮치기 전에."

자신의 질문에도 가빈이 미동조차 하지 않자, 가만히 지켜보던 하준이 경고하듯 말을 꺼냈다. 그게 꽤나 효과적이었는지, 그의 말이 떨어지기가 무섭게 가빈이 이불을 확 걷어내며 재빠르게 몸을 일으켰다. 하준은 속으로 피식 웃었다. 항상 예상대로 반응하는 가빈의 신기하면서도 그저 귀여웠다.

"왜…… 갑자기 그런 걸 묻는 거야?"

가빈의 목소리에 조심스러움이 묻어났다. 하준은 그녀를 조용히 응시했다. 자신의 질문에 혼란스러움을 느끼는 것이 그의 눈에 비쳤다.

"꼭 미국이나 호주가 아니어도 괜찮으니까 네가 원하는 곳으로…… 그냥 외국 여행 간다 생각하고 나가 있어."

"그러니까 내가 왜 그래야 하는데?"

"내가 항상 네 옆을 지키고 서 있을 순 없으니까."

1분 1초라도 혼자 두면 네가 나도 모르는 어딘가로 사라져 버릴

지도 모르니까, 내가 없는 사이 너한테 무슨 일이라도 생길지도 모르니까, 그러니까 그래…… 하준은 입안에 끝없이 맴도는 말들을 겨우 삼키며 가빈을 마주 봤다. 유진을 잃었듯 가빈을 잃고 싶지 않았다. 그 집념이 어느 때보다 강했다.

"무슨 일 있는 거야?"

가빈은 직감적으로 하준이 평소와 뭔가 다른 것을 느끼곤 물었다. 그의 말과 표정이 어딘가 모르게 묘했다.

"오빠?"

"지금 하고 있는 일들 정리 되면 네가 있는 곳으로 내가 데리러 갈 거야."

하준이 손을 뻗어 그녀의 머리카락을 쓰다듬었다.

"그러니까 그때까지만 기다리고 있어."

나지막하게 울리는 말에 가빈은 아무런 대꾸도 없이 시선을 내려뜨렸다. 여러 생각들이 교차하며 마음이 복잡해졌다.

"왜 대답이 없어?"

"……난 유학가고 싶은 마음 없어, 그러니까 그 얘기 계속 할 거면 그만 집에 가 봐."

단호하게 말을 끝낸 가빈은 침대에서 내려와 방문을 향해 걸어갔다. 자꾸만 불길한 예감이 들어 지금의 자리를 피하고만 싶었다. 하지만 하준은 아직 할 말이 남은 듯 가빈의 손을 붙잡았다.

"일단 내 말 좀 들어 봐."

"또 무슨 말?"

"널 위해서 하는 말이야, 여기 있어 봤자 너한테 도움 되는 거 없……."

"오빠가 옆에 있어 주면 되잖아."

속에 감춰 뒀던 말을 자신도 모르게 꺼낸 가빈은, 당혹스러운 표정으로 재빨리 그의 시선을 피해 몸을 돌렸다. 그리고 그의 손에 붙잡힌 손을 안간힘을 다해 빼내며 말했다.

"유학 가더라도 가고 싶을 때 내 능력껏 갈 거야. 그러니까 억지로 보내려고 하지 마."

마지막 말을 끝으로 가빈은 뒤도 돌아보지 않고, 문을 열어 부엌으로 뛰쳐나왔다. 얼굴이 화산이 폭발한 듯 붉게 타오르고 있었다.

'창피하게 도대체 왜 그런 말을 한 거야.'

그에 대한 마음이 커지고 짙어질수록, 자꾸만 참지 못하고 겉으로 감정을 드러내고 말았다.

바보. 본인의 입술을 한 대 툭 때린 가빈은, 이후 자신이 한 말을 후회하며 땅이 꺼져라 한숨을 푹푹 내쉬기 시작했다.

* * *

"수고하셨습니다."

CF 촬영을 마친 민호는 스태프들에게 예의 바르게 인사를 한 뒤, 대기실로 향했다.

뫼비우스의 띠 촬영이 끝난 후 석 달 내내 쉼 없이 일한 탓에 온

몸이 녹초가 되었는지, 그는 걷는 것조차 힘겨워 보였다.

민호는 대기실 안으로 들어서자마자 눈에 보이는 소파에 몸을 던진 뒤 머리를 벽에 기대었다. 며칠 동안 잠도 제대로 자지 못한 탓에 눈앞이 어질어질하고, 속도 매스꺼웠다.

"일어나, 이러고 있을 시간 없어. 사장님이 촬영 끝나자마자 너 데리고 오라고 아까부터 전화하셨단 말이야."

앉은 지 5분도 채 되지 않았음에도 불구하고 재촉하는 매니저의 목소리에 민호가 인상을 찌푸렸다. 배우로서의 일이 늘어날수록 누군가를 접대해야 하는 횟수도 잦아졌다. 그 현실에 민호는 점점 힘이 부치기 시작했다. 그는 눈을 질끈 감고는 숨을 크게 들이마셨다 훅 내뱉었다. 꿈을 향해 한 발짝씩 내디딜수록 아래로 곤두박질 치는 상황이 너무나도 고통스럽고 괴로웠다.

"황민호, 내 말 안 들려? 빨리……."

"저 오늘 몸이 안 좋아서 못 간다고 전해 주세요."

민호가 자리에서 벌떡 일어나며 말하자, 매니저가 하얗게 질린 얼굴로 황급히 다가가 소리쳤다.

"미쳤어? 너 이번에도 펑크 내면 사장 손에 죽는 거 몰라?"

"형."

"너만 힘든 줄 알아? 나야말로 너하고 사장 사이에서 아주 죽겠다, 죽겠어! 그래도 넌 그 사모님들 덕에 신인인데도 영화에 CF까지 찍었잖아, 그런데 뭐가 그렇게 불만이야?"

매니저의 호통에 민호는 숨이 턱 막히는 기분이 들었다. 그놈의 사모님 소리. 듣는 것만으로도 치가 떨렸다. 민호는 부르르 떨리는 손을 말아 쥐고 이를 꽉 다물었다.

할 수만 있다면 다 때려치우고, 처음으로 돌아가고 싶었다. 하지만 그러기에는 너무 멀리 와 버려, 이제 와 되돌아 갈 수도 없었다. 민호는 그런 현실이 암담했다.

"지금 네 어리광 받아 줄 시간 없어, 그러니까 그만 정신 차리고 얼른 옷이나 갈아입어."

민호가 미동도 않자, 매니저가 소리쳤다.

"황민호! 너 정말 이럴 거야?"

매니저의 채근에 민호는 결국 옷을 갈아입기 시작했다. 오늘 또다시 반복될 지옥이 눈앞에 그려져 손이 절로 느려졌다.

옷을 다 갈아입은 민호는 차량에 몸을 실었다. 누적되어 있던 피로가 순식간에 밀려오며 그는 자신도 모르게 잠이 들고 말았다.

"다 왔어, 일어나."

30분 정도 잤을까? 매니저의 목소리에 눈을 뜬 민호는, 차창 너머로 보이는 익숙한 풍경에 한숨을 푹 내쉬었다. 평소 익숙하게 드나들던 고급 술집. 민호는 매니저를 뒤로 한 채, 무거운 발걸음을 이끌고 술집 안으로 들어섰다.

"이리로 따라오세요."

들어서자 웨이터 한 명이 자연스럽게 그를 앞서 걸어갔다. 민호는 굳은 표정으로 그를 따라 걸어갔다.

"왔냐?"

룸 사이 통로를 걸어가던 민호는 눈앞에 보인 사장의 모습에 우뚝 멈춰 섰다. 엔터테인먼트 사장이라기보단 동네 깡패라는 호칭이 더 잘 어울릴법한 인상이었다. 민호는 가까이 오라는 듯 손짓하는 그에게 천천히 다가섰다.

"넌 그만 가 봐."

가 보라는 사장의 말에 웨이터가 작게 묵례를 하고 자리를 떴다.

"어제 너 전화 왜 꺼놨어?"

웨이터가 눈앞에서 사라지자마자 사장이 날카롭게 눈을 치켜뜨며 물었고, 민호는 입을 꾹 다물었다.

"허, 이제 대가리가 컸다 이거지?"

퍽!

사장은 민호가 앞에 서자마자 다짜고짜 그의 머리를 세게 내려쳤다. 강한 충격에 민호의 고개가 옆으로 돌아갔다.

"촬영장 좀 다니니까 눈에 뵈는 게 없지, 엉?"

퍽!

"주제도 모르고 끝까지 까불어?"

짝!

마지막으로 그의 뺨을 사정없이 내려친 사장은, 입술 한 쪽이 터진 상태에서도 자신을 노려보는 그의 눈빛에 어이없다는 듯 허탈하게 웃었다.

"이 새끼 봐라? 아직도 정신 못 차렸네?"

"그만하시죠, 사모님들 기다리실 텐데."

민호가 입술에 묻은 피를 팔로 쓰윽 닦으며 말하자, 사장이 입술 끝을 비틀어 올렸다.

"사모님? 이제 내 앞에서까지 연기하네, 이 자식이."

사장의 말에 민호가 갑자기 무슨 소리냐는 듯 미간을 좁혔다.

"너, 어디서 굴러먹다 왔길래 그렇게 빽이 두둑한지 몰라도, 앞으론 그 입 조심하는 게 좋을 거야. 네가 계속 이런 식으로 나오면 나도 지금처럼 널 마냥 두고 보지만은 않을 테니."

그가 날카롭게 민호를 노려봤다.

"들어가 봐."

사장이 룸 한 곳을 턱짓으로 가리키고는 그를 지나쳐 걸어갔다. 민호는 치솟는 분노를 겨우 억누르며 입술에서 흐르는 선혈을 훔쳐냈다. 이젠 맞는 것도 신물이 난다.

민호는 미친놈처럼 피식 웃음을 터트리곤 룸으로 다가가 노크했다. 그리고 방문을 열고 안으로 들어갔다.

"어서 와요."

민호는 방안에 들어서자마자 세련을 발견하고는 경직된 자세로 제자리에 멈춰 섰다.

"우리 되게 오랜만이네요? 영화 촬영 끝나고, 한 두세 달 만인가?"

"지금 뭐 하는 겁니까."

"뭐하긴요? 안부 묻잖아요? 흠, 난 그래도 당연히 먼저 연락할 줄 알았는데…… 누구 친구 아니랄까 봐 결국 내가 자존심을 굽히게 만드시네요."

세련은 잔에 술을 채워 한 모금 들이켜곤 문 앞에 멀뚱히 서 있는 민호에게 손짓했다.

"일단 와서 앉아요."

가만히 서서 세련을 응시하고 있던 민호는 일단 그녀의 옆으로 다가가 앉았다. 그러자 세련이 술이 담긴 잔을 그에게 스윽 내밀었다.

"마셔요, 한 잔."

"됐습니다."

날카로운 그의 반응에 세련이 입술 끝을 위로 추켜올렸다.

"지금 사태 파악이 안 되나 본데, 오늘 내가 그쪽 산 거예요."

세련의 말에 민호가 날이 선 눈빛으로 그녀를 돌아봤다.

"그게 무슨⋯⋯."

"저번에 그랬죠, 공짜로는 이런 자리 안 온다고. 그래서 오늘은 내가 큰맘 먹고 황민호 씨를 위해 한턱낼 생각이에요. 어차피 난 남아도는 게 돈이라 이번 기회에 남을 위해 왕창 써보죠. 뭐!"

자신의 파우치를 테이블 위에 턱, 올려놓는 세련의 행동에 민호는 묘한 눈빛으로 그녀를 바라봤다.

도무지 속을 알 수 없는 여자였다. 단순한 것 같으면서도 간혹 이해되지 않는 행동으로 사람을 헷갈리게 만들었다.

민호는 혼란스러운 마음에 테이블 위에 놓인 잔을 들어 단숨에 들이켰다.

"이젠 괴롭힐 타킷이 현이 아닌 나로 변경된 겁니까?"

민호가 퉁명스럽게 묻자, 세련이 어깨를 으쓱하며 대꾸했다.

"현이는 좋아했던 대상이고, 당신은 이제 좋아질 대상이고."

세련의 대답에 민호가 반사적으로 피식 웃음을 터트렸다.

"간만에 들은 농담 중에 제일 재미있는 농담이네요."

"농담처럼 들려요?"

슬쩍 다가서며 묻는 세련을 바라보는 그의 눈매가 가늘어졌다.

"장난하는 거라면 그만둬요, 화낼 겁니다."

"그렇게 말하는 사람치고 무서운 사람 못 봤는데?"

"이봐요, 강세련 씨."

"우리 오늘부터 사귀죠."

훅을 날리듯 들어온 그녀의 고백에, 민호는 허탈한 소리를 내뱉었다.

"벌써 취하셨나 보네요, 그만 일어나시죠."

"이혜연, 그 여자한테 스폰 받고 있죠? 지금?"

민호가 세련의 말에 움찔했다.

"시치미 떼도 소용없어요, 이미 다 알고 있으니까."

"무슨 소리를 하는 거예요? 지금."

"나 아이엠 엔터테인먼트에서 데뷔했어요, 그리고 거기서 한 3년 있었나?"

세련은 손에 든 잔을 빙빙 돌리며 말을 이었다.

"재밌는 건 뭐냐면 말이죠. 그쪽 사장은 현재 우리 아버지 말이라면 벌벌 떠는 대학교 후배라는 것과 당신을 스폰 해 주는 아줌마는 우리 엄마하고 대학교 동창이라는 점?"

"그게 나하고 무슨 상관입니까?"

"흠…… 아직도 내 말이 무슨 뜻인지 모르겠어요?"

답답하다는 표정으로 잔을 들고 민호의 옆자리로 자리를 옮긴 세련은 그의 잔에 건배했다.

"내가 당신을 그 지옥에서 벗어나게 해 줄 수도 있어요."

"당신이 무슨 수로요?"

민호가 씁쓸한 미소를 머금고 묻자, 세련이 별거 아니라는 듯 고개를 살짝 기울이며 대답했다.

"둘 다 사회에서 매장시켜 버리죠, 뭐."

간담이 서늘한 얘길 아무렇지도 않게 내뱉곤 세련은 술을 입에 가득 머금은 상태로 민호의 목 뒤를 감싸 끌어당겼다.

무방비 상태로 그녀에게 이끌려 간 민호는, 이후 그녀와 입을 맞추자마자 전해지는 술의 향에 야릇한 감정이 꿈틀대는 것을 느낄 수 있었다. 잠시 뒤 입안에 술이 사라졌고 세련은 얼떨떨한 표정을 짓고 있는 민호를 바라보며 싱긋 웃었다.

"그리고 이건 일종의 보상이라고 생각하도록 해요."

세련이 그의 입술에 묻은 타액을 손가락으로 훔쳐냈다.

"그때 당신이 내 유혹에 넘어와 준 것에 대한 보상."

며칠 잠을 못 잔 탓에 두통이 밀려드는지, 하준은 한쪽 눈을 살짝 찡그린 상태로 관자놀이 부근을 손가락으로 꾹꾹 눌렀다.

골이 흔들릴 만큼 편두통이 심한 날도 많았지만, 그 고통마저도 일상적인 일로 치부해 버리고 일에 몰두하는 것이 하나의 습관처럼 되어 버린 지 오래였다.

잠깐이라도 눈을 붙일 생각으로 의자에 몸을 기댄 하준은, 노크 소리에 작게 한숨 지며 상체를 일으켰다.

"들어오세요."

달칵 소리와 함께 김 비서가 방 안으로 들어섰다.

"전무님, 이제 출발하실 시간입니다."

김 비서의 말에 하준은 손목시계를 확인했다. 자신이 처음으로 기획, 투자한 영화 뫼비우스의 띠 언론 시사회가 곧 있으면 열릴 시간이었다. 촬영이 끝났다고 한 게 엊그제 같은데, 벌써 몇 개월이 지나 개봉을 앞두고 있다는 사실이 그는 새삼 믿기질 않았다.

하준은 자리에서 일어나 겉옷과 휴대폰을 챙겨 들었다. 그러고는 1층으로 내려가 그녀와 함께 대기하고 있는 차에 올라탔다.

"커피 준비했습니다."

하준이 차를 타자마자 박 기사가 기다렸다는 듯이 그에게 커피를 내밀었다. 하준은 고맙다는 말과 함께 태블릿 PC를 들여다봤다.

본사 업무에 관련된 내용을 먼저 확인하고, 이후 뫼비우스의 띠에 관련된 각종 기사와 자료들을 검토했다. 그러다 문득 든 생각에 그는 주머니에서 휴대폰을 꺼냈다.

'데리러 갈 걸 그랬나?'

시사회에 가빈을 초대한 하준은, 그녀를 떠올리며 창문 밖으로 시선을 돌렸다. 유학 얘기를 꺼낸 이후부터 그녀는 하준을 눈에 띄게 피하기 시작했다.

하준이 연락을 하면 공모전 준비로 바쁘다고 하고, 찾아가면 집에 없기 일쑤였다. 그래서 일부러 저녁 늦게 가면, 뭐가 그렇게 피곤한지 잠에 빠져 있어 얘기를 나눌 틈도 없었다. 그렇게 서로 정신없이 지내다 보니 어느새 시간이 훌쩍 지나가고 있었다.

"전무님, 도착했습니다."

김 비서가 창문 밖을 내다보고 있는 하준을 돌아보며 말했다. 가빈에게 전화를 해볼까 고민하던 하준은 일단 차에서 내렸다.

"잠깐 통화 좀 하고 들어갈 테니 김 비서님 먼저 들어가세요."

하준의 말에 김 비서는 알겠다는 말과 함께 자리를 피했고, 그는 가빈에게 전화를 걸었다. 아직 이른 시간이긴 했지만 혹시나 싶은 마음에 주변을 두리번거리던 하준은, 잠시 뒤 수화기 너머로 들리는 가빈의 목소리에 집중했다.

―응.

"어디야?"

―극장이야.

극장이라는 가빈의 말에 하준이 조금 더 극장 안쪽으로 발걸음을 옮기며 말했다.

"나도 극장인데……."

―아, 보인다. 오빠 뒤에 있어.

가빈의 말에 하준은 뒤를 돌아봤다. 그의 눈에 자신을 향해 걸어오는 가빈이 보였다.

"일찍 왔네?"

"응, 그런데 지금 바쁜 거 아냐?"

가빈은 걱정스러운 눈빛으로 물었지만, 하준은 그것보다도 가빈을 오랜만에 봤다는 것이 내심 기분이 좋은지, 조금 전보단 한결 풀어진 표정으로 대답했다.

"아직은 시간 괜찮아."

"그래?"

"카페 가서 차 한잔 할래?"

또 유학 얘길 꺼내려 그러나, 싫은 마음에 그의 제안이 내키지 않았지만, 가빈은 마지못해 고개를 끄덕였다.

"그럼 저기 카페 먼저 들어가 있어. 나 잠깐 전화 좀 받고 들어갈 테니."

하준은 마침 울리는 휴대폰을 받아 들고 돌아섰고, 가빈은 그가 가리킨 극장 안 카페로 발길을 돌렸다. 시사회 때문인지 카페 안이 사람들로 북적였다.

안쪽에 혹시 자리가 있을까 주변들 둘러보던 가빈은, 마침 눈길을 사로잡는 익숙한 뒷모습을 발견하곤 주춤 멈춰 섰다.

"가빈아?"

설마 했던 가빈은 때마침 뒤돌아서는 현의 얼굴을 확인하곤 두 눈을 동그랗게 떴다. 이렇게 우연히 가빈과 만나게 될 거라곤 상상도 못 했던 그는 반색하며 그녀에게 다가갔다. 가빈도 갑작스러운 현의 등장이 믿기지 않는 듯 얼떨떨한 표정을 짓고 있었다.

"현아?"

"아, 오랜만이네. 영화 시사회 때문에 온 거야?"

현이 환하게 웃으며 묻자, 가빈은 어색한 표정으로 고개를 끄덕였다. 오늘 현과 만나게 될 거라 예상은 했지만 이렇게 갑자기 마주치게 될 줄이야, 가빈은 얄궂은 상황이 당황스러웠지만 애써 아무렇지 않은 척 웃어 보였다.

"응, 오빠가 초대해 줘서 왔어."

하준의 초대로 왔다는 가빈의 대답에 현은 내심 착잡한 마음을 숨기지 못했다. 사실 가빈을 시사회에 초대하고 싶었지만, 혹시 부담스럽게 생각하지 않을까 고민 끝에 마음을 접었었다.

하지만 현은 이제 와 말조차 꺼내 보지 않은 것에 대한 후회가 들었다. 그는 애써 태연한 표정으로 가빈에게 말을 건넸다.

"대표님이랑 같이 왔구나…… 그런데 대표님은 어디 가시고 혼자 있어?"

같이 있어야 할 하준이 보이지 않자, 현이 의아해하며 물었다. 가빈의 얼굴에 난감한 빛이 떠올랐다. 이대로 있다간 하준과도 부딪치게 될지 모른다는 불길한 예감에, 가빈은 일단 자리를 피하자는 생각으로 다급하게 말했다.

"그게…… 아! 그리고 보니 나 차에 뭐 좀 두고 온 것 같아. 현아, 우리 다음에……."

"표정이 안 좋은데, 무슨 일 있는 거 아냐?"

현이 걱정 가득한 눈빛으로 조심스럽게 묻자 가빈은 세차게 고개를 저었다.

"일은…… 별일 아니야. 그럼 이따 시사회장에서 보자."

대충 얼버무려 말하곤, 가빈은 망설임 없이 발길을 돌렸다. 오랜만에 만난 현과 제대로 대화조차 못 한 게 아쉽긴 했지만, 그래도 지금 당장은 자리를 피하는 게 더 중요했다.

일단은 카페를 벗어나고 보자는 생각으로 급하게 밖을 향하던 그때였다. 가빈은 자신의 앞을 가로막으며 어깨를 붙잡는 현의 행동에 걸음을 멈추고 섰다.

"혹시 내가 불편해서 피하는 거야?"

현의 갑작스러운 질문에 가빈은 당황했다. 단순히 하준과 마주치게 될까 봐 그게 마음에 걸려서 피하려 했던 건데, 현은 자신의 행동을 오해하고 있는 것 같았다. 가빈은 급히 손사래를 쳤다.

"그런 거 아냐, 내가 널 왜 불편하게 생각해."

"그럼 다행이고, 나 사실 너한테 할 말 있는데 먼저 듣고 가."

진지한 그의 표정에 가빈은 뭔지 말해 보라는 듯 고개를 끄덕였다.

"나 곧 미국에 들어가게 될 것 같아."

가빈은 느닷없는 그의 말에 두 눈을 동그랗게 떴다.

"미국?"

"응, 아마도 빠르면 이번 달 안으로?"

가빈은 말문이 막힌 듯, 아무 말도 못 하고 멍하니 그를 바라봤다. 미국으로 떠난다니? 가빈은 믿기지 않는다는 표정으로 현의 얼굴을 가만히 응시했다.

"정말이야?"

가빈이 복잡 미묘한 표정으로 확인하듯 묻자, 현이 옅게 미소를 머금고 대답했다.

"그거 서운해 하는 거 맞지?"

"당연하지."

"그나마 다행이다, 혹시라도 나 간다고 속 시원해 할까 봐 걱정했는데."

장난스럽게 대꾸하는 현을 가빈은 그저 물끄러미 지켜봤다. 막상 그가 떠난다고 생각하니 형용할 수 없을 만큼 묘한 감정들이 한데 뒤섞여 마음이 심란해졌다. 어떤 말이라도 해야 하는데 선뜻 입이 열리지 않았다.

"남궁현?"

어떻게 반응을 해야 할지 몰라 한참을 고민하던 가빈은, 때마침 자신의 뒤로 들리는 익숙한 목소리에 흠칫 놀라며 천천히 몸을 돌렸다. 하준이 때마침 그들에게 다가오고 있었다. 가빈은 당혹스러운 얼굴로 한 발짝 뒤로 물러섰다.

"오랜만에 뵙습니다. 류하준 대표님."

현은 가빈과 달리 이 상황을 예견한 듯 자연스럽게 그에게 인사를 건넸고, 하준 역시 무덤덤하게 그를 바라봤다.

"얼마 전 회식 자리에서도 본 것 같은데?"

"아, 그러고 보니 촬영 마지막 회식 날 뵈었었군요? 이렇게 세 사람이 같이 본 게 오랜만이라 제가 착각한 모양입니다."

현이 너스레를 떨자, 하준은 뭔가 마음에 들지 않는 다는 얼굴로 가빈에게 다가가 그녀의 손목을 잡아끌었다.

"그만 가자."

"어? 커피는……?"

"됐어."

"이왕 이렇게 된 거 같이 드시는 건 어떠세요?"

현의 제안에 하준은 가빈을 자신의 뒤로 세우며 말했다.

"우리 셋이 같이 차를 마실 정도로 살가운 사이는 아니지 않나?"

그의 가시 돋친 한마디에 현은 어깨를 으쓱하며 옅은 미소를 지었다. 그렇지, 셋 다 그의 말대로 한가롭게 차를 나눌 정도로 살가운 사이는 아니었다.

"그럼 이따 시사회장에서 뵙죠."

하준은 현의 말에 그대로 뒤돌아섰고, 가빈은 뭔가 할 말이 남은 듯 머뭇거렸다. 하지만 손목을 끄는 하준의 힘에 못 이겨, 그와 함께 바깥으로 발길을 돌릴 수밖에 없었다.

가빈은 갑작스러운 하준의 행동에 당황하며 손을 놓으라고 작게 소리쳤지만, 그는 그럴수록 더 세게 손목을 쥐었다.

하준은 카페에서 나오자마자 화장실로 향하는 외진 길목에 그녀를 끌고 가선 벽에 밀쳐 품 안에 가뒀다. 자신의 사정범위 안에 가빈이 들어오자, 하준은 그제야 꽉 붙잡고 있었던 그녀의 손목을 놓아줬다. 어찌나 꽉 잡았는지 가빈의 손목이 어느새 벌겋게 부어올라 있었다.

"왜 이러는 거야."

"저 녀석하고 만나지도 말고, 말도 섞지 말라고 했을 텐데?"

가빈은 그의 말에 눈살을 찌푸리며 대꾸했다.

"우연히 마주친 것뿐이야, 그리고 왜 내가 현이하고 말조차 하면 안 되는데?"

"안 된다면 그런 줄 알아."

"억지 부리지 마! 현이는 내 친구야. 오빠가 이렇게 사사건건 상관할 문제가 아니라고."

가빈은 몸을 틀어 그를 확 밀친 상태로 발길을 돌렸다. 하지만 한 발짝을 채 내딛기도 전에 그의 손에 다시 붙잡히고 말았다.

"아직 얘기 안 끝났어."

"이거 놔! 지금 질투라도 하는 거야?"

가빈은 무심코 내뱉은 말을 후회하며 입을 꾹 다물었다. 지금 무슨 소리를 한 거지?

"그, 그러니까 내 말은……."

"그래, 질투하는 거야. 너 때문에, 저 어린놈을 상대로."

확고한 그의 대답에 가빈은 귀까지 벌겋게 달아오른 얼굴로 하준을 응시했다. 한 번도 어긋난 적 없었던 그의 일방적인 관심과 진심이 꽁꽁 묶어놨던 심장의 사슬을 끊어내고 말았다.

하지만 그녀는 언제나처럼 꾸밈없이 일직선으로 쏟아지는 그의 시선을 외면하고 눈동자를 아래로 내렸다.

견뎌 내기 힘들었다. 수도 없이 제 자신을 속박하고 감추려 해도, 이따금씩 흔들어 대는 그의 눈빛을 맞받아치는 것이 쉽지 않았다.

가슴 깊은 곳에서부터 스멀스멀 피어올라 뇌 속까지 강렬하게 찔러 들어오는 진심. 부정하고 거짓이라 봉인했던 진심.

이제야 깨달아 버린 제 마음을 어떻게 제어하고 억제해야 할지 엄두조차 나지 않았다. 시간이 지나면 지날수록, 수 없이 얽혀 버린 인과 관계들을 고민하면 고민할수록.

"그만 시사회장으로 들어가자."

피하는 게 능사였다. 항상 이게 답이고 아슬아슬한 이 관계를 이만큼이나마 유지시킬 수 있는 유일한 방법이었다. 언제 터질지 모를 이 폭탄을 절대 노출시키고 싶진 않았다.

자신 만이라도 정신을 똑바로 차려야만 했다. 이 금단의 사랑을 절대 협소한 세상 밖으로 끄집어내선 안 된다. 또다시 그리 결심한 가빈은 손목을 잡고 있는 그의 손을 탁 털어냈다.

"이렇게 또 오빠하고 실랑이할 바엔 그게 낫겠어."

"류가빈."

"오빠도 여기 일 때문에 온 거잖아. 처음으로 오빠가 기획한 영화를 소개하는 날이니만큼, 괜히 나 때문에 기분 망치지 마."

"상관없어."

"상관없다는 말이 어떻게 그렇게 쉽게 나와? 오빠가 처음으로 제작하고 투자한 영화잖아."

"어차피 너한테 선물하려고 만든 영화야. 나한테 중요한 건 너지, 그 영화가 아니라고. 지금."

하준의 손을 끝끝내 뿌리치려 애쓰던 가빈은, 그의 마지막 말에 움직임을 멈췄다. 차분하게 울려 퍼진 그의 목소리로 인해 심장이 가슴을 뚫고 나올 것처럼 세차게 뛰기 시작했다.

"그게…… 무슨 말이야? 나한테 선물하려고 만들다니?"

가빈의 음성에서 작은 떨림을 느낀 하준은, 한숨을 푹 내쉬며 대답했다.

"네가 매일 입버릇처럼 얘기했잖아, 제일 좋아하는 작품이 뫼비우스의 띠라고, 그래서 소설책이 너덜너덜해질 정도로 읽고 또 읽었다고."

"그래서?"

"그래서 뭐?"

"지금 단지 내가 좋아하는 작품이란 이유로 제작했다는 거야?"

믿기지 않는다는 표정으로 가빈이 물었지만, 하준은 오히려 대수롭지 않다는 듯 대꾸했다.

"그래, 그게 뭐 어쨌다는 거지?"

"말도 안 돼, 농담하지 마."

"내가 너한테 농담할 사람으로 보여?"

하준이 낮고 강한 어조로 태연하게 묻자마자 가빈은 고개를 강하게 내저었다. 적어도 자신이 아는 한, 이런 일을 농담으로 말할 사람은 아니었다.

가빈은 혼란스러운 표정으로 하준을 마주 봤다. 도무지 속을 알 수 없는 그의 행동에 조금 전의 일까지 더해져 머릿속이 금방이라도 터져 버릴 것만 같았다.

"뭐, 뭐 하는 거야? 지금."

하준의 말을 곱씹어 생각하며 방심하고 있던 찰나, 가빈은 순식간에 자신의 허리를 감싸 안는 그의 손길에 놀라며 시선을 위로 올렸다.

"본격적으로 질투라는 걸 해 볼 생각이야."

"뭐?"

품에서 벗어나려 아등바등하는 그녀의 허리를 꽉 붙잡은 하준은, 가늘고 긴 손가락으로 천천히 그녀의 눈 주변을 어루만지기 시작했다. 가빈은 세상이 정지라도 한 것 같은 분위기에 그에게서 시선을 떼지 못했다.

"난 네가 그 녀석하고 눈 마주치는 게 싫어."

하준의 숨결이 얼굴에 탁 퍼지며 느껴지는 것과 동시에 그의 손가락이 코로 움직였다.

"그 녀석의 체취를 기억하는 것도 싫고."

그의 손가락이 그녀의 코를 지나 입술로 점차 향했다.

"무엇보다도 그놈을 보고 웃는 네가 제일 마음에 안 들어."

날카롭게 변한 음성과 함께 그가 이번엔 손가락으로 그녀의 입술을 부드럽게 매만지기 시작했다.

"아, 그리고 내가 어떨 때 제일 화가 나는지 알아?"

느릿하게 움직이던 손가락이 그의 말과 함께 그녀의 입술에서 멀어졌다.

"네가 그 예쁜 입으로 그놈 이름을 다정하게 부를 때."

하준은 입속에 맴도는 말을 내뱉자마자 기다렸다는 듯 이번엔 그녀의 입술에 짧게 키스했다. 숨 쉴 틈 없이 이어진 그의 묘한 스킨십에, 가빈은 정신이 혼미해져 가는 것을 느낄 수 있었다.

"한 번만 더 둘이서 같이 있는 모습을 보이면, 그땐 정말 가만 안 둘 거야."

그가 둘 사이의 거리를 살짝 벌리며 말했다.

"납치해서 확 어딘가 가둬 버릴 수도 있어."

진심인지 농담인지 모를 말을 내뱉으며 그가 슬며시 입꼬리를 올렸고, 가빈은 흠칫 놀란 표정으로 한 발짝 뒤로 물러섰다.

"농담이라도 그런 말 하지 마……."

"난 농담 같은 거 안 해."

단호한 하준의 대답에, 가빈은 그의 어깨를 확 밀쳐 냈다. 더 이상 이대로 있다간 그의 분위기에 휩싸여 정신을 차리지 못할 것 같았다.

"나 먼저 들어갈게."

가빈은 마른침을 꿀꺽 삼키곤, 뒤도 돌아보지 않고 시사회장으로 성큼성큼 걸어갔다. 하준은 그런 가빈을 물끄러미 바라봤다. 이후 현이 감독님과 함께 카페에서 나오는 걸 목격한 그는 의미심장한 표정을 지어 보였다.

질투라…….

'나도 갈 데까지 갔구나.'

쓰디쓴 약을 입에 머금은 듯, 얼굴을 살짝 찡그린 그는 작게 숨을 내뱉었다. 혹시라도 가빈이 그에게 돌아가지 않을까 안절부절못하는 꼴이라니, 우습기까지 했다.

하준은 현을 바라보던 시선을 거두곤 손목시계를 들여다봤다. 시사회까진 아직 조금의 여유가 있었다. 하준은 그대로 카페를 향해 발걸음을 내디뎠다.

"저 죄송하지만 사인 좀 해 주시면 안 될까요?"

시사회를 무사히 마치고, 기자 간담회를 갖기 전 화장실에 들러 손을 씻고 나온 세련은, 문 앞에서 수줍게 종이를 내밀며 사인을 요청하는 소녀를 흘끔 내려다봤다.

몸이 불편한지 휠체어에 타고 있는 그녀는 세련을 동경의 눈빛으로 바라보고 있었다. 평상시였다면 아무 종이에다가 사인할 수 없다며 거절했을 테지만, 차마 몸이 불편해 보이는 그녀의 부탁은 뿌리칠 수 없는지 세련은 종이를 받아 들었다.

"이름이 뭐예요?"

세련이 사인을 하던 도중 슬쩍 바라보며 묻자, 그녀가 방긋 웃으며 대답했다.

"황연우입니다."

연우는 잔뜩 들뜬 목소리로 한 글자 한 글자 힘줘 말했고, 세련이 그런 그녀가 귀엽다는 듯 미소 띤 얼굴로 사인한 종이를 도로 건네줬다.

"여긴 어떻게 들어왔어요? 스태프 가족인가?"

세련은 휠체어를 탄 그녀가 자연스럽게 통로를 돌아다니자 의아해 할 수밖에 없었다. 일반인들은 출입이 금지된 곳인 만큼, 누군가의 가족인 게 분명한데…….

"네, 우리 오빠도 배우예요. 언니처럼."

오빠가 배우다? 세련은 연우의 대답에 재빨리 머리를 굴리기 시작했다. 이름이 황연우라고 했으니 오빠의 성도 '황'일 것이다. 그리고 자신이 알고 있는 '황' 씨 성을 가진 남자배우라면,

"황민호?"

"우리 오빠, 아세요?"

연우가 신기하단 표정으로 묻자, 세련은 넋이 나간 표정으로 고개를 끄덕였다. 외동아들일 거란 생각은 하지 않았지만, 이렇게 어린 여동생이 있을 거라고는 생각도 못 했었다. 세련은 새삼 연우를 다시 훑어봤다.

이제 중학생쯤 되어 보이는 앳된 외모는, 현재 활동하는 걸 그룹 멤버라고 해도 믿을 만큼 귀엽고 사랑스러웠다. 특히 웃는 모습은 집안 내력인지 민호나 연우나 사람 마음을 스르륵 녹이는 묘한 매력이 있었다.

"나 민호랑 꽤 친한 사이인데."

"정말요? 언니는 톱스타이시고, 우리 오빠는 이제 갓 데뷔한 신인인데요."

"그러게요, 톱스타는 난데 하는 짓은 그 사람이 더 톱스타 같으니. 쳇."

"그럼 톱스타 대접해 주는 사람하고 어울리면 되겠네요."

"꺄악!"

연우와 한참 이야기꽃을 피우던 세련은 등 뒤에서 들린 민호의 목소리에 화들짝 놀라며 놀란 가슴을 움켜쥐었다.

"뭐, 뭐예요! 기척도 없이 갑자기!"

세련은 기겁하며 소리쳤지만 민호는 눈길 한 번 주지 않고, 연우에게 다가가 그녀의 머리를 쓰다듬으며 말했다.

"어디 가면 간다고 얘기하고 가라고 했잖아, 혼자 다니면 위험하다고."

"미안, 오빠 바쁜데 귀찮게 하는 것 같아서."

"하나도 안 귀찮으니까 어디 갈 땐 오빠 꼭 불러. 춥다, 그만 대기실로 들어가자."

연우의 무릎 위에 놓인 담요를 정성스럽게 정리해 주며 다정하게 말하는 민호를 세련이 물끄러미 지켜봤다.

원래 저렇게 다정다감한 사람이었나? 새삼 그를 다시 보게 된 세련은, 연우의 휠체어를 밀고 대기실로 향하는 그의 옆을 쫄래쫄래 따라갔다.

"나한테 하는 거랑 동생한테 하는 거랑 너무 다른 거 아니에요?"

"이제 하다하다 제 동생도 질투하세요?"

"지, 질투라니요! 난 그저 황민호 씨가 사람을 가려서 대하니까……."

"그런 거라면 질투하지 않아도 됩니다. 난 지금도 충분히 강세련 씨를 특별하게 대하고 있으니까."

세련이 그의 말에 어이없다는 듯 피식 웃음 지었다.

"그쪽이 날 특별하게 대한다고요? 막 대하는 게 아니고요?"

"난 강세련 씨를 제외한 모든 여자 분들을 공주처럼 떠받치는 사람이라서요. 내가 막 대한다는 건 그 사람이 특별하단 의미입니다."

대기실에 들어서기 전, 민호가 빙글 돌아 세련을 마주 보며 말하자, 그녀의 얼굴이 붉게 달아올랐다.

다른 여자들은 공주처럼 떠받들면서 특별한 사람은 막 대한다니, 말에 어폐가 있었지만 세련은 이상하게도 그의 말이 설레었다.

'나 알고 보면 변태 아냐? 아니, 왜 나는 날 막 대하는 남자를 좋아하는 건데?'

세련은 어처구니없는 생각에 속으로 절규했다. 아니다, 내가 변태일 리가 없다, 백 번 천 번 되짚으며 자아 성찰을 하던 그때, 세련은 자신을 물끄러미 바라보고 있는 스태프를 발견하곤 깜짝 놀랐다.

"이제 곧 기자 간담회 시작한답니다, 강세련 씨."

남자의 말에 세련은 새침하게 대답하고 무대로 발걸음을 옮겼다. 이미 대기하고 있던 감독과 다른 배우들에게도 인사를 건넨 그녀는, 긴장한 얼굴로 서 있는 민호에게 다가가 말을 걸었다.

"지금 떨고 있는 거예요?"

세련이 가늘게 떨고 있는 그의 손을 발견하고 안타까운 표정으로 돌아보자, 민호가 애써 씩씩한 표정으로 대꾸했다.

"연기하는 겁니다, 초짜 연기."

"아직은 괜찮나 보네요, 입에서 농담이 나오는 걸 보면."

"이것도 연기라고 생각하죠, 뭐."

민호가 싱긋 웃으며 무대 위로 먼저 올라가자, 세련도 환한 미소를 머금은 채 뒤따라 입장했다. 배우들이 등장하자 여기저기서 새하얀 카메라 플래시가 터지고, 작은 환호성이 극장 안에 울려 퍼졌다.

기자 간담회는 감독과 주인공들 위주로 진행됐고, 민호는 긴장된 상태로 연신 물을 마시며 상황을 지켜보고만 있었다. 혹시 객석에서 연우가 보고 있을까 주변을 두리번거리던 민호의 눈에 매니저와 사장이 포착되었다.

대기하고 있는 동안 보이지 않던 매니저가 갑자기 사장과 함께 모습을 드러내자, 민호는 왠지 모를 불안감을 느낄 수밖에 없었다. 계속해서 통화를 하며 자신과 기자들을 주시하고 있는 사장의 행동이 어딘가 꿍꿍이가 있어 보였다.

무슨 일일까? 시간이 지날수록 긴장감이 더해지자, 민호는 연거

푸 물병을 비워내기 시작했다. 그리고 몇 분쯤 흘렀을까? 잠시 뒤, 민호는 한 기자의 질문에 피가 거꾸로 솟는 기분을 느꼈다.

"황민호 씨께 질문 드리겠습니다. 항간에 떠도는 소문에 의하면, H그룹 회장의 따님과 곧 약혼을 하신다는 소문이 있는데, 정말 사실인지 답변 좀 해 주십시오."

폭탄 발언처럼 터진 그의 질문에 갑자기 모든 기자들의 관심이 민호에게 쏠렸고, 그의 낯빛은 점차 새파랗게 질려가기 시작했다.

영화가 끝나고 서둘러 집으로 가려던 가빈은, 곧 기자간담회가 열리니 보고 가라며 붙잡는 현을 차마 뿌리치지 못하고 도로 제자리에 앉았다. 어쩌다 보니 현까지 함께 한 자리가 어색해, 어떻게 해서든 벗어나 보려 했던 그녀로선 난감하지 않을 수 없었다.

좌불안석이 따로 없었다. 하지만 그녀는 두 남자 사이에 갇혀 차마 자리를 뜨지 못하고, 그저 숨죽이고 앉아 있었다.

"영화, 어땠어?"

갑작스러운 현의 목소리에 가빈은 뜨끔 놀라며 고개를 들었다. 자신이 집필한 소설을 원작으로 한 영화를 평가하는 자리인 만큼 신경이 쓰이는지, 그의 얼굴에 긴장한 기색이 역력해 보였다.

혹시라도 별로라고 말하지 않을까, 노심초사하며 자신의 대답을 기다리고 있는 현의 모습이 신선하면서도 귀엽게 느껴져, 그녀의 입가에 절로 미소가 머금어졌다.

"너무 재밌었어, 영화 대박 날 것 같아."

가빈의 긍정적인 반응에 현은 얼떨떨해하며 안도의 한숨을 내뱉었다. 자신의 소설을 원작으로 한 영화를 직접 본 것도 처음인 데다, 가빈과 함께 보려니 영화를 보는 내내 쑥스럽기도 하고, 걱정도 됐던 게 사실이었다.

하지만 현은 그녀의 밝은 표정을 보자 그동안의 부담감이 일순간 사그라지며, 자신도 모르게 입꼬리가 하늘을 향해 올라가는 것을 느낄 수 있었다.

"다행이다."

"걱정하지 마, 대박 날 거야."

현에게 힘내라며 기운을 복 돋아 준 가빈은 괜스레 옆에 앉은 하준이 신경 쓰이는지 그를 흘끔 돌아봤다. 하준은 바쁜 일이라도 생긴 건지 영화가 끝나고 난 뒤 줄곧 휴대폰만 만지작거리고 있었다.

가빈은 먼저 말이라도 걸어볼까 했지만, 혹시라도 방해될까 싶어 움찔대던 입을 닫고 말없이 그를 바라봤다.

"왜?"

가빈의 시선을 느꼈는지 하준이 의아한 눈빛으로 그녀를 돌아봤다. 가빈은 멋쩍은 표정으로 고개를 저었다.

"아무것도 아니야."

황급히 말을 내뱉은 그녀는 이후 둘 사이에 흐르는 적막감을 참지 못하고, 다시 그에게 말을 붙였다.

"여, 영화 어땠어?"

가빈의 물음에 하준은 손에 든 휴대폰을 상의 안주머니에 집어넣으며 무뚝뚝하게 대답했다.

"그건 내가 너한테 물어야 하는 질문인 것 같은데?"

의미심장한 그의 말에 가빈은 영문을 모르겠다는 표정으로 고개를 갸웃했다.

"뭘?"

"마음에 들어? 영화."

묘한 뉘앙스가 느껴지는 말투에 순간 그녀의 머릿속으로 자신을 위해 이 영화를 기획하고 만들었다던 하준의 말이 떠올랐다. 가빈은 애써 자신을 응시하고 있는 하준의 시선을 피해 고개를 앞으로 돌렸다.

"재밌었어."

"그 얘긴 아까 들었고."

하준의 대꾸에 가빈의 입이 조개처럼 딱 다물어졌다. 뭔가 못마땅한 표정, 가빈은 하준이 자신과 현의 대화를 듣고 있었음을 알아챌 수 있었다. 가빈은 뭐라 해야 할지 한참을 고민한 끝에 천천히 입을 열었다.

"고마워."

가빈은 살짝 상기된 표정으로 눈을 아래로 내려떴다. 한 마디뿐이었지만 백 마디 말을 내뱉은 것처럼 힘이 쭉 빠지는 기분이 들었다.

"말로만?"

곧바로 들려온 하준의 목소리에 가빈은 눈을 굴려 옆을 바라봤다. 어느새 하준의 얼굴에 묘한 미소가 걸려 있었다. 가빈은 가슴이 크게 요동치는 걸 느낄 수 있었다.

"그럼 뭐……."

"두 분이서 무슨 얘길 그렇게 다정하게 하는 거예요?"

불쑥 끼어드는 현의 목소리에 가빈이 말을 삼켰고, 일순간 어색한 분위기가 흘렀다.

"어? 내가 눈치 없이 말을 걸었나?"

현이 겸연쩍은 표정을 짓자, 가빈이 잽싸게 손사래를 치며 말했다.

"아니야, 별 얘기 안 했어."

"흠…… 그래?"

"응."

가빈은 짧게 답변하곤 시선을 앞으로 고정시켰다. 어느덧 기자간담회 준비가 끝났는지 무대 위로 배우들이 등장했고, 웅성거리는 소리와 함께 새하얀 플래시가 터지기 시작했다.

"저기 민호 있다."

가빈이 반가운 표정으로 단상 위로 오르는 민호를 가리켰다.

'긴장했나?'

현은 평상시 볼 수 없었던 그의 굳은 표정에 괜스레 걱정이 들었다. 저렇게 긴장할 놈이 아닌데 유독 불안해 보이는 그의 표정이 이상해 보였다. 그때, 기자 한 명이 마이크를 집어 드는 게 보였고, 이후 그의 입에서 질문이 흘러나왔다.

"황민호 씨께 질문 드리겠습니다. 항간에 떠도는 소문에 의하면 H그룹 회장의 따님과 곧 약혼 하신다는 소문이 있는데, 그게 사실인지 답변 좀 해 주십시오."

기자가 질문을 마치자마자 장내가 크게 술렁였다. 순식간에 극장 안이 카메라 셔터소리와 기자들의 외침으로 가득 채워졌고, 시장통이 따로 없을 정도로 어수선해졌다.

현은 멍한 눈빛으로 숨을 삼켰다. H그룹 회장 딸? 기자가 한 말을 곰곰이 생각하던 현은, 불쑥 든 불길한 예감에 마른침을 꿀꺽 삼켰다. 아무리 생각해 봐도 H그룹이라면 한 곳밖에 떠오르질 않았다.

"류가빈, 이리 와."

불현듯 들린 다급한 하준의 목소리에 현은 정신을 차리고 옆을 돌아봤다. 가빈이 넋이 나간 듯한 표정으로 떨리는 손을 마주 잡고 있었다.

"가빈아?"

"가자."

어느새 자신의 앞까지 다가와 가빈의 손을 잡아끄는 하준을 현이 올려다봤다.

"대표님, 이게 어떻게……."

"전무님."

하준은 다급하게 다가서는 김 비서를 발견하고는 가빈의 어깨를
감싸 안았다.

"일단 나가서 얘기하죠."

"아, 네."

"저도 같이 가겠습니다."

현이 불안해 보이는 가빈을 향해 손을 뻗었지만, 하준은 용납 못
한다는 듯 가빈을 막아섰다.

"괜히 나서서 일 키우지 마."

싸늘한 하준의 한마디에 현은 대꾸조차 못 하고 손을 거뒀다.

"고개 숙여."

하준은 시사회장 밖으로 향하는 도중, 가빈에게 낮게 말을 전했
다. 가빈은 정신없이 벌어진 상황에 멍한 눈빛으로 말없이 고개를
숙였다. 머릿속이 여러 가지 생각들로 혼란스러웠다.

"괜찮으세요. 아가씨?"

옆에서 지켜보던 김 비서가 걱정스러운 눈빛으로 묻자, 가빈은
작게 고개를 끄덕였다. 괜찮지 않았지만 괜찮은 척했다. 왠지 정신
을 똑바로 차리지 않으면 급류에 휩쓸려 떠내려가듯 모든 일이 누
군가의 뜻대로 흘러갈 것만 같았다. 가빈은 이혜연을 떠올리며 손
을 꼭 말아 쥐었다.

"하준아?"

서둘러 극장 밖으로 향하던 하준과 가빈은 성큼 다가서는 누군
가를 발견하고는 제자리에 멈춰 섰다. 청우였다. 그는 이제 막 도

착했는지 거친 숨을 몰아쉬고 있었다.

"벌써 시사회 끝났나 보네? 회의 끝나고 서둘러 오긴 했는데……."

숨을 고른 청우는 김 비서를 발견하고는 반갑게 인사를 건네려다, 심상치 않은 분위기에 멈칫했다.

"무슨 일 있어요? 그러고 보니 가빈이 얼굴색이 안 좋네?"

청우가 가빈의 얼굴을 세심히 살폈다. 못 볼 걸 본 사람처럼 그녀의 낯빛이 창백했다.

"이거, 공포영화였어?"

김 비서는 청우의 질색하는 표정에 한마디 하려다, 뭔가를 발견하곤 입을 꾹 다물었다. 기자로 보이는 두 사람이 다가오고 있었다. 김 비서는 가빈을 자신의 몸으로 가린 채 하준의 어깨를 툭 쳤다.

"전무님, 앞에 기자!"

누군가에게 전화를 걸고 있었던 하준은, 김 비서의 목소리에 재빨리 몸을 돌렸다.

"H그룹이 홍해그룹 맞지? 그럼 류목형 회장 딸?"

"응, 그건 확실한 것 같더라고. 아! 그러고 보니 류하준 대표도 시사회 참석했던데, 일단 그 사람부터 찾아보자."

헐레벌떡 뛰어가는 기자들. 하준의 얼굴에 난감한 기색이 떠올랐다. 정황상, 극장 앞에 많은 기자들이 진을 치고 있을 가능성이 농후해 보였다.

이대로 무리해서 나가는 것은 위험했다. 가빈이 언론에 노출이라도 되면, 민호와의 스캔들은 걷잡을 수 없을 만큼 커져 자칫 기정사실이 될지도 모를 일이었다.

하준은 손에 든 휴대폰을 들여다봤다. 이 사단을 만든 이혜연에게 계속해서 전화를 걸었지만 그녀는 전화를 받지 않았다.

"어떡하죠? 극장 앞에도 기자들 쫙 깔린 것 같은데."

"도대체 무슨 일인데 그래?"

청우의 질문에도 대답도 없이 한참을 골똘히 생각하던 하준은, 문득 눈앞에 보이는 엘리베이터를 손으로 가리키며 말했다.

"일단 저 엘리베이터 타죠."

"엘리베이터요?"

갑자기 엘리베이터에 타자는 하준의 제안에 김 비서는 의아했지만, 일단은 그의 뒤를 따랐다.

"윤청우, 안 타고 뭐 해?"

때마침 열리는 엘리베이터에 올라탄 하준은 멀뚱히 서 있는 청우에게 타라며 손짓했다. 청우는 앞뒤 상황 설명 없이 따라오라는 그의 행동에 황당해하면서도, 급박해 보이는 상황에 일단 엘리베이터에 올라탔다.

"이제 무슨 상황인지 설명 좀 해 주지?"

"인터넷에 기사 떴을 거야, 확인해 봐."

하준이 손목시계를 흘끗 보며 말하자, 청우가 휴대폰을 꺼내 인터넷을 확인했다.

실시간 검색어에 H그룹부터 홍해그룹, 황민호, 류목형 회장 딸 등, 익숙한 이름들이 오르고 내린 것이 보였다. 청우는 그중 속보라고 뜬 기사를 클릭했다.

"약혼설?"

어디서 들어 보지도 못한 신인배우와 가빈이 약혼할지도 모른다는 기사에 청우가 두 눈을 동그랗게 떴다.

"이거 진짜야?"

땡, 엘리베이터가 멈추는 동시에 쏟아진 청우의 질문에 하준이 퉁명스럽게 말했다.

"진짜면 이렇게 기자들 피해 도망 다니진 않겠지."

"그럼 루머?"

바로 이어진 청우의 질문에는 하준은 답하지 않았다. 청우는 그것만으로도 충분히 사태파악이 됐는지 더는 질문하지 않았다. 그는 하준의 옆에 서 있는 가빈을 돌아봤다. 처음 겪는 일에 꽤나 놀란 모습이었다.

"어때? 인맥 총동원 가능한데."

청우는 손에 든 휴대폰을 하준에게 흔들어 보였다. 마치 친동생이 안 좋은 일을 겪는 것처럼 지금의 상황이 마음에 들지 않았다.

만약 하준이나 가빈이 원한다면 인맥을 총동원해서라도 이런 사태를 만든 놈들을 가만두지 않을 생각이었다.

"됐어, 원인이 가까이 있어서 그것만 해결하면 될 일이야, 굳이 멀리 돌아갈 필요가 없이."

하준의 대답에 청우가 그의 뒤를 쫓으며 무슨 소리냐는 듯 눈을 가늘게 떴다.

"원인은 뭐고, 멀리 돌아갈 필요가 없다는 건 무슨 말이냐?"

엘리베이터를 내리자마자 바로 보이는 캐주얼의류매장에 들어선 하준은, 이리저리 매장 안을 둘러보며 대답했다.

"마음만 받을게."

"참 고급스럽게도 거절한다."

"김 비서님, 카드 있으시죠?"

하준이 옷걸이에 걸린 옷 중 하나를 집어 들곤 묻자, 김 비서가 민망한 표정으로 우물쭈물 입을 열었다.

"그게…… 있긴 한데 한도가 다 차서…….'

"법인카드는요?"

"그건 얼마 전에 마그네틱이 손상돼서 재발급 신청해둔 상태입니다."

김 비서의 대답에 하준은 기다렸다는 듯이 청우를 돌아봤다. 이럴 의도로 아니었지만 속으로 내심 그를 데리고 오길 잘했다는 생각이 들었다.

"그럼 네가 계산 좀 해."

하준의 부탁에 청우는 걱정 말라는 말과 함께 자신 있게 주머니에 손을 집어넣었다. 하지만 있어야 할 물건이 좀처럼 그의 손에 잡히질 않았다.

문득 그의 머릿속으로 뭔가 스쳐 지나갔고, 청우는 하염없이 빈

주머니만 뒤진 손가락으로 이마를 긁적였다.

"어떡하지, 정신없이 오느라고 지갑을 차에 두고 왔나 보다."

하준은 자신의 지갑 역시 차에 두고 온 터라 뭐라 하지도 못하고 한숨만 푹 내쉬었다. 기자들이 잘 알아보지 못하게 편한 복장으로 갈아입고 청우의 차를 탄 뒤, 몰래 빠져나가려고 했던 그의 계획은 시작하기도 전에 틀어지고 말았다. 그는 예상치 못한 난관에 낙담했다.

"나 카드 있는데?"

잠자코 서 있던 가빈은 가방 안에 든 지갑을 하준에게 내밀었다. 그동안 항상 둘이 있을 때면 자신이 계산을 했던 터라, 미처 가빈에게도 지갑이 있다는 걸 인지하지 못했던 하준은 어색한 표정으로 그녀가 내민 지갑을 손에 들었다.

"이 옷으로 갈아입고 나와."

가빈은 하준이 골라 준 옷을 받아 들었다. 그는 전과 달리 여성스러운 옷이 아닌 그녀가 즐겨 입는 캐주얼한 스타일의 옷을 골라 줬다. 가빈은 그것에 내심 만족하며 군말 없이 챙겨 들곤 탈의실로 향했다.

"전무님, 갑자기 옷은 왜……?"

김 비서가 묻자, 하준은 저가 갈아입을 옷을 손에 들고서 대답했다.

"시사회 시작하기 전에 기자들하고 인터뷰했잖아요, 알아볼지도 몰라서요."

대답 후, 하준은 제자리에서 옷을 갈아입기 시작했다. 김 비서는 깜짝 놀라며 시선을 옆으로 돌렸다. 흔하디흔한 베이직한 코트와 티셔츠였지만 그가 입으니 명품 옷처럼 빛이 났다.

"예쁘다, 우리 가빈이."

청우는 막 옷을 갈아입고 나온 가빈을 흐뭇하게 바라봤다. 하준은 가빈의 손에 들린 모자와 옷가지들을 쇼핑백에 넣고, 마지막으로 정성스럽게 땋은 그녀의 머리카락을 손가락을 툭 치며 말했다.

"머리 풀러, 눈에 띄니까."

가빈은 작게 고개를 끄덕이곤 머리를 풀어 손가락으로 정리했다.

"김 비서님은 이제 그만 일 층으로 내려가셔서 상황 정리 좀 부탁드릴게요."

하준을 대신해 계산을 하고 돌아온 김 비서는 그의 말을 의아해하며 물었다.

"네? 두 분은 어떻게 하시고요?"

"저희는 청우 차 타고 빠져나갈 겁니다."

"하지만 주차장에도 기자들이……."

"알아서 잘 나갈 테니 걱정하지 마세요."

김 비서는 둘만 놓고 가려니 마음에 걸렸지만, 재촉하는 하준의 눈빛에 결국 조심하라는 말을 남기곤 매장 밖을 나섰다.

"넌 내가 연락하면 차 가지고, 1층 직원용 엘리베이터 앞으로 와."

하준은 갈아입은 옷들이 든 쇼핑백을 청우에게 건넸다.

"직원용 엘리베이터라…… 오케이! 조심히 내려와."

청우가 쇼핑백을 들고 자리를 뜨자, 하준은 지체 없이 옷을 정리하고 있는 점원에게 다가가 물었다.

"여기 직원용 엘리베이터 어디 있나요?"

"아, 왼쪽으로 돌아서 쭉 가시면 바로 보일 거예요."

엘리베이터 위치를 알아낸 하준은 청우에게 문자를 보내고, 우두커니 서 있는 가빈을 돌아봤다. 손에 휴대폰을 든 채 뭔가를 유심히 보고 있는 그녀의 표정이 아까와 달리 심각해져 있었다.

인터넷 기사를 읽고 있음을 눈치챈 하준은, 망설임 없이 가빈이 들고 있는 휴대폰을 빼앗아 들었다.

"심각하게 볼 거 없어, 어차피 며칠 후면 아무 일 없었다는 듯이 가라앉을 거야."

하준은 가빈의 머리를 쓰다듬으며 빼앗은 휴대폰을 그녀의 주머니 속에 집어넣어 줬다.

"그만 가자."

하준은 침울한 표정을 짓고 있는 그녀의 팔을 확 잡은 뒤, 직원용 엘리베이터가 있는 곳으로 향했다. 엘리베이터 앞엔 직원으로 보이는 여자들이 옹기종기 모여 있었다.

하준은 망설이는 기색도 없이 가빈의 손을 꼭 붙잡고 엘리베이터 앞에 섰다. 그러자 여자들이 하준을 흘끔 훔쳐보며 소곤대기 시작했다.

"배우인가? 어머, 얼굴 진짜 작다. 웬일이니?"

"모델 같은데, 아닌가? 암튼 진짜 잘생겼다."

"옆에 여자 친구인가 봐, 부럽다."

가빈은 작게 들리는 여자들의 목소리에 하준을 빤히 쳐다봤다. 어딜 가나 주목 받는 그가 새삼 대단해 보였다. 그렇게 잘 생겼나? 하는 생각에 이리저리 살피던 그녀는 고개를 돌린 하준과 정확히 눈을 마주쳤다.

"왜?"

당황했지만 가빈은 곧 침착하게 대답했다.

"그냥…… 오늘따라 좀 달라 보여서."

하준은 그녀의 답변에 한 발짝 가까이 다가섰다. 그러고는 가빈을 뚫어져라 바라보며 말했다.

"그러고 보니 너도 오늘 좀 달라 보였어."

하준의 말에 가빈은 고개를 갸웃했다. 그게 뭔지 궁금했지만, 때마침 엘리베이터가 열리는 바람에 묻지 못했다.

"안쪽으로 서."

하준은 엘리베이터에 타자마자 자연스럽게 가빈을 자신의 품 안쪽으로 잡아당겼다. 안 그래도 좁은 공간에서 사람들로 인해 두 사람의 사이가 밀착됐고, 가빈은 묘한 기분에 그를 올려다봤다. 보는 것만으로 이상하게 심장이 두근거렸다.

"너…… 하고 싶은 말 있으면 해, 계속 그렇게 쳐다만 보지 말고."

이번에도 가빈의 시선을 느꼈는지 하준이 슬쩍 내려다보며 말했다. 가빈은 지금이 아니면 못 물어볼 것 같다는 생각에, 한참을 고민하다 조심스럽게 입을 열었다.

"아까 말이야…… 오늘 내가 달라 보였다는 말. 무슨 뜻이야?"

별말 아닐 것이라 예상하지만, 이상하게도 그의 입을 통해 직접 듣고 싶었다. 하지만 그의 대답을 듣기도 전에 엘리베이터 문이 열렸고, 둘의 대화는 끊기고 말았다.

가빈은 그의 대답을 듣지 못한 것이 아쉬웠지만, 문이 닫히기 전 내리기 위해서 발길을 재촉할 수밖에 없었다.

"별로였어."

막 엘리베이터를 나서려던 순간 들린 한 마디, 가빈은 머리카락에서 느껴지는 그의 손길에 멈춰 선 채 뒤를 돌아봤다.

"뭐?"

"앞으로 항상 머리 풀고 다녀, 이게 훨씬 예쁘니까."

하준은 마치 소중한 물건을 다루듯 손에 쥔 그녀의 머리카락에 짧게 입을 맞췄다. 마치 시간이 멈춰 버린 듯했다. 가빈은 하준이 머리카락을 놓고 엘리베이터를 나가는 순간까지 미동도 없이 멍하니 서 있었다. 입술에 키스를 당한 듯 묘한 기분마저 들었다.

'이상해…….'

단지 머리카락에 짧게 키스해줬을 뿐인데, 민감하게 반응하는 자신이 이상하게 느껴졌다. 가빈은 재빨리 정신을 차리려 손으로 자신의 이마를 딱 때렸다.

"내려."

가빈은 열림 버튼을 누르고 있는 하준의 눈치를 살피며 조심스럽게 내렸다. 둘 사이 분위기가 묘했지만, 그렇다고 특별한 말이 오가진 않았다. 가빈은 아무 일도 없었던 것처럼 다가오는 청우에게 물었다.

"오빠, 차는 어딨어요?"

"차는 여기 앞에 있으니까 걱정하지 말고 나와, 나 그럼 먼저 가서 차 시동 켜 놓고 있을게."

청우는 서둘러 주차장으로 향했고, 하준도 서둘러 걸음을 옮겼다.

"오빠……."

"일단 나가자."

하준이 먼저 입구로 향했고, 가빈은 뒤늦게야 걱정 섞인 한숨과 함께 그의 뒤를 따라 발걸음을 옮겼다.

＊　　＊　　＊

가빈은 한시도 가만히 앉아 있지 못하고 초조한 표정으로 거실 안을 배회했다. 청우의 차를 타고 극장을 무사히 빠져나온 직후, 집에 돌아와서 이튿날이 될 때까지 잠 한숨 안자고 하준을 기다렸지만, 회사로 돌아 간 그에게서 연락은 없었다.

답답한 마음에 먼저 전화를 걸어봤지만, 바쁜지 그는 도통 받지를 않았다. 가빈은 불안한지 손에 든 휴대폰을 계속 만지작거렸다.

그나마 스캔들에 관련해선 홍해그룹에서 손을 썼는지 TV와 인터넷상에 우후죽순 쏟아지던 기사들이 조금씩 사그라졌지만, 여파가 완전히 가라앉기엔 아직 부족해 보였다.

이미 인터넷상으로 가빈에 대한 갖가지 정보들이 떠도는 통에, 그녀의 휴대폰으로 정체 모를 문자들이 전송되기도 했다.

가빈은 두려운 마음에 하준에게서 연락이 오기만을 간절히 기다렸다. 하지만 그녀의 바람과 달리 오후가 지나도록 휴대폰은 울리지 않았다.

띵동.

점점 피곤함에 지쳐갈 때쯤 들린 초인종 소리에, 소파에 몸을 기대고 있던 가빈은 재빨리 인터폰을 확인했다. 혹시 하준이 아닐까 기대했건만, 화면 속에 비친 건 이혜연이었다. 가빈의 표정이 순식간에 굳었다.

인터폰에 비친 그녀의 얼굴을 보는 것만으로도 긴장감에 입이 바짝바짝 말랐다. 하지만 가빈은 이내 마음을 굳게 먹고 현관문으로 향했다. 어차피 한 번은 부딪쳐야 할 일이었다.

더는 피할 수도 도망칠 수도 없었다. 그녀는 숨을 크게 한번 몰아쉬곤 천천히 현관문을 열었다. 이혜연과 김 실장이 문 앞에 서 있었다.

"오셨어요."

가빈의 인사에도 이혜연은 말없이 그녀를 지나쳐 거실 안으로 들어섰다. 이혜연이 지나간 자리에 독한 향수 냄새가 풍겼고, 가빈은 무의식적으로 손으로 코를 막았다. 오늘따라 그녀의 향수 냄새가 역하게 느껴졌다.

"그래, 유명인사가 된 기분이 어떠니?"

가빈은 빈정대는 그녀의 말투에 울컥했지만 내색진 않았다. 아직도 참아내야 할 것들이 너무나도 많이 남아 있었다. 벌써부터 진을 뺄 순 없었다. 가빈은 소파에 앉아 있는 이혜연에게 가까이 다가가 섰다.

그녀는 손에 낀 장갑을 테이블 위에 툭 던져 놓곤, 김 실장이 건넨 담배에 불을 붙이고 있었다. 가빈은 머뭇대다 먼저 입을 열었다.

"민호와의 약혼은……."

"못 하겠다는 말을 할 거라면 하지 않는 게 좋을 거야."

가빈의 말을 자르고선 이혜연은 날 선 눈빛으로 그녀를 흘겨봤다.

"나는 분명 네게 둘 중 하나를 선택할 수 있는 기회를 줬었다. 내 눈앞에서 영영 사라지던가, 아니면 민호 그 아이와 약혼하던가."

"그때 전 아무것도 선택하지 않았어요."

가빈이 침착하게 대꾸했지만, 이혜연은 냉정하게 맞받아쳤다.

"아니, 넌 선택했다. 아직까지도 내 눈앞에 멀쩡히 서 있는 널 보면 모르겠니?"

가빈은 두 손을 꼭 말아 쥔 채 단호하게 말했다.

"그럼 지금이라도 떠나겠습니다."

이혜연은 그녀의 말에 피식 웃으며 어깨를 으쓱했다.

"안됐지만 이제 네게 선택권 따윈 없단다."

"그래도 떠나겠습니다."

"……네 어미 꼴 나고 싶니?"

서늘하게 변한 그녀의 기세에 가빈의 눈빛이 크게 흔들렸다.

"그게…… 무슨."

"만약 그렇게 된다면, 넌 네 어미처럼 일본으로 보내는 걸로 끝내지 않을 거다. 너를 비롯해 홍인숙, 그 여자까지 아예 다신 땅을 밟지도 못하게 만들어 버릴 수도 있어."

잔인한 이혜연의 경고에 가빈은 충격을 받았는지 몸을 가늘게 떨기 시작했다.

박하연을 일본 술집에 판 건 이혜연이 한 게 아니라던 류목형의 얼굴이 떠오르며, 이후 홍 아주머니를 만나기 위해 춘천으로 찾아갔지만 만나지 못하고 돌아왔던 일까지 파노라마처럼 그녀의 뇌리를 스쳐 지나갔다.

결국 류목형이 했던 말은 거짓이었고, 홍인숙은 이혜연에게 볼모로 잡혀 있는 것이었다.

"홍인숙, 기억하지? 요양원에서 모자란 네 어미를 대신해 널 돌봐 줬던 여자 말이다."

"아주머니…… 지금 어디 계세요?"

금방이라도 눈물을 떨어트릴 것 같은 그녀의 표정에 이혜연은 싱긋 웃어 보였다.

"아직까진 좋은 곳에서 지내고 있으니 걱정하지 않아도 된단다."

"그분은 이제 저와 아무 상관이 없는 분이세요, 그러니까…….."

"그건 내가 알아서 판단할 문제니, 그 여자가 지금처럼 잘 지내길 바란다면 넌 얌전히 약혼 준비나 하렴."

이혜연은 담배꽁초를 테이블에 놓인 물컵에 버리곤 자리에서 일어섰다. 그러고는 천천히 가빈에게 다가가 그녀의 턱을 잡아 추켜올린 뒤, 자신의 눈과 마주치게 했다.

"아, 회장님께도 확실히 말씀드리는 게 좋을 거야. 이 약혼 네가 좋아서 하는 거라고, 내 말 무슨 뜻인지 알지?"

말을 마친 이혜연은 조금도 미련 없이 가빈을 지나쳐 현관을 향해 걸어갔다. 눈엣가시 같은 걸 짓밟고 나니 답답했던 속이 풀리는지, 그녀의 얼굴에 조금 전보단 화색이 돌았다.

"……묻고 싶은 게 있어요."

막 현관문을 열고 나가려던 이혜연은 등 뒤로 들리는 가빈의 목소리에 고개를 돌렸다. 가빈이 몸을 부르르 떨고 있는 것이 보였다.

평소 말 한마디 제대로 못 하고 울기만 하던 모습과는 조금 달랐다. 이혜연은 그런 그녀를 흥미롭게 바라보며 말해 보라는 듯 손짓했다.

"그래, 말해 봐."

"왜, 이렇게까지 제가 민호와 약혼하길 바라시는 건가요?"

가빈은 정확히 이혜연을 마주 보며 물었다. 다른 사람도 아니고,

민호와 자신이 약혼한다 해서 그녀가 크게 얻는 건 없었다. 그런데도 그녀는 자신과 민호의 약혼을 집착적으로 바라고 원했다. 가빈은 그게 이해가 가지 않았다.

"이유야 많지."

이혜연이 가빈에게 다가가 혐오가 섞인 눈빛으로 그녀의 얼굴을 훑어보곤, 낮은 음성으로 말을 이었다.

"보면 볼수록 네 엄마를 닮았구나."

짝!

망설임 없이 가빈의 왼쪽 뺨을 내려친 이혜연은, 충격에 고개가 옆으로 돌아간 그녀를 무심한 표정으로 바라봤다.

"회장님이 나와 이혼을 하자고 하더구나. 너 때문에."

이혜연의 오른손이 또다시 위로 올라갔다.

짝!

"거기다 아들 녀석까지 나와 인연을 끊겠다고 하질 않니? 너 때문에."

짝!

"고작 버러지 같은 네년 때문에 두 사람 다 나를 버리겠다고 하더구나, 기가 막히게도."

뭐에 홀린 사람처럼 가빈의 뺨을 사정없이 내려친 이혜연은, 싸늘하게 식은 표정으로 거칠어진 숨을 골랐다. 억누르고 있던 화기가 한 번 폭발하니 쉽사리 가라앉질 않았다.

그녀는 뺨을 맞는 내내 한차례 신음소리조차 내지 않는 가빈을 날카롭게 노려봤다. 조금의 주눅도 들지 않은 채, 자신의 눈을 똑바로 바라보고 있었다. 그 모습이 누군가를 연상시켜 소름 끼쳤지만, 이혜연은 애써 태연한 표정으로 말했다.

"회장님도, 심지어 하준이까지도 너라면 죽고 못 산다는 게 나로선 기분 나쁜 일이지만, 어떡하겠니? 좋게 생각해야지."

그녀는 가빈을 흘겨보곤, 보란 듯이 입꼬리를 위로 추켜올렸다.

"바꿔 말하면, 네가 그 두 사람의 유일한 약점이란 말이니까."

이혜연은 잔뜩 부어오른 가빈의 뺨을 부드럽게 어루만지며 말을 이었다.

"너 같은 게 왜 그렇게까지 좋은지 잘 모르겠지만, 이왕 이렇게 된 거 널 내 손아귀에 놓고 절대 벗어나지 못하게 할 생각이란다. 앞으로 넌 내가 정해준 아이와 결혼하게 될 거고, 내가 정해준 직업을 갖게 될 것이며, 내가 정해준 곳에서만 살게 될 거야. 아, 그렇다고 도망갈 생각은 하지 마렴, 만약 그랬다간 너도, 그 아줌마도, 네 약혼자가 될 민호 그 아이까지 전부 다 다시는 세상 밖으로 나올 수 없을 만큼 망가뜨려 버릴 생각이니까 말이다."

이혜연은 점차 사색이 되어가는 가빈을 내려다봤다. 이제야 저 얼굴이 봐 줄만 했다.

"앞으로 철저하게 이용해 주마, 하찮은 널."

그녀는 가빈의 귓가에 마지막 말을 속삭이곤, 현관문 쪽으로 몸을 돌렸다.

오늘은 더 이상 저 아이와 같은 공간에 있고 싶지 않았다. 마주 보고 있는 것만으로도 박하연이 떠올라 기가 빠지는 기분이었다.

이혜연은 대기하고 있던 김 실장이 건네는 장갑을 손에 끼고 현관문 쪽으로 걸어갔다. 기분이 나빠 당장 술 한 잔을 마시지 않으면 돌아 버릴 것만 같았다.

"가지, 김 실장."

"네, 사모님."

이혜연은 클러치에서 휴대폰을 꺼내 전화번호부를 뒤졌다. 오늘 같은 날, 혼자 마시고 싶지는 않았다. 그녀는 전화번호부를 뒤지다 익숙한 이름을 발견하곤 망설임 없이 손가락을 가져갔다.

"살인자."

막 통화버튼을 누르려던 찰나였다. 김 실장이 열어준 현관문을 지나 밖으로 나서려던 이혜연은 등 뒤에서 들린 작은 목소리에 우뚝 멈춰 섰다. 뭐?

"살인자야, 당신."

그녀는 긴가민가했던 목소리가 또렷이 귀에 박히자, 근원을 찾아 천천히 몸을 돌렸다. 가빈이 자신을 사납게 노려보고 있었다.

"……너, 지금 뭐라고 했니?"

이혜연이 잔뜩 일그러진 얼굴로 물었다. 하지만 가빈의 입에서 어떠한 말도 들리지 않았다. 이혜연은 손에 든 휴대폰을 클러치 안에 집어던지듯 넣고선 뚜벅뚜벅 걸어 가빈과의 거리를 좁혔다.

"방금 했던 말, 다시 해 봐."

서슬 퍼런 그녀의 눈빛에도 조금도 주눅 든 기색 없이 가빈은 정확히 그녀를 마주 보며 말을 내뱉었다.

"우리 엄마도 이런 식으로 협박했어요? 그래서 결국 죽게⋯⋯."

퍽!

이혜연은 손에 든 클러치를 그대로 가빈의 머리에 내려쳤다. 충격에 그녀의 머리카락이 헝클어졌다.

"하! 아직도 정신을 못 차렸구나, 네가?!"

이혜연은 치솟는 분노를 참지 못하고, 또다시 클러치를 위로 들어 올렸다. 하지만 그 순간, 누군가의 손길에 의해 그녀는 동작을 멈출 수밖에 없었다.

"이게 지금 뭐 하는 짓입니까?"

익숙한 중저음의 목소리.

"⋯⋯하준아?"

하준을 발견한 이혜연의 표정이 석고상처럼 딱딱하게 굳었다. 설마 이 상황에 그가 나타날 거라고 생각도 못 했던 그녀로선 당황할 수밖에 없었다.

"네가 여긴 무슨 일로⋯⋯."

"그러는 어머니께선 여긴 어쩐 일이십니까?"

하준은 잔뜩 화가 난 목소리로 이혜연에게 말했다. 하지만 그녀는 선뜻 대답도 하지 못했다.

하준은 손에 든 클러치를 이혜연에게 던지듯 건네주곤 가빈에게 다가섰다. 고개를 푹 숙이고 있는 그녀의 모습에, 하준은 안타까운 표정으로 한숨을 푹 내쉬었다.

조금만 늦었더라면 가빈이 계속해서 맞을 수도 있었던 상황이었다. 하준은 분노가 치밀어 올라 어금니를 꽉 깨물었다. 상식이 통하지 않는 이혜연의 행동에 이제 치가 떨릴 지경이었다.

"나 좀 봐봐."

하준은 가까이 다가가 헝클어진 가빈의 머리카락을 향해 손을 내밀었다. 하지만 가빈은 그런 그의 손길을 탁 쳐내곤 그대로 밖으로 뛰쳐나가 버렸다.

놀란 하준이 곧바로 그녀가 나간 방향을 향해 몸을 돌렸지만, 이내 앞을 가로막는 이혜연에 의해 멈춰 설 수밖에 없었다.

"어딜 따라가!"

"비키세요."

"너 정말 엄마 죽는 꼴 보고 싶니? 그런 거야?!"

이혜연의 경고에 하준은 싸늘하게 식은 표정으로 천천히 그녀에게 다가가 어깨를 붙잡았다. 그러고는 무감한 눈빛으로 그녀를 정확히 마주 보곤, 소름 끼칠 정도로 낮은 음성으로 말했다.

"죽는다고요?"

하준의 눈이 일순간 가늘어졌다.

"기억하세요? 유진이가 어떻게 죽었는지?"

그의 한 마디에 이혜연이 흠칫 놀라며 한 발짝 뒤로 물러섰다.

"독하게도, 제 앞에서 자신의 몸에 칼을 쑤셔 박고……."

"……."

"마지막엔 달리는 차에 뛰어들어 죽었죠."

그때의 기억에 숨이 막히는지 하준은 잠시 말을 멈추곤 울분을 삼켰다.

"곧 넌 날 떠나겠지…… 이해해. 피가 섞인 누나를 어떻게 사랑할 수 있겠어? 아마 생각만으로도 구토가 치밀고 온몸에 소름이 돋을 거야. 예전처럼 날 안아 주기도 힘들 거야. 난 그렇게 네게서 버림받겠지."

"이혜연, 그 여자가 하룻밤의 실수로 날 낳고서 쓰레기 버리듯 길거리에 버린 것처럼. 너도 날 기억 저 멀리에 묻고 나 따윈 애초에 존재하지 않은 사람처럼 잊으려 애쓰게 될 거야. 날 철저히 네게서 지우려 하겠지."

"그래…… 그래서! 네게서 버림받기 전에…… 적어도 네가 날 평생 잊지 못하도록 네 눈앞에서 죽을 생각이야. 낙인이 되어 네 머릿속에 꽉 박히도록! 잊으려 해도 절대 잊을 수 없도록 말이야!"

"이기적이라고 생각해도 좋아, 제정신 아니라고…… 미친년이라고 욕해도 상관없어. 그렇게 해서라도 영원히 네 기억 속에 남아 있을 수만 있다면, 그저 네가 사랑했던 한 여자로만 남아 있을 수만 있다면…… 이깟 목숨, 얼마든지 내놓을 수 있어."

죽기 전 유진이 남긴 말을 떠올린 하준은 새파랗게 질린 얼굴로 그녀의 어깨에서 손을 뗐다. 잔인하리만큼 선명한 과거의 기억.

"제 앞에서 죽는다는 말씀을 하시고 싶으시다면, 그 정도 할 각오는 하고 말씀하세요."

"너⋯⋯."

"물론 그런 상황이 제 눈앞에 일어난다 하더라도⋯⋯ 제가 어머니를 말릴 일 따윈 일어나지 않을 테지만 말입니다."

하준의 마지막 말에 이혜연의 눈빛이 크게 요동쳤다. 충격을 받은 듯 이혜연의 몸이 크게 휘청거렸지만, 하준은 무심하게 그녀를 지나쳐 밖으로 뛰쳐나갔다. 엘리베이터 입구 앞에 도착한 그는, 크게 숨을 몰아쉬곤 벽에 몸을 기댔다.

괜찮아졌다고 생각했건만, 아직도 자신의 몸은 그때의 충격을 기억하고 있는지, 심장이 미친 듯이 쿵쾅거리고 이마에 식은땀이 났다. 하지만 하준은 가빈에 대한 걱정에 지체 없이 엘리베이터를 탔다. 그는 1층으로 내려와 빌라 주변을 두리번거리며 가빈을 찾기 시작했다.

멀리 가지는 못했을 거라고 예상했건만, 어디에도 그녀는 보이지 않았다. 그는 결국 집 주변을 벗어나 길가로 나섰다. 도로를 따라 주변을 한참 뛰어다닌 끝에, 하준은 신호등 앞에 서 있는 가빈을 발견할 수 있었다.

그는 제자리에 선 채, 잠시 가빈의 마른 등허리를 물끄러미 바라보았다. 그녀는 차가운 밤공기 속에서 얇은 티 하나를 입은 채, 추위에 몸을 떨며 서글프게 눈물을 흘리고 있었다. 바라보는 것만으로도 가슴이 미어질 만큼 그녀의 모습은 안타까웠다.

하준은 턱까지 차오른 숨을 고르고, 조심스럽게 그녀에게 다가섰다. 그러고는 금방이라도 차도로 뛰어들 듯 아슬아슬해 보이는 가빈을 하준은 조금의 망설임도 없이 뒤에서 확 끌어안았다.

"한참 찾았잖아."

가빈은 갑자기 뒤에서 자신을 끌어안는 그의 행동에 깜짝 놀랐지만, 금세 차가워진 표정으로 눈물을 닦곤 소리쳤다.

"놔."

"너 몸이 얼음장처럼……."

하준이 말을 채 꺼내기도 전에 가빈은 그의 팔을 툭 쳐내며 돌아섰다.

"따라오지 마."

그녀는 한마디 내뱉곤, 망설임 없이 하준을 지나쳐 걸어갔다. 처음 보는 그녀의 냉담한 태도에 하준은 내색하지 않았지만 당혹스러웠다. 그가 느끼기에, 지금 가빈은 마치 다른 사람이 되어 버린 것처럼 낯설었다. 하준은 멀어지는 가빈을 미동도 없이 응시했다.

매서운 칼바람을 맞으며 가녀린 두 팔로 스스로를 감싸 안은 채 걸어가는 그녀가 너무나도 위태로워 보여, 주변의 사람들조차 그녀에게서 시선을 떼지 못했다. 더는 가만히 지켜만 보고 있기가 곤혹스러웠다. 결국 하준은 입고 있는 코트를 벗어들고는 가빈에게 뛰어가 그녀를 붙잡았다.

"너 이러다 감기 걸려, 그러니까 이거라도 입고……."

"이거 놔!"

가빈은 과민하게 반응하며 뒤로 물러섰다.

"이제 다 싫어……."

가빈은 하준이 건네는 코트를 손으로 탁 쳐내며 음울한 목소리를 냈다. 이제 모든 게 다 지겹다. 그녀는 목 끝까지 차오른 울분을 겨우 삼키며 고개를 떨어뜨렸다.

류목형의 손에 이끌려 입이 떡 벌어질 만큼 으리으리한 저택에 들어왔을 때. 아니, 대문 문턱을 넘기 전으로 돌아갈 수만 있다면 그러고 싶었다. 할 수만 있다면 모든 것을 처음으로 되돌리고 싶었다. 아무것도, 아무도 몰랐던 그때로 돌아가고 싶었다. 나 자신도, 내 주변에 있는 사람들 누구도 상처 입지 않았던 그때로 돌아가고 싶었다.

"사라져."

가빈은 그 어느 때보다도 또박또박 목에 힘줘 말했다. 몸도 정신도 한계가 온 지금, 드는 생각은 하나였다. 홍해그룹에 관련된 그 어떤 것도 지금은 마주하고 싶지 않았다. 이혜연을 떠올리게 하는 그 어떤 사람도 지금은 마주하고 싶지 않았다.

"사라져 버려, 그리고 다시는 내 눈앞에 나타나지 마."

그녀는 토해 내듯 말을 내뱉었다. 그러고는 쉴 새 없이 흐르는 눈물을 쓰윽 닦아 내며 천천히 고개를 들었다. 눈물로 흐릿했던 시야가 조금은 밝아지며 하준의 얼굴이 보였다.

금방이라도 눈물을 흘릴 것 같은 서글픈 얼굴. 그녀는 가슴이 찢어질 듯 아려왔다.

"진심으로 하는 말이야?"

가빈은 그의 물음에 답하지 않았다. 바르르 떨리는 입술을 꽉 깨물고, 손끝에 닿은 자신의 옷자락을 꽉 움켜쥐었다.

"그래, 진심이야."

차분하게 가라앉은 그녀의 음성에 하준의 눈이 슬픔의 기운으로 젖어 들어갔다. 목이 메어왔다.

"제발…… 이러지 마."

절대 무너지지 않을 것 같았던 얼음벽에 조금씩 균열이 나는 게 느껴졌다.

"너까지 이러지 말란 말이야……."

가슴을 칼로 난도질한 것 같았다. 진득하고 역겨운 핏물에 몸을 담그다 나오고, 세상 모두의 원망을 온몸으로 다 받아내는 기분이었다. 점차 엄청난 무게의 굴레가 어깨를 무섭게 짓눌러 왔다.

"가빈아."

처절한 음성에도 가빈은 단 한 순간도 그를 마주 보지 않았다. 철저히 무시하고 외면했다. 그의 입술 새로 고통을 내포한 짙은 긴 숨이 내뱉어지며, 공기 중으로 퍼졌다 사라졌다.

허무하다. 하준은 가빈의 얼굴로 향하던 손을 거두곤 코트를 든 채 몸을 돌렸다. 아무 생각도 들지 않았다. 그는 소름 끼칠 정도로 무표정한 얼굴로 담담히, 자리를 떠났다.

"하아……."

혼자 덩그러니 남겨진 그녀는 짙은 한숨을 내쉬고는 한 발 한 발 내디뎌 한쪽에 놓인 벤치에 털썩 앉았다. 이젠 걸을 힘조차 남아 있질 않았다. 가빈은 천천히 고개를 들어 앞을 응시했다.

차가운 바람이 얼굴을 스치며, 뒤늦게 왼쪽 뺨이 욱신거리는 게 느껴졌다. 그녀는 왼손을 들어 뺨을 매만졌다. 아팠다.

"아파."

엄마가 돌아가신 날 이후 처음 느낀 아픔. 가빈의 뺨 위로 또다시 처절한 눈물이 흘렀다. 이윽고, 뺨을 매만지던 그녀의 손이 점차 아래로 내려가더니 가슴으로 향했다. 금방이라도 심장이 멈춰 버릴 듯 옥죄어 오는 고통에 숨이 턱턱 막혔다.

"아파……."

가빈은 떨리는 손끝을 말아 쥐고는 가슴을 세게 내려치기 시작했다. 너무 가슴이 아파서 이대로 죽을 것만 같았다. 아니, 차라리 이 고통을 견뎌 내야 할 바엔 이대로 심장이 멈춰버렸으면 좋겠다는 생각이 들었다.

"오빠…… 아프다고……."

그러니까 옆에 있어줘, 약한 마음의 끝이 결국 그를 가리켰다. 하지만 그녀의 눈앞엔 낯선 광경만이 펼쳐져 있을 뿐이었다. 수많은 인파들 중, 그는 어디에도 없었다. 깨닫고, 바라고, 원하는 지금. 모든 것은 꿈처럼 사라지고 없었다.

"진심으로 하는 말이야?"

　무섭도록 시렸던 그의 표정이 잔인하게도 눈앞에 선명히 그려졌다. 모든 게 엉망이 되고 말았다. 그조차 잃고 말았다. 맨몸으로 세상 밖으로 던져진 기분이었다. 가빈은 꾹꾹 누르고 참았던 울분을 터트렸다.

"흐흑……."

　다시는 되돌릴 수 없을 것 같은 막연한 두려움, 그 현실 앞에 가빈은 주변의 시선에도 한참 동안을 자리에 주저앉아 펑펑 눈물을 쏟아냈다. 그리고 잠시 뒤, 휘청거리는 몸을 이끌고 어딘가로 발걸음을 옮겼다.

3화
서로를 등지다

고작 몇 분 정도의 시간이 흘렀을 뿐이었다. 가빈과 있었던 자리로 되돌아온 하준은 그곳에 그녀가 없는 것을 확인하곤, 코트를 쥔 손에 힘을 꽉 줬다.

그녀를 혼자 내버려둔 채 뒤돌아 선지 얼마 지나지 않아 뒤늦은 후회가 밀려들었다. 그는 곧바로 가빈을 찾기 위해 주변을 샅샅이 뒤지기 시작했다. 몇 시간 동안 거리를 헤매며 그녀가 갈 만한 곳은 일일이 다 찾아다녔지만, 가빈의 모습은 그 어디에도 보이질 않았다.

턱까지 차오른 숨을 고르며 망연자실하던 하준은, 혹시나 하는 생각에 발길을 돌려 그녀의 집으로 향했다. 시간이 꽤 지난 데다 지갑도, 휴대폰도 없는 터라, 지금쯤이면 가빈이 집에 들어갔을지도 모른다는 기대감이 들었다.

하지만 도착한 집 안 어느 곳에도 가빈은 보이지 않았다. 하준은 허탈한 마음에 거실 소파에 털썩 앉고는 손에 든 휴대폰을 만지작거렸다.

도대체 어디에 있는 건지 도무지 감이 잡히질 않았다. 그렇다고 가만히 앉아 기다리고만 있을 수는 없다는 생각에 자리에서 일어난 하준은, 때마침 테이블 위에 놓인 가빈의 휴대폰을 발견하고는 지체 없이 그걸 손에 집어 들었다. 다행히 잠금장치가 되어 있지는 않았다.

하준은 제일 먼저 통화기록을 확인했다. 자신의 이름이 제일 많이 보였고, 그 밑으로 드문드문 현의 이름이 보였다.

'남궁현…….'

어떻게 보면 현재 자신이 알고 있는 가빈의 유일한 지인이었다. 하지만 막상 전화를 걸려니 영 마음이 내키지가 않았다.

하준은 한참을 고민하다 손에 든 가빈의 휴대폰을 도로 테이블 위에 내려놓고는 베란다로 다가가 창문을 열었다. 온몸을 움츠러들게 만들 만큼 차가운 바람이 느껴졌다.

이런 날씨에 겉옷도 입지 않고 돌아다닐 가빈을 생각하니 더는 안일하게 있을 수만은 없었다. 하준은 손에 들고 있는 자신의 휴대폰에서 현의 전화번호를 찾았다. 그러고는 망설임 없이 그에게 전화를 걸었다.

─여보세요?

수화기 너머로 들리는 현의 목소리, 하준은 천천히 입을 열었다.

"……지금 어디야?"

기자간담회에서 도망치듯 기자들을 피해 집으로 온 민호는, 이튿날이 될 때까지 책상 앞에 앉아 요지부동 노트북만 들여다봤다.

만 하루가 지난 지금 인터넷에선 자신과 가빈에 대한 스캔들 기사는 물론, 각종 루머들까지 연이어 쏟아져 나오고 있었고, 실시간 검색어에는 홍해그룹과 함께 '황민호'라는 이름이 계속해서 상위권을 차지하고 있었다.

민호는 뜻하지 않게 돌아가는 상황에 씁쓸함을 감추지 못했다. 그는 노트북 화면을 덮고선 한숨을 푹 내쉬었다. 기자간담회가 한순간에 엉망이 되어 버렸고, 현재 영화보단 스캔들에 모든 언론이 집중되어 있는 상태였다.

감독님과 현을 비롯해 같이 일했던 스태프들에게 피해가 갈 수 있는 상황인 만큼, 민호의 마음은 천근만근 무거울 수밖에 없었다.

"어차피 언젠간 언론에 노출될 일, 일종의 노이즈 마케팅이라고 생각해. 이번 일을 계기로 너도, 영화도, 제대로 홍보되었으니 오히려 잘된 일 아니겠니?"

문득 민호의 뇌리로 어제 이혜연이 통화 도중 했던 말이 스쳐 지나갔다. 지금의 상황을 대수롭지 않게 여기는 그녀의 말에, 가빈이와의 약혼을 안이하게 생각했던 민호는 정신이 번쩍 들었다.

가진 거라곤 몸뚱이밖에 없는 자신을 굴지의 대기업 사모님이 사위로 맞지 않을 거라, 시간이 지나면 없던 일처럼 될 거라 쉽게 생각했었건만, 이 모든 건 자신의 착각에 불과했던 것이다.

이번 일을 계기로 이혜연의 진심을 알게 된 민호의 얼굴빛이 점차 어두워졌다. 갑자기 현실로 닥친 약혼 문제가 여러 가지 일들과 맞물려 감당할 수 없을 만큼 힘겹게 느껴졌다.

"오빠, 괜찮아?"

달칵 문이 열리며 들어선 연우의 목소리에 민호가 뒤돌아 그녀를 바라봤다. 어제 자신 때문에 밤을 꼴딱 지새웠는지, 그녀의 얼굴에 피곤한 기색이 역력해 보였다. 민호는 그런 연우를 안타까운 표정으로 쳐다봤다.

애써 감추고 있지만, 그녀의 눈빛으로도 지금 불안해하고 있다는 걸 알 수 있었다. 민호는 연우에게 가까이 다가가 그녀의 머리를 쓰다듬어 주며 애써 환하게 웃어 보였다. 이 이상 그녀에게 걱정을 끼치고 싶지 않았다.

"응, 그럼. 아무렇지도 않아."

민호의 대답에 연우는 그제야 조금 안심이 되는지 표정이 아까보다 밝아졌다.

"나와서 밥 먹어, 현이 오빠가 밥 차려놨어."

"현이……? 아!"

민호는 연우의 말에 그제야 어제 극장에서 현과 함께 집으로 온 것을 뒤늦게 생각해 내곤 자신의 머리를 탁 쳤다. 스캔들에 정신이 팔려 진짜 정신을 놓은 모양이었다. 민호는 다급히 그녀에게 물었다.

"어제부터 계속 우리 집에 있었던 거야?"

"응, 기자들이 집 앞에 진을 치고 있어서 결국 집에 못 갔어."

"그런데 왜 그걸 이제 얘기해?"

연우가 머뭇대며 대답했다.

"그게…… 현이 오빠가 그냥 혼자 있게 내버려 두라고 해서."

민호가 복잡한 표정으로 한숨지었다. 사실 지금 상태에선 현을 피하고 싶은 게 솔직한 심정이었다.

자신이 이혜연에게 스폰을 받고 있다는 사실조차 모르는 상태에서 가빈이와의 약혼 얘기를 듣게 되었으니, 모르긴 몰라도 머릿속에 폭탄을 맞은 기분일 것이 분명했다.

민호는 두 손으로 머리를 움켜쥐었다. 어디서부터 이 오해들을 풀어나가야 할지…… 쏟아지는 고민에 그의 머리가 금방이라도 터져 버릴 것만 같았다.

"오빠, 안 나가?"

연우가 의아하게 묻자, 멍하니 서 있던 민호가 별안간 단호해진 표정으로 휠체어의 손잡이를 잡았다.

어차피 언젠간 부딪쳐야 할 일, 차라리 한시라도 빨리 현에게 변명이라도 늘어놔야 속이 편할 것 같았다. 민호는 연우의 휠체어를 끌고 문밖으로 향했다.

"넌 지금까지 뭐하다 이튿날 초저녁이 다 돼서야 나오는 거야?"

문밖을 나서자마자 현과 맞닥뜨린 민호는 소스라치게 놀라며 뒤로 물러섰다.

"혀, 현아."

"뭐냐, 그 귀신이라도 본 것 같은 반응은?"

현이 눈을 가늘게 뜨고서 묻자 민호가 어색하게 웃으며 대답했다.

"하하, 그러게…… 안 그래도 오늘따라 네가 낯설게 보인다."

그의 대답에 현의 표정이 일순간 싹 굳었다.

"지금 농담이 나오지?"

그의 냉랭한 반응에 민호가 석고상처럼 제자리에 굳었다. 이게 아닌데…… 아무래도 아무 일 없었다는 듯 대한다는 게 도리어 상황을 악화시킨 듯 보였다.

민호는 눈을 굴려 연우를 쳐다봤다. 도움을 요청하는 눈빛을 보냈지만, 그녀는 민호를 외면한 채 휠체어를 타고 식탁에 다가가 식사를 시작했다.

"안 앉아?"

식탁에 앉은 현이 흘끗 돌아보며 묻자, 민호는 일단 손 씻고 오겠다며 재빨리 화장실로 피신했다. 계속 같이 있다간 금방이라도 헛소리가 튀어나올 것 같았다. 민호는 화장실 문에 기대고 선 채 한숨을 푹 내쉬었다.

마치 친구의 애인과 몰래 바람을 피우다 들킨 것처럼 지금의 상황이 그는 그저 불편했다. 민호는 문 앞에 한참 동안 기대어 서 있다, 세면대 앞으로 가 세수를 했다. 차가운 물에 얼굴을 씻고 나니 조금이나마 정신이 맑아지는 것 같았다.

민호는 수건으로 얼굴을 닦고선 문득 거울에 비친 자신의 얼굴을 물끄러미 쳐다봤다.

소속사를 통해 꾸준히 관리를 받은 탓에, 잡티 하나 보이지 않았고 매끈했다. 불과 얼마 전까지만 하더라도 볼 수 없었던 피부의 광택에 그는 새삼 기분이 묘해졌다.

한참 동안 거울 앞에서 얼굴 이곳저곳을 뜯어보던 민호는 고개를 돌려 욕실 안을 찬찬히 살폈다.

전에 살던 집에서는 구경조차 못 했던 커다란 욕조와, 곰팡이로 덕지덕지 얼룩져 있던 이전 벽과 달리 고급스러운 타일이 깔린 깨끗한 벽이 그의 눈에 비쳤다.

민호는 복잡 미묘한 표정으로 욕조 위에 걸터앉곤 고개를 푹 떨궜다.

이혜연이 스폰해 주지 않았다면 당장 이런 집에서 살 수 있는 호사를 누릴 일은 절대 없었을 것이다.

연우가 지금처럼 문턱이 없는 넓은 집에서 휠체어를 자유롭게 타며 아무 때나 한강을 내려다볼 수도 없었을 테고, 도시가스비 걱정 없이 보일러를 펑펑 틀어놓고 따뜻하게 살 수도 없었을 것이다. 그리고 무엇보다도 연우 병원비를 빚 없이 낼 수도 없었을 것이다.

"깊게 생각할 필요 없어, 간단하게 생각하면 돼. 네가 원하는 모든 것을 내가 해 줄 테니 넌 내가 시키는 것만 잘하면 되는 거야."

'시키는 대로만 하면 원하는 모든 것을 해 준다…….'

멍하니 이혜연이 했던 말을 곱씹던 민호의 머릿속으로 곧 반발하듯 또 다른 얼굴이 그려졌다.

"응, 진짜로 좋아해. 고백도 했어. 아직 대답은 못 들었지만."

진지한 표정으로 가빈의 대한 감정을 솔직하게 말하던 현의 모습,

"미치겠다, 진짜."

민호가 거칠게 자신의 머리카락을 헝클어뜨렸다. 머릿속이 혼란스러웠다.

이혜연은 평생 가지지 못할 엄청난 것들을 지원해 주는 대신 가빈이와의 약혼을 원했다. 홍해그룹 일가의 일원이 될 수 있는 기회였으니 따지고 보면 그마저도 자신에겐 나쁠 것 없는 일이었다. 무엇보다도 연우가 지금처럼 행복하고 편하게 살 수 있도록 해 줄 수 있었다.

하지만 그렇다고 현이 처음으로 좋아한 여자와 이런 식으로 약

혼을 할 수는 없는 노릇이었다. 항상 자신의 일이라면 발 벗고 나서서 도와준 친구의 의리를 이런 식으로 저버릴 순 없었다.

"안 나오고 뭐 해?"

한참 생각에 빠져 있던 민호는 문밖으로 들리는 현의 목소리에 천천히 몸을 일으켰다. 이렇게 앉아서 고민만 한다고 해서 해결될 문제는 아니었다.

죽이 되든 밥이 되든 일단은 현에게 얘기해 보자. 생각을 정리한 민호는 손에 든 수건을 빨래 통에 집어넣고 화장실 밖으로 나갔다.

"밥 먹고 얘기 좀 해."

민호는 한참 식사 중인 현에게 다가가 말을 건네곤 발길을 돌려 거실에 있는 소파에 앉았다. 부엌에서 밥 먹고 얘기하란 연우의 목소리가 들렸지만, 그는 대충 입맛이 없다 둘러댔다.

그 순간 주머니 속에 넣어 둔 휴대폰이 울렸다. 연락 좀 달라는 세련의 메시지였다.

민호는 무감한 표정으로 휴대폰을 테이블 위에 툭 던지듯 내려놓았다. 적어도 지금 그에게 세련까지 신경 쓸 여력은 남아 있지 않았다.

"벌써 다 먹었어?"

민호는 어느새 부엌에서 나와 옆에 털썩 앉는 현을 의아하게 돌아봤다.

"입맛이 별로 없어서."

현의 심드렁한 대답에 민호는 잠시 눈치를 살피다 몸을 돌려 그를 마주 봤다. 이제 말해야 할 때가 왔다.

"진작 얘기 했어야 했는데 이제야 말하게 돼서 미안하다."

민호는 난감한 표정으로 머리를 긁적였다.

"그게 그러니까…… 어디서부터 어떻게 얘기해야 할지……."

막상 얘기를 꺼내려니 쉽사리 입이 열리지 않았다.

"전부 다, 하나도 빠짐없이 뭐든 얘기해."

재촉하는 현의 눈빛에 결국 민호는 조심스럽게 말문을 뗐다.

"사실…… 아는 매니저 형 소개로 재벌가 사모님들 모인 술자리에 간 적 있었는데, 거기서 알게 된 사모님 한 분이 나한테 스폰을 제의했어."

"스폰?"

현은 갑작스러운 그의 말에 미간을 좁힌 채 고개를 기울였다.

"그래, 스폰."

민호는 한숨을 푹 내쉬고 이어 말했다.

"나도 처음엔 당연히 거절하려고 했는데…… 그래, 분명 그랬는데…… 그 사람이 그러더라. 시키는 대로만 하면 톱스타가 될 때까지 밀어 주는 건 물론이고, 금전적인 지원도 아낌없이 해 주겠다고. 집도, 차도, 심지어 연우 병원비까지 전부 다."

"……그래서?"

현의 반문에 그는 마른침을 꿀꺽 삼키고선 대답했다.

"받아들였어, 그래서 지금 이 집에 살고 있는 거고."

그의 대답에 현은 울컥 치미는 화를 겨우 억눌렀다. 스폰이라니?

다른 사람도 아니고 황민호가 말이다. 현은 입안에서 맴도는 욕을 집어삼키며 자리에서 벌떡 일어섰다. 좀처럼 표정관리가 되지 않았다.

"나도 어쩔 수 없었어. 내가 하루라도 빨리 자리를 잡아야 우리 연우, 조금이라도 편하게……."

"너, 그 입 다물어."

민호는 싸늘한 그의 음성에 말을 뚝 멈췄다. 현의 표정이 얼음장처럼 차갑게 변해 있었다.

"현아."

"연우 핑계 대지 마, 네가 연우를 생각했다면 이런 짓은 더더욱 하지 말았어야지."

정곡을 찌르는 그의 말에 민호는 대꾸조차 하지 못했다. 꼭꼭 숨기고 있던 치부를 현에게 적나라하게 들킨 기분이 들었다. 민호는 침묵했다. 더는 어떤 말도 입 밖으로 나오질 않았다.

"도대체 누구야, 너 스폰해 주는 사람."

당장에라도 이 모든 것들을 원점으로 되돌려 놓고 싶었다. 아니, 그래야만 한다. 단호하게 결심한 현은 일단 이 일의 원인 제공자부터 찾을 생각으로 그에게 물었다. 하지만 민호는 선뜻 대답하지 못했다.

"황민호, 대답 안 해?"

현이 다그치듯 묻자, 결국 민호가 힘겹게 말을 내뱉었다.

"홍해그룹 사모님."

"……."

"가빈이 새엄마야."

현의 눈빛이 파도가 요동치듯 크게 떨렸다.

"뭐?"

"미안해, 나도 처음엔 이렇게 될 줄 몰랐어."

민호의 말에 현은 허탈한 듯 헛웃음을 터트렸다. 그는 도무지 믿기지 않았다. 민호가 스폰을 받았다는 사실도, 그리고 그 스폰서가 가빈이 새엄마라는 사실도, 그리고 한낱 루머인 줄 알았던 가빈과 민호의 스캔들이 이런 식으로 복잡하게 얽힌 관계에서 비롯된 것인 건지도.

현은 한참을 뚫어지게 민호를 응시했다. 거짓말을 할 때면 버릇처럼 목 주변을 긁곤 했는데 그는 지금 미동조차 없었다. 현은 거짓이라 믿고 싶었던 말이 점차 진실로 굳어져 가고 있는 현실에 할 말을 잃고 말았다.

"현아……?"

"너, 제정신이야?"

현의 낮고 음울한 음성에 민호가 아무 말도 못 하고 고개를 떨어뜨렸다.

"너 미친 거지? 그렇지? 미친 거 맞지!!"

현은 있는 힘껏 목에 힘주고 소리치다 문득 자신들을 향하는 시선을 느끼곤 고개를 옆으로 돌렸다. 둘의 목소리가 어느 정도 커지자 신경 쓰이는지 연우가 식사를 멈추고, 그들을 불안한 표정을 바라보고 있었다.

"……방에 들어가서 얘기하자."

이런 모습을 연우에게 보이고 싶진 않았다. 현은 따라오라는 듯 민호의 어깨를 툭 치고 바로 눈앞에 보이는 방으로 향했다.

문을 열고 들어가려던 찰나, 현은 상의 안주머니에서 울리는 진동소리에 멈춰 선 채로 휴대폰을 꺼내 확인했다.

'류하준?'

안 그래도 어제부터 가빈과 연락이 잘 닿지 않아 오늘 그에게 전화를 해볼 생각이었던 현은, 민호에게 먼저 들어가 있으라 말하곤 통화버튼을 눌렀다.

"여보세요?"

―……지금 어디야?

다짜고짜 어디냐고 묻는 그의 말에 현은 치밀어 오르는 짜증을 꾹 참으며 대답했다.

"잠깐 밖에 나왔습니다만."

―혹시 가빈이하고 같이 있나?

현의 미간이 구겨졌다. 가빈이?

"가빈이라면 어제 대표님께서 데리고……."

―같이 안 있어?

재차 묻는 하준의 말투에서 왠지 모를 불길함을 느낀 현은 그에게 오히려 되물었다.

"가빈이한테 무슨 일 생겼습니까?"

―……혹시 가빈이한테 연락 오면 나한테 바로 전화 줘.

"대표님."

―그럼 부탁한다.

뚝, 통화가 끝나고 현은 심각한 표정으로 말없이 휴대폰을 들여다봤다. 류하준은 웬만한 일이 아니고선 자신에게 전화를 걸 사람이 아니었다. 그런데도 전화해서 가빈의 행방을 물었다면, 그녀의 신변에 무슨 문제가 생긴 것이 분명했다.

"못다 한 얘긴…… 나중에 하자."

민호가 옆에서 통화내용을 들었는지 다급하게 그를 붙잡으며 물었다.

"가빈이한테 무슨 일 생겼어?"

"나도 자세한 건 몰라, 일단 갔다 와서 얘기해."

"밖에 기자들 있을 텐데……."

"나야 이제 기자들한테 눈에 띄어도 상관없어."

현은 민호에게 무뚝뚝하게 말하고선 뒤도 돌아보지 않고 황급히 밖으로 나갔다.

"현이 오빠 지금 나간 거야?"

연우가 현관문 닫히는 소리에 거실로 나와 놀란 표정으로 물었다. 그러자 현이 떠난 자리를 멍하니 지켜보던 민호가 별일 아니라는 듯, 표정 관리를 하며 대답했다.

"아, 감독님께서 잠깐 보자고 하셨나 봐. 금방 온다고 했으니까 넌 걱정 하지 말고 가서 마저 먹어."

민호는 대충 돌려 말하고는 방으로 쑥 들어갔다. 거실에 적막이 찾아왔다. 혼자 남겨진 연우는 불안한 표정으로 현관문과 민호의 방을 번갈아 보고는 별일 다 있다는 듯 어깨를 으쓱했다.

"싸웠나?"

평생 싸운 적 없던 둘이 다투기라도 했나 싶어 그녀의 얼굴에 걱정이 드리웠다.

"저러다 말겠지, 뭐."

둘의 성정 상 싸우더라도 오래갈 일은 없었다.

"오빠, 밥은 먹어야지!"

민호의 방으로 휠체어를 돌려세운 연우는 어느 때보다 우렁차게 그에게 소리쳤다.

기자들 몰래 밖으로 빠져나온 현은, 택시를 타고 지체 없이 가빈이 살고 있는 빌라로 향했다. 가는 도중 계속해서 가빈에게 전화를 걸었지만, 공허한 신호음만 들릴 뿐, 그녀는 전화를 받지 않았다.

"홍해그룹 사모님…… 가빈이 새엄마야."

현은 불현듯 머릿속에 떠오른 민호의 말을 지우려는 듯, 머리를 세차게 내저었다. 지금 이 순간만큼은 가빈이 행방 이외의 것들은 생각조차 하고 싶지 않았다.

현은 불안한 표정으로 창문 밖을 내다봤다. 혹시 무슨 사고라도 난 건 아닐까 하는 생각에 초조하고 피가 바짝바짝 말라왔다. 그는 택시기사에게 서둘러 가달라고 재촉하곤, 가빈에게 어디 있냐는 메시지를 보냈다. 하지만 몇 분이 지나도 가빈에게선 연락이 없었다.

"손님, 도착했습니다."

목적지에 도착할 때까지 휴대폰에서 눈을 떼지 못하던 현은, 택시기사의 목소리에 쏜살같이 돈을 지불하고 택시에서 내렸다.

차가운 밤공기를 가르며 빌라 입구에 도착한 그는, 문득 가빈의 집이 몇 호인지 모른다는 사실을 뒤늦게 깨닫고 난감해했다. 혹시나 싶어 경비실에 물어봤지만, 그곳에선 보안상 신원이 확인되지 않은 사람에게 알려줄 수 없다며 거절했다.

현은 한참 입구 앞을 서성이며 고민했다. 하준에게 전화를 해 물어볼까 했지만 그건 왠지 내키질 않았다. 그렇다고 하염없이 이렇게 기다릴 순 없다는 생각에 뭔가를 결심하고 휴대폰을 꺼내 들려던 찰나, 현은 때마침 엘리베이터에서 내리는 낯익은 얼굴을 발견하고 재빨리 옆으로 숨었다.

'대표님?'

하준이었다. 그는 다소 빠른 걸음으로 주차장으로 향했고, 차를 타자마자 빌라단지를 유유히 빠져나갔다. 어딘가 다급해 보이는 표정과 행동, 그리고 그와 했던 통화내용을 곰곰이 되짚어 생각한 현은 직감적으로 집 안에 가빈이 없음을 느낄 수 있었다.

'그럼 일단 주변부터 찾아보자.'

왠지 가빈의 성격상 어디 멀리 가진 않았을 것 같다는 예감이 들었다. 현은 일단 빌라 주변부터 뒤지기 시작했다.

살갗을 에는 듯한 추위에 그의 마음은 더욱 다급해졌고, 한참 동안 가빈을 찾으러 이곳저곳을 뛰어다녔다. 하지만 아무리 살펴봐도 가빈은 어디에도 보이질 않았다.

'도대체 어디 있는 거야.'

근처 번화가를 돌아다니고 있지 않을까 하는 생각이 문득 들어 발길을 돌리던 현은, 뇌리를 스치는 기억에 우뚝 멈춰 섰다.

언젠가 가빈과 함께 도시락을 먹었던 공원이 떠올랐고, 현은 그곳을 향해 거침없이 뛰어갔다.

'제발 있어라, 제발.'

빌라 단지에서 그리 멀지 않은 곳이라서인지 현은 공원에 단숨에 도착했고, 이후 근처를 샅샅이 둘러보기 시작했다. 인적이 드문 탓에 누구에게 물어볼 수도 없어 맨몸으로 막연히 이곳저곳을 뛰어다닐 수밖에 없었다.

그렇게 한참을 돌아다니던 그 순간, 현은 공원 출구 쪽 벤치에 웅크리고 앉아 있는 누군가를 발견하고는 그대로 발걸음을 멈췄다. 가빈이었다.

그녀는 겉옷도 걸치지 않은 채, 얇은 티 하나를 입고선 추위에 벌벌 떨고 있었다. 현은 가빈을 발견했다는 사실에 안도하면서도 칼날처럼 차가운 바람에 두 볼이 벌겋게 얼어 있는 그녀를 안타까운 표정으로 바라봤다.

그녀의 애잔한 모습에 현은 가슴 한편이 저릿해 오는 것을 느꼈다. 지켜보는 것조차 힘들었다. 현은 겉옷을 벗어 손에 들고 그녀에게 천천히 다가갔다. 그러고는 가녀린 그녀의 어깨에 옷을 덮어 주었다.

"현아?"

가빈은 갑작스러운 현의 등장에 놀랐는지 눈을 동그랗게 떴다.

"네가 여긴 어떻게……?"

"추운데 여기서 뭐 해?"

현이 옆자리에 털썩 앉으며 묻자, 가빈은 그가 퉁퉁 부은 자신의 얼굴을 볼 새라 고개를 반대편을 홱 돌리며 대답했다.

"운……동하러 나왔어."

"뭐? 운동?"

"응. 운동."

현은 단호하게 대답하는 그녀가 왠지 귀엽게 느껴져 자신도 모르게 피식 웃음을 터트렸다.

"네 복장 상태로 운동했다간 운동이고 뭐고 감기 걸리겠다."

현은 가빈의 어깨를 확 잡아끌어 마주 앉은 상태에서 그녀의 어깨에 걸쳐 준 옷을 여미며 말했다. 가빈은 황망히 시선을 아래로 내렸다.

현은 가빈의 행동에서 뭔가 이상한 낌새를 느끼곤 그녀의 얼굴을 자세히 살펴보았다. 그러고 보니 울었는지 눈은 충혈되어 있었고, 왼쪽 뺨은 누구에게 맞기라도 한 것처럼 벌겋게 부어 있었다.

"너…… 얼굴이 왜 이래?"

"아무것도 아니야."

가빈은 금방이라도 터질 것 같은 눈물을 삼키며 자리에서 벌떡 일어섰다. 다정한 현을 마주하니 겨우 억누르고 있던 울분이 다시 샘솟을 것만 같았다.

"춥다, 현아 그만……."

"대표님하고 무슨 일 있었던 거야?"

불현듯 던져진 현의 질문을 들은 가빈의 얼굴에 당황한 빛이 잠시 어렸다 사라졌다.

"아니."

가빈은 단호하게 부정했지만 현은 그게 긍정의 답변인 걸 그녀의 눈빛을 보는 것만으로도 알 수 있었다. 현은 진지한 표정으로 자리에서 일어나 가빈의 팔을 잡아당겨 도로 벤치에 앉혔다. 그러고는 그녀의 앞에 한쪽 무릎만 꿇고 앉아 올려다보며 나직이 말을 꺼냈다.

"너하고 민호, 약혼설 말이야."

"그거…… 민호도 말했겠지만 그저 루머일 뿐이야, 곧 해명기사 나갈 거고."

가빈이 빠르게 대답했고, 현은 그런 그녀의 얼굴을 유심히 바라봤다. 시선을 아래로 둔 채, 불안한 표정으로 마른 입술을 꼭 깨물고 있었다. 뭐에 쫓기기라도 하는 듯 안절부절못하는 모습, 가슴이 먹먹해져 왔다.

현은 무릎 위에 놓인 가빈의 두 손을 꼭 잡았다. 그녀의 손에 감도는 차가운 냉기가 옮겨져 그의 심장이 곧 얼어 버릴 것만 같았다.

"너 내가 전에 우리 집 근처에서 했던 말, 기억해?"

가빈은 갑자기 손을 잡은 그의 행동에 당황하며 우물쭈물 입을 열었다.

"네가…… 했던 말?"

그가 가빈의 눈을 정확히 들여다보며 말했다.

"혼자서 힘들어하지 말고, 나한테 뭐든 얘기하라고 했던 말."

현은 천천히 오른손을 뻗어 그녀의 왼쪽 뺨을 부드럽게 쓰다듬었다.

"너, 지금 엄청 힘들어 보여."

현의 한마디에 가빈의 눈꺼풀이 파르르 떨리며 그녀의 두 눈에 거짓말처럼 눈물이 고이기 시작했다. 꾹꾹 누르고 숨겨왔던 감정의 시한폭탄을 그가 툭하고 건드린 것만 같았다.

그녀의 뇌리로 오늘 있었던 일들이 주마등처럼 스쳐 지나갔다. 심장이 터질 듯이 뛰며, 괴로움에 숨이 멎을 것만 같았다.

"그만…… 가자."

더 있다간 현을 붙잡고 펑펑 눈물을 쏟아낼 것만 같았다. 가빈은 가까스로 눈물을 참아내며 그에게서 손을 빼냈다.

"너도 추울 텐데, 그만 입어."

가빈은 자신의 어깨에 둘러진 옷을 벗어 그에게 건넸다. 더 이상 그에게 폐를 끼치고 싶지 않았고, 친구라는 이유로 염치없이 기대고 싶지도 않았다. 하지만 그런 그녀의 마음에 반하듯 현은 그 옷을 받아 도로 그녀의 어깨에 덮어 주며 물었다.

"혹시 내가 준 녹음기 들어 봤어?"

현의 질문에 가빈의 머릿속으로 책상 서랍에 고이 넣어 둔 녹음기가 생각났다. 깜빡 잊고 있었다. 가빈은 미안한 고개를 저었다.

"아직, 내가 정신이……."

"듣지 마."

짧은 그의 한마디, 가빈은 고개를 기울였다.

"왜?"

잠깐의 적막이 흘렀다. 현은 잠시 자신이 녹음했던 내용을 돌이켜 생각했다. 그녀를 향한 진심, 그리고 언제든 돌아올 때까지 기다리겠다는 절절한 마음을 담아 녹음했다.

며칠 뒤 든, 몇 년 후든, 죽어서 평생 못 듣게 되더라도. 절대 변치 않을 마음을 그대로 녹여냈다. 하지만 이상적이기만 한 그런 진심은 이제 접어둘 생각이었다. 언제까지고 먼 발치에 선 채 관망하듯 그녀를 보지 않겠노라. 현은 가빈에게 가까이 다가가 그녀를 품에 꼭 끌어안았다.

"현아……?"

"같이 미국에 안 갈래?"

귓전에 맴도는 그의 목소리, 가빈의 얼굴에 당황스러운 빛이 비쳤다.

"뭐?"

"나랑 같이 가서 영어공부도 하고, 공모전 준비도 하고……."

"……."

"여기서 있던 일 싹 다 잊고 다시 시작하자, 미국에서."

가빈은 마지막 그의 말에 놀란 눈빛으로 그를 쳐다봤다. 여기서 있었던 일을 싹 잊으란 그의 말이 마치 자신의 속을 들여다보고 위로하는 것처럼 들렸다.

그녀는 숨죽인 채 그를 올려다봤다. 현의 표정은 그 어느 때보다도 진지했다.

"한번 잘 생각해 봐, 진심이니까."

현이 그녀를 놓아주며 싱긋 웃어 보였다. 가빈은 얼떨떨한 표정으로 한 발짝 뒤로 물러선 채 고개를 푹 숙였다.

머릿속이 혼란스러웠다. 아주 멀어졌다고 생각했던 현이 또다시 가까이 다가오자, 형용할 수 없는 묘한 느낌이 전신을 감쌌다. 편안하고 따뜻했다.

"이제 그만 가자……."

가빈은 다급하게 뒤로 돌아섰다. 더 같이 있다가는 표정관리조차 안 될 것 같았다. 가빈은 서둘러 집 쪽으로 발길을 돌렸다. 그 순간, 몸에 한기가 느껴지며 그녀의 눈앞이 뿌옇게 흐려졌다.

"괜찮아?"

가빈의 몸이 살짝 한쪽으로 기우는 것을 본 현이 재빨리 그녀의 어깨를 붙잡아 안았다. 가빈의 입술이 새파랗게 변한 것을 본 현은 그녀의 이마에 손을 가져가 댔다. 미열이 느껴졌다.

"괜찮아."

현은 괜찮다며 자신을 밀어내는 그녀의 어깨를 꽉 붙잡았다.

"괜찮긴! 내가 잡아 줄 테니까 고집 피우지 말고……."

"아버지……?"

가빈은 공원 앞으로 다가서는 차량을 얼떨떨한 표정으로 바라봤다.

"아버지?"

현은 고개를 들어 앞에 보이는 차를 멍하니 지켜봤다. 한눈에 봐도 위압감이 들 정도로 고급스러운 차량이었다.

그는 한참 동안 차에서 시선을 떼지 못했다. 그렇게 잠시 뒤 차가 그들 앞에 멈춰 섰고, 보조석 문이 먼저 열리며 현 실장이 내렸다. 그리고 그가 열어준 뒷문으로 류목형이 천천히 내렸다.

"아버지께서…… 여긴 어떻게?"

가빈은 눈앞의 상황이 어리둥절했다. 한 번도 연락 없이 온 적 없던 류목형이 이렇게 갑자기 집도 아닌 공원에 있는 자신을 찾아내 왔다는 것이 믿기지 않았다.

어떻게 된 거지? 그녀는 동그래진 눈으로 그들을 멍하니 쳐다봤다.

"현 실장."

"네."

류목형은 가빈의 옷차림을 확인하자마자 못마땅한 표정으로 현 실장에게 눈짓했고, 그는 현의 옷을 거둬낸 뒤 입고 있던 코트를 벗어 가빈의 몸에 둘러줬다. 가빈은 그런 그의 행동을 얼떨떨한 표정을 바라봤다.

"가시죠, 아가씨."

가빈은 선뜻 현 실장을 따라 나서지 못하고 난처한 표정으로 현을 돌아봤다. 그를 두고 혼자 가려니 마음에 걸렸다.

"아가씨?"

"잠시만요, 현 실장님."

인사라도 하고 가야 마음이 편할 것 같아 가빈은 현을 돌아봤다. 가빈은 손에 들고 있던 현의 옷을 그에게 전해줬다. 마지막 인사를 하려던 찰나, 현은 가빈을 그대로 지나쳐 류목형 앞으로 다가가 그에게 꾸벅 고개를 숙였다.

"처음 뵙겠습니다. 남궁현이라고 합니다."

류목형은 먼저 다가와 인사하는 현을 무감한 시선으로 쓰윽 훑었다. 보통 처음 자신을 대면하게 되면 주눅 들기 마련인데, 그에게서 그런 모습은 보이지 않았다. 그 점이 꽤 흥미롭게 다가왔다.

"그만 가지."

류목형은 현에게 한마디 말도 없이 바로 차에 올라탔다. 덩그러니 혼자 남겨진 현은 민망한 표정으로 머리를 긁적였다. 인사를 할 가치도 없다는 건가? 현은 허탈한 마음이 들었지만 미안한 표정으로 다가서는 가빈을 위해 애써 웃어 보였다.

"조심히 들어가."

"미안해, 아버지께서 오늘 기분이 안 좋으신가 봐."

현은 오히려 고개를 세차게 저었다.

"아니야, 난 괜찮으니까 어서 타."

가빈은 연신 현에게 미안하다 말하고는 뒷좌석에 올라탔다. 차가 출발했고, 잘 가라며 손을 흔드는 현에게 한동안 시선을 떼지 못하던 가빈은 점차 그가 멀어지자 서운한 눈빛으로 류목형으로 돌아봤다.

"친구인데 인사는 받아 주시지 그러셨어요."

"그보다, 추운데 그렇게 입고 밖을 돌아다닌 게냐?"

처음부터 현은 안중에도 없었다는 듯, 그는 말을 돌렸다. 가빈은 '괜찮아요.' 라고 짧게 대답한 채로 시선을 창문 밖으로 옮겼다. 더는 그와 대화를 이어나가고 싶지 않았다. 이혜연과의 일을 계기로 류목형과 함께 하는 자리가 더욱 불편하게 느껴졌다.

"네 새엄마가 일을 크게 벌였더구나."

류목형의 말에 가빈이 그를 흘끗 돌아봤다. 그의 얼굴이 종잇장처럼 구겨져 있었다.

"신경 쓸 거 없다. 그딴 헛소리들은 곧 없던 일처럼 조용해질 테니."

안심하라는 듯한 그의 말에도 가빈은 대꾸도 없이 창문 밖으로 보이는 자신의 집을 유심히 바라봤다.

그곳에서 불과 몇 시간 전에 일어났던 일들이 떠올랐고, 끔찍했던 경험에 온몸에 소름이 돋았다. 머리가 기억하고, 가슴이 기억했다. 평생 잊지 못할 기억이 온몸에 퍼즐처럼 나뉘어 박혀 있었다.

"저기 앞에서 내려 주세요, 걸어갈게요."

가빈은 앞에 보이는 신호등을 가리키며 현 실장에게 말했다. 류목형이 어떤 이유로 자신을 찾아왔는지 알 것 같았지만, 그저 외면하고 싶었다.

왜 엄마를 술집에 팔아넘긴 게 이혜연이 아니라고 거짓말을 했는지 따져 묻고 싶었다. 하지만 결국 그녀는 쏟아지려는 말들을 애써 집어삼켰다.

가빈은 지금 혼자 있고 싶었다. 혼자 텅 빈 방안에서 생각들을 정리하고, 쉬고 싶었다. 하지만 그녀의 바람과는 달리 차는 신호등을 지나쳐 집과는 반대 방향으로 움직이고 있었다.

"지금…… 어디 가는 거예요?"

"당분간 호텔에서 지내거라."

단순히 걱정돼서 찾아온 줄로만 알았다. 그런데 호텔이라니? 가빈이 황망히 물었다.

"그게 무슨 말씀이세요? 호텔이라니?"

"조만간 네 새엄마랑 이혼할 생각이다."

그의 말에 가빈의 얼굴이 굳었다. 어떤 반응을 보여야 할지 당혹스러웠다.

"그런 표정 지을 것 없다. 너 때문에 그러는 게 아니라, 나와 홍해그룹을 위해 내린 결정이니까."

류목형은 가빈의 머리를 다정하게 쓰다듬어 주며 말했다.

"이번 일로 네 집 앞에 기자들이 들락거리는 데다 앞으로 그 여자 성격에 얼마나 더 널 괴롭힐지 모르니, 모든 일들이 잠잠해질 때까지 당분간만 호텔에서 지내고 있거라."

"하지만 아버지……."

"당분간만이다, 아버지 부탁인데 못 들어 주겠느냐?"

평생 처음 하는 그의 부탁에, 가빈은 더 이상 아무 말 못 하고 입을 다물었다. 아무리 그래도 어머니를 대신해 피가 섞이지 않은 자신을 평생 부족함 없이 키워준 분이었다.

서운하고 이해 못 하는 부분이 있더라도 류목형의 뜻을 웬만해선 거스르지 않고 싶은 게 솔직한 심정이었다.

"그 대신 저도 부탁이 있어요, 아버지."

류목형은 말해 보라는 듯 고개를 끄덕였다.

"당분간 학교 휴학하고, 전주에 내려가서 지내고 싶어요."

어차피 남남인 걸 알고, 이미 성인이 된 이상 옆에서 더는 폐를 끼치고 살 순 없었다. 결심했던 일인 만큼 그녀의 눈빛은 어느 때보다도 확고했다. 하지만 류목형은 용납 못 한다는 표정으로 단호하게 말했다.

"며칠 여행을 간다는 얘기라면 허락하마."

"아버지."

"네가 무슨 생각으로 그런 말을 하는지 뻔히 아는데 허락하라는 게냐?"

류목형의 날카로운 음성에 가빈은 잔뜩 움츠러들며 입을 다물었다. 류목형은 그런 가빈을 보며 작게 한숨을 푹 내쉬었다.

가빈에 대한 서운한 마음에 감정이 다소 격앙된 모양이었다. 류목형은 스스로 자책하며 치솟은 감정을 가라앉히고 말을 꺼냈다.

"가빈아, 넌 내 딸이다. 하연이가 널 나한테 맡긴 게 아니라 내가 널 내 딸로서 인정하고 데리고 온 거란 말이다."

태어날 때부터 이미 짜인 각본대로 살아야 할 운명이었던 자신에게 박하연이란 여자는, 삶의 즐거움을 알게 해준 실낱같은 희망이자 전부였다. 그리고 그런 그녀가 유일하게 남긴 가빈은, 자신에게 있어 목숨이나 다름없는 소중한 아이였다.

비록 피가 섞이지 않았어도 박하연이 어떤 심정으로 그 아이를 품고 세상 밖에 내보냈는지 알기 때문에, 그 의미만으로 가빈은 자신의 삶의 이유가 되기에 충분했다.

"내가 널 바쁘다는 이유로 신경 써주지 못한 건 미안하구나, 그리고 네 새엄마 같은 여자 밑에서 힘들게 살게 하는 것도 미안하고, 그래도 이 아비가 네게 욕심을 부리면 좀 안 되겠느냐? 지금 내게 숨통 터놓고 지낼 곳은 너 하나뿐인데…… 너마저 내 옆을 떠나면 이 아비는 어떡하라는 거냐."

류목형의 말에 가빈은 울컥했지만, 눈물을 흘리지 않으려 안간힘을 쓰며 꾹 참아냈다. 또 눈물을 쏟았단 탈진해서 정신을 잃을 것만 같았다.

가빈은 입안 살점을 피가 날 정도로 꽉 물고, 터지는 감정들을 이겨 냈다. 도대체 어떡해야 할지, 눈앞이 깜깜했다. 아버지도, 새엄마도, 오빠도, 몰아치는 그들의 행동에 힘이 부칠 지경이었다.

"가빈아……?"

"한 가지만 여쭤 볼게요."

가빈의 얼굴에 어느새 웃음기가 싹 가셨다. 안색이 창백했고, 입술은 바짝 말라 있었다.

"엄마가 일본에 있는 술집으로 팔려나가게 된 게 새 엄마 때문이란 거, 왜 숨기셨어요?"

가빈의 말에 류목형이 미간을 잔뜩 찌푸렸다.

"누구에게 들은 게냐? 새엄마? 하준이?"

하준이? 가빈은 그의 말에 충격 받은 듯, 잠시 멍하니 있다 떨리는 입술 새로 말을 내뱉었다.

"오빠도…… 알고 있었어요?"

눈가가 뜨거워지며 심장이 터질듯이 뛰기 시작했다. 가빈은 바르르 떨리는 손을 꼭 말아 쥐고 눈을 내려떴다. 눈물이 금방이라도 아래로 후두두 떨어질 것 같았다.

"회장님, 호텔 도착했습니다."

긴 시간동안 적막이 흐른 뒤, 현 실장이 조심스럽게 뒤를 돌아 류목형에게 말했고, 그는 꽉 닫고 있던 입을 그제야 천천히 뗐다.

"일부러 숨기려 한 게 아니다. 네가 지금처럼 이렇게 충격 받을까 봐, 그래서 어느 날 말도 없이 사라질까 봐 두려워서 말 안 한 거란다. 하준이도……."

"단순히, 절 잃기 싫으셔서…… 그래서 말씀 안 하셨다는 거죠?"

류목형은 긍정의 의미로 침묵했다. 가빈이 천천히 고개를 들어 그를 마주 봤다.

"오빠도…… 같은 이유로 제게 말해 주지 않았겠군요."

"그래."

가빈의 얼굴이 조금 전과 달리 차분해졌다. 모든 걸 알게 된 순간 오히려 머릿속이 리셋된 것처럼 복잡했던 게 사르르 풀리며 한 가지 생각으로 모아졌다. 아니, 모든 걸 놔버리게 만들었다. 마치 심장 한가운데가 차가운 얼음에 관통당한 듯했다.

"아버지께서 알아봐 주셨으면 하는 게 있어요."

그녀의 두 눈에 단호한 빛이 비쳤다 사라졌다.

"그래, 말해 보거라."

"홍인숙이라고, 저희 엄마를 요양원에서 돌봐 주셨던 분 기억하세요?"

"그럼, 기억하지."

"어디 계시는지 좀 알아봐 주세요."

류목형이 그녀의 말에 의아하단 투로 물었다.

"고향에 있는 거 아니냐? 춘천 말이다."

"거기 안 계셔서요…… 연락도 안 되고요."

가빈의 말에 그가 걱정 말라는 듯 그녀의 어깨를 토닥였다.

"알았다, 내가 알아봐 주마."

"감사합니다, 아버지."

대답을 하고 난 뒤, 가빈은 손으로 헝클어진 머리카락을 매만지며 작게 한숨 쉬었다. 온몸에 진이 다 빠지는 기분이 들었다.

"⋯⋯그만 올라가서 쉴게요."

"내가 방까지 데려다 주마."

"아니에요."

"아니다, 그래야 내가 마음이 편할 것 같아서 그래."

류목형의 고집에 결국 두 사람은 같이 차에서 내렸고, 호텔 안으로 들어섰다.

[아버님께서 가빈이 데리고 가셨습니다.]

하준은 현의 문자를 받고, 곧바로 집으로 차를 돌렸다. 아직 류목형이 도착하지 않았는지 집 앞에 그의 차는 보이지 않았다. 하준은 일단 집으로 들어가 편한 옷으로 갈아입고, 휴대폰으로 가빈에게 전화를 걸었다. 하지만 기나긴 신호음 끝에 자동응답기능으로 넘어갈 뿐 그녀의 목소리는 들리지 않았다.

하준은 방 안을 맴돌다 이내 탁자 위에 휴대폰을 탁 내려놓고는 그대로 침대에 몸을 눕혔다. 하루 종일 뛰어다닌 탓에 피곤이 한꺼번에 밀려드는 게 느껴졌다.

"사라져 버려, 그리고 다시는 내 눈앞에 나타나지 마."

눈을 감자마자 눈앞에 생생하게 보이는 가빈의 얼굴.

"휴우……."

하준은 눈을 뜨고, 다시 천천히 몸을 일으켰다. 쉴 새 없이 흐르던 눈물, 가슴이 시릴 만큼 낯선 얼굴과 행동. 상상만으로도 누군가 목을 옥죄듯 답답했다. 하준은 불안함에 결국 가만히 있지 못하고 일어나 1층 부엌으로 향했다.

"뭐 필요하신 것 있으십니까?"

유 실장이 다가와 묻자, 하준은 냉장고로 가 물병을 꺼내 들며 말했다.

"아닙니다, 제가 할 테니 볼일 보세요."

"네, 도련님."

유 실장이 돌아가자, 하준은 물 한잔을 가득 채워 벌컥벌컥 들이켰다. 그나마 답답했던 마음이 차가운 기운으로 인해 뚫리는 듯했다. 하준은 2층으로 올라가기 전, 부엌에 걸려 있는 시계를 슬쩍 확인했다. 꽤 늦은 시간.

"회장님은 연락 없으셨습니까?"

유 실장은 하준의 물음에 웬일이냐는 듯한 눈빛으로 대답했다.

"네, 따로 연락 없으셨습니다."

"그럼 전화 한번 해……."

"회장님, 들어오십니다."

하준은 때마침 집으로 들어온다는 가사도우미의 목소리에, 말을 멈추고 거실로 나갔다. 가사도우미들의 인사를 받으며, 류목형이 집 안으로 들어서는 게 보였다.

"들어오셨습니까?"

류목형은 거실에 나와 있는 하준을 무뚝뚝한 표정을 바라보며 말했다.

"네가 어쩐 일로 이 시간에 집에 다 있구나?"

"오늘은 일찍 끝났습니다, 그런데……."

하려던 말이 입속에 맴돌았다. 지금 가빈이는 어디 있습니까?

"아닙니다, 그만 올라가 보겠습니다."

하준은 결국 묻지 못하고 말을 삼켰다. 어차피 류목형이 가빈이를 데리고 갔다면 안전한 곳에 있을 것이다, 어디 있는지 내일 직접 알아보면 될 일. 하준은 류목형에게 작게 묵례하곤 발길을 돌려 2층 계단으로 향했다.

"오늘 너도 가빈이 집에 갔었다지?"

막 계단에 올라서려던 그때 들린 류목형의 목소리에 하준은 제자리에 멈춰 선 채로 고개를 흘끔 돌렸다.

"걱정돼서요, 가빈이가 혼자 감당할 수 있는 문제가 아니지 않습니까? 상대가 상대이니만큼 말입니다."

류목형은 가사도우미들에게 자리를 비키라는 듯 손짓하곤, 소파로 다가가 앉았다.

"그래도 네 어머니 아니냐? 꼭 남 얘기하듯 말하는구나."

"그건 아버지도 마찬가지이십니다. 어머니를 꼭 남 대하듯 대하시죠."

류목형은 손가락으로 자기 관자놀이를 툭툭 쳤다. 하준과 잠깐의 대화만으로 골이 욱신거려왔다.

"길게 얘기 안 하마."

그가 유 실장이 건넨 물을 한 모금 들이키며 말을 이었다.

"조만간 네 엄마와 이혼하게 되면 넌, 이 집에서 나가 살거라."

류목형의 말에 하준의 입에서 허탈한 헛웃음이 터져 나왔다. 나가 살아라? 하준은 냉랭한 표정으로 그를 바라봤다. 참으로 정이 안 가는 아버지였다.

"아예 호적에서도 파내시지 그러세요?"

"그럴 순 없지, 넌 누가 뭐래도 이 집안 장자이자, 내 뒤를 이어 홍해그룹을 이끌어 나갈 후계자니까."

"……집 안에 들일 수 없어도 회사는 물려주시겠다?"

하준의 입가에 옅은 미소가 번졌다.

"알겠습니다. 주신다면 감사히 받죠."

치솟는 분노에 머리에서부터 발끝까지 온 신경이 바짝 곤두서는 기분이었다. 하준은 애써 화를 삭이며 2층으로 올라가는 계단에 올라섰다. 한발 한발 내디딜 때마다 마음 한구석도 삐걱대는 것 같았다.

"앞으로 가빈이 만나지 말거라. 너로 인해 그 아이가 상처 받는 걸 원하지 않는다면."

등 뒤에서 들린 류목형의 한마디, 하준은 올라가던 발걸음을 멈추고 뒤돌아 그를 쳐다봤다. 그도 어느새 자리에서 일어나 하준을 응시하고 있었다.

"절 내보내고 가빈이를 집에 들이시려고요?"

"그래, 그럴 생각이다."

류목형의 단호한 대답에 하준은 말을 멈췄다. 딸에 대해 유독 지극정성인 아버지를 보고 있으니, 억누르고 있던 상식 밖의 감정들이 앞다퉈 싸우다, 결국 제힘에 못 이겨 튀어나오는 것이 느껴졌다. 그의 눈빛이 서늘해졌다.

"전에 제가 아버지께 드렸던 말, 기억나십니까?"

잠시 침묵이 흐르고, 질문을 던진 하준의 고개가 삐딱하게 기울어졌다.

"가빈이, 그 아이는 제 전부라고요…… 그래서 그 전부를 얻기 위해 아버지도 어머니도 버릴 생각이라고 했던 것 말입니다."

류목형의 얼굴이 화로 인해 붉으락푸르락해졌다.

"너……!"

"한 번만 더 말씀 드릴 테니 잘 들으십시오."

어느덧 무덤덤해진 표정으로 하준이 말을 내뱉었다.

"오늘 이후로 당신께선 조만간 아들도, 딸도 모두 한순간에 잃게 되실 겁니다."

"류하준!"

"그래서 미리 축하드리겠습니다. 혼자 남게 되신걸."

그래, 이로써 끝이다.

"류목형 회장님."

　"동명 호텔에 묵고 있다는구나, 네가 한번 가 보렴."

　이혜연의 전화에 민호는 갖은 핑계를 대고 거부했다. 하지만 경호원에 차까지 보낸 그녀의 노고에 그는 결국 눈물을 머금고 기자들 눈까지 피해가며 동명 호텔로 갈 수밖에 없었다. 민호는 사람들이 혹시나 알아보지 않을까 안절부절못하며, 이혜연이 보낸 메시지를 확인했다.

　'뭐라고 해야 하나.'

　고민됐다. 서로 원하지 않은 상황에 놓인 것에 대한 동병상련의 마음으로 위로를 해줘야 하는 건지, 아니면 이런 사단이 날 때까지 넋 놓고 있었던 것에 대해 무작정 미안하다고 해야 할지. 도무지 결론이 나지 않았다.

　일단은 가빈을 만나 보자는 생각에, 그는 발걸음을 서둘렀다. 문 앞에 도착한 그의 얼굴에, 만감이 교차하는 듯한 표정이 드러났다. 민호는 애써 잡생각들을 지우기 위해 머리를 세차게 내저은 뒤, 벨을 눌렀다.

　"누구세요?"

　문 너머로 가빈의 목소리가 들렸고, 민호는 다소 민망한 표정으로 대답했다.

　"나야, 민호."

잠시 뒤, 문이 열리며 가빈이 조심스럽게 모습을 드러냈다.

"민호? 네가 여긴 어떻게?"

"그게…… 일단 들어가서 얘기해도 될까?"

민호가 문 안쪽을 가리키며 말하자, 가빈이 고개를 끄덕이며 옆으로 비켜섰다.

"응, 들어와."

민호는 멋쩍은 듯 머리를 긁적이며 안으로 들어섰다. 고급스러운 가구와 규모가 그의 눈길을 확 사로잡았다. 한참을 멀뚱히 선 채 안을 살피던 민호는, 소파에 앉으라는 가빈의 목소리에 쭈뼛대며 소파로 다가섰다.

"여긴 어떻게 알고 온 거야?"

가빈의 물음에 민호가 한숨을 쉬며 대답했다.

"네 몸에 GPS라도 달아 놓은 게 아닌가 싶어, 네 새엄마 말이야."

혹시나 했던 답변이 그의 입에서 흘러나오자, 가빈은 민호를 뚫어지게 바라봤다.

"새어머니하고 어떻게 알고 지내는 사이야?"

민호가 묘한 표정으로 이마를 긁적였다. 막상 말을 하려니 돌덩이가 목구멍을 막고 있는 것처럼 쉽게 말이 나오지 않았다.

"계약…… 관계라고 해야 하나?"

"계약?"

가빈이 되묻자, 민호가 망설이다 대답했다.

"스폰 받았어, 네 새어머니한테."

가빈의 눈이 동그랗게 떠졌다. 이혜연이 연예인이나 연예인 지망생을 스폰 한다는 걸 알고는 있었지만, 설마 민호까지 관련되어 있을 거라곤 생각조차 하지 못했었다. 망치로 머리를 세게 얻어맞은 기분이 들었다. 가빈은 혼란스러운 눈빛으로 그를 바라봤다.

"네가…… 왜?"

왜……라? 민호가 소파에 몸을 기댄 채 피식 웃었다. 마치 네가 뭐가 부족해서 그러느냐 반문하는 듯 보였다. 그녀의 반응이 새삼 씁쓸했지만, 그는 애써 무덤덤한 표정으로 말을 꺼냈다.

"평생 가질 수 있을까 말까한 기회를 준다고 해서 자존심이고 양심이고 다 내팽개쳤어. 그만큼 간절했던 거였거든. 그 기회라는 게 적어도 나한테 있어선 외면하기 힘들 만큼."

"기회라면…… 연예계 데뷔를 말하는 거야?"

민호가 어깨를 으쓱했다.

"그리고 돈."

직설적인 그의 답변에 가빈은 선뜻 대꾸하지 못하고 시선을 정면으로 돌렸다. 뭔가 건드리지 말아야 할 것을 건드린 기분이 들었다.

"방금 속으로 나 완전 최악이라고 욕했지?"

민호가 장난스럽게 묻자 가빈이 당황한 표정으로 세차게 고개를 가로저었다.

"아니. 절대 아냐!"

"흠, 문득 강한 부정은 강한 긍정이라는 말이 떠오르네."

"정말 아니야, 다만."

"다만?"

"……무슨 사정이 있을 거라고 생각했어, 네가 단순히 그런 이유만으로 이런 결정할 사람은 아니라는 걸 아니까."

민호의 표정에 장난기가 가시고 진지한 빛이 잠시 서렸다. 그녀의 말 한마디에 형용할 수 없는 묘한 감정이 휘몰아쳤다. 진심으로 하는 말인지 의심하고 싶지 않을 정도로, 지금 이 순간만큼은 그녀의 말을 위로로 받아들이고 싶었다.

'양심도 없지.'

모든 걸 알면서도 받아들여 놓고 이제 와 위로를 바라고 있었다니, 스스로가 치졸하게 느껴졌다. 민호는 한숨을 푹 내쉬었다. 어차피 일은 벌어졌고, 이제 와 후회해도 소용없는 일이었다. 이렇게 된 거 차라리 한시라도 빨리 지금 이 상황들을 정리하는 편이 낫다.

"너하고 나 약혼 말이야."

약혼이라는 말이 나오기가 무섭게 가빈이 곤란해하는 표정을 드러내자 민호가 씨익 웃으며 그녀의 이마를 가볍게 툭 쳤다.

"겁먹기는, 걱정 마! 하늘이 두 쪽 나도 네가 나하고 약혼하게 될 일은 없을 테니."

"어떻게……?"

"어쨌든 이 사단의 빌미를 제공한 건 나니까 무슨 수를 써서라도 내가 수습해야지. 그러니까 넌 너무 신경 쓰지 마. 이 일로 더는 힘들어 하지도 말고."

어떻게 해서든지 모든 걸 제자리로 돌려놓고 싶었다. 더 이상은 자신으로 인해 소중한 사람들이 힘들어 하는 것은 보고 싶지 않았다. 연우가 마음에 걸리긴 했지만 그건 앞으로 어떻게든 해결해 나가면 되는 문제였다.

"그런데 너 왜 호텔에 있는 거야? 현이 말로는 밖에 나와서 혼자 살고 있다고 그랬던 것 같은데 집은 어쩌고."

가빈은 움찔하며 답했다.

"아, 그게 기자들 때문에…… 아버지께서 수습할 동안만 호텔에서 지내라고 해서서."

가빈은 이혜연에 대한 얘기는 하지 않았다. 괜히 말을 덧붙여 그를 신경 쓰이게 하고 싶지 않았다. 다행히 민호도 더는 자세히 캐묻진 않았다.

"그래, 어쨌든 여러 가지로 정말 미안하게 됐다."

"아니야. 내가 더 미안해. 사실……."

민호는 그녀의 말에 고개를 갸웃했고, 가빈은 침울한 표정으로 시선을 아래로 내렸다. 사실 이면을 들여다보면 전부 다 자신의 탓이었다. 이혜연이 민호에게 스폰이라는 굴레에 끌어들인 것도, 그런 빌미를 제공한 것도, 이 일이 이렇게까지 커진 것도 전부 다 말이다.

"민호야, 사실은……."

띵동.

"누구 온 것 같은데?"

벨 소리에 가빈은 흠칫 놀랐다. 이 시간에 누구지? 민호가 올 사람이 있냐고 물었지만 가빈은 말없이 고개를 저었다. 민호가 자리에서 일어나 인터폰을 확인했고, 익숙한 얼굴에 망설임 없이 문으로 향했다.

"누구야?"

"네 오빠 분."

민호가 문 손잡이를 잡고서 말하자, 가빈이 깜짝 놀라며 자리에서 벌떡 일어섰다.

"아! 민호야, 잠깐……!"

가빈이 채 만류하기도 전에 문이 열렸고, 하준이 무표정한 얼굴로 서 있는 모습이 그녀의 눈에 박혔다.

"안녕하세요."

하준은 자연스럽게 문을 열어 주며 인사하는 민호를 매서운 눈빛으로 쳐다봤다. 아무 생각 없이 하준을 맞이한 민호는, 그런 그의 눈빛에 당혹스러운 표정으로 한 발짝 뒤로 물러섰다.

"아, 그러니까 제가 여기 있는 이유는……."

"됐으니까 가 봐."

단 일 초의 망설임도 없이 하준은 그의 말을 자르고 한마디 툭 던졌다. 대놓고 불편한 심기를 드러내는 하준의 태도에도 민호는 별로 기분 나빠하지 않았다. 오빠로서 지금의 상황이 하준으로서는 못마땅한 게 당연했으니까.

"가빈아, 그럼 나 그만 가 볼게."

그녀의 얼굴에 사색이 완연해 보였다. 아무래도 지금의 상황이 난처한 모양이었다. 민호는 일단 자신이 자리를 비켜주는 게 낫겠다는 생각에 가빈에게 다급하게 인사를 건네고 밖으로 발길을 돌렸다.

하준의 등장에 혼을 빼놓고 있었던 가빈은 그제야 돌아서는 민호를 발견하고는 재빨리 그의 뒤를 쫓았다. 하지만 곧바로 그녀는 하준에게 팔을 붙잡혀 쫓아 나가는 걸 저지당하고 말았다. 이후, 그는 문을 쾅 닫아버렸다.

"이거 놔."

가빈은 그의 손에 붙잡힌 자신의 팔을 홱 빼내며 뒤돌아섰다. 단지 얼굴을 봤을 뿐인데, 단지 팔에 그의 손길이 닿았을 뿐인데 벌써부터 심장이 크게 요동치기 시작했다. 미쳤나 보다, 류가빈. 왜 이럴 때만큼은 이성보다 감정이 앞서는 건지 스스로가 원망스러웠다.

"왜 둘이 같이 있는 거야?"

낮은 목소리가 귓가에 닿자 가빈이 복받치는 감정에 입술을 지그시 깨물었다. 아프다 외치던 마음이 날카로운 칼날에 찢겨 너덜대는 것이 느껴졌다.

"오빠가 상관할 일 아니야."

가빈은 그대로 하준을 뒤로하고 침대가 있는 방 쪽으로 발걸음을 옮겼다. 얼굴을 보는 것조차 두렵다. 제 감정이 어떻게 변하고,

흔들릴지 예감할 수 없음에 불안함이 전신을 뒤덮었다.

그 수모를 당해 놓고도, 그렇게 사정없이 짓밟히고도, 허망함에 가슴이 아리고 시려도, 원치 않는 한 감정을 향할지도 모른다는 생각이 자꾸 들어 견딜 수 없을 만큼 두려웠다. 무섭다. 결국 무너져 버릴까 무섭다.

"보면서 얘기해."

하준이 가빈의 손을 마주 잡으며 말했다. 차가운 그의 기운이 손에 전해지자, 얼얼했던 피부에 미묘한 전율이 흘렀다. 가빈은 탁 그의 손을 쳐냈다. 뒤돌아보지도, 대꾸도 하지 않았다. 그저 앞만 응시하고 걸음을 내디딜 뿐이었다.

"아!"

그 순간, 가빈은 자신을 어깨에 들쳐 메는 하준의 돌발 행동에 깜짝 놀라 말문이 막히고 말았다. 잠시 후, 등에 부드러운 이불의 감촉이 느껴졌고 그녀의 몸 위에 올라선 그의 얼굴이 숨소리가 들릴 만큼 가까워졌다.

"이게 무슨 짓이야?"

"이제야 얼굴을 마주 보네."

"오빠!"

"언제까지 피할 수 있을 거라고 생각했는데?"

뺨 위로 하준의 뜨거운 숨이 닿았고, 가빈은 움찔 놀라며 고개를 옆으로 돌렸다. 제멋대로 심장이 쿵쾅대기 시작했다. 온몸에 열이 돌며 정신이 점차 혼미해지는 것 같았다.

"말 안 할 거야?"

가빈은 보이지 않게 옷자락을 꽉 움켜쥐었다.

"다시는 보고 싶지 않다고 했잖아, 그런데 왜 자꾸 나타나는 건데."

"류가빈, 너……."

"끔찍해."

말을 내뱉음과 동시에 메말라 버린 가슴에 균열이 생기는 게 느껴졌다. 가빈은 목구멍까지 차오른 울분에 침을 꿀꺽 삼켰다. 그와 차마 마주치지 못한 눈에 애써 힘을 꽉 준다.

"오빠하고 함께 있는 이 순간이 너무도 끔찍하고 괴로워."

가슴이 삐걱삐걱 소리를 냈지만 멈추지 못했다.

"가슴이 답답하고 숨이 막혀 죽을 것만 같다고!"

뜨거운 무언가가 자꾸만 눈을 자극했다. 몹시 아프다. 머릿속에서 겪었던 모든 일들이 떠오르며 제정신을 차리기가 힘들었다. 그냥 다 싫다. 놓아버리고 싶다. 간절하고도 거짓된 감정들이 복합적으로 휘몰아쳐 모든 걸 포기하게 했다.

"그러니까 당장 여기서 나가……흡."

차라리 다 쏟아내고 끝내려 했던 그녀의 마음을 붙잡으려는 듯, 하준은 그녀의 팔을 붙잡은 상태로 입술에 강렬한 키스를 퍼부었다.

마치 화를 내듯 세게 빨고 거칠게 당기는 그의 힘에 숨쉬기조차 힘이 들었다. 입안 깊숙이 파고들어 다른 생각은 하지도 못할 정도로 그녀의 혀를 얽어맸다.

자극적인 느낌에 온몸의 신경이 예민하게 변하자, 하준의 손이 자연스럽게 그녀의 허리 안쪽에서부터 가슴으로 파고들기 시작했다.

"아!"

화들짝 놀란 가빈의 눈이 커졌다. 거침없는 하준의 행동에 그녀는 다급히 그에게서 팔을 빼내 강하게 밀어냈다. 접합되어 있던 입술이 어긋나며 그녀의 입에서 참고 있던 숨이 새어 나왔다.

"비켜."

가빈은 날카롭게 그를 노려보며 소리쳤다. 화가 났다. 진정성조차 느껴지지 않는 그의 행동에 마음이 지쳐간다. 가빈은 그의 손을 막고 몸을 일으키려 했다. 하지만 그 순간, 그녀의 귀로 낮고 깊은 하준의 목소리가 퍼졌다.

"너 하나 원했을 뿐인데……."

읊조리듯 던져진 그의 말, 가빈이 움직임을 멈췄다.

"단지 네가 내 옆에 있기만을 바랐을 뿐인데……."

하준의 시선이 느릿하게 가빈의 눈, 코, 입술을 차례대로 훑어 내려갔다. 이후 길고 가느다란 그의 손가락이 가빈의 뺨을 어루만졌다.

공허한 그의 눈에 슬픔이 채워지기 시작했다. 가빈의 표정에 변화가 생기기 시작했다. 그의 낯선 눈빛, 가슴이 저미고 먹먹해져 온다.

"또다시 잃고 싶지 않아서⋯⋯ 죽을힘을 다해 붙잡고 있는 거야."

하준이 그녀의 뺨을 쓰다듬던 손을 꽉 말아 쥐었다.

"혼자 남겨진다는 건 죽는 것보다도 고통스러운 거니까."

다시는 겪고 싶지 않다. 마음속에 새긴 진심이 드러나자, 형용할 수 없는 감정이 치밀었다. 하준은 천천히 고개를 숙여 그녀의 이마에 키스했다. 어쩔 줄 모르겠다.

너무나도 소중해서 손 안에 꽉 쥐고 있는 것 말고는 다른 방법을 모르겠다. 이 아이를 상처 주는 행동인 줄 알면서도 이기적인 걸 알면서도 포기가 안 됐다. 영원히 옭아매고, 영원히 소유하고 싶었다.

"마음대로 해. 날 증오해도 좋고, 때리고, 욕해도 좋아."

극단적인 진심.

"내 옆에만 있어. 아무 데도 가지 말고, 죽을 때까지 내 옆에만⋯⋯ 알겠어?"

한 마디 한 마디 힘줘 말하곤, 하준은 침대에서 내려와 거실로 향했다. 숨 쉬기 힘들 정도로 극심한 두통이 느껴졌다. 하준은 숨을 크게 몰아쉬고는 소파에 앉아 얼굴을 손으로 감싸 쥐었다. 기억 저편에 묻어 두었던 과거의 일들이 온몸을 괴롭히기 시작했다. 목이 바짝 말라왔다.

하준은 자리에서 일어나 냉장고에서 물통을 꺼내 벌컥벌컥 물을 들이켰다. 꾹 참아 왔던 감정을 드러내고 보니 힘이 쫙 빠지는 기분이 들었다. 피곤하다. 그는 가만히 선 채로 손가락으로 관자놀이를 꾹꾹 눌렀다. 도무지 두통이 잦아들지 않는다.

띵동—

그때 들린 벨 소리, 하준은 천천히 발걸음을 옮겨 인터폰을 확인했다. 현 실장님? 그는 힐끔 가빈이 있는 방 쪽을 확인하고는 문으로 향했다.

"전무님?"

하준을 마주 본 현 실장의 눈빛에 의아한 빛이 어렸다 이내 걱정스러움으로 바뀌었다.

"여긴 어떻게 알고 오신 겁니까?"

현 실장이 추궁하듯 묻자 하준은 무뚝뚝하게 반문했다.

"제가 그걸 현 실장님께 말씀드려야 합니까?"

적대감마저 느껴지는 그의 말투에 현 실장은 골치가 아픈지 미간을 좁힌 채 한숨을 푹 내쉬었다.

"댁으로 그만 돌아가십시오, 다행히 회장님께서 안 오셨길 망정이지 여기 계신 것을 알게 되시면……."

"그만하시죠."

하준이 날카롭게 현 실장의 말을 잘랐다. 명백히 간섭하지 말라는 경고였다. 하지만 현 실장은 이번만큼은 물러서지 않겠다는 듯 옆으로 살짝 비켜서며 말했다.

"잠깐 나오셔서 저와 얘기 좀 하시죠."

진지한 현 실장의 태도에 말없이 그를 지켜보던 하준은 결국 먼저 앞서 엘리베이터 앞으로 걸어가는 그의 뒤를 따랐다. 외진 복도 쪽에 멈춰 선 현 실장은 뒤돌아 하준을 마주 봤다. 그러고는 진중한 목소리로 말문을 열었다.

"이쯤에서 아가씨에 대한 마음, 접으십시오."

현 실장의 말에도 하준은 눈썹 하나 까딱하지 않고 대꾸했다.

"제가 예상했던 말씀 그대로 하시네요."

"전무님."

"이제 더는 그 선 넘지 마세요."

하준의 얼굴에 싸늘함이 내려앉았다.

"착각하지 마세요. 오랫동안 홍해그룹에 몸을 담고 계셨지만 당신은 제 부하 직원일 뿐, 그 이상 그 이하도 아닙니다. 더 이상의 무례는 용서치 않을 겁니다."

"저는 단지 전무님이 걱정되는 마음에 드리는⋯⋯."

"필요 없습니다."

단호하게 그의 말을 자른 하준은 냉랭하게 말을 이었다.

"아시겠습니까? 그 어떤 것도 필요 없단 말입니다."

현 실장의 표정이 서서히 굳어졌다.

"전무님의 이기적인 행동은 아가씨께 해만 될 뿐입니다."

또 예상했던 말. 한참 동안 현 실장의 얼굴을 응시하던 하준은 차갑고도 날카롭게 말을 내뱉었다.

"모든 말을 대신해서 저도 한 말씀 드리죠."

하준은 현 실장에게 바짝 다가섰다.

"지금부터라도 줄 똑바로 서십시오."

그의 검은 눈이 현 실장을 쏘아봤다.

"류목형 회장이십니까? 저입니까? 아니면 이혜연 여사님이신 가?"

"전무님!"

"노선 똑바로 정하세요. 이런 식으로 어설프게 나서지 말란 말입 니다."

더 이상의 인정을 베풀 정도의 인내력 따윈 남아 있지 않으니.

"그만 돌아가세요."

하준은 그를 지나쳐 방으로 향했다. 활화산처럼 속 안이 들끓었 다. 어떻게 해야 사그라질지 분노가 숨구멍을 막고 있는 듯 답답해 져 왔다.

세상이 소리쳤다. 온통 주변이 소리쳤다. 그들을 반대하고, 헤어 지라 윽박질렀다.

하지만 그럴수록 악에 받쳤다. 지키고 말겠다. 이뤄내고 말겠다. 세상의 반대편에 서서 얼마든지 풍파를 견뎌 내 주겠다. 끝없는 다 짐을 가슴에 새기게 만들었다. 차라리 고마웠다. 지치고 힘들 때마 다 채찍질해 주는 모든 것들이.

흐트러진 마음가짐을 원점으로 되돌려주고, 다독여 주는 것이 오히려 낫다. 그래, 갈가리 찢겨 이보다 더한 고통이 없을 거라 착 각하는 것보다 그편이 오히려 낫다.

하준은 가슴속 응어리진 무언가를 털어내려는 듯, 입안에서 맴도는 묵직한 욕지기를 집어삼켰다.

부글부글 끓는 쓸데없는 감정들을 전부 다 억누르고 말겠다. 하준은 뜨겁게 달아오른 이마 위에 차가운 손을 얹었다. 팽팽했던 긴장들이 조금은 느슨해졌다.

하준은 현관문 앞에 멈춰 선 채로 깊은숨을 몰아쉬었다. 그리고 아무 일 없었던 것처럼, 무표정했다.

'문이 열려 있다?'

막 손잡이를 잡으려던 하준은 멈칫했다. 이상하게도 현관문이 살짝 열려 있었다. 또 누가 온 건가? 잔뜩 경계하며 하준은 조심스럽게 안으로 들어섰다.

"류가빈."

방안에 사람의 기척은 물론, 심지어 가빈의 모습조차 보이지 않았다. 하준은 다급하게 방 안 구석구석을 뒤지기 시작했다. 하지만 그 어디에서도 그녀의 흔적은 찾을 수가 없었다.

가빈이 있는 호텔을 다녀온 날 이후, 줄곧 집안에 틀어박힌 상태로 무의미한 시간을 보내던 민호는 갑작스러운 세련의 연락을 받고 그녀가 있다는 근처 술집으로 향했다.

항상 그랬듯 혼자 술을 마시고 있을 거란 그의 예상과 달리, 그곳엔 의외로 현이 함께 자리하고 있었다.

"둘이 어떻게 같이 있어?"

민호가 의아하게 물었다. 누구보다 세련과 둘이 함께 있는 걸 꺼려하는 현이 그녀와 함께 있는 것이 그로서는 선뜻 이해가 가지 않았다.

"아, 내가 불렀어. 다 같이 할 얘기가 있어서."

세련은 기다렸다는 듯 대답했고, 민호와 현이 동시에 그녀를 돌아봤다. 같이 할 얘기?

"이제 민호도 왔으니까 얘기해 봐. 할 말이 뭔데?"

민호가 올 때까지 잠자코 기다리고 있었던 현은, 그간에 참았던 궁금증을 털어내려는 듯 그녀를 채근하기 시작했다. 그러자 세련이 진지한 표정으로 눈앞에 놓인 양주를 한 모금 들이키더니 자리에서 벌떡 일어나 민호의 옆자리로 옮겨 앉았다.

"왜, 왜 갑자기 여기로 와요? 무섭게."

민호는 옆으로 붙어 앉는 그녀의 행동에 당황하며 살짝 상체를 뒤로 뺐다.

"이리 가까이 앉아 봐요, 할 말 있으니까."

생뚱맞은 그녀의 행동에 현은 도대체 무슨 일인가 싶어 팔짱을 낀 채 그들을 유심히 지켜봤다. 옆으로 와서 앉으라는 세련, 그리고 은근히 자신의 눈치를 보며 슬금슬금 그녀를 피하는 민호, 그러고 보니 분위기가 묘했다.

"설마 둘이 사귀는 건 아니지?"

정말 혹시나 하는 마음으로 별 뜻 없이 던진 질문이었다. 정말 진심은 다 제쳐놓고 장난 100%의 마음으로 물어본 것이었다. 하지만 그런 현의 생각을 비틀어 버리듯 세련은 민호가 가까이 앉자마자 그의 얼굴을 붙잡고 거침없이 입술에 키스를 퍼부었다.

숨이 막혀 죽는 건 아닐까 싶을 정도로 민호에게 진한 키스를 선사한 세련은, 이후 입술에 묻는 그의 타액을 장난스럽게 핥으며 현을 돌아봤다.

"꼭 너한테 키스하는 모습을 보여 주고 싶었어, 어떤 표정 지을까 궁금했거든."

현은 지금의 상황이 황당하단 표정으로 헛웃음을 터트렸다.

"너 지금 민호한테…… 뭐 한 거야?"

"확실하게 도장 찍는 거야, 이 사람은 절대 안 놓칠 생각이라서."

세련이 찡긋 웃으며 돌아보자 민호의 얼굴이 순식간에 붉게 달아올랐다. 얼떨떨했다. 지금 이게 어떻게 된 건지, 너무나도 급작스러운 상황에 말문이 턱 막히고 말았다.

"어떻게 된 거야?"

현이 도무지 믿기지 않는다는 표정으로 묻자, 민호가 재빨리 손사래를 쳤다.

"아니야, 그런 게 아니라……."

"민호 씨도 류가빈, 그 아이 좋아해요?"

민호는 잠시 세련을 물끄러미 바라봤다. 대답을 기다리는 그녀의 얼굴에 긴장한 기색이 엿보였다. 아, 정말 모르겠다. 민호는 혼란스러운 표정으로 머리를 긁적였다.

헷갈렸다. 그녀의 마음이 장난인지, 진심인지. 도대체 무슨 생각을 하고 있는 건지 도무지 속이 쉬이 들여다보이지가 않았다.

"왜 대답이 없어요?"

세련이 되물어도 민호는 작게 한숨을 쉬었다. 머리는 세련을 거부하는데, 심장은 그녀를 향해 뛰고 있었다. 아이러니하고 이해가 안 됐다. 왜 이러는지, 그래서 어떻게 해야 할지 도무지 감이 잡히지 않았다.

"대답 좀 해요, 답답……."

"가빈이하고는 그냥 친구 사이일 뿐이에요. 약혼은 명백히 오보이고."

그의 대답에 세련의 표정이 밝아졌다.

"정말이에요?"

"네."

민호의 대답에 세련이 그제야 안도의 한숨을 내쉬었다.

"다행이네요. 현이도 그렇고, 당신까지도 그 애를 좋아하는 건 아닌가 걱정했었는데…… 만약 그렇다면 내가 너무 비참해지잖아요. 좋아하는 남자 둘을 모두 한 여자한테 보내야 한다니."

세련이 생각만으로도 끔찍하다는 듯 고개를 절레절레 흔들더니, 이내 싱긋 웃으며 민호와 눈을 맞췄다.

"그럼 우리 오늘부터 사귀는 걸로 해요."

"네?"

민호의 얼굴에 난감한 빛이 어렸다.

"좋아하는 사람 따로 없잖아요? 사귀는 사람도 없고."

"그렇긴 하지만……."

"두 번 찰 생각 아니라면 이제부터 좋아해 보려고 노력해 봐요. 사귀게 되면 내가 뒷바라지 확실하게 해줄 테니."

민호는 당혹스러운 표정으로 현을 돌아봤다. 제발 도와줘, 구원의 눈길을 보냈지만 현은 씰룩거리는 입술을 감추며 옆으로 고개를 휙 돌렸다. 명백히 네가 알아서 해, 라는 답변이었다.

"저기 강세련 씨, 일단은……."

똑똑.

어떻게 해서든 세련을 잘 타일러 볼 생각으로 말문을 연 민호는, 그 순간 들린 노크 소리에 문 쪽으로 시선을 돌렸다. 잠시 뒤, 문이 열리면서 웨이터가 들어왔고 그는 자신의 뒤쪽을 가리키며 세련에게 말했다.

"조금 전에 말씀하신 분들 입구에서 기다리고 계시는데요."

"아, 그래요. 이리로 모시고 오세요."

"네, 알겠습니다."

웨이터가 나가고, 둘의 대화를 듣고 있던 현이 고개를 기울이며 세련에게 물었다.

"우리 말고 또 누가 오기로 했어?"

세련이 작게 고개를 끄덕이더니 자리에서 일어나 원래 있던 자리로 돌아가 털썩 앉았다.

"응, 사실 오늘 두 사람을 부른 이유는 따로 있어."

의미심장한 그녀의 말에 민호가 어리둥절한 표정으로 돌아보며 물었다.

"그게 뭔데요?"

"생각해 보니까 아무래도 기분 나빠서 안 되겠더라고요, 내가 좋아하는 남자가 늙은 여우한테 얽매여 있다는 게."

그렇지, 절대…… 안 될 일이다. 세련은 민호와 현을 쓰윽 훑어보더니 자신의 얼굴을 손가락으로 툭툭 치며 이어 말했다.

"앞으로 들어올 사람들 앞에서 표정 관리 잘해야 해요. 우린 일종의 선량한 제보자니까."

세련의 입가에 작은 미소가 번졌다.

"오늘 제대로 작품 한 번 만들어 보죠, 뭐."

하준은 눈을 감고 의자에 몸을 눕힌 채 생각에 잠겨 있었다. 그는 호텔에서 가빈이 사라진 날을 곱씹어 생각하고 있었다.

갑자기 아무 말도 없이 사라지다니, 처음에는 누군가에 의해 납치라도 당한 줄 알았었다. 하지만 동명 호텔 측에 요청해 CCTV를 본 결과, 민호가 먼저 자리를 뜨고 이후 가빈이 스스로 호텔 밖으로 나가는 것을 확인할 수 있었다.

하준은 CCTV속 마지막 가빈의 모습을 떠올리며 미간을 찌푸렸다. 왜 매번 이렇게 멀어지고 마는 건지. 아무리 노력해도 잡을 수 없는 신기루처럼, 손에 쥐기가 무섭게 사라져 버려 가슴이 새까맣게 타들어 갔다.

두렵다. 결국 이렇게 잃게 되진 않을까. 하준은 휴대폰을 쥐고 있는 손에 힘을 꽉 줬다.

'휴대폰 좀 켜라…….'

얼마 전 가빈이 휴대폰을 집에 두고 나갔을 때 혹시나 하는 생각에 그녀의 휴대폰에 위치 추적 어플을 깔아 둔 상태였지만, 휴대폰이 꺼져 있는 상태여서 그 기능은 무용지물이나 다름없었다.

그저 하염없이 연락이 오기만을 기다리는 수밖에 없는 상황, 답답했다. 가족도, 친척도, 친하게 지내는 친구조차 없는 걸 알기에 찾으러 나서고 싶어도 그럴 수 없음이 그저 막막하고 초조했다.

"전무님, 회의 들어가실 시간입니다."

문을 열고 들어온 김 비서의 목소리에 하준은 서서히 눈을 떴다. 잠을 제대로 못 잔 탓에 그의 눈은 충혈되어 있었다.

"오늘 회의는 다음으로 미루죠."

하준은 힘없이 대답하고는 의자를 돌려 바깥을 내다봤다. 회사 일이 도무지 손에 잡히지 않았다.

머릿속이 온통 가빈에 대한 생각들로 빼곡하게 들어차 있어, 다른 것을 돌아볼 여유가 없었다. 누구보다 일에 대해 냉철했던 자신이 점차 무너져 내리는 것이 느껴졌다.

"알겠습니다, 전무님."

"제가 알아보라고 한 건 어떻게 됐습니까?"

김 비서는 하준의 물음에 아! 하는 짧은 탄성을 흘리며 대답했다.

"홍인숙 씨 자택에 직접 가서 확인해 봤는데 현재 아무도 살고 있지 않았습니다. 혹시 몰라서 동네 주민들한테도 물어봤지만 못 본 지 꽤 됐다고 합니다."

"못 본 지 꽤 됐다고요?"

"네, 듣기로는 친척들이 중국에 살고 있는데 거기 갔을지도 모른다고……."

유일하게 알고 있는 가빈의 지인이라 혹시 춘천에 가지 않았을까 기대했건만, 김 비서의 말에 하준은 실망감을 감출 수가 없었다.

그의 낯빛이 어둡게 변했다. 도대체 어디 있는 건지 감이 잡히지 않았다.

"가빈이 카드 내역은 확인해 보셨어요?"

"네, 최근에 사용하신 내역은 전혀 없었습니다."

하준은 피로한 표정으로 천천히 입을 열었다.

"알겠습니다. 나가 보세요."

하준의 말에 김 비서는 작게 묵례하고는 사무실 밖으로 나갔다. 방 안에 침묵이 흐르자 하준은 다시 의자를 원위치로 빙글 돌려 앉았다.

불안한 마음을 대변이라도 하는 듯, 그는 책상 위를 손가락으로 두들기기 시작했다. 톡톡 소리가 심장박동 소리처럼 규칙적으로 그의 주변에 울려 퍼지기 시작했다.

"휴우……."

갑갑하다. 그는 목을 옥죄는 넥타이를 살짝 풀어헤치며 짙은 한숨을 뱉어냈다. 마치 마음속 퍼즐 몇 조각들이 사라진 것처럼 가슴 한켠이 공허했다.

'도대체 어디 있는 거야.'

하준은 좀처럼 손에서 내려놓지 못한 휴대폰을 다시 들여다봤다. 그리고 혹시나 하는 마음에 위치 추적 어플을 작동시켰다. 큰 기대는 하지 않았다.

그런데 잠시 후, 거짓말처럼 신호가 잡혔고 가빈이가 있는 위치가 그대로 지도상에 표시가 됐다. 하준은 놀란 표정으로 의자를 박차며 자리에서 벌떡 일어섰다.

'학교?'

위치상 가빈의 학교 근처였다. 하준은 지체 없이 옷걸이에 걸린 상의를 손에 들고 사무실 밖으로 뛰쳐나갔다.

"전무님?"

김 비서가 무슨 일이냐는 듯 놀란 눈빛으로 일어서자 하준이 그녀를 돌아보며 말했다.

"먼저 퇴근할 테니 차 대기시켜 주세요."

"네? 아, 알겠습니다."

하준은 김 비서의 대답이 떨어지기가 무섭게 뒤도 돌아보지 않고 빠른 걸음으로 엘리베이터로 향했다. 오늘따라 엘리베이터 올라오는 속도가 더디게만 느껴졌다.

'제발 거기 가만히 있어…….'

하준은 간절하게 마음속으로 빌며, 마침 멈춰 선 엘리베이터에 황급히 올라탔다.

가빈은 찜질방에서 나오자마자 한결 편안해진 표정으로 긴 숨을 몰아쉬었다. 하준을 피해 호텔에서 나온 뒤, 갈 곳이 없어 일단 학교 근처 찜질방으로 간 그녀는 그곳에서 지낸 이틀을 잊을 수가 없었다.

잠자리도 불편한 데다 24시간 사람들에게 치이다 보니 한시도 편안하게 있을 수가 없어 피곤하지 않은 날이 없을 정도였다.

여자 혼자 모텔로 간다는 게 무서워 일단은 사람들 많고 안전하다 생각한 찜질방을 간 것이었는데, 이럴 줄 알았으면 진작 모텔로 갈 걸 그랬나 하는 후회가 들었다.

'오늘은 어디로 가야 하나.'

가빈은 어느새 날이 저물어 가는 바깥 풍경을 이리저리 둘러봤다. 학교 근처라서 그런지 거리는 젊은 사람들로 인산인해를 이루고 있었다.

정처 없이 거리를 걷기 시작한 가빈은, 이왕 이렇게 된 거 오늘이라도 전주에 내려가 볼까 싶어 차편을 알아보기 위해 휴대폰 전원버튼을 눌렀다.

휴대폰에 전원이 들어오자마자 끊임없이 알림 벨들이 울리기 시작했고, 가빈은 하나하나 천천히 살펴보았다. 대부분이 류목형과 하준이었고, 이외는 현 실장과 김 비서의 번호가 눈에 띄었다.

'어떡하지.'

마냥 걱정을 끼치는 것 같아 마음이 편치 않았지만, 그렇다고 해서 연락을 하고 싶진 않았다. 자신의 위치를 알리면 꼼짝없이 집에 들어가게 될 테고, 어떤 강요와 압박에 휩쓸리게 될지 모를 일이었다.

피하는 것만이 능사는 아니었지만 이제는 지금 처한 상황들을 정리하고, 스스로 살아갈 길을 찾을 수 있는 시간적인 여유가 필요했다.

가빈은 눈에 보이는 통화내역들을 삭제하고, 이후 고속버스를 예약할 수 있는 어플에 접속했다. 다행히 막차가 12시라 원한다면 당장에라도 전주에 내려갈 수 있었다.

가빈은 잠시 고민하다 적당한 시간대의 차를 예약했고, 일단 굶주린 배를 채우기 위해 주변을 돌아봤다. 길거리 상점들과 수많은 식당들이 보였지만, 혼자라서인지 선뜻 발걸음이 떨어지지 않았다.

'저기 가 볼까?'

한참을 이리저리 돌아다니던 그때였다. 포장마차 안에서 저마다 혼자 떡볶이와 김밥 등을 먹고 있는 사람들을 발견한 가빈은, 쭈뼛거리며 그곳을 향해 조심스럽게 다가섰다.

어서 오라며 주인아주머니가 반겼고, 가빈은 한참 고민 끝에 눈앞에 보이는 음식을 가리켰다.

"저, 이거 주세요."

"떡볶이요? 네네."

잠시 뒤, 아주머니가 떡볶이를 접시에 담아 건넸고, 가빈은 받자 마자 주저 없이 먹기 시작했다.

찜질방에 있었을 때 음식을 변변찮게 먹은 탓에 유난히도 떡볶이의 맛이 좋게 느껴졌다. 음식을 집중해서 먹다 보니 처음 느꼈던 어색함도 가신 느낌마저 들었다.

"어서 오세요."

떡볶이만 먹는 것이 아쉬워 다른 음식도 주문할까 고민하던 사이, 또 손님이 들어왔는지 그녀의 귀로 아주머니의 우렁찬 목소리가 들렸다. 별생각 없이 슬쩍 옆을 돌아본 가빈은, 누군가와 눈을 마주치곤 급격히 표정이 굳기 시작했다.

"⋯⋯오빠?"

하준이었다. 가빈은 너무 놀라 사색이 된 얼굴로 손에 든 젓가락을 바닥에 떨어뜨렸다. 마치 꿈이라도 꾸는 것처럼 눈앞의 그의 모습이 실감이 나지 않았다.

"여, 여긴 어떻게 알고⋯⋯?"

"똑같은 걸로 하나 더 주세요."

하준은 가빈의 반응은 아랑곳하지 않고 아주머니에게 주문했고, 가빈은 어쩔 줄 몰라 하며 그를 등지고 돌아섰다. 어떤 얼굴로 하준을 봐야 할지 당혹스러웠다.

"여기 계산할게요."

"네, 3,000원입니다."

가빈은 얼른 지갑에서 3,000원을 꺼내 아주머니에게 건네고는 재빨리 포장마차 밖으로 나왔다. 방금 먹은 떡볶이가 얹힌 듯 가슴이 답답하고, 속이 울렁거렸다.

어떻게 알고 여기까지 온 건지 이해가 가지 않았다. 가빈은 숨을 삼켰다. 그녀는 일단 하준이 쫓아오기 전에 자리를 피하고 보자는 생각으로, 정신없이 걸어가기 시작했다.

"어디 가."

채 몇 걸음 떼기도 전, 가빈은 자신의 팔을 붙잡는 하준의 손길에 결국 멈춰 선 채 그를 돌아봤다.

"여긴 어떻게 알고 온 거야?"

휴대폰도 꺼놓고, 아무에게도 연락한 적 없었다. 그런데 그는 너무나도 쉽게 자신을 찾아내고 말았다. 그동안 아무도 모르게 숨어 있었다 생각했던 자신을 비웃기라도 하듯 말이다.

"그동안 어디 있었던 거야?"

하준의 반문에 가빈은 반사적으로 그의 손을 툭 밀어냈다.

"몰라도 돼."

"이제 그만 돌아가자."

가빈은 하준의 돌아가자는 말에 울컥 차오르는 감정을 억누르며 대꾸했다.

"안 가, 아니 못 가. 그러니까 괜히 힘 빼지 말고 못 본 척 그냥 가 줘. 부탁이야."

가빈은 애원하듯 말했다. 지금 하준을 따라나서게 된다면 또다시 모든 게 제자리로 돌아가고 말 것이다.

하루하루를 살얼음판 같은 곳에서 전전긍긍하며 살아야 하고, 자칫 이혜연의 손에 제 인생마저 찢겨 없어질지도 모를 일이었다. 그러지 않기 위해선 지금이라도 스스로 살아남기 위한 방도를 찾을 수밖에 없다.

"나 잘 지내고 있어, 그러니까 내가 마음 추스르고 연락할 때까지 찾지 마."

이제 곁에 남은 사람은 아무도 없었다. 유일한 가족이었던 엄마도, 홍 아주머니도. 마치 아무도 없는 얼음 성에 갇힌 것처럼 외롭고 무서웠다.

그래서 하준을 너무나도 붙잡고 싶지만, 지치고 힘든 상황에서 오히려 또 다른 불행이 찾아오진 않을까 선뜻 그에게 다가서는 것이 두려웠다. 차라리 포기를 하는 편이 나았다. 서로를 위해, 나 자신을 위해.

"갈게, 그럼."

가빈은 사람들 사이를 거침없이 걸어갔다. 뒤에서 하준이 쫓아오는 것이 느껴졌지만, 그녀는 절대 돌아보지 않았다.

마음이 약해진 상태에서 그를 마주하게 되면, 공들여 쌓았던 벽이 와르륵 무너지고 말 것 같았다. 가빈은 하준을 피할 곳이 없나 주변을 살폈다. 그때 마침 가빈의 눈에 속옷가게가 들어왔고, 그녀는 망설임 없이 안으로 들어섰다.

"어서 오세요."

점원들의 환영을 받으며 가빈은 어색하게 매장 한쪽으로 자리를 옮겨 속옷들에 시선을 고정시켰다.

"찾으시는 디자인 있으세요?"

점원이 다가와서 친절하게 묻자, 가빈은 눈치를 살피다 그녀에게 조심스레 말을 꺼냈다.

"저, 죄송하지만 혹시 뒤쪽으로 빠져나갈 수 있는 문 같은 게 있나요?"

"네?"

"제가 사정이……."

딸랑.

점원에게 다급하게 말을 꺼내던 가빈은 문 열리는 소리에 흠칫 놀라며 입구 쪽으로 고개를 돌렸다. 하준의 성격상, 속옷 가게에 절대 들어오지 못할 거란 가빈의 예상과 달리 그는 무덤덤한 표정으로 가게 안으로 들어섰다.

"아, 커플끼리 오셨구나."

하준이 가빈에게 다가서자, 옆에 서 있던 점원이 두 사람을 번갈아 보며 싱긋 웃어 보였다.

"커플 속옷 보러 오셨나 봐요."

"아니요! 그런 게 아니라……."

"네."

하준의 짧은 대답, 가빈은 동그랗게 커진 눈으로 그를 돌아보며 작게 말했다.

"지금 무슨 소릴 하는 거야?"

"어머! 안 그래도 요새 커플끼리 속옷 보러 많이들 오시거든요. 제가 잘 나가는 상품들 중에 몇 가지 추천해 드릴게요. 혹시 사이즈가 어떻게 되세요?"

가빈은 점원의 질문에 깜짝 놀라며 반문했다.

"네?"

"손님, 사이즈요."

"아…… 그, 그게."

"75B?"

하준이 기다렸다는 듯 대답하자 가빈이 벌겋게 달아오른 얼굴로 그에게 소리쳤다.

"오빠!"

"맞을 텐데?"

"아니야!"

"그럼?"

"7……."

뭐에 홀린 듯 대답하려던 가빈은 하준의 입꼬리가 서서히 위로 향하고 있는 것을 확인하곤 황급히 입을 꾹 다물었다.

미쳤나 봐. 쥐구멍이 있다면 도망가고 싶을 정도로 창피한 상황에, 가빈은 고개를 푹 숙인 채 점원에게 속삭이듯 말을 건넸다.

"저…… 다음에 올게요."

"네? 저 손님!"

가빈은 점원이 부르는 소리에도 뒤도 돌아보지 않고 가게 밖으로 뛰쳐나왔다. 이런 게 아닌데 의도치 않게 돌아가는 상황이 난감하기 짝이 없었다.

"왜 그냥 나와?"

문 앞에 서 있는 가빈을 향해 다가선 하준은 장난기 가득한 눈빛으로 그녀에게 물었고, 가빈은 붉게 달아오른 얼굴로 그를 쏘아봤다.

"쫓아오지 말라고 했잖아."

"내가 왜 쫓아가면 안 되는데?"

"뭐?"

가빈은 하준의 반문에 할 말을 잃고 말았다. 무슨 억지라도 부릴 심산인지 이제는 그의 행동에 헛웃음이 났다.

"그만 가."

"집으로 가자."

"싫어, 다시는 돌아가지 않……."

"너 살던 집 말고, 우리 둘이 같이 살기로 했던 집."

그의 한마디에 두 사람의 시선이 입을 맞추듯 서로를 향했다. 심장이 쿵, 하고 소리를 냈다. 가빈은 깊고 검은 그의 눈동자에 진심을 들키고 말까 재빨리 고개를 돌렸다.

그러자 하준이 그녀의 얼굴을 두 손으로 붙잡고는 아슬아슬하게 자신의 얼굴을 가까이 댔다. 쿵, 하고 바닥을 향하던 심장이 이번에는 롤러코스터를 타듯 요란하게 뛰기 시작했다.

"네가 거기 있으면 아무도 못 찾아. 네 말대로 너 혼자 아무런 방해 받지 않고 편하게 지낼 수 있어."

하준의 눈이 반달 모양을 그리며 살짝 휘어졌다.

"오로지 나만이 널 볼 수 있지."

가빈은 그의 한마디에 숨이 턱 막히는 기분이 들었다. 장난처럼 웃으면서 말했지만, 진심이 고스란히 전해졌다.

널 정말 좋아해. 노골적으로 말하지 않아도 단번에 알 수 있었다. 남에게는 절대 보여주지 않는 표정, 남에게 절대 하지 않는 말, 자신이 누구보다도 잘 알고 있었다.

주체하기 힘들 만큼 가슴이 요동치기 시작했다. 굳게 먹었던 마음이 모래성처럼 순식간에 무너져 내릴 것만 같았다. 가빈은 서둘러 그와 마주 보던 시선을 아래로 내리며 뒤로 한 발짝 물러섰다.

"됐어, 나 지낼 곳 있어."

"어디?"

가빈은 선뜻 답하지 못하고 아랫입술을 꾹 깨물었다.

"그건⋯⋯."

빵빵!

"가빈아!"

두 사람 사이에 흐르는 미묘한 분위기를 깨며, 경쾌한 경적 소리와 함께 익숙한 목소리가 들렸다. 가빈은 고개를 틀어 도로 쪽을 바라봤다.

"어⋯⋯?"

하얀색 외제 차 보조석에 익숙한 얼굴이 자리하고 있었다. 편집장이었다. 그녀는 선글라스를 착용한 상태로 차에서 내렸다.

"여기서 뭐 해?"

가빈은 뒤늦게 아차 했다. 그러고 보니 잊고 있었다. 현의 집이
이 근처인걸. 가빈은 난처한 상황에 어쩔 줄 몰라 하면서도 일단
그녀에게 인사를 건넸다.

"안녕하세요."

가빈의 인사에 편집장은 반갑다는 듯 빙그레 웃어 보였다.

"응, 오랜만이야. 그런데 여기까지 어쩐 일이니?"

"아! 그게……."

"……?"

"가, 가족 모임이 있었어요. 이 근처에서."

가빈은 다급히 변명하고는 하준의 눈치를 살폈다. 다행히 그는
별다른 반응이 없었다.

"그래?"

편집장은 의미심장한 표정으로 두 사람을 쓰윽 훑어봤다. 가족
모임이라…… 전부터 느꼈지만, 남매라고 하기에 그들은 어딘가
모르게 오묘했다.

겉으로 보기에도 그렇고, 분위기도 그렇고. 현과 쌍둥이 누이 사
이에서 느낄 수 없는 긴장감 같은 게 느껴졌다. 뭘까? 이상하게도
두 사람의 모습이 그녀의 호기심을 자극했다.

"마침 잘 됐다. 다음 주에 현이가 미국 들어가게 돼서 오늘 출판
사 직원들하고 송별회 하려고 했는데, 두 사람도 시간 괜찮으면 같

이 가시죠?"

편집장이 살가운 말투로 말했지만, 하준은 조금의 망설임도 없이 부정의 답변을 꺼냈다.

"바쁜 일이 있어서요."

"그럼 가빈이는? 집에서 조촐하게 술이나 한잔 하는 거니까, 부담 없이 가도 괜찮아."

하준은 멍하니 서 있는 가빈에게 다가가 그녀의 손을 확 끌어 잡았다.

"그만 가자."

가빈은 갑작스러운 그의 행동에 당황하며 편집장을 쳐다봤다. 그녀는 하준의 행동에 무안한 듯, 멋쩍은 표정으로 머리를 긁적이고 있었다. 굳이 이렇게까지 매몰차게 거절할 필요는 없건만, 차갑게 구는 그의 행동이 꼭 자신의 탓인 것만 같아 마음이 편치 않았다.

가빈은 손에서 느껴지는 강한 힘에 그를 올려다봤다. 따라오지 않으면 억지로라도 끌고 가겠다는 집념이 하준의 눈에 담겨 있었다.

간절함이 느껴지는 그의 손길, 하지만 가빈은 그런 그의 손을 탁 쳐내며 몸을 편집장 쪽으로 돌렸다.

"실례가 안 된다면 갈게요."

가빈은 곧바로 하준의 날카로운 시선을 느꼈지만 무시했다. 세상에 홀로 남겨진 자신이 아슬아슬한 줄타기 같은 지금의 관계를 끊어내기 위해선 지금 이 순간, 마음을 숨기고 그저 도망치는 것밖엔 다른 방법은 없었다.

"그럼! 얼마든지 환영이지."

"류가빈, 너……!"

"오빠는 회사 들어 가 봐야 한다며. 어서 가 봐."

가빈이 손을 휙휙 저으며 돌아서자, 하준의 눈썹이 꿈틀했다. 현의 집에 기어코 가겠다니. 해 보자 이건가?

"저도 가죠."

망설임 없이 내뱉어진 그의 한마디로 인해 가빈의 얼굴이 삽시간에 찌푸려졌다. 도무지 끝이 안 보였다. 그녀는 주먹을 말아 쥐었다.

"안 간다며, 괜히 무리하지 말고 그냥 회사 들어 가 봐."

"회사는 내일 가도 돼."

"왜 안 간다고 했다, 또 간다고 하는 건데?"

"갑자기 가고 싶어졌을 뿐이야."

"그냥 가란 말이야! 제발, 좀!"

"싫어."

편집장은 서로 목소리를 높이며 티격태격하는 두 사람의 모습에, 난감한 표정으로 주변을 둘러봤다. 길거리를 오가던 사람들의 시선이 어느샌가 점차 그들에게로 모아지고 있는 것이 보였다.

지금이라도 말리지 않으면 동물원에 있는 원숭이 꼴이 되고 말 것 같은 불길한 예감에, 편집장은 황급히 두 사람 사이를 가로막고 섰다.

"그만! 그만 해요! 그냥 다 같이 가면 되잖아."

"아니요, 저 혼자 갈 거예요."

가빈은 씩씩거리며 편집장을 쳐다보며 소리쳤다. 그녀는 눈에 힘을 꽉 준 채, 손을 부르르 떨고 있었다. 편집장은 어떡해서든 자신에게 지지 않으려 애쓰던 현이 떠올리며 저도 모르게 피식 웃음을 터트리고 말았다.

"미안! 웃으면 안 되는데…… 두 사람 싸우는 거 보니까 누가 생각이 나서."

한참을 킥킥대던 편집장은 벌게진 얼굴로 서 있는 가빈에게 다가가 그녀의 손을 꼭 잡곤 하준을 돌아봤다.

"동생분은 송별회 끝나는 대로 제가 무사히 집까지 모셔다 드릴 테니, 전무님께선 걱정 마시고 회사 들어 가 보세요."

"아니요, 저도……."

"그만 가시죠, 편집장님."

가빈은 매몰차게 하준의 말을 자르며 편집장과 함께 차로 향했다. 하지만 곧바로 그녀는 어깨를 붙잡는 하준의 손길에 또다시 제자리에 멈춰 설 수밖에 없었다.

"류가빈, 너 정말 이럴 거야?"

위압감마저 느껴지는 낮은 그의 음성, 그럼에도 가빈은 전과 달리 냉랭한 표정으로 그를 직시하며 나직이 말했다.

"이대로 영영 내가 사라지길 바라는 게 아니라면 이쯤에서 그만 둬."

가빈은 경고하듯 말을 내뱉고는 미련 없이 편집장의 뒤를 쫓아 차에 올라탔다. 혼자 남겨진 하준은 그들의 탄 차를 떠날 때까지 우두커니 지켜보고 서 있었다. 영영 사라져 버린다, 그것이 어떤 의미인지 짐작이 가기에 더는 다가설 수 없었다.

"하아……."

하준은 두 손으로 얼굴을 감싸 쥐었다. 미칠 것 같았다. 자꾸만 꼬여가는 상황들이.

'내가 괴물이 되는 수밖에…….'

놓을 생각도, 포기할 생각도 없다. 버리되, 원하는 사람은 지킬 것이다. 하준은 피가 배어 나올 정도로 손을 꽉 말아 쥐었다.

민호와 세련을 만나고 집으로 돌아온 현은 집 안 가득 메우는 웃음소리와 TV 소리에 한숨을 푹 내쉬었다. 송별회인가 뭔가 한다면서 일찍 집에 오라더니, 아직까지 광란의 파티가 끝나지 않은 모양이었다. 그는 피곤한 기색이 역력한 표정으로 느릿하게 신발을 벗고 집 안으로 들어섰다.

"어서 와! 우리 작가님."

"오랜만이에요, 레니 작가님!"

한껏 들뜬 편집장의 목소리에 현의 얼굴이 일그러졌다. 몇몇 사람들은 그새 술에 취했는지 거실에 뻗어 있었고, 편집장과 여직원 한 명만이 서로 대작하고 있었다.

민호, 세련과 함께 벌인 일만으로도 머릿속이 복잡하고 마음이 심란한데 저분들까지 상대해야 하나 싶어 선뜻 거실 쪽으로 고개가 돌아가지 않았다.

"그나저나 너 왜 이렇게 늦게 왔어? 그래도 명색이 작가님 송별회인데, 주인공이 빠져도 되는 거야?"

정작 주인공은 원하지 않았던 송별회라고요, 하고 볼멘소리가 튀어나올 뻔한 걸 겨우 삼키며 현이 대답했다.

"중요한 볼일이 있었어요, 보아하니 송별회도 다 끝난 것 같은데 그럼 전 그만 들어가서 쉴게요."

현은 혹시 눈길이라도 줬다가 편집장에 붙잡히지 않을까, 시선을 앞에 고정시킨 채 방을 향해 걸어갔다.

제발 이대로 내버려 두길 속으로 염원하며 거침없이 방문을 열어젖힌 그는, 그 순간 침대에 누군가가 누워 있는 것을 발견하고 동상이 된 것처럼 멈춰 섰다.

"아! 야, 잠깐. 그 방 들어……."

다급히 현을 만류하려고 몸을 일으킨 편집장은, 이미 뭔가를 발견했는지 방문 앞에 멍하니 서 있는 그의 뒤통수를 사정없이 갈겼다.

"악!"

"조용히 안 해?"

편집장은 현의 입을 재빨리 틀어막고 방문을 닫았다. 그러고는 그를 거실로 질질 끌고 왔다.

"누군데 남의 방에 눕힌 거예요?"

다소 짜증 섞인 그의 반응에 편집장은 대수롭지 않게 대꾸했다.

"가빈이."

"네?"

"가빈이라고."

편집장의 말에 현이 잠시 놀라더니 이내 어이없다는 듯 웃음을 터트렸다.

"취하셨어요? 가빈이가 왜 여기……."

"내가 초대했어, 송별회 하니까 오라고."

진지한 그녀의 표정에 그제야 사태파악이 되는지 현의 눈이 점차 동그랗게 커졌다.

"정말……이에요?"

"응, 그런데 피곤했는지 얼마 마시지도 않았는데 그대로 뻗어 버리더라고. 그래서 일단 네 방에 눕혔는데…… 너 잘 거면 거실로 데리고 나……."

"아니요! 괜찮아요! 절대 괜찮아!"

일어서려는 편집장을 도로 앉힌 현은, 이후 안절부절못하며 거실 안을 배회하기 시작했다. 가빈이가 제 방에서 자고 있다는 사실에 가슴이 터질 듯 심장박동이 빨라지기 시작했다.

"뭐 하냐, 너?"

편집장은 그런 현의 행동에 어처구니없어하며 입꼬리를 비틀어 올렸다. 천하의 남궁현이 여자 때문에 어쩔 줄 몰라 하다니.

'저리 좋아한다 말이지.'

편집장은 유심히 현을 관찰했다. 여자라면 관심조차 없는 녀석이 저러는 걸 보니, 가빈에 대한 마음이 꽤 진지한 듯 보였다. 그 모습이 신기하면서도 한 편으로 괜히 걱정도 됐다.

"그만 오버하고, 가서 씻지?"

편집장의 말에 그제야 가출 나갔던 정신이 돌아왔는지 현이 고개를 끄덕이며 대답했다.

"네? 아…… 그래야죠."

"저희도 그만 자요. 편집장님."

간신히 살아남은 여직원도 이제 술기운을 이겨 내기 힘든지, 그대로 소파 위로 기어 올라가 몸을 눕혔다.

편집장도 슬슬 피곤이 밀려들어와 테이블을 옆으로 밀어내고, 옆에 쌓아 놓은 이불 하나를 바닥에 펼치며 현에게 말했다.

"불 좀 꺼."

"다들 이대로 주무시고 가실 거예요?"

편집장이 눈을 가늘게 떴다.

"그럼 네가 다 깨워서 택시 태워 보낼래? 그리고 우리 없는 사이 네가 가빈이한테 무슨 짓을 할 줄 알고."

"고모!"

"됐고, 우린 이대로 얌전히 잘 테니까 너도 얼른 씻고 그만 자."

"알았어요."

편집장의 성화에 어쩔 수 없이 거실의 불을 끈 현은, 갈팡질팡하다 일단 거실에 붙어 있는 욕실로 들어가 씻었다. 제 방에 가빈이 있다고 생각하니 씻는 내내 기분이 이상했다.

'지금 무슨 생각을 하는 거냐.'

현은 머리를 거칠게 헝클어뜨리고는 편집장이 미리 준비해 둔 편한 옷으로 갈아입고 밖으로 나왔다.

가빈이 있는 방문 앞에서 한참을 서성이던 그는, 얼굴만 보자는 생각으로 천천히 문을 열었다. 가빈이 있어서 그런지 방 안 공기 자체도 달라진 것 같은 기분이 들었다.

'정말이구나……'

침대 옆에 다가와 직접 확인을 하니 그제야 현실로 느껴졌다. 현은 조심스럽게 쪼그려 앉아 가빈의 얼굴을 들여다봤다.

'귀여워.'

곤히 잠들어 있는 그녀를 보니 저절로 입가에 미소가 지어졌다. 현은 얼굴을 살짝 가리고 있는 그녀의 머리카락을 정성스럽게 정돈해 줬다.

새근새근 잠들어 있는 가빈. 묘한 기분이 들었다. 그의 눈이 차례대로 가빈의 얼굴을 살피기 시작했다. 눈…… 코…… 입술…… 점차 아래로 향하던 시선이 멈췄다.

'정신 차려.'

입술에서 눈을 떼지 못하던 현은 제 이마를 한 대 때리고는 한숨을 푹 내쉬었다. 세상모르고 잠들어 있는 애를 상대로 무슨 생각을 한 건지, 그는 자책하며 자리에서 벌떡 일어섰다. 그래, 잠이나 자자. 현은 스스로를 달래며 문 쪽으로 발길을 돌렸다.

"가지 마……."

들려오는 가빈의 작은 목소리. 현은 멈춰 선 채로 천천히 뒤를 돌아봤다.

"가지 마……."

꿈이라도 꾸는 건지 미간을 찌푸리며 중얼거리는 가빈의 목소리에, 그는 다시 그녀에게로 되돌아와 섰다. 가지 말라는 그녀의 말이 이상할 정도로 마음이 쓰였다.

무슨 꿈을 꾸기에 그러지? 현은 가빈의 목소리를 가까이 듣기 위해 그녀의 입술 가까이에 귀를 가져다 댔다.

"가지 마……."

가빈은 계속 반복해서 같은 말을 되뇌고 있었다. 돌아가신 어머니를 꿈에서 만나기라도 한 건가 싶어 천천히 고개를 돌려 그녀의 얼굴을 직시한 현은, 그 순간 들린 그녀의 한 마디에 숨을 멈추고 말았다.

"가지 마, 오빠."

현의 눈동자가 파르르 떨렸다. 심장이 덜컥 내려앉은 것만 같았다. 그는 어금니를 꽉 깨물었다. 상처난 가슴에 소독약이라도 들이부은 것처럼 시리고 아려왔다.

'지금 네 옆에 있는 건 난데…….'

현은 씁쓸한 표정으로 눈을 질끈 감았다 떴다. 감정의 흐름이 방향을 틀었다. 그녀를 향한 애틋한 마음이 일약 질투심으로 변질 되는 게 느껴졌다.

"좋아해."

누구보다도 널 좋아해. 현이 그녀의 얼굴에 시선을 붙박은 채 입술만 움직여 작게 속삭였다.

"널 좋아해, 좋아한다고."

그러니까 날 좀 봐달란 말이야. 마치 그녀에게 각인시키려는 듯, 현은 강한 어조로 낮게 말했다. 그러고는 천천히 자신의 입술을 그녀의 입술로 가져갔다.

가빈의 숨결이 느껴졌다. 가까이 다가설수록 달콤한 그녀의 체향이 코를 자극했다. 입술이 닿기 직전, 심장이 금방이라도 가슴을 뚫고 나올 듯 세차게 뛰었다.

"미안해, 현아."

그때, 뇌리를 스치는 가빈의 한 마디. 현은 우뚝, 움직임을 멈췄다.

'미친놈.'

고백하던 자신에게 연신 미안하다 말하던 가빈의 모습이 눈앞에 그려지며 정신이 바짝 들었다. 현은 아랫입술을 질끈 물었다. 질투에 눈이 멀어 해선 안 될 짓을 할 뻔했다.

그는 벌떡 일어나 가빈이 덮고 있는 이불을 조심스레 매만져줬다. 많이 피곤한지 여전히 그녀는 미동도 없이 색색 소리를 내며 잠이 들어 있었다.

현은 스스로를 응징하듯 자신의 머리를 주먹으로 쿵 때리고는 방 밖으로 나섰다. 왠지 모를 죄책감마저 들었다.

"아앗!"

방을 나서자마자 귀로 전해지는 엄청난 고통에 현은 눈을 찡그리며 옆을 돌아봤다. 잠들지 않았는지 편집장이 문 옆에서 선 채 가늘게 뜬 눈으로 그의 귀를 잡아당기고 있었다.

"이리 와, 이 못된 놈아."

"아악! 이, 이거 놔요!"

"조용히 안 해?"

편집장은 낮게 으르렁거리고는 부엌으로 현을 끌고 가 내팽개치듯 그의 귀를 놔줬다. 그러자 고통스러운지 현이 신음 소리와 함께 피가 날 듯 벌게진 귀를 재빨리 감싸 쥐었다.

"이게 무슨 짓이에요!"

"너! 다 봤어. 자고 있는 여자를 덮쳐?"

편집장의 말에 현의 얼굴이 붉으락푸르락해지며 작게 소리를 질렀다.

"고모! 더, 덮치긴 누가……!"

막 변명하려던 현은 조금 전 자신이 그녀에게 키스하려 했던 장면을 떠올리며 입을 닫았다. 안 했더라도 시도는 했으니 할 말은 없었다.

"앉아 봐."

현의 얼굴을 빤히 바라보던 편집장은 부엌에 놓인 테이블에 앉으며 그에게 말했다. 현은 또 무슨 말을 하려나 싶어 주춤거렸지만, 당장 앉으라며 압박하는 그녀의 눈초리에 결국 맞은 편 자리에 착석했다.

"너 가빈이에 대한 마음 접은 거 아니었어?"

현이 곧바로 자리에서 벌떡 일어섰다.

"쓸데없는 얘기 하실 거면 그만 주무세요."

"앉아, 아직 할 얘기 남았으니까."

"또 무슨 얘기요?"

편집장은 뚱한 표정으로 앉는 현을 빤히 쳐다보며 입을 열었다.

"그렇게 좋으면 네가 직접 가빈이한테 미국 같이 가자고 해 보는 건 어때?"

그녀가 조금 더 확고한 목소리로 이어 말했다.

"그렇게 미련이 남으면 일단 죽이 되든 밥이 되든 끝까지 밀어붙여 봐야지. 그렇게 어영부영 행동했다 너 평생 후회한다."

편집장의 조언에 현은 머리를 긁적이며 말을 툭 꺼냈다.

"안 그래도 말했어요. 같이 가자고."

그녀의 눈이 커졌다.

"말했다고? 네가? 미국 같이 가자고."

"네."

"그래서 답변은?"

현은 대답했다.

"아직 몰라요. 생각해 보라고만 했어요."

편집장의 입에서 안타까운 탄식이 흘러나왔다.

"그러지 말고 조금 더 확실하게 밀어붙이지 그랬어."

편집장은 몸을 앞으로 기울여 현에게 바짝 다가섰다.

"보니까 가빈이 그 아이 집에서 찬밥 신세인지 집 얘기만 꺼내면 얼굴이 어두워지더라. 솔직히 새엄마랑 같이 사는 집이 뭐가 편하겠니? 구제해 준다 생각하고 그 틈을 공략해서 잘 회유해 봐."

편집장은 테이블 위에 놓인 물을 한입에 들이켜고는 멍하니 앉아 있는 현의 이마를 손가락으로 퉁 치며 말했다.

"이왕 할 거면 제대로 해. 고모가 옛날에 첫사랑을 그렇게 외국으로 보내 본 적이 있어서 해 주는 조언이니까. 어찌 보면 너한테 마지막 기회가 될지도 모르는데."

편집장은 기지개를 힘껏 켜고는 할 말 다했다는 듯 현의 어깨를 툭툭 쳤다.

"그럼 난 그만 잔다."

편집장은 현에게 어서 자라는 말을 덧붙이고는 거실로 발걸음을 옮겼다. 순간 정적이 흘렀다.

홀로 부엌에 남겨진 그는 갑자기 휘몰아치듯 듣게 된 말들에 넋이 나갔는지 멍한 눈빛으로 앞을 응시했다. 이마에 열이 나며 금방이라도 머릿속이 터져 버릴 것만 같았다.

'마지막 기회.'

현은 뇌리로 파노라마처럼 지난 기억들이 스쳐 지나가기 시작했다. 어머니께서 돌아가셨다는 소식에 집에 찾아와 오열하던 그녀.

무슨 일이 있었는지 본가에서 울며 뛰쳐나오고, 겉옷도 입지 않은 채 공원에서 혼자 추위에 떨고 있었던 가녀린 모습까지…….

지금까지의 일들을 곱씹어 생각하며, 현은 물끄러미 자신의 방문을 쳐다봤다.

"구제해 준다……."

현은 편집장의 했던 말들을 되뇌어 생각하며 눈을 스르륵 감았다.

택시를 타고 집 앞에 도착한 민호는 바로 안으로 들어가지 않고 거리에 놓인 벤치에 털썩 앉았다. 양어깨에 돌덩이라도 올려놓은 것처럼 몸이 천근만근 무거웠다. 그는 벤치에 등을 기대고 목을 젖힌 뒤, 큰 숨을 내쉬었다. 하루가 참으로 길다.

"아, 죽겠다……."

민호는 몸을 축 늘어뜨리고, 눈을 질끈 상태로 조금 전의 일을 생각했다. 세련이 데리고 온 사람들은 뜻밖에도 그녀의 사촌오빠들이자, 이름만 대면 알 정도로 유명한 현직 정치부 기자였다.

그들은 전부터 대기업 사모님들과 기획사 간의 성매매 거래가 있었음을 눈치채고 계속해서 사태를 주시하며 취재를 기획하고 있었음을 밝혔다. 그들은 인터뷰를 요청하며 최대한 피해 안 가게 이 사건을 터트릴 테니 도와 달라 부탁을 해 왔다.

민호는 처음에 당혹스러웠다. 자칫 연예계에서 영원히 퇴출당할 수도 있는 민감한 사항이었다. 그런데 이렇게 갑작스러운 요청이라니, 한 편으로 세련에게 서운한 감정이 들었다. 함부로 강요할 수 있는 부분이 아니었다.

잘못 건드렸다간 사회적으로 엄청난 여파를 몰고 오는 것은 물론, 성매매 혐의로 경찰 조사까지 받을 수 있는 일이었다. 그런데도 그 중심의 희생양으로 자신을 떠밀어 넣다니, 기분이 나쁠 수밖에 없는 일이었다.

"어차피 더럽혀진 몸, 자폭하라 이건가."

민호는 허탈한 웃음을 터트렸다. 마치 밑바닥을 기는 벌레가 된 기분이었다. 더 이상 하늘을 올려다볼 자격조차 없이, 어둠 속에 꼭꼭 숨어 살아야 하는 신세로 전락한 것 같았다.

그때, 현이 자신을 대신해 세련과 그녀의 사촌오빠에게 화내지 않았다면, 정말 한순간 모든 걸 놔버리고 취재에 응했을 것이고, 아래로 고꾸라질 순간만을 기다렸을 것이다.

"이 운도 지지리도 없는 새끼."

눈 주변이 화끈거렸다. 불우한 집안 환경을 탓해 본 적은 없었다. 그나마 연우라도 곁에 남아 있음에 감사했다. 그래서 그 아이를 위해, 지금보다 나은 삶을 살기 위해 아등바등 살았다.

하지만 현실은 그렇게 녹록지 않았고, 겨우 잡은 기회라는 건 한낱 허울뿐인 허상에 지나지 않게 되어 버렸다. 발버둥 쳐도 도저히 닿지 않는 꿈에 이제 지쳐갔다. 다 놓고 싶어질 정도로.

"여기서 뭐 해요?"

익숙한 목소리, 민호는 천천히 눈을 뜨고 앞을 응시했다. 모자를 푹 눌러쓰고, 마스크에 선글라스 낀 세련이 멀뚱히 서 있었다.

"여긴 왜 왔어요?"

민호는 퉁명스럽게 말했다. 오늘따라 말도 없이 따라온 그녀가 마음에 들지 않았다. 하지만 세련은 아랑곳하지 않고 당당하게 그의 옆에 털썩 앉았다.

"보고 싶어서요."

민호가 세련을 향해 고개를 돌렸다. 마스크에 가려 표정이 잘 보이지 않았지만, 그녀의 눈은 웃고 있었다. 종잡을 수 없었다. 도대체 무슨 생각을 하고 있는 건지. 그래서 한편으로 짜증도 났다.

"기자한테 사진 찍히고 싶은 거 아니면 그만 돌아가요."

"그럼 차로 갈래요?"

세련이 벌떡 자리에서 일어나 그의 팔을 잡아끌었다.

"난 사진 찍혀도 좋은데 당신은 싫잖아, 그러니까 차로 가요."

민호의 얼굴이 살짝 일그러졌다.

"내가 왜 당신 차로……."

"참 말 많네, 가자면 좀 가요!"

대뜸 소리치고는 팔을 잡아당기는 그녀의 힘에 민호는 당황하며 따라갔다. 세련의 손길에 의해 차 안에 탑승한 그는, 황당한 표정으로 운전석에 앉아 있는 그녀를 돌아봤다. 세련은 답답했는지 마스크와 모자를 벗고 있었다.

"지금 뭐 하자는 거예요?"

"술 한잔 해요."

세련은 뒷좌석에 놓인 검은 봉지를 집어 그 안에서 소주와 종이컵을 꺼내 그의 눈앞에 흔들어 보였다.

"이게 갑자기 뭐……."

"자, 받아요."

민호는 소주가 가득 담긴 종이컵을 건네는 그녀의 행동이 어이없었지만 일단은 못 이기는 척 받아줬다. 두고 볼 생각이었다. 도대체 무슨 생각으로 이러는 건지.

"자, 짠!"

건배까지 하고 세련은 종이컵에 담긴 소주를 한입에 다 털어 넣었다. 민호는 한 모금 들이킨 상태로 멍하니 그런 그녀를 바라봤다. 술을 음료수처럼 넘기는 모습을 보고 있자니 헛웃음밖에 나지 않았다.

"왜 안 마셔요, 첫 잔은 원 샷인 거 몰라요?"

"난 술 잘 못 마셔요."

민호가 입에서 종이컵을 떼며 말하자, 그녀가 못마땅한 표정으로 흘겨보며 말했다.

"안 마시면 입으로 먹어 줄 거예요."

세련의 귀여운 경고에도 민호는 무덤덤한 표정으로 되물었다.

"무슨 생각으로 이러는 거예요?"

"술 왕창 먹이고, 집으로 납치할 생각이에요."

"농담할 기분 아닙니다만."

"농담 아니에요, 할 수만 있다면 집에 가둬 놓고 계속 같이 있고 싶어."

"강세련 씨."

"좋아해요, 정말. 진심이에요."

그녀의 고백에 목석처럼 굳어 있는 민호의 얼굴에 균열이 생겼다. 눈빛이 흔들리고 입가에 작은 경련이 일었다.

"그만 해요."

"싫어요, 이왕 이렇게 된 거 내 진심 다 말할 거예요."

세련은 종이컵에 소주를 가득 따라 한잔 더 들이키고는 이어 말했다.

"나도 이렇게까지 당신이 좋아질 줄 몰랐어요, 나한테 특별히 잘해 준 것도 없는데…… 그런데 이상하게 보고 있으면 그냥 편하고 설레고 좋아요."

세련이 손을 뻗어 민호의 얼굴을 천천히 감싸 쥐고 눈을 마주했다.

"내 눈 똑바로 봐요, 이게 내 진심이니까."

그녀가 고개를 갸웃했다.

"보여요? 내 진심?"

"풉."

민호가 결국 참지 못하고 웃음을 터트렸다. 별종이 따로 없었다. 그녀로 인해 웃고 나니 답답했던 속이 조금은 풀린 듯했다.

"그쯤 했으면 됐어요, 알겠으니까 하고 싶은 말 있으면 해요."

민호의 말에 세련은 그의 얼굴에서 여전히 붙잡은 상태로 입을 열었다.

"말 다 했는데요."

"정말요?"

민호의 반문에 세련이 그의 눈을 똑바로 들여다보며 말했다.

"날 믿고 인터뷰에 응해요."

결국 그거였나? 민호가 미간을 찌푸리며 그녀를 밀어냈다.

"당신 사촌오빠가 부탁했어요? 날 좀 설득해 달라고?"

"설득은 내가 했어요, 이 사건 제대로 좀 터트려 달라고."

"뭐라고요?"

"어차피 검찰 쪽에서도 주목하고 있는 사안이라 잘 풀어내면 이혜연 그 여자를 비롯해서 당신 기획사 사장까지 싹 조사받게 할 수 있다고 했어요. 구속시킬 수도 있고요. 그렇게 되면 당신은 그들로부터 자유로워질 수 있는데 왜 싫다고 부정만 하는 건데요?"

"그렇게 쉽게 될 문제가 아니잖아요, 상대는 대기업 사모님이에요. 오히려 발목 잡혀서 영영 연예계에 발을 들일 수조차 없게 될 수도 있다고요."

그리될까 두렵다.

"강세련 씨처럼 배경 좋은 사람들은 모르겠지만, 나 같은 사람은 한 번 무너져 버리면 다시 일어설 수 없어요. 영원히 바닥에서 빌빌대며 살아야 한다고요, 나를 비롯해서 내 주변 사람들까지 전부다."

연우를 위해서라도 그럴 순 없다. 차라리 제 몸 하나 희생해서 똥물에 몸을 담고 희희낙락하는 것이 속 편했다.

약혼이든, 친구를 배신하든, 평생 노예가 되든 차라리 그리하는 편이 나았다. 민호는 손에 든 종이컵을 찌그려 봉지 안에 툭 집어넣고는 차 손잡이를 붙잡았다.

"신경 써 준 건 고마워요, 하지만 최소한의 선은 넘지 말아요. 불쾌하니까."

민호가 작게 숨을 내쉬었다.

"대리 불러 줄 테니까 기다렸다가 조심히 들어가요."

딱, 차 문을 열고 나가려던 민호는 문이 잠기는 소리에 세련을 돌아봤다.

"못 가요."

"네?"

"나랑 자요."

세련의 한 마디에 민호의 눈이 휘둥그레졌다.

"지금 무슨 소릴 하는 거예요?"

"진심을 다 보여줬는데도 날 못 믿으니까 아예 내 전부를 줄 생각이에요."

"강세련 씨."

"바보, 병신."

민호는 자신의 귀를 의심했다.

"지금…… 뭐라고 한 거예요?"

"나랑 잘 용기도, 스스로를 지킬 용기조차 없는 바보 등신이라고 했어요. 왜요?"

"강세련!"

"왜!"

민호를 향해 크게 윽박지른 세련은 이후 핸드백에서 휴대폰을 꺼내 어딘가로 전화를 걸었다.

"지금 어디에 전화하는 거예요?"

불안한 표정으로 묻는 민호도 무시한 채 그녀는 수화기 너머로 들리는 목소리에 입을 열었다.

"오빠, 나야. 황민호 씨. 인터뷰하기로 했으니까 그 전에 경찰, 검찰 쪽에도 말 흘려 놔."

"이봐요, 강……."

"그럼 그렇게 알고 내일 다시 통화하자."

"미쳤어요? 지금?"

휴대폰을 빼앗으며 매섭게 노려보는 민호의 눈빛에도 세련은 전혀 기죽음 없이 통화를 끝내고 소주 한 잔을 더 비워냈다.

"지극히 정상이에요."

"당신, 왜 매번 이렇게 제멋대로 구는 겁니까? 잘못되기라도 하면 당신이 다 책임질 거예요?

"원하는 바네요. 책임질게요. 당신 인생."

세련의 말에 민호가 못 말리겠다는 듯 고개를 절레절레 흔들었다.

"진짜 대단하시네요."

"비꼬지 말아요, 진심으로 하는 말이니까."

세련의 얼굴이 진지해졌다.

"싫어요, 당신이 그 늙은 여우한테 끌려다니는 게…… 그래서 이러는 거예요."

끔찍했다. 그 여자 손에 민호가 농락당한다는 사실이. 한 마디 한 마디 힘줘 말한 세련은 이후 팔을 뻗어 자연스럽게 그의 목을 끌어안았다.

"내가 지켜줄게요. 그러니까 날 좀 믿어줘요. 내가 싸가지는 없어도 좋아하는 사람한테 의리 하나는 있단 말이에요."

민호는 진심 어린 세련의 말에 차마 그녀를 밀어내지 못하고 천천히 손을 올려 허리를 감싸 안았다. 따뜻했고, 좋은 향기가 났다. 사나웠던 기운이 점차 누그러지는 게 느껴졌다.

"잘 지켜봐요, 내가 그 아줌마 얼굴을 못 들고 다니게 할 테니."

민호가 귓가에 대고 속삭이는 그녀의 말에 피식 웃음을 터트렸다. 진짜 못 말린다.

"신분보장 확실하게 해 주는 거 맞아요?"

세련은 민호의 말에 놀라며 그를 돌아봤다. 딱딱하게 굳어 있던 민호의 표정이 한결 부드러워졌다. 드디어 마음이 풀린 건가? 세련은 재빨리 고개를 끄덕였다.

"그럼요, 그건 내가 확실하게 보증할게요, 당신에게 유리하도록 이미 사전에 합의해 놨어요. 그러니 걱정하지 않아도 돼요."

민호는 어느새 환해진 그녀의 얼굴을 보면서 두 손을 번쩍 들었다. 이렇게까지 나오는 이상 마음이 흔들리지 않을 리 없었다.

"졌어요, 내가."

한마디 툭 던진 민호는 이후 눈을 마주한 세린의 입술에 입을 맞췄다.

잠에 취해 정신을 못 차리던 가빈은 정신없이 울려대는 휴대폰 벨 소리에 천천히 눈을 떴다. 익숙하지 않은 천장, 익숙하지 않은 이불.

가빈은 뭔가 낯선 풍경에 어리둥절해하다, 문득 어제 송별회를 했던 걸 떠올렸다. 술을 마시고 잔 탓인지 머리가 지끈거리고 속이 울렁거리며 입에서 강한 알코올 향이 나는 게 느껴졌다.

'어떡해……'

하준과의 일로 속상한 마음에 편집장이 건네주는 잔을 전부 다 마셨더니, 결국 술기운을 이겨 내지 못하고 쓰러지듯 잠들었던 게 생각났다.

가빈은 창피함을 참지 못하고 제 머리를 헝클어뜨렸다. 어떻게 요즘 들어 술만 마시면 인사불성이 되는 건지, 스스로를 제어 못 한 것에 대한 후회가 물밀 듯이 밀려들었다.

편집장을 비롯해서 현의 얼굴까지 어떤 표정으로 봐야 할지 전전긍긍하던 그녀는, 일단 끊임없이 울려대는 휴대폰을 손에 들고 들여다봤다.

[아버지]

받아야 하나, 말아야 하나, 한참을 고민하던 가빈은 결국 통화버튼을 눌렀다.

"네, 아버지."

─가빈아, 지금 어디 있는 게냐? 별일은 없는 게지?

받자마자 황급히 들리는 걱정 가득한 그의 목소리에 가빈은 울컥했지만, 이내 별일 없었다는 듯 대답했다.

"네, 저 괜찮아요. 괜히 걱정 끼쳐 드려 죄송해요."

─아니다, 너만 괜찮으면 됐다. 그나저나 지금 어디 있는 게냐?

가빈은 잠시 망설이다 입을 뗐다.

"친구네 집이요."

─친구? 누구?

그의 반문에 가빈은 곤란한 표정으로 말을 얼버무렸다.

"아…… 대학교 친구예요. 아버지께선 잘 모르실 거예요."

─그래? 어쨌든 다행이다. 정말 다행이야."

"말도 없이 사라져서 죄송해요."

─아니다, 네가 왜 죄송해. 다 내 잘못이지. 그래, 일단 아비하고 만나서 얘기 좀 하자꾸나. 친구 집이 어디냐? 내가 현 실장 보내…….

"아, 아니요! 그러실 필요 없어요."

현 실장을 보낸다는 말에 가빈은 다급히 그의 말을 가로막았다.

"오늘 전주 내려가 볼 생각이에요, 다녀와서 제가 찾아…….."

─네가 전에 말한 홍인숙, 그 아주머니 찾았다.

생각지도 못한 그의 한마디, 가빈은 멍한 눈빛으로 입을 열었다.

"정말이세요?"

—그래.

"지금, 지금 어디에 계세요?"

—그건 만나서 얘기하자꾸나. 직접 만나게 해 줄 테니.

단호한 그의 음성에 가빈은 지체 없이 방문을 향해 걸어갔다.

"지금 회사에 계시죠? 제가 지금 거기로 갈게요."

회사 앞에 도착한 가빈은 운전석에 앉아 있는 현을 돌아봤다. 택시를 타고 가겠다는 데도 현은 굳이 데려다 주겠다며 나섰고, 그 덕에 그녀는 편안하게 회사로 올 수 있었다.

"미안해, 매번 신세만 져서."

말로 다할 수 없을 만큼 고마웠다. 매번 안 좋은 일이 있을 때마다 나서서 도와주고, 위로해 주는 그가. 하지만 현은 언제나처럼 당연한 일을 했을 뿐이라는 듯 손사래를 쳤다.

"신세는 무슨. 오히려 내가 미안하지. 어제 고모 때문에 좀 곤란했지?"

기 센 편집장을 상대하느라 힘들어했을 그녀의 모습이 안 봐도 눈에 선했다. 하지만 가빈은 오히려 환하게 웃으며 대답했다.

"아니야, 덕분에 즐거웠어. 급하게 나오느라 인사도 제대로 못 드리고 나왔는데 네가 대신 잘 좀 말해 줘."

현은 미소 지으며 고개를 끄덕였다.

"응, 그래. 알겠어."

"그럼 나 그만 갈게, 조심히 들어가."

가빈은 나중에 연락하겠다는 말을 마지막으로 차에서 내린 뒤, 회사 정문을 향해 뛰어갔다. 홍인숙에 대한 걱정으로 그녀의 마음은 어느 때보다도 조급했다.

"잠깐만, 가빈아."

막 입구에 도달했을 무렵, 가빈은 뒤에서 들린 현의 목소리에 자리에 멈춰 선 채로 뒤를 돌아봤다. 차에서 내린 현은 그녀를 향해 빠르게 걸어오고 있었다.

"왜? 무슨 할 말 있어?"

가빈이 의아한 표정을 묻자, 현은 잠시 숨을 고른 뒤 조심스럽게 입을 열었다.

"나 이번 달 말쯤에 미국 들어갈 것 같아."

이번 달 말? 생각보다 빠른 일정에 가빈은 당황했다.

"벌써? 다음 달에나 가는 줄 알았는데……."

"아버지 건강 상태가 생각보다 안 좋아서, 갑자기 일정을 앞당기게 됐어."

가빈의 얼굴에 안타까움과 아쉬움이 동시에 드러났다. 예상보다 빠른 이별, 벌써부터 마음 한구석이 텅 빈 것처럼 허전한 느낌이 들었다.

"믿기지 않는다, 네가 미국 간다는 게."

만난 지 얼마 되지 않았지만, 오랫동안 곁에 있을 거라 생각했다. 유일한 친구였고, 바라는 것 없이 항상 자신을 지켜 준 사람이었다. 그런데 이렇게 허무하게 떠난다니, 금방이라도 눈물이 왈칵 쏟아질 것 같았다.

"그래, 그럼…… 미국 가기 전에 밥이라도 같이 먹자."

가슴속에서부터 뜨겁게 차오르는 무언가를 삼키며, 가빈은 애써 밝게 말하고는 그를 등지고 섰다.

"조심히 들어가고, 나중에 연락할게."

현과 계속 대화를 나누다가는 금방이라도 눈물을 흘릴 것만 같아, 가빈은 지체 없이 입구 쪽으로 걸어갔다. 한 걸음, 한 걸음 내디딜 때마다 현과의 추억들이 떠올라 그녀의 눈시울이 어느새 붉어졌다.

'아직 간 것도 아닌데…….'

떠난다는 말을 들었을 뿐인데, 벌써부터 감정이 갈무리 되지 않았다. 그 때문에 여기까지 데려다 준 현을 너무 매몰차게 두고 돌아선 건 아닌지 하는 뒤늦은 걱정도 밀려들었다.

가빈은 제자리에 멈춰 섰다. 그래도 여기까지 태워다 줬는데 고맙다라는 말은 다시 한 번 하고 싶다는 생각이 들었다. 하지만 가빈은 마음을 다독이며 천천히 그가 서 있던 쪽으로 몸을 돌리자, 언제 왔는지 모르게 다가선 현이 그녀를 품에 안았다.

"현아?"

갑작스러운 상황에 놀란 가빈의 귀로 현의 목소리가 들려왔다.

"내가 전주에서 했던 말 기억해?"

현의 눈빛이 깊고 진중해졌다.

"힘들고 지치면 네가 언제든지 돌아올 수 있게 항상 그 자리에서 널 기다리겠다고 했던 말."

현은 품 안에 안은 가빈을 놓아줬다.

"마지막으로 용기 내서 말할게."

그가 가빈의 눈을 똑바로 들여다봤다.

"29일 저녁 6시 비행기야. 그때까지 잘 생각해 보고 나와 함께 갈 마음이 생기면 언제든지 연락해. 내가 널 데리러 가든지, 아니면 공항에서 올 때까지 기다리고 있을 테니."

마지막까지 가빈에게서 시선을 떼지 못하던 현은 그녀의 머리를 부드럽게 쓰다듬으며 싱긋 웃었다.

"이제 들어 가 봐, 그리고 연락…… 기다릴게."

현은 마지막으로 그녀의 얼굴을 뚫어지게 보고는 그대로 뒤돌아 차로 향했다.

가빈은 건물 안에 들어서자마자 보이는 안내데스크로 가 신분 확인을 하고, 위층으로 올라가는 에스컬레이터로 향했다. 현으로 인해 마음이 뒤숭숭하고 심란한지 그녀의 표정이 딱딱하게 굳어 있었다.

"저 좀 먼저 지나갈게요."

멍하니 선 채로 에스컬레이터 앞에 서 있던 가빈은 위로 올라서기 위해 앞을 응시했다.

'오빠……?'

때마침, 위에서 에스컬레이터를 타고 내려오는 하준을 발견한 가빈의 표정이 딱딱하게 굳었다. 당혹스러웠다. 하준을 우연히 마주치게 될지도 모른다는 생각은 했지만, 이런 식으로 맞닥뜨리게 될 줄은 미처 예상치 못했었다.

가빈은 어두운 표정으로 고개를 숙인 채 고민했다. 차라리 엘리베이터를 타고 갈까 생각했지만, 더는 이런 식으로 계속 숨바꼭질하는 것처럼 그를 피해 도망쳐다니고 싶진 않았다. 차라리 서로 엇갈려 외면하는 편이 나을 것 같았다.

그리 결정한 가빈은 조심스럽게 한 발을 내디뎌 에스컬레이터를 탔다. 몸이 위로 향했고, 조금씩 그와 가까워지자 심장박동 소리가 빨라지기 시작했다. 두근, 보진 않았지만 하준의 눈이 정확히 자신을 향하는 게 느껴졌다. 가빈은 고개를 옆으로 돌렸다.

두근, 손과 발이 차갑게 식어 가며 점차 긴장되는 게 느껴졌다. 마음속으로 계속해서 되뇌었다. 차라리 그냥 모른 척해 줘. 두근, 긴장감에 숨이 멎을 것만 같았다. 가빈은 곧 스치게 될 그를 피해 손잡이 위에 둔 손을 거두려 했지만, 하준이 그런 그녀의 팔을 확 잡아당겼다.

"피하지 마, 난 너 절대 포기 안 해."

은은하게 코에 닿는 그의 특유의 향기에 숨이 멈추고, 심장이 가슴이 뚫고 나올 듯 세차게 뛰었다.

'네가 날 원하게 만들 거야, 반드시.'

하준의 두 눈은 오로지 그녀만을 바라보고 있었다. 거리는 빠르게 벌어졌고, 하준은 자연스럽게 가빈의 팔을 놔줬다.

가빈은 그의 손길이 닿았던 손끝을 바르르 떨며 고개를 돌렸다. 얼마 전, 자신을 버려두고 돌아선 그의 모습이 눈앞에 선하게 그려졌다.

초조하고 식은땀이 났다. 멀어져 가는 그를 바라만 보는 게 괴로웠다. 결국 가빈은 참지 못하고 재빨리 몸을 돌려 반대편 에스컬레이터를 타고 하준을 향해 뛰어갔다.

"오빠!"

하준은 가빈이 부르는 소리에 걸음을 멈추고 그녀를 돌아봤다. 그의 눈에 의아한 빛이 떠올랐다.

"물어볼 말이 있어."

하준에게 가까이 다가선 가빈은 마른침을 꿀꺽 삼키고는 입에 맴도는 말을 꺼냈다.

"오빠는 내가 밉지도 않아? 그렇게 독한 말까지 하면서 밀어내는데도?"

하준은 말없이 가빈을 마주 봤다. 그러고는 조금의 고민 없이 대답했다.

"안 미워."

"……."

"난 널 좋아하는 것만으로도 벅찬 사람이야."

가빈은 하준의 말에 말문이 막힌 듯 한참 동안 멍하니 그를 바라봤다. 위로나 다름없는 그의 말에 눈물이 울컥하고 쏟아질 것만 같왔다. 당장에라도 하준에게 뛰어가고 싶었지만, 그들 사이를 오가는 회사 사람들로 인해 가빈은 선뜻 다가서지 못했다.

"알았어. 나중에 봐."

"잠깐, 할 얘기가 있어."

일단 아버지를 만나자는 생각에 발길을 돌리려던 가빈을 붙잡은 하준은, 아까부터 계속해서 울리는 진동소리에 우선 휴대폰을 꺼내 받았다.

"여보세요."

─전무님, 어디 계십니까?

하준은 혹시라도 가 버릴까 가빈에게 눈을 붙박은 채 대답했다.

"지금 사무실로 들어가는 길입니다만, 무슨 일 있습니까?"

항상 차분했던 김 비서의 음성이 평소와 다르자, 그는 뭔가 이상함을 느끼곤 다급히 물었다.

─그게…… 이번 주 내로 A&T 기획 대표이사 해임 건에 대한 주주총회가 열린다고…….

대표이사 해임? 수화기 너머로 들린 한마디에 하준의 표정이 삽시간 차갑게 돌변했다.

5화
모든 것을 포기하다

"정확히 확인된 얘기입니까?"

—네, 회장님 비서실 통해 직접 확인했습니다.

"일단 알겠습니다."

하준은 짤막하게 답하고는 통화를 끝냈다. 가빈은 그런 그를 유심히 주시했다. 분위기가 조금 전과 다르게 미묘하게 변해 있었다.

무슨 일 있나? 가빈은 걱정스러운 마음에 그에게 말을 걸려다, 가방 속에서 울리는 진동 소리에 일단 휴대폰을 꺼내 확인했다. 현 실장이었다. 그녀는 흘끗 하준을 살펴본 뒤 전화를 받았다.

"네, 현 실장님."

—아가씨, 어디 계십니까? 회사 오셨다고 보고받았는데 안 오셔서 전화 드렸습니다.

"지금 1층이에요, 금방 올라갈게요."

─네, 알겠습니다. 아가씨.

통화를 마친 가빈은 휴대폰을 도로 핸드백에 넣고는 하준을 바라봤다. 그는 뭔가 생각에 잠긴 채 서 있었다.

"나 그만……."

그만 가 볼게, 가빈은 이 말이 입 밖에 채 나오기도 전에 자신을 지나쳐 에스컬레이터에 오르는 하준을 멍하니 지켜봤다.

스쳐 지나갈 때 문득 마주친 그의 싸늘한 눈빛, 느낌이 좋지 않았다. 가빈은 서둘러 그의 뒤를 쫓아 에스컬레이터에 올라탔다.

"오빠!"

그녀의 목소리에도 하준은 뒤돌아보지 않았다. 꼿꼿한 그의 뒷모습, 보는 것만으로도 왠지 모를 불안감이 엄습했다. 가빈은 에스컬레이터에서 내려 회장실 쪽으로 향하는 하준의 뒤를 재빨리 따라가 그의 팔을 붙잡았다.

"무슨 일 있는 거야?"

가빈이 조심스럽게 물었다. 금방이라도 활화산이 폭발할 것 같은 아슬아슬한 분위기가 그의 주변에 흐르고 있었다.

"오빠?"

그녀가 붙잡은 팔을 조심스럽게 흔들자, 하준이 순간적으로 몸을 돌려 가빈의 팔을 자신의 품 쪽으로 확 잡아당겼다. 둘 사이가 가까워졌고, 그의 눈은 정확히 가빈을 직시했다.

"모든 걸 다 버린다면……."

들릴 듯 말 듯 귓가에 닿은 낮고 강한 음성.

"내가 가진 전부를 다 버리고 너한테로 간다면…… 그럼 그땐 날 받아줄래?"

가슴속을 파고드는 한마디, 그녀의 심장이 툭 하고 바닥에 떨어졌다. 얼음처럼 굳어 있던 그의 얼굴에 간절함이 드러났고, 그건 숨 막힐 듯 아찔했다.

"아버지도, 어머니도, 이 홍해그룹도 전부 다 버릴 수 있어. 너만 내 옆에 있어준다면."

강렬한 하준의 눈빛이 옭아매듯 가빈에게 고정되어 있었다. 그녀를 향한 확고한 진심이, 절실한 마음이. 그의 눈 안에 고스란히 담겨 있었다.

심해처럼 잔잔했던 가빈의 눈동자가 폭풍우를 만난 듯 요동치기 시작했다. 머릿속에는 무수히 많은 생각들이 마치 새까만 밤하늘에 별들이 쏟아지듯 떠올랐고, 가슴속에는 형용할 수 없는 감정들이 뒤엉켜 꽉 들어찼다.

"그러니 너의 진심을 말해 봐."

그의 손이 가빈의 얼굴을 향해 점차 움직였다.

"모든 걸 포기한다면…… 평생 내 여자로 살아줄래?"

귓가에 그의 나지막한 목소리가 울려 퍼지고 따뜻한 그의 손길이 뺨에 닿자, 꾹꾹 눌러놨던 감정이 아지랑이처럼 피어올라 목구멍까지 차오르는 게 느껴졌다. 가빈은 깊게 숨을 삼켰다.

힘겨웠다. 그의 마음을 모른 척하고, 부정하는 게. 이제는 한계에 다다른 느낌이 들었다. 가빈은 마른 입술을 달싹거렸다. 속마음을 드러내고 싶었다.

나도 오빠를 좋아해, 오빠를 원해, 오빠와 영원히 함께하고 싶어. 속 시원하게 소리치고 싶었다. 그녀의 눈빛이 말하고, 표정이 말하고 있었다.

하지만 가빈은 섣불리 말문을 열지 못했다. 가족도, 회사도 다 포기하겠다는 그의 말이, 생각이, 한편으론 두려웠다. 자신으로 인해 그의 인생이 무너져 내릴까 아까의 결심과는 별개로 주저하게 됐다.

"난⋯⋯."

어떻게 대답해야 할지 몰라 그녀는 애꿎은 말꼬리만 길게 늘어뜨렸다. 머릿속이 복잡하고 혼란스러웠다.

"나는⋯⋯."

"가빈아."

그때였다. 가빈은 멀리서 들리는 낮고 굵은 목소리에 움찔 놀라며 말을 멈추곤, 하준의 뒤쪽을 응시했다. 그녀의 눈길이 닿은 곳에 류목형이 있었다. 그는 떨떠름한 표정을 짓고선 천천히 그들을 향해 걸어오고 있었다.

"여기서 뭐 하고 있는 게냐?"

그들 앞에 도착한 류목형의 눈이 가빈을 지나 하준을 훑었다. 둘 사이에 팽팽한 긴장감이 흘렀고, 가빈은 갑작스러운 상황에 당황하며 엉거주춤 뒤로 물러섰다.

"아버지."

"드릴 말씀이 있어서 회장님께 가 보려던 참이었습니다."

하준이 의도적으로 가빈의 앞을 가로막으며 말을 꺼내자, 류목형의 눈썹이 미미하게 구겨졌다.

"할 말이 있다면 나중에 찾아 오거라. 지금은 내가 가빈이와 중요하게 할 얘기가 있으니."

"잠깐이면 됩니다."

"류하준, 분명 내가……."

"A&T 대표이사 해임 건, 아버지께서 벌인 일이십니까?"

하준은 그의 말을 자르며 날카롭게 물었다. 차분했지만 그의 목소리에 분노가 서려 있었다. 하지만 류목형은 그런 그의 반응을 이미 예상했다는 듯, 대수롭지 않게 태연히 대꾸했다.

"그래, 내가 지시한 일이다. 조만간 해임안 처리되는 대로 독일 지사로 발령 낼 예정이니 그리 알고 갈 준비하도록 하거라."

"회장님!"

"가빈아, 이제 그만 이리 오거라."

류목형은 하준을 외면한 채 가빈에게 손을 내밀었다. 하지만 그녀는 멍한 표정으로 제자리에 서 있었다. 하준을 독일 지사로 발령 낼 거라는 류목형의 말, 다시 말해 그와 멀리 떨어져 지내야 한다는 뜻이었다. 그게 뇌리에 박혀 다른 생각을 할 수 없게 만들었다.

가빈은 시선을 천천히 하준에게로 옮겼다. 싸늘한 표정과 함께 꽉 말아 쥔 그의 손이 부르르 떨리고 있는 것이 보였다.

"이 아비 말이 안 들리는 게냐!"

넋이 나간 듯 서 있던 가빈은 갑작스러운 류목형의 윽박에 화들짝 놀랐다. 처음이었다. 류목형이 자신에게 큰 소리를 내는 건. 당혹스러웠다. 가빈은 어찌할 바를 몰라 한참을 망설이다 결국 천천히 류목형에게로 발걸음을 옮겼다.

지금 상황에선 하준을 위해서라도 일단 그의 심기를 건드리지 않는 편이 나을 것 같다는 판단이 섰다. 그녀는 터벅터벅 류목형을 향해 걸어갔다. 내딛는 한 걸음, 한 걸음이 천금같이 무겁게 느껴졌다.

"가자."

가빈이 옆에 다가와 서자, 류목형은 지체 없이 그녀와 함께 한쪽에 놓인 엘리베이터를 향해 걸어갔다. 가빈은 가는 내내 뒤에서 지켜보고 있을 하준이 신경 쓰였지만, 뒤돌아볼 수 없었다. 다시 그를 본다면, 발길이 떨어지지 않을 것 같았다.

"아가씨."

엘리베이터가 당도할 동안 갖가지 생각에 빠져 있던 가빈은, 현 비서의 목소리에 움찔하며 앞을 응시했다. 언제 엘리베이터가 도착했는지 류목형과 현 비서가 이미 안에 탑승하고 있었다.

하지만 가빈은 선뜻 타지 못하고 멈칫했다. 아무리 마음을 다잡아도 하준을 이대로 두고 가려니 마음 한구석이 가시가 박힌 듯 걸렸다. 고민됐다. 어떡해야 할지, 이대로 류목형과 함께 갈 것인지, 하준에게 돌아서 갈 것인지.

류목형의 눈치를 살피던 가빈은 결국 하준에게 돌아가기로 마음을 먹었고, 그가 있는 곳을 향해 몸을 돌렸다. 그 순간, 가빈은 자신의 목을 감싸는 손길과 입술에 닿는 따뜻한 촉감에 숨을 멈추고 말았다.

"네, 네놈이!"

류목형의 분노 섞인 목소리와 함께 그녀의 시야로 하준의 얼굴이 또렷이 보였다. 보란 듯이 류목형을 직시한 채 그는 거침없이 가빈의 입술에 키스를 퍼부었다.

조금의 틈도 허락지 않는 그의 키스에 온몸에 전율이 흐르며 가슴이 터질 듯이 뜨거워졌고, 시간이 정지한 듯 그녀의 귓속으로 미친 듯이 쿵쾅거리는 심장 소리만이 가득 찼다.

"놔!"

뒤늦게 하준을 밀쳐 낸 가빈은 입술에 묻은 타액을 손을 훔쳐내며 거칠어진 숨을 골랐다. 그녀의 손이 바르르 떨리고 있었다. 지금의 상황이 도저히 믿기지가 않았다.

"아, 아버지."

엘리베이터 안에 서 있는 류목형이 낯빛이 어느새 새파랗게 질려 있었다. 충격을 받은 듯 보였다. 가빈은 그의 눈치를 살피며 류목형에게로 한 발 한 발 다가섰다. 하지만 그마저도 하준의 손길에 의해 저지당하고 말았다.

"분명 경고했었습니다. 자식들을 한순간에 잃게 되실 거라고."

하준은 류목형을 뚫어지게 주시하며 말한 뒤, 옆에 서 있는 가빈에게 손을 내밀었다.

"가자."

가빈은 얼떨떨한 표정으로 그를 마주 봤다. 말하지 않아도 그의
표정만으로 알 수 있었다. 선택해, 아버지야? 나야? 채근하는 그의
눈빛. 가빈은 한참을 망설이다 결국 뭐에 홀린 듯 내민 그의 손을
붙잡았다.

그러자 그의 입가에 보기 드문 작은 미소가 스르륵 번졌고, 가빈
은 가슴 한편에 저릿하면서도 묘한 기분을 느꼈다.

하준은 이제 놓치지 않겠다는 듯 가빈의 손을 꼭 잡았다. 그러고
는 엘리베이터에서 내리는 류목형을 흘긋 노려본 뒤, 망설임 없이
뒤돌아 앞을 향해 걸어 나갔다.

"도착했습니다. 사모님."

이혜연은 차창 너머로 보이는 회사 건물을 매서운 눈초리로 노
려봤다. 화가 치밀었다. 지켜보는 것만으로도 류목형, 남편이라는
그 작자가 떠올라 속에서 분노가 부글부글 들끓었다. 그녀는 시선
을 옮겨 손에 꽉 쥐고 있는 서류봉투를 내려다봤다.

분노를 유발 시키는 원인. 이혜연은 금방이라도 북북 찢겨 없애
버리고 싶은 것을 꾹 참으며 천천히 차에서 내렸다. 가슴을 짓누르
는 화기를 뱉어내려는 듯 휴우, 길게 숨을 내뱉은 그녀는, 또각또각
구두 소리를 내며 빠르게 회사 건물 안으로 들어섰다.

"여사님, 어서 오십시오."

이혜연을 알아본 몇몇 직원들이 우르르 튀어나와 인사를 건넸지만, 그녀는 눈길조차 주지 않고 엘리베이터로 향했다. 오늘따라 왜 이렇게 더디게 내려오는 건지, 그녀는 참지 못하고 에스컬레이터가 있는 쪽으로 방향을 틀어 그곳에 올라탔다.

'이제 갈 데까지 가 보자, 이거지?'

연신 입술을 물어뜯는 이혜연의 눈빛이 날카롭게 빛났다. 유 변호사를 통해 이혼 소송을 진행하겠다, 최종통보를 받은 직후. 그녀가 이사장직으로 있는 동양예술대학에, 오전 내 기자들은 물론 주변 지인들에게까지 사실 여부 확인 전화가 쏟아졌다.

누군가 고의적으로 정보를 흘리지 않았다면 마치 기다렸다는 듯이 이런 사달이 났을 리가 없었다. 일단 최대한 인맥을 이용해 입막음을 해놨지만, 핵폭탄처럼 언제 이 일이 세상 밖에 펑하고 터질지 모를 일이었다.

여러 가지로 불리한 위치에 놓인 입장이라 그때 가서는 수습할 수도 없는 문제였다. 지금 당장 원래대로 되돌려 놓지 않으면 최악의 상황으로 치달을 수도 있는 일이었다.

'내가 이대로 물러설 줄 알아?'

이렇게 일방적으로 이혼을 당할 거였으면 다른 여자를 품고 있는 그와 처음부터 결혼하지 않았을 것이다. 이제 와 억울하게 무너져 내릴 순 없었다. 그 긴 세월을 버텨온 만큼 그의 곁에 꼭 붙어 앉아 끝을 향해 내달려 볼 생각이었다.

"사모님, 저기……."

거의 위에 다 올라섰을 무렵이었다. 갖가지 생각에 잠겨 있던 이혜연은 김 실장의 다급한 목소리에 그가 응시하고 있는 쪽을 바라봤다.

현실이라 믿고 싶지 않은 장면이 연출되어 그녀의 눈동자에 잔인하게 박혔다. 키스를 나누고 있는 하준과 가빈의 모습. 이혜연의 얼굴이 일그러지며 점차 붉게 물들어갔다.

"저, 저게……!"

이혜연은 에스컬레이터에서 내리자마자 제자리에 멈춰 선 채로 온몸을 부르르 떨었다. 머리로만 의심하고 있던 두 사람의 관계를 직접 확인하고 보니, 등에 식은땀이 나고 모골이 송연해졌다. 이혜연은 파리해진 낯빛으로 한 발자국씩 그들을 향해 발을 내디뎠다.

그녀의 시야로 휘청거리며 엘리베이터에서 내리는 류목형이 보였고, 뒤이어 입술을 뗀 하준과 가빈이 그녀가 있는 방향으로 몸을 돌리는 것이 보였다.

하준은 갑작스러운 이혜연의 등장에 놀란 듯 주춤하는 기색을 보였지만, 이내 가빈의 손을 꽉 잡은 채로 그녀가 있는 곳으로 성큼성큼 다가갔다.

"하준아, 네가 왜……!"

이혜연이 하준을 향해 손을 뻗으며 말을 걸었지만, 그는 매몰차게 그녀를 외면하고 가빈과 함께 에스컬레이터에 올라탔다. 얼음처럼 차가운 그의 반응, 이혜연은 피가 거꾸로 솟는 것을 느꼈다.

결국 저 요망한 게 하준까지 홀린 모양이었다. 제 엄마가 한 대로 자신에게서 남편뿐만 아니라 아들마저 빼앗아 가려한다. 홍분한 그녀의 미간에 펄떡거리는 굵은 핏줄이 드러냈다.

"김 실장."

이혜연이 나직이 부르자, 옆에서 대기하고 있던 김 실장이 그녀에게 가까이 다가섰다.

"네, 사모님."

"저 두 사람한테 사람 붙여."

"……알겠습니다."

김 실장의 대답을 들은 이혜연은 이후 서늘하게 식은 얼굴로 류목형에게 걸어갔다. 그는 충격에 사로잡혀 벽에 몸을 기댄 채 거친 숨을 고르고 있었다.

"꼴좋군요."

비아냥거리는 말투로 짧게 말을 내뱉은 이혜연은, 이어 류목형에게 손에 든 서류봉투를 흔들어 비치며 입을 열었다.

"이딴 걸 보낼 시간에 그 잘난 딸년 단속이나 제대로 하지 그랬어요?"

"그 입…… 다물고, 조용히 돌아가."

류목형이 두 눈을 부릅뜨며 경고했지만, 이혜연은 아랑곳하지 않고 어깨를 으쓱했다.

"기껏 여기까지 왔는데 그럴 순 없죠."

그녀는 류목형의 눈을 정확히 응시하며, 손에 든 서류봉투를 쫙쫙 갈기갈기 찢어 그에게 집어던졌다.

"모든 걸 당신 뜻대로 할 수 있을 거라는 생각, 이제 접는 게 좋을 거예요."

"너……!"

"일을 이 지경까지 만들다니…… 당신, 그리고 그 아이 가만두지 않을 거야."

멍청한 인간 같으니, 이혜연은 마지막 말을 힘겹게 삼키고는 획 뒤돌아 걸어갔다. 속에 쌓아 둔 울분을 다 토해 내고 싶었지만, 그러기에는 하준과 가빈이 눈에 밟혀 걸음을 재촉하게 만들었다.

이혜연은 김 실장과 함께 서둘러 자리를 떠났고, 홀로 남겨진 류목형은 서슬 퍼런 눈빛으로 그런 그녀를 물끄러미 응시했다.

"괜찮으십니까? 회장님."

현 실장이 옆에서 부축해 주자 류목형은 벽에 기댔던 몸을 천천히 일으키며 입을 뗐다.

"오전에 유 변호사한테 연락 왔었다고 했나?"

"네, 검찰 쪽에서 흘러나온 정보로는 연예인 성 상납 비리에 사모님께서 연루되어 계시다고…….."

"유 변호사한테 연락해서 그 일에 관련된 모든 일에서 손 떼라고 전해."

단호한 류목형의 목소리에 놀란 현 실장은 다급히 그에게 말했다.

"하지만 회장님, 그랬다간 자칫 사모님께서…….."

"언제까지고 두고 볼 수만은 없지."

인내력의 한계가 이미 도를 넘어선 상태였다. 더는 두고 볼 수만은 없는 일, 이쯤에서 썩은 뿌리는 도려내는 편이 옳았다.

"이 시간 이후로 저 여자는 홍해그룹과 별개인 사람이라 생각하고 일 처리하도록, 알겠나? 현 실장."

무표정한 얼굴에 냉랭한 살기가 서린 것을 확인한 현 실장은, 앞으로 벌어질 일에 대한 걱정에 속으로 깊은숨을 들이켜며 대답했다.

"네, 알겠습니다. 회장님."

모든 것이 꿈처럼 여겨졌다. 어느 것 하나 현실로 다가오는 건 없었다. 류목형의 앞에서 하준과 키스한 것도, 그것을 목격한 이혜연의 서늘한 눈빛도, 손에 닿은 하준의 따뜻한 온기조차도. 전부 안갯속에 사라져 버릴 허망한 일처럼 눈앞에 아른거렸다.

"류가빈."

회사에서 나와 차에 올라탄 직후. 복잡한 마음에 두 눈을 질끈 감고 의자에 몸을 기대고 있던 가빈은, 하준의 목소리에 화들짝 놀라며 고개를 돌렸다.

숨결이 느껴질 만큼 가까운 거리에 하준의 얼굴이 보였고, 가빈은 몽롱한 눈빛으로 그를 마주 봤다. 꿈속 인가? 헷갈릴 만큼 햇살에 비친 그의 얼굴은 눈부시도록 밝게 빛나고 있었다.

"정신 차려."

딱!

"아!"

하준의 딱밤 세례에 그제야 정신이 번뜩 든 그녀는, 이마를 만지작거리며 차창 너머로 보이는 주변 풍경을 찬찬히 둘러봤다. 잎이 풍성한 나무들이 줄지어 서 있는 울창한 숲 속 길, 그리고 그 옆으로 파릇파릇한 풀과 형형색색의 꽃들이 그녀의 눈길을 사로잡았다.

"이제 그만 내리지?"

가빈은 차 문을 열고 선 상태에서 자신이 내리기만을 기다리고 있는 하준을 조심스럽게 올려다봤다.

"여긴 어디야?"

"갈아입고 내려."

가빈은 하준이 내미는 쇼핑백을 받아 들고 어리둥절한 표정으로 내용물을 확인했다. 호텔에 두고 온 옷들이었다.

"편한 옷으로 입어."

하준은 한마디 하고는 차 문을 쾅 닫고 뒤돌아섰고, 가빈은 멀뚱히 그를 지켜봤다. 옷을 갈아입으라는 그의 말을 곱씹어 생각하던 가빈은, 며칠 동안 자신이 같은 옷을 입었던 걸 상기하곤 멋쩍은 듯 이마를 긁적였다.

일종의 배려인가? 여러 가지 생각들로 망설이던 그녀는 옷가지들로 창문을 가린 뒤, 옷을 갈아입었다. 그러곤 쭈뼛대며 천천히 차에서 내렸다.

"가자."

하준은 차에서 내린 가빈의 손을 붙잡고 거리를 걷기 시작했다. 도대체 여기는 어디냐는 그녀의 말에도 하준은 '수목원'이라는 짤막한 답변만 할 뿐, 이후 아무 말 없이 앞을 거닐기만 했다.

낯설고 이상했다. 그의 행동과 말들이. 하지만 가빈은 더는 묻지 않고 그의 시선을 따라 주변 풍경을 구경하기 시작했다. 따사로운 햇살이 내리쬐고, 차갑고도 깨끗한 공기가 폐부에 가득 차자 복잡했던 머릿속이 한결 편해진 것 같았다.

"여기 앉자."

한참을 걷던 그들은 근처 벤치에 앉았다. 오랜만에 나온 야외인 데다 하준과 함께 있으니 가빈은 새삼 낯설면서도 기분이 좋았다. 가빈은 하준을 천천히 돌아봤다. 그는 벤치에 상체를 기댄 채 두 눈을 질끈 감고 있었다.

피곤한가? 생각한 사이, 그의 몸이 천천히 옆으로 기울더니 자연스럽게 그의 머리가 가빈의 무릎 위에 안착했다.

가빈은 깜짝 놀라 동그랗게 뜬 눈으로 그를 내려다봤다. 어느새 감았던 눈을 뜬 하준은 그녀를 빤히 응시하고 있다.

"눈부셔, 고개 좀 숙여 봐."

가빈은 얼떨떨한 표정으로 살짝 고개를 숙였다. 그의 얼굴이 가까워지자 심장이 또다시 반응하기 시작했다. 두근, 가빈은 혹시라도 그가 들을까 놀라며 고개를 도로 들었다. 그와 계속해서 시선을 마주 보고 있다가는 거칠게 뛰는 심장 소리가 그의 귀에 전해질 것만 같았다.

차라리 주변을 둘러보는 편이 낫겠다 싶어 그녀가 고개를 옆으로 돌리려던 찰나, 하준의 손이 그녀의 목 뒤를 감싸 자신의 얼굴 쪽으로 끌어당겼다.

자연스럽게 다시 두 사람의 눈이 서로 교차했고, 살짝 미소를 머금은 하준의 입이 서서히 열렸다.

"키스해 줘."

6화
그의 온기를 느끼다

"키스해 줘."

뭐? 곧바로 반문이 나오려는 걸 가까스로 삼킨 가빈의 얼굴이 열 꽃이 핀 듯 붉게 물들어갔다. 직설적인 그의 말이, 노골적인 그의 눈빛이 정신을 차릴 수 없게 만들었다.

"류가빈."

이름을 부르는 그윽한 목소리에 가빈은 움찔 놀라며 고개를 들 려다, 이내 그의 손길에 가로막혀 움직임을 멈출 수밖에 없었다. 계속되는 눈 맞춤, 영혼이 뒤흔들리는 기분이 들었다. 둘로 나누어진 정신이 서로를 향해 창과 방패를 들이댔다.

본능은 그를 원했고, 이성은 그를 밀어냈다. 하지만 곧 팽팽하게 서로를 겨눴던 힘의 방향이 점차 한쪽으로 기울기 시작했다.

인적이 느껴지지 않는 어스름한 분위기와 오롯이 그녀에게만 바쳐진 그의 진심 어린 눈빛이, 결국 단단했던 이성을 서서히, 철저히 무너뜨리고 말았다.

두 사람만을 감싸는 투명한 결계, 가빈은 이 안에선 적어도 그의 진심에 응하고 싶었다. 모든 것을 버리고 자신의 곁에 있어준 그에게, 더 이상의 실망은 안겨 주고 싶지 않았다. 또한, 진심으로 놓치고 싶지 않았다.

가빈은 침을 꼴깍 삼키곤, 두 눈을 질끈 감았다. 최소한의 방패막을 세워두고 고개를 조금씩 아래로 내렸다.

그의 숨소리가 느껴졌고, 감은 눈 위로 서서히 명암의 농도가 짙어지기 시작했다. 온몸을 짓누르는 정적, 닿았다.

'응?'

아니, 방향이 틀렸나? 상상했던 촉감과 다른 느낌에 가빈은 속으로 당황하며 입술의 방향을 슬쩍 옆으로 옮겼다.

가파르게 뛰는 심장도, 숨도 멎을 것 같다. 이게 아닌데, 뭔가 잘못되었음을 감지한 그녀가 스르륵 눈을 떴다. 금방이라도 웃음을 터트릴 것 같은 하준의 얼굴이 보였다.

"쿡."

짧은 그의 웃음소리와 함께 가빈은 화염에 휩싸인 듯 열로 달아오른 얼굴을 재빨리 뒤로 뺐다. 그 뒤로 하준이 기다렸다는 듯 큭큭 대며 웃기 시작했고, 가빈은 안절부절못하며 두 손으로 얼굴을 감싸 쥐었다.

겨우 용기를 짜내 한 행동이었건만, 뜻대로 되지 않은 상황 앞에 그녀는 쥐구멍이라도 있으면 찾아 들어가고 싶은 심정뿐이었다.

"진짜 미치겠다, 너 때문에."

한참을 웃던 하준은 그녀에게서 손을 거두고 천천히 몸을 일으켰다. 그러고는 가빈의 어깨를 붙잡아 마주 봤다. 그의 눈매가 부드럽게 반달을 그리며 휘어졌다.

"나름 잘 가르쳐줬다고 생각했는데……."

달콤한 목소리가 그녀의 귓전에 닿으며 하준이 가까이 다가섰다. 그의 입술이 그녀의 목을 침범할 듯 닿았고, 선을 따라 천천히 위로 향했다.

가빈은 짜릿한 느낌에 몸을 움츠리고 숨을 참았다. 생경하지만은 않은 감촉, 그의 행동에 앞서 반응하는 몸이 당혹스러웠다. 하지만 그를 거부하진 않았다.

느릿하게 그녀의 몸에 붉은 점을 만들어 내던 입술이 귓가에 다다르자, 뻣뻣하게 굳어 있던 몸도 익숙해진 듯 풀어지고 있었다. 그녀의 입에서 참고 있던 작은 숨이 소리 없이 흘러나왔다.

"다시 알려줄까?"

그의 속삭임에 가빈은 자신도 모르게 침을 꼴깍 삼키고 말았다. 지켜보던 하준의 입꼬리가 장난스럽게 위로 쓰윽 올랐다.

"네가 원한다고 말하면 해 줄게."

가빈은 고개를 틀어 그를 바라봤다. 턱을 살짝 추켜올리고 말하는 투가, 잊고 있었던 지난 날을 또렷이 상기시켰다.

"네가 날 원하게 만들 거야, 반드시."

악마의 속삭임과도 같은 그의 말을 떠올린 가빈은, 손으로 옷가지를 꽉 말아 쥐었다. 그때까지만 하더라도 그를 밀어낼 수 있을 거라 생각했고, 절대 무너지지 않을 것이라 자신했었다. 하지만 지금 이 순간, 그 모든 것들은 착각과 아집에 불과했다는 걸 깨달을 수 있었다.

그와 함께 보냈던 아찔했던 경험들이 떠오르며, 온몸이, 온신경이 심장에 대고 소리치기 시작했다. 그를 원해, 그를 받아들여, 정신없이 아우성쳤다. 불가항력적인 본능에 목까지 차오른 말이 위로 쏟아지려 했다.

"원해?"

그의 길고 가느다란 손가락이 가빈의 턱 끝을 잡고 마음을 재촉했다. 붉고 탐스러운 그녀의 입술 새로 원하는 답을 듣고야 말겠다는 의지가 그의 표정에 담겨 있었다.

가빈은 입을 꾹 다물고 말 대신 작게 고개를 끄덕였다. 하지만 하준은 그것으로는 용납할 수 없다는 듯, 미동도 없이 그녀에게서 시선을 떼지 않았다. 네 입으로 말해, 가빈의 턱 끝을 잡고 있는 그의 손끝에 힘이 들어갔다.

"원해."

결국 굴복하고 말았다. 가빈의 입으로 가늘게 떨리는 음성이 들렸고, 하준의 표정이 미묘하게 변했다.

"뭘?"

곧바로 터져 나온 하준의 반문에 가빈의 미간이 살짝 찌푸려졌다. 첩첩산중이었다. 한 고개 넘으면 끝인 줄 알았는데 정상은 아직 닿지도 않은 모양이었다.

가빈은 빨리 대답하라는 그의 눈빛에 작게 고개를 저었다. 이쯤에서 봐줘, 하지만 하준의 눈빛에 조금의 물러섬 따윈 찾아볼 수 없었다.

애원하는 그녀의 눈빛을 하준은 매몰차게 거부했다. 오늘 서로에 대한 감정 정리를 명확히 하고야 말겠다는 그의 의지가 고스란히 전해졌다.

어쩔 수 없나? 결국 가빈은 머리끝까지 차오른 열기를 겨우 견뎌내며 좀처럼 열리지 않는 입을 힘겹게 벌렸다.

"오빠를 원해."

"……."

"키스……해 줘."

복합적인 감정이 담긴 가빈의 말에 하준은 그녀를 가만히 응시했다. 바라고, 또 바라던 그녀의 진심. 하준은 보일 듯 말 듯한 옅은 미소를 입가에 머금고는, 잔뜩 긴장하고 있는 가빈의 얼굴에 입술을 가져갔다.

가빈은 스르륵 눈을 감았다. 그를 받아들일 준비가 되었다. 잠시 후 그의 숨결이 그녀의 뺨을 툭 건드렸고, 그걸 느낀 순간부터 가빈의 심장은 미칠 듯이 뛰기 시작했다.

그녀의 손에 힘이 꽉 들어갔다. 머릿속으로 그동안 그와 나눴던 키스가 선명하게 그려지며 가슴이 벅차올랐다. 하지만 촉촉하게 젖어들어야 할 입술 대신, 그녀의 뺨에 익숙한 감촉이 포근히 내려앉았다.

"벌이야."

짧은 한마디, 가빈은 감고 있던 눈을 뜨고 우두망찰한 표정으로 그를 바라봤다.

"앞으로 내가 원할 때만 할 거야."

그의 손가락이 가빈의 입술을 부드럽게 매만졌다.

"키스도, 키스 외의 것도."

매일, 하루 종일 하고 싶은 마음이었지만, 지금 이 순간만큼은 그녀를 골려주기 위해 참을 생각이었다. 하준은 빙긋 웃고는 멍하니 있는 그녀에게 손을 내밀었다.

"휴대폰 좀 줘 봐."

휴대폰? 가빈은 의아해하면서도 겉옷에 넣어 둔 휴대폰을 꺼내 그에게 건넸다.

"휴대폰은 왜……?"

가빈의 말이 끝나기도 전에 하준은 망설임 없이 건네받은 그녀의 휴대폰 전원을 꺼버렸다.

"이제부턴 나한테만 집중해."

철저하게 널 가져 줄 테니.

"부디 더 이상은 날 실망시키지 않길 바라."

가빈은 대답을 재촉하는 하준의 눈빛에 일단 고개를 끄덕였다. 두려우면서도 설레는 마음, 익숙하지 않은 감정에 마치 새로운 세상에 발을 내딛는 기분이 들었다.

가빈은 숨을 깊게 들이켰다. 거미줄처럼 복잡하게 얽혀 있던 인과관계, 그 아래 걸려 있던 수많은 사람들. 다 잊고 이번만큼은 그의 말대로 서로만을 생각해 볼 것이다. 결심한 그녀의 눈이 정확히 하준을 직시했다.

"목말라."

하준은 불현듯 그녀를 바라보며 한 마디 던졌다. 가빈은 생뚱맞은 그의 말에 어떻게 반응해야 할지 몰라, 고민하다 자리에서 벌떡 일어섰다.

"내가 가서 물 사올게."

"저기, 매점 가서 사와."

가빈은 내심 혼자? 하고 반문했지만 이내 작게 고개를 끄덕이곤 매점으로 향했다. 하준은 그런 그녀의 뒷모습을 바라보며 흐뭇하게 웃었다. 이제야 딱딱하게 굳어 있던 심장이 요동치는 것 같았다.

하준은 매점으로 들어가는 가빈을 보고 난 뒤, 품 안에 끊임없이 울려대는 휴대폰을 꺼냈다. 생각 같아선 가빈처럼 휴대폰을 꺼버리고 싶었지만, 마음에 걸리는 점이 한두 가지가 아니라서 일단은 켜둔 상태였다.

[김 비서]

예상했던 이름이었다. 하준은 잠시 망설이다 전화를 받았다.

"네."

─전무님, 어디 계신 겁니까?

하준은 심드렁하게 대꾸했다.

"죄송하지만, 당분간 출근 못 할 것 같습니다."

─네? 그럼 주주총회는…….

"그건 아버지께서 알아서 처리하실 겁니다."

─하지만 전무님.

"당분간 제가 해야 할 일은 김 비서님께서 대신 처리해 주십시오, 그리고 제가 연락드릴 때까지 먼저 전화하지 마시고요."

─전무님!

"끊습니다."

─앗! 잠시만요, 전무님! 이 말 듣고 끊으세요!

종료 버튼을 누르려던 하준은 다급한 김 비서의 목소리에 멈칫했다.

─방금 인터넷에 뜬 기사 보셨습니까?

하준이 고개를 작게 기울였다.

"기사요?"

─휴우, 지금 회사 전체가 난리 났습니다. 사모님께서 성매매특별법 위반 혐의로 고발당하셨습니다.

김 비서의 말에 하준의 얼굴이 심각하게 굳어갔다.

　　　　　*　　　*　　　*

　세련은 메이크업을 받는 내내 불편한 속내를 여과 없이 얼굴에
드러냈다. 짜증이 났다. 머릿속에서 좀처럼 지워지지 않는 어떤 한
남자 때문에, 아니, 그 남자를 포함한 어떤 년들 때문에. 세련은 거
울에 비친 자신을 노려보며 이를 갈았다.

　'황민호, 네가 그런 식으로 한다 이거지.'

　가빈과의 스캔들 이후, 영화홍보 외엔 공식적인 활동이 없는 그
를 자신이 찍는 CF 상대 모델로 적극 추천해 줬건만, 돌아온 건 명
백한 배반이었다. 물론 상대성 있는 감정이긴 했지만 적어도 자신
이 느끼기엔 그러했다.

　"세련아, 눈 좀 감아봐."

　세련은 스타일리스트의 말에 겨우 속을 삭이며 눈을 감았다. 참
자, 표정이 일그러지면 메이크업이 잘 먹힐 리 없다. 스스로를 다독
였건만, 눈을 감자 조금 전의 상황이 거짓말처럼 생생하게 그려졌
다.

　메이크업을 받기 전 기쁜 마음으로 찾아간 그의 대기실, 그 안에
는 오늘 같이 촬영할 여자 모델 3명이 그를 둘러싸고 있었다.

　영화 잘 봤다면서, 팬이라면서, 꺄꺄대고 들러붙는 꼴이 우스워
세련은 그녀들에게 다가가 다짜고짜 나가라고 소리쳤다.

　옆에서 지켜보고 있던 민호가 당황하며 만류했지만, 그녀는 오
히려 그에게 가만히 있으라며 핏대를 세웠고, 상황은 악화하고 말

왔다. 세 명의 모델과 당당히 맞선 반면, 민호와는 한순간 멀어지고 말았다.

'좀 참을 걸 그랬나.'

당연히 그녀는 세 명의 모델을 거뜬하게 이겨 먹고도 남았었다. 그건 속이 다 시원했다. 하지만 그 뒤로 민호는 자신이 말을 걸어도 대꾸도 하지 않고, 쳐다보지도 않았다.

더 가관인 건 이 일이 알려져 CF 촬영장 분위기는 일순간 싸해졌고, 모든 것은 뒤죽박죽 설키고 말았다.

단순히 질투에 의해 벌인 일이 너무 큰 상황을 자초하고 말았던 것이다. 하지만 이 모든 걸 다 감수하고서도 그녀가 화가 나는 건 민호의 태도였다. 백번 양보해서 자신이 오버했다 쳐도, 이런 식으로 매몰차게 외면해 버리다니,

"다 자기 때문에 그런 건데!"

신경질적으로 소리친 세련은 자리에서 벌떡 몸을 일으킨 상태로 씩씩거렸다. 그러게 누가 다른 여자들하고 좋다고 붙어 있으라 했나? 물론 민호가 원한 상황은 아니었겠지만, 적어도 그 상황에선 모델들이 아니라 자신의 편을 들어 주는 게 맞다는 것이 그녀의 생각이었다.

"세, 세련아, 너 왜 그래?"

"이대로는 속 터져서 안 되겠어."

세련은 처절하게 붙잡는 스타일리스트를 뒤로하고, 민호가 있는 대기실로 갔다. 그곳엔 어느새 준비를 마친 민호가 소파에 앉아 휴

대폰을 만지작거리고 있었다.

"잠깐 나랑 얘기 좀 해요."

세련의 말에도 민호는 뚱한 표정으로 휴대폰에서 시선을 떼지 않은 채 대꾸했다.

"난 할 말 없는데요."

"내가 있어요."

"말해요, 그럼."

무심한 그의 말투에 세련은 울컥했지만 겨우 집어삼키며 입을 열었다.

"내가 뭘 그렇게 잘못했다고 사람을 그렇게 차갑게 대하는 건데요?"

민호가 쓰윽 고개를 돌려 그녀를 바라봤다.

"잘못한 게 없다?"

나직한 그의 목소리에 세련은 움찔했지만 이내 기세등등하게 눈을 추켜올렸다.

"그러게 누가 여자들하고 그렇게 시시덕거리고 있으래요?"

"시시덕?"

"네, 제 눈엔 적어도 그렇게 보였거든요?"

세련은 한번 숨을 크게 훅 내쉰 뒤 이어 물었다.

"그럼 당신은 내가 남자들하고 그러고 있으면 기분 좋겠어요?"

"아니요."

단호하게 대답한 민호가 자리에서 일어나 그녀에게 다가갔다.

"기분 나쁠 겁니다, 아주. 그놈들 다 죽여 버리고 싶었을 거예요."

세련은 예상치 못한 그의 대답에 얼떨떨했다. 그녀의 심경에 변화의 바람이 불기 시작했다.

"민호…… 씨?"

"하지만 아무리 그래도 당신처럼 그렇게 막무가내로 행동하진 않아요. 적어도 지금 이 자리에 우리 둘만 있는 게 아니니까."

그의 말에 세련은 꿀 먹은 벙어리처럼 입을 꾹 다물었다.

"우린 지금 일하러 온 거고, 아까 그 모델분들은 저와 함께 일할 파트너였어요. 연예계에서 일하다 보면 이런 일이 비일비재 할 텐데, 그럴 때마다 이런 식으로 대처할 겁니까?"

"그, 그건……."

"가서 사과하고 오세요."

"네?"

세련의 눈이 휘둥그레졌다.

"설마 아까 그년들……."

"년?"

민호의 눈매가 날카롭게 변하자 세련이 어색하게 헛기침을 내뱉으며 곧바로 말을 고쳤다.

"아까 그 여자들한테 사과하라는 말은 아니죠?"

"맞는데요?"

"하! 절대 못 해요! 어떻게 그 새파랗게 어린 것들한테 사과를……."

"그럼 앞으로 보지 말죠."

지체 없이 내뱉어진 민호의 말에 세련은 석고상처럼 얼굴이 싹 굳었다.

"난 다른 건 다 참아도 예의 없는 건 절대 못 참습니다. 세련 씨 가 못 고치겠다면 지금이라도 당장 우리 둘 사이……."

"할게요."

세련이 기어들어 가는 목소리로 바로 답하자, 민호가 슬쩍 팔짱 을 끼며 말했다.

"진심이에요?"

"네, 한다고요! 그러니까 헤어지겠다, 뭐 이런 소린 절대 하지 마 요."

민호는 속으로 피식 웃음이 나왔지만, 겉으로 내색하지 않으며 고개를 까닥였다.

"좋아요, 그럼 가서 하고 와요."

세련은 눈을 잔뜩 찡그렸다.

"씨, 알겠어요."

"씨는 빼고."

"……알겠어요. 갔다 올게요."

세련은 마지막으로 민호를 불쌍한 눈빛으로 바라봤지만, 그는 엄한 표정으로 빨리 가라는 눈짓을 보냈다. 교섭 실패, 그녀는 천근 만근 무거운 발걸음을 천천히 뗐다.

왜 이렇게 밖으로 향하는 문이 가깝게 여겨지는지 세련은 거북이가 저리 가라 할 정도로 느리게 다가섰다. 하지만 얼마 지나지 않아 문 앞에 당도했고, 그녀는 자포자기하는 심정으로 문고리를 잡고 돌렸다.

"비켜."

"앗!"

막 문을 나서려던 세련은 기다렸다는 듯 안으로 들어서며 자신을 툭 밀어내는 이혜연을 황당하단 표정으로 돌아봤다. 뭐, 저런.

"이봐요! 지금 이게……."

짝!

이혜연은 방에 들어서자마자 민호의 **뺨**을 세게 내려쳤고, 그녀를 향해 한소리 하려던 세련은 순식간에 벌어진 상황에 채 말을 내뱉지 못하고 멍하니 그들을 바라봤다.

"사……모님?"

"기껏 키워줬더니, 네놈이 감히 이런 식으로 뒤통수를 쳐?"

이혜연의 날카로운 반응에 민호는 영문을 모르겠다는 표정으로 그녀를 응시했다. 너무나 갑작스러워 어안이 벙벙했다.

"무슨 말씀이십니까?"

"다 알면서 뻔뻔하게 되묻는다 이거지? 이 배은망덕한 놈이!"

그녀가 부르르 떨리는 손을 높이 들어 올렸다. 눈에 살기를 뿜어내며 이혜연은 그의 뺨을 향해 손을 뻗었지만, 누군가의 저지로 인해 가로막히고 말았다.

"이게 무슨 짓이에요!"

앙칼진 목소리로 소리친 세련은 뒤이어 붙잡은 그녀의 손을 확 밀쳐 냈다. 그러자 갑자기 이혜연의 발이 꼬이며, 그녀는 무참히 바닥에 내팽개친 상태로 제자리에 주저앉고 말았다.

"당신이 뭔데, 사람을 때려?!"

호기롭게 소리치는 세련을, 민호가 난감한 표정으로 바라보며 고개를 절레절레 흔들었다. 불과 몇 분 전에 했던 말을 고새 까먹은 듯 보였다.

민호는 일단 상황 수습을 위해 그녀에게 진정하라 했지만, 세련은 그럴 생각이 없는지 이혜연을 두 눈을 부릅뜨고 노려봤다. 이혜연은 그런 세련을 죽일 듯이 맞받아쳐 보며 으르렁거렸다.

"저, 저년이!"

"사모님!"

뒤늦게 방 안에 들어선 김 실장이 바닥에 널브러져 있는 이혜연을 발견하고 놀란 표정으로 재빨리 그녀를 부축했다.

"괜찮으십니까?"

이혜연은 걱정하는 그의 팔을 신경질적으로 밀어내며 자신을 똑바로 쏘아보고 있는 세련을 가만히 살펴봤다. 낯익은 얼굴이었다. 누구였지……?

한참 골똘히 생각하던 이혜연은 그녀가 한참 주가를 올리고 있는 모델이자 배우인 강세련임을 알아채곤 눈매가 가늘어졌다.

"넌……?"

"명색이 재벌가 사모님이라는 분께서, 이 무슨 몰상식한 행동인지 모르겠네요!"

"뭐?"

"세련 씨, 그만해요."

세련은 옆에서 말리는 민호에게 가만히 좀 있어라, 말하려다 문득 그의 뺨에 새겨진 붉은 자국을 발견하고 멈칫했다. 하필 배우한테 생명이나 다름없는 얼굴에 손찌검을 하다니, 그녀의 눈이 분노로 이글이글 불타오르기 시작했다.

"촬영해야 하는데……."

세련은 그의 벌게진 뺨을 한 차례 쓰다듬고는 이혜연을 향해 고개를 홱 돌렸다.

"당장 촬영해야 하는데 이 얼굴 어떡할 거예요? 네?"

이혜연의 표독스러운 눈빛에도 그녀는 한 치의 기죽음도 없이 속에서부터 끓어오르는 말들을 입 밖으로 토해 냈다.

"아줌마! 이거 엄연히 폭력이에요, 폭력! 고소감이라고요! 성매매도 모자라 이제 폭력 죄까지 가중처벌 받고 싶은 거예요? 그런 거냐고요!"

"세련 씨……."

"민호 씨도 가만히 있지만 말고 뭐라고 말 좀 해 봐요. 왜 당하고만 있는 거예요?"

"알겠어요, 알겠으니까 제발 진정……."

"아니, 뭐가 그렇게 떳떳해서 남의 신성한 일터까지 찾아와서 행패를 부리냐고요! 창피한 줄 알고 집에 처박혀 있어도 모자를 판에, 하! 진짜 낯짝도 두껍지."

"……."

"왜요? 내가 뭐 틀린 말 했어요? 혹시라도 잘못된 사실 있으면 아줌마도 명예훼손으로 고소해요! 난 무서울 거 없으니까."

점입가경이 따로 없었다. 한번 말문이 트인 세련은 진정하라며 앞을 가로막는 민호도 아랑곳하지 않고 인간 폭격기처럼 달려들었다.

이혜연은 경악한 듯 입을 벌렸다. 새파랗게 어린 것이 쌍심지를 켜고 덤벼드는 꼴이 황당하고 어처구니가 없어 할 말을 잃고 말았다. 뭐 저런 게 다 있나 싶어, 손이 경기 들린 듯 달달 떨리기 시작했다. 당장에라도 저 것의 얼굴을 다 쥐어뜯어 버리고 싶었다.

"사모님."

당장 세련을 죽일 기세로 발걸음을 뗀 이혜연은 급히 자신의 팔을 붙잡는 김 실장을 돌아봤다. 그는 고개를 내저으며 '참으셔야 합니다.' 라고 입모양을 만들어 보였다.

주변을 둘러보라는 듯 움직이는 그의 손끝을 따라 이혜연은 시선을 옮겼다. 열어젖혀진 문 앞에 꽤 많은 사람들이 모여 웅성대고 있는 모습이 그녀의 눈에 들어왔다. 그들 중에는 손에 휴대폰을 들고 있는 이들도 적지 않았다.

'젠장.'

이혜연은 재빨리 문을 등지고 돌아섰다. 상황이 좋지 않았다. 이미 속보로 성매매와 관련한 뉴스가 일파만파 퍼진 데다, 지금의 상황까지 SNS 등으로 퍼지게 되면 불리한 건 자신일 게 뻔했다.

그녀는 날카롭게 찢어진 눈을 희번덕이며 입술을 잘근잘근 씹었다. 저 갈아 먹어도 시원찮을 년을 어떻게 해야 한단 말인가.

"가서 문 닫아."

이혜연이 작게 중얼거리자, 김 실장이 지체 없이 걸어가 대기실 문을 쾅 닫았다. 웅성거림이 잦아들고, 대기실 안에 정적이 감돌자 그녀가 참고 있던 화기를 입술 새로 훅 뿜어냈다.

"지금 뭐하자는 거예요? 이제 그만 방해하고 나가……."

"그 입 닥치지 못해?"

이혜연은 잔뜩 날 선 목소리로 세련의 말을 끊고선 몸을 돌려 뚜벅뚜벅 그녀에게 다가섰다.

온몸을 뚫어 버릴 듯 강렬한 이혜연의 눈빛에도 세련은 오히려 팔짱을 끼고 턱 끝을 추켜올린 채 그녀를 내려다봤다.

어디 할 말 있음 한번 해 보라는 듯, 오만방자하기 짝이 없는 그녀의 태도에 이혜연은 이를 바득 갈았다. 어디서 이런 게 튀어나온 건지 의문이 들지 않을 수 없었다.

"인기 좀 있다고 눈에 뵈는 게 없다 이거지?"

이혜연은 순간적으로 세련의 머리카락 끝을 쥐어 잡아당겼다.

"너, 주제도 모르고 설치다 영원히 매장당하는 수가 있어."

이혜연이 서슬 퍼런 경고를 날렸지만, 세련은 보란 듯이 입가에 냉소를 머금었다.

"해 보세요, 어디. 할 수 있으면."

당돌하게 도발하는 세련을 대면한 이혜연의 얼굴이 보기 좋게 일그러졌다. 어린애를 상대하고 있는 것 자체가 치욕스러워 참으려 했지만, 이 이상 억눌렀다간 화병에 골로 갈 것만 같았다.

그래, 내 오늘 네 머리카락을 다 뽑아 없애버리리라. 이혜연의 눈에 불꽃이 사납게 튀었다. 그녀는 망설임 없이 세련의 머리카락을 꽉 쥐고 앞으로 홱 잡아당겼다.

"감히……!"

"아!"

"그만하세요!"

몸이 앞으로 기울어졌던 세련의 허리를 민호가 한 손으로 감싸 안은 후, 그녀의 머리카락을 붙잡고 있는 이혜연의 손을 확 떼어 냈다.

"이게 무슨 짓입니까!"

세련을 품에 안은 채, 민호가 버럭 소리를 쳤다. 의도치 않게 뒤로 밀려난 이혜연은 붉으락푸르락한 얼굴로 민호를 노려봤다.

"네놈이 날 밀쳐?"

"할 말 있으시면 저한테 하세요! 공연히 괜한 사람 잡지 말고!"

민호가 세련을 자신의 뒤에 세우며 눈을 번뜩이자, 불현듯 스치는 생각에 이혜연의 입에서 실소가 터져 나왔다.

그런 거였어? 꼴에 연애를 했단 말이지, 그녀는 매서운 눈초리로 둘을 훑어봤다.

어쩐지 이상하다 싶었다. 강세련의 입에서 성매매란 단어가 거침없이 나오고, 민호의 일을 자신의 일처럼 나설 때부터 말이다.

"기가 막히는군."

단물만 쪽쪽 빼먹고 뒤에선 호박씨를 깐 격이나 다름없었다. 이혜연은 서늘한 눈빛으로 그들을 응시했다. 저것들을 어떻게 해야 이 분이 풀리려나.

"사모님, 이희문 대표님이십니다."

잠시 그녀가 생각에 빠져 있을 무렵, 옆에서 대기하고 있던 김 실장이 조심스럽게 그녀에게 다가와 말을 건넸다. 오빠가? 미묘하게 표정이 바뀐 이혜연의 눈빛이 무겁게 내려앉았다.

"내가 바로 전화 건다고 해."

이혜연의 말에 김 실장은 알겠다, 짧게 답하고는 뒤돌아섰다. 이후 그녀는 자신을 경계하는 눈빛으로 바라보고 있는 민호에게 다가가 그의 턱 끝을 잡아 올리며 입을 열었다.

"너 오늘 나한테 크게 실수한 줄 알아."

"……."

"앞으로 어떤 일이 벌어질지, 각오 단단히 하는 게 좋을 거야."

음산하게 퍼지는 음성, 이혜연은 냉랭히 경고하고는 뒤돌아 대기실 문을 열고 나갔다. 민호는 입술을 꾹 깨물었다. 불길함이 엄습했다. 거짓말처럼 연우가 눈앞에 보이더니, 빨간색 경고등이 머릿속에서 끊임없이 울려대기 시작했다.

"잠깐만 여기 있어요."

민호는 어디 가는 거냐며 묻는 세련을 뒤로하고, 문밖을 나섰다. 도대체 무슨 생각으로 이혜연이 그런 말을 하는 건지 확인하지 않고서는, 하루 종일 일이 손에 잡히지 않을 것만 같았다.

다행히 문을 나서자마자 통화를 하고 있는 이혜연이 보였고, 민호는 천천히 그녀에게 다가섰다.

"확실히 하준이하고, 가빈이 그년 맞아?"

통화 중 터져 나온 이혜연의 한 마디, 민호는 자리에서 우뚝 멈춰 섰다.

"지금 어디 있는데?"

민호는 조금 더 가까이 다가가 그녀의 말에 귀를 기울였다. 대화 내용이 심상치 않게 들렸다.

"뭐? 놀이공원? 하, 그 요사스러운 게 아주 하준이를 가지고 논다 이거지. 그걸 진작 없애 버렸어야 했는데……."

없애? 가빈이를?

"알았어! 이번 기회에 그년 내 눈앞에서 치워 버릴 생각이니 그런 줄 알고, 일단 계속해서 주시하고 있어 봐."

그녀가 통화하는 내용을 몰래 듣던 민호가 굳은 표정으로 마른 침을 꿀꺽 삼켰다. 그렇지 않아도 가빈이와 연락이 안 된다며 현이 걱정을 했었는데, 그녀에게 무슨 일이 있는 게 분명해 보였다.

'뭐가 어떻게 돌아가는 상황인 거지?'

민호는 점차 멀어져 가는 이혜연과 김 실장을 붙잡지 못하고 그저 물끄러미 지켜봤다. 당장에라도 불러 세운 뒤 연우와 엄마는 건드리지 말라, 한마디 하고 싶었지만, 지금 와 돌이켜 생각해 보니 오히려 긁어 부스럼을 만들까 조심스러웠다.

일단 촬영을 마치고 당장 집에 가 보자 마음을 먹은 민호는, 발길을 돌리자마자 문득 든 생각에 주머니에서 휴대폰을 꺼내 들었다.

뭔가 찜찜한 기분, 민호는 이혜연의 통화 내용을 상기하며 가빈에게 전화를 걸었다. 하지만 예상대로 그녀의 전화기는 꺼져 있었다.

'어쩔 수 없나······.'

모른 척하기엔 마음에 걸리는 게 한두 가지가 아니었다. 어떻게든 이 대화 내용을 가빈에게 말해줘야 하겠다는 생각에 그는 일단 전화부에서 현의 이름을 찾아 통화버튼을 눌렀다. 한참 신호음이 지나가고, 잠시 후 그가 전화를 받았다.

―응, 왜?

"너 혹시 류하준 대표님 번호 알아?"

―류하준 대표? 갑자기 왜······?

의아해하는 현의 목소리에 민호가 잠시 뜸을 들인 뒤 입을 열었다.

"그게 사실, 오늘 촬영장으로 사모님이 찾아왔는데······."

시간이 어떻게 흘러가는지도 모르게 지나갔다. 하준과 도피하다시피 세상 밖으로 나온 지 꽤 됐지만 가빈은 아직도 모든 게 믿기지 않았다.

아침에 눈을 뜨면 하준이 옆에 누워 있고, 점심엔 같이 밥을 먹으며 여유로운 시간을 보냈다. 함께 밤을 지새우는 일과들이 이상하게도 좀처럼 현실로 다가오지 않았다.

마치 둘 사이를 가로막았던 두텁고도 무거웠던 장벽이 애초에 존재조차 않았던 것처럼, 누군가를 향한 죄책감과 두려움이 한 줌의 재가 되어 흔적도 없이 사라진 듯했다. 사랑하는 사람과 함께 있다는 게 이런 거였나? 거짓말처럼 변화된 마음의 흐름이 자문을 던지게 만들었다.

'사랑하는 사람이라…….'

가빈은 운전 중인 하준을 흘끔 훔쳐봤다. 그렇게도 머리와 가슴은 그를 밀어내려 애썼건만, 결국 눈은 그를 끝까지 놓지 못하고 안에 가둬두고 말았다. 이제는 평생 잊으려 해도 잊을 수 없고, 떠나려 해도 쉽게 떠날 수 없을 것 같았다.

이리저리 하준을 살펴보던 가빈은 차창 밖으로 눈길을 돌렸다. 노을이 진 하늘 위로 환하게 웃던 엄마의 얼굴이 그려지며, 심장에 찌릿한 울림이 전해졌다.

울컥하는 감정이 치밀어 올랐고 눈 위로 뜨거운 열이 달아올랐다.

'미안해, 엄마.'

엄마를 외롭게 저 하늘 위로 보내 버린 여자의 아들을 사랑하게 돼서…….

"하준이라면 널 지켜줄 거야."

화답하듯 떠오른 박하연의 한 마디, 가빈은 눈을 질끈 감았다.

'정말 오빠의 곁에 있어도 되는 걸까?'

속으로 되물었다. 하지만 뇌리를 스치는 답은 더 이상 없었다. 가빈은 목 언저리 부근까지 차오른 또 다른 반문을 삼키며 감았던 눈을 서서히 떴다. 현실이다.

그녀는 고개를 틀어 하준을 바라봤다. 불안정하게 흔들리던 마음이, 주춤대며 뒷걸음치던 진심이, 그를 본 순간 거짓말처럼 제자리에 우뚝 멈춰 서 있는 게 느껴졌다.

고민했던 모든 것이 찰나에 무의미해졌다. 그런 건가? 뭔가 깨달은 듯 가빈의 입가에 보일 듯 말 듯한 잔잔한 미소가 걸렸다.

"할 말 있어?"

고요했던 차 안 분위기 속에서 들려오는 하준의 목소리에, 가빈은 움찔 놀라며 황망히 시선을 앞으로 돌렸다. 너무 빤히 쳐다봤나 싶은 생각에 괜스레 민망했다.

"아니야, 아무것도."

"아니야?"

가빈은 그의 눈치를 살피며 말했다.

"회사에…… 안 가 봐도 돼?"

걱정 가득한 그녀의 표정에 하준은 곧바로 대답했다.

"응, 나 하나 없다고 안 돌아갈 회사 아니니까."

"그래도……."

"내가 말했던 것 같은데, 다른 거 신경 쓰지 말고 나한테만 집중하라고."

단호한 그의 말에 머쓱해진 가빈은 어색하게 이마를 긁적였다. 분위기 전환이 필요해 보였다. 가빈은 주위를 두리번거리더니 의아한 표정으로 물었다.

"우리 지금 어디 가는 거야?"

하준은 신호등 앞에 차를 세운 뒤 그녀를 돌아보며 입을 뗐다.

"글쎄……."

말끝을 흐리던 그가 고개를 살짝 기울였다.

"혹시 가 보고 싶은 곳 있어?"

정처 없이 하준과 이곳저곳을 다닌 가빈은 그의 물음에 고민에 빠졌다. 가 보고 싶은 곳? 한참을 골똘히 생각하던 가빈은 어딘가를 생각해 내곤 두 눈을 반짝반짝 빛내며 그를 마주 봤다.

"가 보고 싶은 곳이 있긴 있었는데……."

"어디?"

"놀이공원."

"놀이공원?"

가빈의 입가에 쓸쓸한 미소가 걸렸다.

"엄마가 항상 입버릇처럼 그랬거든. 내가 어릴 적, 놀이공원에 한 번도 데려가 주지 못한 게 가장 가슴 아팠다고."

가빈은 말하는 도중 뜨겁게 차오르는 무언가를 힘겹게 억눌렀다.

"사실 난 안 가 봐도 괜찮았는데…… 엄마 마음은 그게 아니었나 봐."

그녀는 금세 촉촉이 젖어든 눈을 잽싸게 손으로 비빈 뒤, 애써 밝게 물었다.

"오빠는 가봤어? 놀이 공원?"

잠깐 동안의 정적,

"아니."

"안 가봤어?"

가빈이 못 믿겠다는 듯 되물었고, 하준은 어색하게 시선을 앞으로 돌렸다.

"오늘 가 보면 되지."

"으응, 그렇지."

가빈은 얼떨결에 대답하고는 그를 가만히 응시했다. 자신이야 학창시절 그 흔한 소풍 한 번 가 본 적 없는 사람이라 그렇다 치더라도, 하준이 놀이공원에 안 가봤다는 게 그녀로선 의아할 수밖에 없었다.

'그냥 해 본 말이겠지.'

가빈은 그가 자신을 맞춰 주느라 해 본 말이라 생각했다. 남들 다 가 본 그곳을 부잣집 도련님인 하준이 못 가봤을 리 없었다.

'어쨌든 기대된다.'

처음 가 보는 세상, 가빈은 잔뜩 부푼 마음을 안고 설레는 표정으로 앞을 응시했다.

"와……."

가빈은 휘둥그레 뜬 눈으로 사방을 구경하기 바빴다. 입장권을 사고 입구를 들어선 순간부터 마치 이상한 나라의 앨리스가 된 것처럼 모든 것이 다 새롭고 재밌게 느껴졌다.

이곳이 놀이공원이구나…… 가빈은 속으로 감탄하며 들뜬 표정으로 하준의 손을 이끌며 이곳저곳을 구경하기 시작했다. 처음엔 낯설어하던 하준도 곧이어 적응하고는 그녀가 하자는 대로 따라줬다.

"저거 타자."

우연히 회전목마를 발견한 가빈은 TV에서나 보던 걸 직접 보니 신기한지 눈을 떼지 못했다. 어느새 타고 싶다는 강력한 바람이 그녀의 두 눈에 박혀 있었다. 하지만 하준은 심드렁하기만 했다.

"여기 있을 테니 타고 와."

"혼자 타기 싫어서 그래."

"난 말이라면 질색인 거 알지 않나?"

하준이 진지하게 반문하자, 가빈의 얼굴에 황당함이 번졌다. 안다, 너무나도 잘 알고 있었다. 하준이 대학교 시절 승마하다 말에게 물린 것도 모자라, 낙마까지 했던 걸 너무나도 또렷이 기억하고 있었다.

하지만 그건 진짜 말을 타는 거였고, 이건 단순히 말의 형상을 한 놀이기구 위에 올라타는 게 아닌가.

"난 말에 관련된 거라면 무조건 싫을 뿐이야."

절대 의지를 굽히지 않겠다 다짐하듯 그가 목에 힘을 주며 말을 내뱉자, 가빈은 기다렸다는 듯 마차를 가리켰다.

"그럼 마차 타면 되지."

하준은 대꾸할 가치도 없다는 듯 말없이 뒤돌아섰다. 가빈은 피식 웃음을 터트렸다.

"알았어, 그럼 다른 거 타자."

"너라도 타."

"괜찮아, 나도 별로 안타고 싶었어."

가빈은 내심 아쉬운 마음이 들었지만, 그렇다고 혼자 타고 싶진 않아 과감히 포기하고 돌아섰다. 무섭지 않은 게 뭐가 있을까 한참 주변을 둘러보던 가빈은, 사람들이 몰려 있는 곳을 발견하고는 뭐에 이끌리듯 그곳을 향해 발걸음을 옮겼다.

웅장한 소리와 함께 엄청난 행렬이 실내 놀이공원을 가로지르고 있었다. 가빈은 처음 보는 광경에 넋을 놓고 구경했다.

"이게 퍼레이드라는 건가?"

"응, 퍼레…… 앗."

하준의 말에 대꾸하던 가빈은, 자신을 뒤에서 껴안는 그의 행동에 놀라며 뒤를 살짝 돌아봤다.

"흠, 나쁘지 않네."

그가 싱긋 웃으며 눈을 맞추자, 가빈은 벌게진 얼굴로 황급히 고개를 돌렸다. 온몸을 감싸는 그의 온기에 녹아내릴 것만 같았다. 설레고 흥분됐다. 눈앞에 형형색색 아름다운 향연이 펼쳐졌지만,

어느 순간부터 더 이상 눈에 들어오지 않았다.

"저기 봐."

귓가에 닿는 그의 숨소리, 가빈은 로봇처럼 기계적으로 고개를 작게 끄덕였다.

"외국인인가?"

뺨에 퍼지는 낮고 굵은 음성. 애써 아무렇지 않은 척 웃으며 한참을 구경하던 가빈은, 결국 주체할 수 없을 만큼 떨리는 감정을 참지 못하고 뒤로 돌아섰다.

"가, 가자. 다른 거 구경하러."

결국 퍼레이드를 외면한 채 가빈은 아쉬운 표정으로 다른 곳을 향해 발길을 돌렸다. 다행히 사람들이 퍼레이드 구경을 하느라 거리가 아까보단 조금 한산해졌다.

가빈은 이곳저곳을 기웃거리며 구경하다, 문득 길거리 음식을 발견하고 배를 움켜쥐었다. 조금 허기가 졌다. 가빈은 말없이 걷는 하준을 슬쩍 올려다보며 조심스레 말을 걸었다.

"오빠, 배 안 고파?"

가빈은 말하면서 자신도 모르게 힐끗 츄러스를 쳐다봤고, 하준은 망설임 없이 상점으로 발걸음을 옮겼다.

"하나 주세요."

"네, 여기 있습니다."

점원이 건네는 츄러스를 건네받은 하준은 그걸 가빈의 손에 쥐여 줬다.

"자."

"고마워."

가빈은 받자마자 츄러스를 한 입 베어 먹었다. 생각했던 것보다 맛이 좋은지, 만족스러운 표정이 그녀의 얼굴에 드러났다. 혼자만 알고 먹기에는 아까운 맛이었다.

가빈은 근처 벤치에 앉아 휴식을 취하고 있는 하준에게 다가가 손에 든 츄러스를 내밀었다.

"오빠도 먹어 봐."

하준은 괜찮다는 듯 손사래를 쳤다.

"단 건 별로."

"그냥 맛만 봐."

"너 많이 먹어."

"오빠도 안 먹어 봤을 거 아냐. 맛이라도 봐봐."

가빈이 계속해서 권유하자 마지못해 손을 내민 하준은, 츄러스를 건네받으려다 실수로 그만 바닥에 떨어뜨리고 말았다.

"아깝다."

"그냥 버려, 새로 사 줄게."

자리에서 일어선 하준은 어느새 츄러스를 집어 든 그녀를 못 말린다는 듯 쳐다보며 손을 내밀었다.

"이리 줘, 버리게."

"안 묻은 쪽으로 먹으면……."

"류가빈, 달라고."

가빈은 결국 마지못해 손에 든 츄러스를 그에게 넘겼다. 그는 그걸 지체 없이 쓰레기통에 버렸다.

"가자, 새로 사줄게."

"아니야, 맛봤으니까 됐어."

가빈이 괜찮다며 손을 흔들어 보이자, 무언가를 발견한 하준은 망설임 없이 그녀의 손가락을 잡아 혀로 할짝 핥았다.

"설탕 묻었다."

뭐지? 갑작스러운 그의 행동에 가빈의 얼굴이 금방이라도 폭발할 듯 붉은빛이 감돌기 시작했다. 손끝이 저릿하게 떨리며 심장이 세차게 펌프질을 하기 시작했다.

"왜 그래?"

"아, 아무것도 아니야! 나 화장실 좀 다녀올게."

가빈은 그가 따라올세라 다급히 근처 화장실로 뛰어들어갔다. 안에 들어서자마자 그녀는 거칠어진 숨소리를 겨우 달래며 한숨을 푹 내쉬었다. 하마터면 심장이 멎을 뻔했다.

'단 거 싫어한다면서…….'

손끝이 심장이라도 달린 것처럼 움찔댔다. 가빈은 애써 그의 행동을 머릿속에서 지워보려 고개를 내젓고는 차가운 물에 손을 씻어냈다.

뜨겁게 달아올랐던 손의 온도가 조금씩 내려가는 게 느껴졌다. 그와 함께 심장박동수도 정상을 찾는 듯싶었다.

가빈은 거울을 보며 머리를 매만지고는 천천히 밖을 향해 걸어

나갔다. 멀리 벤치에 앉아 있는 하준을 보자 겨우 달래놨던 심장이 다시 활발한 움직임을 보이기 시작했다.

안 돼, 진정하자. 속으로 몇 번이나 다짐한 그녀는, 깊은 한숨을 몰아쉬고는 그가 있는 곳으로 발걸음을 뗐다.

"류가빈?"

겨우 몇 발자국 가지도 않은 무렵, 가빈은 눈앞에 나타난 길을 막는 낯선 남자들로 인해 더 가지 못하고 제자리에 멈춰 섰다.

7화
막연한 두려움이 전신을 압박하다

벤치에 앉아 가빈을 기다리던 하준은 피곤한 듯 손으로 얼굴을 쓸어내렸다. 요 며칠 잠을 제대로 자지 못한 탓에 유난히 몸이 무겁고 힘들었지만, 그래도 가빈과 함께 있는 지금 이 순간들이 모든 걸 잊게 만들었다.

항상 바라고 원하고 기다렸던 일이었지만, 결코 이루기 쉽지 않았던 지난날 기억의 잔재들이 흐드러지듯 눈앞에 아른대며 오묘한 기분을 들게 했다.

"어머니, 여기 음료수 좀 드시면서 쉬세요."

"할머니, 힘들면 내가 다리 주물러 줄까요?"

벤치에 몸을 기댄 상태로 생각을 정리하던 하준은, 문득 옆에서 노모에게 다정히 말을 건네는 부부와 아이를 돌아봤다.

남자는 행여나 노모가 힘들까 봐 손수건을 꺼내 정성스럽게 그녀의 이마에 흐르는 땀을 닦아 주고 있었고, 여자와 아이는 양옆에 앉아 다리를 주물러 주고 있었다.

누가 봐도 흐뭇한 미소가 절로 지어지는 단란한 가족의 모습, 한참 동안 그들을 지켜보던 하준은 품 안에 넣어 두었던 휴대폰을 꺼내 들었다.

　　"사모님께서 성매매특별법 위반 혐의로 고발당하셨습니
　　다."

김 비서의 말을 돌이켜 떠올린 하준의 미간에 주름이 잡혔다. 일부러 피하고 모른 척하려 했지만, 자꾸만 신경이 쓰였다. 도저히 그녀를 이해할 수도, 용서할 수도 없지만, 자신을 세상 밖으로 나오게 해 준 어머니이기에 두고만 있기가 힘겨웠다.

망설이며 휴대폰을 만지작거리던 하준은 결국 전원버튼을 눌렀고, 우후죽순 들어오는 문자들을 확인했다. 김 비서를 비롯해 류목형, 이혜연, 현 실장 이외 많은 이들이 전화를 걸어온 흔적들이었다.

하준은 일일이 다 확인하지 못하고 일단 인터넷을 연결했다. 제일 먼저 보이는 포털 사이트에는 이혜연과 관련된 기사들이 메인으로 걸려 있었다.

[홍해그룹 이혜연 여사, 성매매 혐의에 연루돼 충격.]

[검찰, 이혜연 현 동양예술대학 이사장을 비롯해 성매매 관련 인물들 소환조사……]

[대기업 사모님들의 추잡한 사생활, 낱낱이 밝혀져.]

기사들을 살펴보던 그가 어금니를 꽉 깨물었다. 생각보다 사태가 심각해 보였다. 류목형이 알아서 잘 막아 줄 거란 예상과는 다르게 상황이 전개되고 있었다. 한참 기사들을 검색하던 하준은 치솟는 분노를 삭이며 휴대폰에서 눈을 뗐다.

이혜연은 그동안 무수히 많은 남자들을 스폰해 왔지만 이제껏 크게 문제가 된 적은 없었다. 알면서도 모르는 척, 사실을 거짓인 것처럼 위장해 수면 위로 드러나지 못하게 철저히 봉쇄해 왔기 때문이었다.

홍해그룹이라는 거대한 힘의 보호 아래 있는 그녀를 감히 누구도 건드릴 엄두를 못 냈기에 가능한 일이었다. 하지만 이렇듯 언론과 검찰의 직격탄을 맞은 걸 보니 류목형, 그가 이혜연을 감싸고 있던 방어막을 직접 거둬간 것이 분명했다.

'결국…… 파경에 이른 건가.'

그것만큼은 일어나지 않기를 내심 바랐건만, 결국 그 지경까지 다다른 모양이었다. 슬프고 안타까웠다. 가족이란 따뜻한 단어가 그들에겐 칠흑 같은 어둠으로 이끄는 늪과 다를 바가 없게 변질되고 만 것.

하준은 가슴속을 짓누르고 있는 답답함을 풀어내려는 듯 깊은 한숨을 내뱉었다. 하나를 얻으면 하나를 버려야 하는 냉혹한 현실이 이젠 버겁고 진저리가 났다.

드르륵…… 드르륵…….

씁쓸함에 고개를 떨구고 있던 하준은 때마침 손안에서 울리는 휴대폰을 천천히 들여다봤다. 모르는 번호였다.

하준은 망설임 없이 수신거부버튼을 눌렀다. 그러자 얼마 지나지 않아 또다시 전화 걸려왔다. 확인해 보니 이번엔 류목형이었다.

휴대폰을 켜자마자 귀신같이 걸려온 그의 전화가 꺼림칙했지만, 이번만큼은 고민이 됐다. 그의 전화를 받을 것인가, 아님 거부할 것인가. 속으로 저울질을 거듭하던 하준은 받기로 결론을 내린 듯 무심한 표정으로 통화 버튼을 눌렀다.

─어디냐.

감정을 최대한 배제한 목소리가 수화기 너머로 들렸다. 하준은 숨을 죽이고 난 뒤, 말문을 열었다.

"말씀드릴 수 없습니다."

─어린 애 같은 짓은 그쯤하고, 가빈이 데리고 집으로 돌아와라, 류하준.

"돌아갈 겁니다. 아버지께서 가빈이를 포기하고 호적에서 정리하겠다 약속하신다면."

─하늘이 두 쪽 난다 하더라도 그럴 일은 없을 것이다.

"그럼 저도, 가빈이도 돌아가지 않을 겁니다."

―이, 네 녀석이……!

"……."

―……알겠다, 알겠으니 일단 집으로 들어와. 와서 얘기하잔 말이다.

일단 회유해 보자는 쪽으로 마음을 돌렸는지, 그가 최대한 화를 죽이며 말했다. 하준은 잠시 뜸을 들이다 입을 뗐다.

"나중에 제가 연락드리겠습니다."

마음이 복잡했다. 여러 가지 상황이 얽히고설킨 지금, 선불리 행동하고 싶지 않았다. 적어도 안전한 길 하나쯤은 터놓고 움직일 생각이었다. 하지만 곧바로 들려온 류목형의 한마디에 하준은 결정의 방향을 바꿀 수밖에 없었다.

―네 어미가 이대로 구속당해도 상관없나 보구나.

통화종료 버튼을 누르려던 그가 수화기를 다시 귀 쪽에 가져다 댔다.

"지금…… 무슨 말씀을 하시는 겁니까?"

―협상을 하려는 게다. 나야 이혼하면 남남인 여자지만 네겐 어머니가 아니더냐.

"아버지!"

―흥분하지 말고 내 말 잘 들어라, 류하준.

하준은 분노로 떨리는 입술을 꼭 깨물었다.

―지금 네가 하는 행동들이 정녕 가빈이를 위한 길이라고 생각하는 것이냐?

"추상적인 말로 절 설득 할 수 있다 생각하시는 거라면 당장 그만두십시오."

—네 어미가 제 오라비한테 가빈이를 없애 달라 했다더구나.

뭐? 하준의 눈동자에 거센 동요가 일었다.

—하준이 너도 알고 있겠지, 가빈이 엄마를 일본으로 팔아넘기려 했던 자가 누군지.

"……."

—지금이야 내가 미리 알게 됐으니 최악의 상황이 벌어지진 않겠지만, 네 어미가 물러서지 않는 한 언제까지고 이런 일들이 반복되지 않으리란 법이 없다는 거, 네 녀석이 더 잘 알 테지.

하준은 살벌한 눈빛으로 꽉 다문 입을 열었다.

"그래서…… 정확히 하시고 싶은 말씀이 뭡니까."

잠깐의 정적,

—이번 사건 아무 일 없었던 것처럼 수습해 줄 테니, 네 어미와 함께 독일로 떠나거라.

하준은 기가 막힌다는 듯 '하!'하고 짧은소리를 내뱉었다.

"제가 그걸 받아들일 거라고 생각하십니까?"

—그럼 언제 끝날지 모를 이 싸움을 계속 하겠다는 말이냐?

"아버지와 어머니께서 포기하시면 될 일입니다."

—나야 그렇다 치더라도 네 어미가 가빈이 그 아이를 가만 내버려 둘 거라 생각하느냐?

"……."

─이번 일로 구속된다 하더라도, 그 여자는 어떤 수를 써서라도 가빈이에게 해를 가할 것이다. 이건 나보다도 아들인 네가 더 잘 알겠지.

"어떡해서든 지켜줄 겁니다."

─불쌍한 그 아이가 너로 인해 평생 불행한 삶을 살게 된다 해도 말이냐?

"그건……."

─잘 생각해 보거라, 너와 네 어미만 아니라면 가빈이는 그 누구보다도 평범하고 행복하게 살 수 있었다. 이렇게 하루하루 살얼음판을 걷는 것과 같은 삶을 살지 않게 할 수 있었단 말이다.

"애초에 이런 불행을 자초 한 건 전부 아버지 때문이었습니다. 어머니와 제가 아니란 말입니다! 그런데 왜 이 모든 일에 대한 책임을 저와 어머니께 돌리시는 겁니까?"

─책임을 돌리는 게 아니라, 모든 걸 제자리에 돌려놓자는 뜻이다.

하준의 한쪽 눈썹이 꿈틀거렸다.

"제자리요? 이제 와서 그게 가능하다고 보십니까?"

─되돌릴 수 없다면, 끝내는 수밖에.

"……그게, 무슨 뜻입니까?"

─네 어미와 이대로 이혼하는 것은 물론이고, 가빈이 그 아이를 호적에서 파낸 뒤 영영 네놈이 찾지 못하는 곳으로 보낼 것이다.

"아버지!"

―네가 단단히 착각하고 있는 것 같은데, 내 분명히 말하마.

류목형은 잠시 말을 멈췄다가 곧바로 이어 말했다.

―류하준, 넌 내게 세상에 하나뿐인 소중한 아들이다. 유일한 내 핏줄이자 장차 내 뒤를 이어 홍해그룹을 이끌어 나갈 장자란 말이다. 그런 널 내가 포기할 성 싶으냐?

"……."

―가빈이가 아무리 내게 소중한 아이라 할지라도 너보다 우위에 있었던 적은 한순간도 없었다. 네가 가빈이 문제로 날 거스르지만 않았다면, 나도 이렇게 극단적으로 널 대하진 않았을 거란 말이다.

"이제 와 그런 말씀 하셔도 소용없습니다. 돌아가지 않을 겁니다."

―……3년, 3년 동안 독일에서 경영 공부를 잘 마치고 돌아온다면, 내 그때는 너와 가빈이 사이 고려해 보마.

느릿하게 흘러나온 류목형의 말에 무감했던 하준의 표정이 일약 변했다.

"그걸…… 저더러 믿으란 말씀이십니까?"

―3년 동안 경영 공부하면서 그곳에서 네 어미도 잘 설득시켜 보거라, 만약 네 어미도 허락하고, 그곳에서 성과를 인정받으면, 그땐 나도 생각을 고쳐먹으마.

쉽지 않은 조건, 하지만 그의 마음은 이미 흔들리고 있었다.

―지금 이 말을 믿든 말든 그건 네 자유지만, 허나 기회는 이번 한 번뿐임을 명심하도록 하거라.

"⋯⋯."

─내가 해줄 수 있는 최대한의 배려는 여기까지다. 생각해 보고 내일까지 연락 주거라. 만약, 연락이 없다면 그땐 내가 어떤 식으로 나올지 각오하는 게 좋을 게다.

뚝, 류목형의 마지막 말을 끝으로 통화가 종료되고 하준의 입에서 저절로 짙은 한숨이 내뱉어졌다. 머리가 지끈거리고, 녹초가 된 듯 온몸에 힘이 쭉 빠졌다.

'3년⋯⋯.'

길다면 길고, 짧다면 짧은 기간이었다. 류목형이 저렇게까지 장담을 하는 거라면 필시 상황을 모면하고자 하는 가벼운 말은 절대 아닐 것이다.

이혜연을 설득해야 한다는 점이 석연치 않았지만 그렇다고 물러설 만큼의 이유는 되지 않았다. 그가 가장 불안한 건 3년 동안 가빈을 만날 수 없다는 부분이었다.

'그런데 왜 이렇게 안 오는 거지?'

류목형과의 통화 시간을 생각해 보면 가빈은 이미 화장실을 다녀오고도 남을 시간이었지만, 그녀의 모습은 보이지 않았다. 그는 등골이 오싹해져, 재빨리 화장실 앞으로 다가갔다. 많은 사람들이 오고 갔지만 정작 가빈은 찾아볼 수 없었다.

그는 초조하게 휴대폰을 꺼내 가빈에게 전화를 걸었다. 하지만 그녀의 전화기는 꺼져 있었다.

다급한 마음에 여자 화장실로 들어가 보려던 하준은, 그때 마침 울리는 휴대폰 진동소리에 얼른 액정화면을 확인했다.

[남궁현]

그는 의아해하면서도 혹시나 하는 생각에 통화버튼을 눌렀다.

"여보세요?"

─대표님, 지금 어디 계세요?

"무슨 일이야?"

─혹시 지금 가빈이하고 놀이공원에 계세요?

현의 물음에 그가 굳은 표정으로 답했다.

"그걸 어떻게……?"

─가빈이한테 아무 일도 없는 거죠? 그렇죠?

"그게 무슨 소리야, 그걸 왜 묻는 거냐고!"

하준의 날카로운 음성에 현은 급히 답했다.

─민호가 어쩌다 사모님 통화 내용을 들었는데, 가빈이를 가만
두지 않겠다며…… 없애버리라고 누군가를 사주했다는데…… 아
니죠? 지금 가빈이랑 같이 있는 거죠?

하준의 얼굴색이 어느새 새파랗게 질려 있었다.

"일단 끊어, 알겠으니까."

─네? 대표님!

종료버튼을 누른 하준은 지체 없이 화장실 안으로 뛰어 들어갔
고, 여자들의 비명 소리를 들으며 미친 사람처럼 가빈의 이름을 외
치기 시작했다. 하지만 그의 바람과 달리 가빈의 목소리는 들리지
않았다.

"가빈아……."

넋 놓은 사람처럼 가빈을 목 놓아 불러대던 하준은 이후, 어디론가 급하게 뛰어가기 시작했다.

"홍인숙, 그 여자 만나고 싶으면 조용히 따라와."

갑자기 등장한 의문의 남자들, 그리고 그중 한 명의 입에서 튀어나온 예상치 못한 한 마디. 처음엔 홍인숙이란 이름에 마음이 흔들렸지만 곧 이상함을 느끼고 가빈은 그들에게서 도망치려 했었다.

하지만 이대로 순순히 따라오지 않으면 당장에라도 싸늘한 시체로 변한 홍인숙을 만나게 될 거라는 협박에 못 이겨, 그녀는 어쩔 수 없이 그들의 뒤를 따를 수밖에 없었다.

"오랜만이구나."

남자들의 뒤를 따라 지하주차장으로 온 가빈은 검은색 차량 앞에 서 있는 이희문을 발견하고 눈을 동그랗게 떴다. 이혜연의 큰오빠이자, 하준의 외삼촌인 그가 왜 이곳에 있는 건지, 생각지도 못한 상황에 직면한 그녀는 혼란스러웠다.

"여긴…… 어떻게……?"

"그러게 말이다, 내가 지금 여기서 뭐 하고 있는 건지…… 참."

이희문은 혀끝을 차며 이마를 긁적였다. 누이의 부탁에 어쩔 수 없이 일을 도모하긴 했지만, 썩 내키지 않았다.

류목형이 이 사실을 알게 되면 자신의 회사는 풍비박산이 날 게 분명한 데다, 박하연에 이어 그 여자의 딸인 가빈에게조차 몹쓸 짓을 해야 한다는 게 마음에 걸렸다.

하지만 그렇다고 해서 이제 와 발을 빼게 된다면 아버지의 신임은 물론, 이혜연이 넘겨주기로 한 계열사들이 한 줌의 모래가 되어 손아귀에서 빠져나갈 것이 자명했다.

다른 건 몰라도 저 두 가지는 포기할 수 없었다. 적어도 이빨 빠진 호랑이처럼 살지 않으려면 말이다.

"네 새어머니가 널 홍인숙, 그 여자가 있는 곳으로 데려다 주라고 하더구나."

그의 말에 가빈은 홍인숙을 찾았다는 류목형의 말을 떠올리며 불안한 표정으로 주춤, 한 발자국 뒤로 물러섰다.

"지금 어디…… 계시는데요?"

"중국."

"중국이요?"

가빈은 언젠가 홍인숙이 자신의 친언니가 중국에서 살고 있다고 했던 말을 상기하며, 제자리에 멈춰 섰다. 류목형에게 정확히 확인해 보지 않은 상황이라 그녀가 지금 누구의 손에 놓여 있는지는 알 수가 없었다.

"통화 좀 하게 해 주세요."

그녀의 행방을 정확히 확인하고 움직일 생각이었다. 하지만 이희문은 단호하게 그녀의 부탁을 거절했다.

"그건 곤란하다, 지체할 시간이 없으니 일단 차에 타거라."

"잠시만요, 오빠가…… 저 없어진 거 알면 온종일 찾으러 다닐지도 몰라요."

가빈의 말에 이희문의 눈이 가늘어졌다.

"그건 이제 네가 걱정할 문제가 아니야, 넌 이제부터 네 몸이나 잘 간수할 생각이나 해."

"그게 무슨……."

"태워."

이희문의 명령에 옆에서 대기하고 있던 남자들이 가빈의 등을 떠밀었고, 그녀는 천천히 차의 뒷좌석으로 한발 한발 내디뎠다. 이대로 저 차에 탔다간 영영 한국 땅을 못 밟을지도 모른다는 막연한 두려움이 전신을 압박했다.

어떡하지, 그녀는 초조한 표정으로 두 손을 모아 잡고 남자들의 눈치를 살피며 도망칠 방도를 물색했다.

"가빈아!"

그때였다. 그들 앞에 거짓말처럼 차 한 대가 멈춰 서더니 그곳에서 현이 헐레벌떡 내렸다. 가빈은 헛것이라도 본 것처럼 놀란 표정으로 빠르게 뛰어 오는 현을 바라봤다.

"혀, 현아?"

"넌 뭐야?"

놀이공원에 있을 거란 민호의 말만 듣고 찾아온 현은, 가빈을 빨리 찾은 것에 대해 하늘에 감사하며 그녀에게로 다가섰다.

"이리 와, 가빈아."

"새파랗게 어린 게 어디서 겁도 없이!"

"아! 현아!"

남자의 힘에 의해 바닥으로 내팽겨 처진 현은 다시 재빨리 몸을 일으켜 가빈의 팔을 잡아당겼다.

"가자!"

"이! 이 미친놈이!"

빵빵!

현을 향해 달려들던 남자들은 벼락같이 귀에 꽂히는 경적 소리에 얼굴을 찌푸리며 옆을 돌아봤다. 그들이 눈길이 닿은 곳에 외제차 한 대가 전조등을 밝히며 멈춰 서 있었다.

"저건 또 뭐야?"

웬 미친놈인가 싶어 무리 중 한 명이 다가서자, 때를 기다렸다는 듯 차가 그들을 향해 거침없이 돌진했다.

"야! 피해!"

"회, 회장님!"

이희문은 자신을 정확히 겨냥해 쏜살같이 달려드는 차량의 운전석을 응시했다. 익숙한 얼굴, 그가 누구인지 확인한 이희문의 얼굴이 와락 일그러졌다.

"피하십시오!"

굵고 높은 목소리에 이어, 끼익ㅡ 하고 쇠가 긁히는 듯 요란한 바퀴 소리가 주차장 안에 가득 울려 퍼졌다. 이희문의 앞에 한 뼘 정도의 거리만 남기고 멈춰 선 차, 그 안에는 무표정한 얼굴의 하준이 앉아 있었다.

조금만 늦게 멈춰 섰다면 그의 몸뚱이는 속절없이 차에 치여 바닥을 나뒹굴 뻔했을 정도로 절체절명의 순간이었다. 하지만 차에 치일 뻔한 이희문의 표정에도, 차로 사람을 칠 뻔한 하준의 표정에도, 조금의 위화감은 느껴지지 않았다.

"괜찮으십니까? 회장님?"

"야, 이 미친! 너 이 새끼 안 내려?"

건장한 체격의 남자들 중 정장을 입은 사내는 이희문의 상태를 살폈고, 나머지는 운전석 쪽으로 발길을 돌렸다. 다소 위협적인 모습이었지만, 하준은 주춤거리는 기색 없이 무덤덤하게 차에서 내렸다.

"이 자식, 넌 오늘 내 손에 뒤졌어!"

"그만!"

하준이 내리자마자 남자들 중 한 명이 그의 멱살을 잡은 채로 주먹을 내지르려다, 이희문의 목소리에 동작을 멈췄다.

"이 무식한 놈이 감히 누구한테 주먹질을 하려는 거야?"

퍽!

"아악! 회, 회장님!"

이희문은 하준의 멱살을 붙잡은 남자의 정강이를 세게 걷어차고는, 보기도 싫은지 찡그린 얼굴로 그를 확 밀쳤다. 바닥을 나뒹구는 남자를 한심하다는 눈초리로 쓰윽 훑어본 이희문은, 하준에게 천천히 다가섰다. 그는 무표정한 얼굴로 이희문을 지켜보고 있었다.

"오랜만이구나, 하준아."

"이게 무슨 짓입니까?"

하준은 그의 인사도 무시하고 짧게 물었다. 이희문의 이마에 못마땅한 기색을 드러내는 굵은 주름이 잡혔다. 과거 언젠가, 아직도 깡패 같은 짓을 하고 다니느냐 되물으며, 자신을 무시하던 하준이 떠오르자 심기가 불편해졌다.

그 아비에 그 아들이라고, 류목형을 그대로 빼다 박은 것 같은 표정, 말투, 행동. 모든 게 그의 신경을 거슬리게 했다.

어린놈의 자식이 세상 무서운 줄 모르고 차가운 얼음송곳을 여과 없이 드러내는 꼴이라니, 피가 거꾸로 솟지 않을 수 없었다. 하지만 그렇다고 해서 이희문은 노골적으로 싫은 내색을 하진 않았다.

어찌 되었든 그는 홍해그룹의 실질적인 후계자가 아닌가. 냉정하기 짝이 없는 돈의 세계에서 나이와 혈연관계만을 따져 생각한다면, 언제 어디서 무참히 쓰러져 나갈지 모를 일이었다.

그 사실을 누구보다 잘 알고 있는 그는, 시퍼런 빛을 머금은 칼날을 속에 숨기고 졸렬한 미소를 지어 보였다.

"나야말로 묻고 싶구나, 이게 무슨 짓이냐? 설마 네 하나밖에 없는 외삼촌, 요단 강 건너게 할 셈은 아니었겠지?"

"제가 못 할 것 같습니까?"

하준의 발언에 이희문의 눈썹이 씰룩거렸다. 명백히 적대감을 드러내는 그의 태도에 이희문의 얼굴 위로 꾹꾹 누르고 있었던 악감정의 싹이 피어올랐다.

"여전히 버릇은 없구나, 아니면 여동생하고 사랑의 도피 행각을 벌이더니 눈에 뵈는 게 없어진 건가?"

"그래도 명색이 대부업체 회장님이라는 분이 아직까지도 동네 양아치 같은 짓을 하고 계시다니, 그렇게 아버지나 제가 경고를 드렸는데 외삼촌께서야 말로 눈에 뵈는 게 없으신 가 봅니다."

한 마디 한 마디가 강렬하게 그의 머릿속을 관통하며 눈을 뒤집히게 만들었다. 이희문의 옆에 선 채로 하준을 주시하고 있던 남자들의 얼굴에도 성이 가득 배어났다.

그들은 누구라고 할 것 없이 금방이라도 하준을 찢어 죽일 듯 살벌한 살기를 드러냈다. 하지만 하준은 오히려 태연한 표정으로 한 발, 한 발, 천천히 앞으로 다가가 그를 마주 보며 입을 열었다.

"언제까지 어머니 충견 노릇을 하실 생각이십니까?"

이희문의 눈이 옆으로 가늘게 찢어졌다. 분노로 말아 쥔 그의 손 위로 힘줄이 불룩 솟았다.

"아무리 조카라고 해도 두고 봐주는 데 한계가 있는 법이다."

"한계라……."

말끝을 흐린 하준은 그의 어깨를 한 손으로 짚고, 귓가에 속삭이듯 말을 이었다.

"그렇다면 아버지께선 어디까지 외삼촌을 두고 봐 주실까요?"

"……."

"벌써 잊으신 건 아니시겠죠? 가빈이 엄마를 일본으로 빼돌리려다 아버지께 발각돼서 회사 하나를 통째로 잃었던 일 말입니다."

하준은 매섭게 치켜뜬 눈으로 움찔 놀라는 그를 흘끗 돌아봤다.

"그때의 실수를 반복하실 생각이 아니시라면, 이대로 조용히 돌아가시는 게 좋을 겁니다. 그렇지 않다면 전 지체 없이 이 사실을 아버지께 말씀드릴 수밖에 없습니다."

"지금…… 네가 나를 협박하는 것이냐?"

"못 할 것 없지 않습니까, 외삼촌 말씀대로 제가 지금 눈에 뵈는 게 없다면 말이죠."

하준의 결정타에 그의 자존심은 무참히 짓밟혔다. 이희문의 얼굴은 잔뜩 굳어져 있었다. 분노와 인내심의 경계선에 놓여 있는 듯 보였다. 이대로 물러서자니 온몸이 이를 거부하고, 그렇다고 들이밀자니 온 정신이 이를 제어했다.

"어떻게 할까요?"

하준은 고개를 옆으로 살짝 기울이며 물었다. 이희문은 묵묵부답을 일관하며 옆에 우두커니 서 있는 가빈을 슬쩍 돌아봤다.

도대체 저게 뭐라고 냉철하기가 이를 데 없는 류목형도, 류하준도 무조건 싸고도는 건지 의문이 들지 않을 수가 없었다. 그러면서도 한편으론 이래서 이혜연이 저 아이를 눈앞에서 치워버리고 싶어 안달이 난 건가 싶은 생각도 들었다.

평생 그녀로선 받아보지 못했을 그들의 사랑과 관심이, 박하연 그 여자로도 모자라 저 아이에게로까지 전이 된 것을 보면 말이다. 누이가 안타까웠다. 그 생각과 동시에 그의 입안에 씁쓸한 맛이 감돌았다.

이희문은 가빈을 냉랭한 눈빛으로 한 차례 훑어보고는 시선을 하준에게로 옮겼다.

"네 어머니가 곧 구속될지도 모르는 판국에 아들이라는 녀석이 여자한테 정신이 팔려 나 몰라라 하다니…… 너나 네 아버지라는 족속들은 별수 없구나."

"……."

"싹수없는 새끼."

하준은 별다른 반응을 보이지 않았다. 이희문은 더한 욕지기가 목구멍까지 차올랐지만, 더 이상 상대할 가치도 없다는 듯 말을 집어삼키며 차로 발길을 돌렸다.

그러자 그의 옆에 서 있던 남자들도 기다렸다는 듯 그의 뒤를 따라 각자 차에 올라탔다. 잠시 뒤, 굉음을 내며 차들이 차례대로 주차장을 빠져나갔고 고요한 적막감이 흘렀다.

"오빠."

옆에서 멀거니 지켜보던 가빈이 조심스럽게 하준에게 다가가 그의 팔을 붙잡았다. 그러자 하준은 기다렸다는 듯 가빈을 품 안에 끌어안았다.

"다행이다."

하준은 참고 있었던 숨을 길게 뱉어냈다. 끔찍했다. 혹시라도 영영 찾지 못하게 되지 않을까, 과거 박하연처럼 안 좋은 일에 휘말리게 된 것은 아닐까, 갖가지 생각들로 피가 바짝바짝 말라왔었다.

정말 미쳐 버리는 줄 알았었다. 하지만 이렇게 뒤늦게라도 찾게 된 게 얼마나 다행인지, 안도감에 서서히 긴장이 풀렸다.

"여긴 어떻게 알고 온 거야?"

하준은 가빈의 질문에 그녀의 곁에 서 있는 현을 슬쩍 바라봤다. 그의 전화가 없었다면 가빈을 찾기 쉽지 않았을 테지만, 하준은 언급하지 않고 말머리를 돌렸다.

"어디 다친 데는 없는 거야?"

"난 괜찮아, 걱정하지 마."

가빈은 얼떨떨해하면서도 걱정했을 그를 달래 듯, 천천히 등을 쓰다듬어 주었다. 이마에 송골송골 맺혀 있는 땀방울, 뜨겁게 달아오른 몸, 자신을 찾으러 얼마나 정신없이 다녔을지 짐작이 갔다.

미안하고 고마웠다. 이 마음에 대한 보답을 어떻게 해야 할까, 고민하던 가빈은, 문득 시야로 보이는 현을 발견하곤 화들짝 놀랐다. 그러고 보니 깜빡 잊고 있었다. 옆에 현이 있다는 걸, 가빈은 민망한 표정으로 하준을 밀어내며 현을 돌아봤다.

"현아, 오늘……."

"너 괜찮은 거 봤으니까 난 이제 그만 가 볼게."

현이 환하게 웃으며 뒤돌아서자, 가빈이 그를 쫓아가 붙잡으며 말했다.

"잠깐만."

현의 옷자락을 꼭 부여잡은 그녀가 고개를 돌려 하준을 바라봤다.

"오빠, 먼저 차에 가 있어. 난 현이랑 얘기 좀 하고 갈게."

하준은 그런 그녀와 현을 물끄러미 살펴보다 이내 성큼성큼 가빈에게 다가섰다. 혹시라도 안 된다며 끌고 가지 않을까, 주춤 뒤로 물러서려던 가빈은, 손으로 얼굴을 감싸며 이마에 입을 맞추는 그의 행동에 석고상처럼 굳어 버렸다.

"5분 줄게."

하준은 현을 경계하듯 쳐다보곤 차로 향했다. 현은 그런 그를 끝까지 지켜봤다.

하아…… 처음엔 황당함에 입에서 본능적으로 허탈한 소리가 터져 나왔다. 그다음엔 질투심에 화가 났고, 유치한 그의 행동에 짜증이 치밀어 올랐다.

하지만 끝내 그의 이마 키스에 어쩔 줄 몰라 하면서도 좋아하는 가빈의 모습을 보니, 순식간에 복합적인 감정이 산화되며 씁쓸한 미소가 입가에 걸렸다.

불과 몇 초 사이, 골백번은 더 요동쳤다가 잔잔해지기를 반복하던 감정의 주기가 어느 순간 일정해지고 있었다.

"현아, 오늘…… 고마웠어."

현은 바짝 다가서며 말하는 가빈의 눈을 가만히 응시했다. 그녀와 함께했던 추억들이 천천히 뇌리를 스쳐 지나갔다.

"그런데 여긴 어떻게 알고 온 거야?"

가빈의 질문에도 답하지 않고 그저 빤히 그녀의 얼굴을 들여다보던 현은, 한참 동안의 침묵이 흐르고 나서야 입을 뗐다.

"텔레파시."

"응?"

장난스럽게 답한 현은 의아해하는 가빈의 머리를 부드럽게 쓰다듬어 주며 미소를 지었다.

"무사해서 다행이야."

"아…… 네 덕분이야, 고마워. 여기까지 와 줘서."

가빈은 혹시나 현이 자신의 머리를 쓰다듬는 걸 보고 하준이 쫓아 나오지 않을까 걱정하며 슬쩍 한 발자국 뒤로 물러섰다. 조금 벌어진 거리, 현은 손을 거뒀고 가빈은 어색하게 시선을 돌리며 입을 열었다.

"차 가지고 왔지? 아니면 집까지 데려다 주면 좋을 텐데…… 음…… 오늘 일에 대한 보답은 내가 너 미국 가기 전에……."

"난 괜찮으니까 신경 쓰지 말고 그만 가 봐."

현이 가 보라는 듯 손짓하자, 가빈은 미안한 표정을 지어 보이며 망설였다.

"그래도…… 이대로 보내려니 미안해서."

"미안하긴, 어차피 나도 볼일 있어서 가 봐야 해."

현은 대충 둘러댔다. 가빈은 그런 그에게 할 말이 있는 듯 우물쭈물하다, 결국 짧게 인사를 건넨 뒤 몸을 돌렸다. 그녀가 작게 한숨을 내쉬었다.

'말 못 하겠어.'

미국에 같이 못 갈 것 같아. 기다리지 마, 현아. 이 말들이 입속에서 맴돌았지만, 가빈은 차마 내뱉지는 못했다. 오히려 빨리 답을 주는 게 맞다는 생각이 들면서도, 도와주러 온 상황에서 차마 잔인하게 이 말까지 전할 순 없었다.

차라리 다음에 제대로 전하자. 마음을 먹은 가빈은 무거운 발걸음을 한 발 내디뎠다. 하지만 그녀는 곧 어깨를 붙잡는 현의 손길에 걸음을 멈춰 설 수밖에 없었다.

"앞으로 만날 수 있을까?"

가빈의 등 뒤로 울리는 현의 나직한 목소리.

"너무 좋아서, 보고 있는 것만으로 세상을 다 얻은 것 같은 마음이 들게 하는 사람."

손에 힘을 준 현의 눈빛이 점차 슬픔으로 젖어 들어갔다.

있을까……?

"내 이름을 불러 주는 것만으로도, 내 눈을 마주 봐 주는 것만으로도, 내 손길을 피하지 않는 것만으로도 행복하고, 감사한 마음이 들게 하는 사람."

있을까……?

"내 인생 전부를 걸어도 아깝지 않을 만큼 사랑하는 사람……."

만날 수 있을까?

"만날 수 있겠지?"

"……."

"너 같은 사람."

떨리는 음성, 어깨를 잡은 그의 손에서 느껴지는 진심. 가빈은 먹먹해지는 감정을 추스르며 주먹을 꽉 말아 쥐었다.

미안해, 정말 미안해. 하지만 오히려 더 상처받을까 하지 못하는 이 말을 허공에 띄우고, 그녀는 애써 밝은 목소리로 말을 건넸다.

"물론이지, 너라면 꼭 만날 거야."

아마, 반드시.

"그럼 조심히 가, 현아."

마지막 인사를 건네고, 가빈은 그대로 뒤도 돌아보지 않고 하준의 차에 올라탔다. 차창 너머로 현이 보였지만, 그녀는 그의 시선을 회피했다.

이제 다시는 못 보겠지. 소중한 친구 한 명을 잃은 듯, 가슴이 저릿하고 눈언저리 부근이 시큰거렸다. 이대론 눈물을 흘릴 것만 같았다. 안 되겠다. 가빈은 하준을 돌아보며 황망히 말했다.

"그만 가자, 오빠."

가빈을 바라보던 하준은, 그녀의 말에 지체 없이 액셀을 밟았다. 주차장을 빠져나가 도로를 달리는 내내 차 안은 어두컴컴한 동굴처럼 칙칙하고 고요했다.

가빈은 멍하니 창문 너머를 응시했고, 하준은 말없이 운전에 집중했다. 서로 다른 생각에 잠겨 한참을 그렇게 달리던 차는, 어느 지점에서 서서히 멈춰 섰다. 낯선 동네였다.

가빈은 주변을 두리번거리며 하준에게 물었다.

"여기가 어디야?"

하준은 창문 틈에 한쪽 팔을 걸치며 그녀를 흘끔 봤다.

"무슨 얘기 했어?"

그의 질문에 가빈은 어색하게 웃으며 대답했다.

"별 얘기 안 했어. 그냥 도와줘서 고맙다는 인사 말고는."

"꽤 오랫동안 얘기하던데?"

"그냥, 이것저것 더 말하긴 했는데…….."

"이것저것 뭐?"

변명을 늘어놓던 가빈은 그가 꼬치꼬치 캐묻자 결국 '몰라도 돼.' 라는 말을 끝으로 입을 다물었다. 그러자 기다렸다는 듯 밀려드는 적막감.

가빈이 이 차가운 분위기를 어떻게 수습해야 하나 고민하다, 문득 든 생각에 머리를 긁적이며 말했다.

"오빠, 말이 나와서 말인데…… 아까 현이 앞에서 말이야."

창밖을 내다보던 하준이 고개를 그녀에게로 돌렸다.

"뭐?"

"그, 이마에 키스…….."

가빈이 얼굴을 붉혔다.

"앞으론 다른 사람들 앞에서 그러지 마."

당혹스러워 하는 그녀의 모습에 하준의 입꼬리가 점차 위로 올라갔다.

"왜 그러면 안 되는데?"

"그거야 남들 보는 눈도 있고……."

"내가 말했잖아, 이제부터 내가 하고 싶을 때 할 거라고. 키스든 뭐든."

"나……난! 동의한 적 없어."

"암묵적인 동의도 동의지. 안 그래?"

"그래도 남들한테 보이는 거 쑥스럽고 싫단 말이야."

"그럼 아무도 없을 땐 내 마음대로 해도 된다 이거지?"

하준이 눈을 빛내며 말하자 가빈의 표정은 묘하게 일그러졌다. 분명 이런 의도로 시작한 말이 아니었는데, 어느새 모든 상황이 그의 뜻대로 진행되고 있었다.

"왜 대답이 없어? 암묵적인 동의로 받아들여라, 이런 건가?"

그의 상체가 서서히 가빈에게로 기울어졌다.

"아, 아니! 그런 게 아니라……."

"그럼 다른 사람 앞에서 내 마음대로 해도 돼?"

금방이라도 입술이 닿을 듯 가까이 다가선 그를 피해 가빈은 얼굴을 뒤로 뺐지만, 머리 받침으로 인해 더는 물러설 수 없었다. 그녀는 긴장감에 떨리는 입술을 꼭 깨물고는 하준의 양어깨를 붙잡으며 말했다.

"오빠는 어떻게 맨날 그런 것만 생각해?"

하준의 입에서 피식 웃음이 터져 나왔다.

"그런 거? 그게 뭔데?"

"아, 알잖아. 그런 거!"

"키스? 아니면, 섹스?"

가빈의 얼굴에 열꽃이 화르륵 피어올랐다.

"장난 그만해!"

가빈이 손으로 어깨를 밀치자 하준은 살짝 뒤로 물러서며 작게 웃음 지었다. 순진하긴, 기분 좋은 눈빛으로 가빈을 바라보던 하준은, 다시 그녀에게 다가서려다 팔에 난 멍 자국을 발견하곤 움직임을 멈췄다.

"누가 이런 거야?"

팔목 전체에 선명하게 남아 있는 굵은 손가락 자국, 가빈이 대답하지 않아도 이희문의 부하 중 한 명이 한 짓임을 알 수 있었다.

"걱정 마. 아프지도 않고, 또 금방 없어질 거야."

손사래를 치며 괜찮다는 그녀의 말에도, 하준은 괜히 자신으로 인해 이런 일들이 벌어진 것 같아 죄책감에 마음이 무거워졌다.

깊게 생각해 보지 않았지만, 아니 애써 외면하려 했는지도 모르겠지만, 이런 식으로 지내다간 가빈에게 또 어떤 위협이 가해질지 모를 일이었다.

이혜연도, 이희문도 그리 쉽게 포기할 사람들이 아니니, 그걸 누구보다 잘 알고 있는 하준의 머릿속은 갖가지 상념들로 가득 찼다.

마음이 뒤숭숭하고, 가슴이 아려왔다. 막상 가빈의 몸에 상처가 난 걸 보니 이제 와 이게 잘하고 있는 짓인지 회의감마저 들었다.

"병원에 가 보자, 혹시 뼈에 이상 있을지도 모르니까."

하준은 차에 시동을 걸었다. 그러자 가빈이 황급히 옷으로 손목을 가리며 그를 만류했다.

"아무렇지도 않아, 진짜 괜찮다니까!"

일부러 더 환하게 말을 꺼낸 가빈은, 어둡게 돌변한 그의 얼굴을 가만히 바라보았다. 어떤 생각을 하고 있는지 빤히 보였다.

"오빠 탓 아니야, 그러니까 자책하지 마."

가빈은 그의 손을 맞잡으며 말을 이었다.

"오빠가 억지로 날 끌고 온 게 아니라, 나도 오빠가 좋아서. 같이 있고 싶어서 따라온 거잖아."

"따라오지 않았다면 이런 일을 겪지 않아도 됐겠지."

밝게 웃으며 얘길 꺼냈지만, 그녀의 예상과는 달리 좀처럼 분위기는 나아지질 않았다.

이런 게 아닌데, 답답한 마음에 한숨을 푹 내쉰 가빈은 불현듯 스치는 생각에 상기된 표정으로 입술 주변을 손으로 만지작거렸다. 이제는 계속 미적거리기보단 느리더라도 차근히 그에게 다가서고 싶은 마음이 컸다.

"알았어, 오빠 마음대로 해."

가빈은 결심이라도 한 듯, 두 눈을 질끈 감고 결의에 찬 목소리로 말했다.

"다른 사람들 앞에서 하지 않겠다고 약속만 한다면…… 앞으로 오빠가 하고 싶은 대로 해도 좋아."

처음엔 무슨 소리를 하는 건가 의아해하던 하준은, 그녀의 마지막 말과 행동이 뭘 의미하는지 뒤늦게 깨닫고는 옅은 미소를 지었다.

누굴 호색한으로 아나, 쾌씸한 생각이 들면서도 처음으로 먼저 다가서는 그녀의 행동에 하준은 마음이 동하는 걸 느낄 수 있었다.

"신중히 생각하고 말하는 게 좋을 거야, 한번 시작하면 아무리 그만두라고 해도 멈추지 않을 거니까."

하준의 말에 감은 그녀의 속눈썹이 파르르 떨렸다. 일부러 겁을 주려고 단호하게 말을 꺼냈지만, 그녀는 끝내 눈을 뜨진 않았다.

하준은 몸을 기울여 왼손으로 가빈의 머리카락을 천천히 쓰다듬었다. 움찔하며 몸에 힘을 주는 게 보였다. 그러나 가빈은 거부하지 않고 그의 손길을 받아들였다. 처음 보는 그녀의 모습, 생소했지만 흥미로웠다.

'오늘을 잊지 못하게 할 거야.'

하준은 가빈에게 서서히 다가가 그녀의 도톰한 입술을 훑고 강하게 빨아들였다. 둘의 입술 사이가 자연스럽게 벌어져, 서로의 뜨거운 숨결이 공기를 가르며 서로에게 온전히 전해졌다.

온몸을 옭아내는 듯, 깊고 격렬하게 파고드는 그의 혀끝이 본능적으로 그녀의 몸을 촉촉하게 적시기 시작했다.

"3년, 3년 동안 독일에서 경영공부를 잘 마치고 돌아온다
면 내 그때는 너와 가빈이 사이 고려해 보마."

귓전에 맴도는 류목형의 말,

'3년……'

하준은 그의 말을 상기하며, 맹렬히 가빈을 탐하기 시작했다.

8화

정점에 다다르다

"같이 살기로 했던 집에 가 볼래?"

귀를 간질이는 하준의 음성에 가빈은 더운 숨을 뱉어내며 작게 고개를 끄덕였다. 이후 그들은 서울 근교에 위치한 집으로 향했다.

어둠이 짙게 깔린 동네에는 보기에도 감탄사가 흘러나올 만큼 예쁜 주택들이 즐비해 있었다.

"내려."

창밖을 내다보던 가빈은 하준의 말에 조심스럽게 차 문을 열었다. 조금 전의 일 때문인지 그의 눈빛, 목소리 하나하나에 온몸이 예민하게 반응했다. 하늘 위로 붕 뜬 느낌, 가빈은 겨우 정신을 부여잡으며 하준의 뒤를 따라 집 안으로 들어섰다.

텅 비어 휑할 거라는 예상과 달리, 집 안은 아기자기한 소품들로 예쁘게 꾸며져 있었고, 마치 전부터 계속 사람이 산 집처럼 온기가 감돌고 있었다.

"집 구경은 나중에 하지?"

감탄하며 거실 안을 둘러보던 가빈은, 뒤에 바짝 다가선 하준을 느끼고는 긴장감에 침을 꿀꺽 삼켰다. 허리를 감싸는 그의 손길, 어깨에서부터 목선을 따라 서서히 위로 올라오는 그의 숨소리가 또다시 정신을 혼미하게 만들었다.

어떡하지, 그의 손끝을 따라 온몸의 감각이 잔뜩 곤두서며 서 있는 것조차 힘겹게 느껴졌다.

"날 봐."

뜨겁고 달콤한 중저음의 음성이 그녀를 재촉했다. 가빈은 천천히 몸을 돌려 하준을 마주 봤다.

"사랑해."

속삭이는 그의 입가에 부드러운 미소가 걸려 있었다. 설레고, 가슴이 벅차올랐다. 긴장했던 몸과 마음이 눈 녹듯이 사라지며, 그를 밀어내기 바빴던 손이 서서히 다가서는 그의 목을 감싸 안았다. 화답하듯 가빈은 하준의 귓가에 대고 속삭였다.

"나도……."

마음속으로만 되뇌었던 말.

"나도 사랑해."

하준의 눈이 반달을 그리며 휘어졌다. 그는 가빈의 몸을 가볍게 들어 올린 뒤, 방 안으로 들어갔다. 은은하게 퍼지는 달큼한 향과 어슴푸레한 빛이 공간을 채우고 있었다.

하준은 침대 위에 가빈을 살포시 내려놓았다. 가늘게 몸을 떨며 뻣뻣하게 누워 있는 그녀의 모습에, 하준은 야릇한 미소를 띠었다. 어쩌면 매번 이렇게 한결같을까, 그래서 마음이 더 이끌렸다.

"정말 예뻐, 너."

하준이 눈을 맞추며 나직이 말하자, 가빈의 얼굴에 부끄러워하는 기색이 번졌다. 시선을 어디에 둬야 할지 몰라 갈팡질팡하던 그녀의 눈동자가 다정한 눈빛으로 얼굴을 쓰다듬는 하준에게로 고정됐다.

"후회 안 해? 나한테 온 거."

세차게 요동치는 심장 소리에 어쩔 줄 몰라 하던 가빈은 그의 말에 부정하듯, 고개를 흔들었다.

"오빠는…… 후회 안 해?"

모든 걸 버리고 날 선택한 걸? 가빈의 눈을 마주 보던 하준은 그녀의 등허리를 쓰다듬으며 상체를 앞으로 숙였다.

"단 한 순간도 널 원하지 않았던 적이 없었어."

그는 가빈의 입술에 짧게 키스를 하며 그녀의 윗옷을 천천히 위로 올렸다.

"그런 네가 지금 내 눈앞에 있는데, 후회할 리 없잖아."

오랜 시간 바라고 바랐었다. 한 곳을 향한 마음이, 강한 의지가 이 모든 걸 이뤄냈다. 기뻤다. 그러면서도 마음 한구석이 아려왔다. 아리면서 애잔하다. 뭘까, 이 복잡 미묘한 마음은.

그녀를 탐닉하던 하준의 손길이 더욱 노골적으로 변했다. 지금 이 순간을 영원히 기억할 수 있도록 집중하자.

영롱한 빛이 서린 눈동자로 그는 가슴 속에 다시금 의지를 새겨 넣었다. 침대 옆으로 옷가지들이 흐드러지듯 바닥에 떨어졌다. 그것을 신호로 하준의 입술이 가빈의 입술에 느릿하게 닿았다.

저돌적으로 탐하던 전과 달리, 그는 가빈의 호응을 유도하듯 입술로 그녀를 얼렀다. 처음에는 서툴게 반응하던 그녀의 입술이 서서히 벌어지며 제법 그럴듯하게 그를 받아들였다. 내심 기특해하며 하준은 그 뒤로 거침없이 가빈의 입안을 헤집기 시작했다.

서로 숨을 밀고 당기며 점점 쾌락에 빠져들었다. 뜨거운 열기가 그들에게서 피어오르기 시작했다.

"느껴 봐, 내가 널 얼마나 사랑하는지."

악기를 연주하듯 그의 손가락이 가빈의 선을 따라 아래로 향했고, 그의 입술은 붉은 점을 만들며 끊임없이 그녀의 가슴을 민감하게 자극했다.

"아……."

가빈의 입에서 짧은 숨소리가 가늘게 흘러나와 고요한 공간에 균열을 만들어 냈다. 본인이 들어도 민망할 만큼 낯선 비음에 채 놀라기도 전, 그가 느릿하게 입술의 방향을 점차 아래로 내렸다.

가빈의 보드라운 배 위에 짧게 키스를 남긴 그의 촉촉한 입술이 잇달아 미끄러지듯, 그녀의 허벅지 안쪽을 침범하기 시작했다. 단색의 천장이 요란하게 빙빙 돌았다. 가빈은 짜릿하고 아찔한 감각을 참지 못하고, 눈을 질끈 감아버렸다.

어두운 시야로 일렁이는 불꽃이 비치며, 온몸의 세포가 살아 움직이듯 꿈틀대는 것이 느껴졌다. 희뿌연 시야로 천천히 상체를 일으키는 하준이 보였다. 가빈은 왠지 모를 창피함에 팔로 눈을 가렸다.

"날 봐, 류가빈."

그녀의 몸 위로 하준의 체온이 전해지며, 목덜미 위로 낮게 가라앉은 그의 목소리가 아슬아슬하게 닿았다. 가빈은 파르르 떨리는 속눈썹을 들어 올렸다. 그의 눈이 정확히 가빈을 응시했다.

"피하지 마, 지금 이 순간을 하나도 빠짐없이 다 보고 기억해."

가슴에서 쇄골로, 쇄골에서 목덜미로 점차 움직이던 그의 손끝이 가빈의 턱을 쓸어내렸다.

"평생 잊지 못할 추억을 만들어 줄 테니."

읊조리듯 내뱉은 그의 목소리가 잔잔히 뺨 위로 퍼졌다 사라졌다. 스스로에 대한 다짐, 그녀를 향한 간절한 마음, 복잡하게 꼬인 생각들을 정리하고 모든 것을 다 바칠 것이다.

평생 가슴속 깊은 곳에서부터 키워온 욕망의 덩어리를 드러내며, 그는 부드럽게 감기는 속살을 거리낌 없이 취하고 어루만졌다.

서로를 향한 갈망에 단비가 내리듯, 젖어 들어간 그들의 몸이 점차 하나로 합쳐졌다. 서서히 다가서며, 어느샌가 자신의 몸을 가득 채워 버린 그의 존재감에 그녀는 신음을 터트리며 몸을 휘었다.

"으읏."

하준은 그런 가빈의 모습에 탄성을 속으로 삭였다. 그는 최대한 부드럽게 몸을 움직여 힘들어하는 그녀에게 다정히 말을 건넸다.

"괜찮아…… 긴장 풀어."

뜨거워. 모든 것을 불태워 버리기에 충분한 화염이 그들 주변에 거세게 타올랐다.

"사랑해…… 오빠."

가빈은 바들 거리는 손으로 그를 끌어안고, 억눌렀던 감정을 터트렸다. 그동안 꼭꼭 숨겨두고 차마 내뱉지 못했던 말을 느리게, 하지만 분명하게 그의 귀에 대고 속삭였다.

언젠간 꼭 전하고 싶었어, 이 말. 더는 질려서 듣고 싶지 않다는 말이 나올 때까지.

"사랑해, 정말……."

그녀의 몸이 열에 달아오른 엿가락처럼 힘을 잃고 흐느적거렸다. 가빈은 아득해져 가는 정신을 겨우 붙잡으며 그에게 동화되어 갔다.

숨이 넘어갈 듯 서로를 향한 욕정과 집착, 그 황홀경에 점차 빠져들며 그들은 누구라도 할 것 없이 정점을 향해 치닫고 있었다.

샤워를 하고, 미리 준비해둔 옷으로 갈아입은 하준은, 진이 빠져 잠이 들어 있는 가빈을 내려다보며 그녀의 얼굴을 어루만졌다. 피곤한 탓인지 가빈은 그의 손길에도 두 눈을 꼭 감은 채 미동조차 하지 않았다.

'꽤 둔하단 말이야.'

길고 가느다란 그의 손가락이 그녀의 눈썹부터 입술까지 차례로 훑고 지나갔지만, 잠시 움찔댈 뿐. 표정도, 심지어 누워 있는 자세까지도 흐트러지지 않았다.

하준은 그런 그녀가 너무 귀여워 작은 웃음을 터트리고 말았다. 그러자 그녀의 미간에 주름이 잡히며 금방이라도 깨어날 듯 몸을 뒤척였다.

하준은 살짝 당황하며 손을 뒤로 뺐다. 하지만 잠시 후 그녀는 다시 새근새근 숨소리를 내며 잠에 빠져들었고, 하준은 안도의 한숨을 내쉬었다. 더 건드렸다간 금방이라도 잠에서 깰 것 같았다. 그런 상황을 원하지 않는바, 하준은 조용히 흐트러진 그녀의 이불을 정리해 주고 침대에서 몸을 일으켰다.

[성매매 혐의로 수사 중인 홍해그룹 류목형 회장의 부인 이혜연 여사, 건강 악화로 병원에 입원 중.]

[이혜연 여사, 건강악화로 수사에 차질 생겨.]

[이혜연 현 동양예술대학 이사장, 건강 추스른 후 검찰 조사받을 것.]

[검찰, 홍해그룹 이혜연 여사 10일에 재 소환할 예정.]

[성매매를 입증할 증거 입수, 수사 급물살.]

거실로 나와 휴대폰을 확인한 하준의 얼굴이 무겁게 내려앉았다. 일부러 시간을 끌어 보려고 입원을 한 건지, 아니면 정말 건강이 좋지 않은 건지 이혜연에 대한 걱정이 들었다.

좋든 싫든 어쨌거나 자신을 세상 밖에 내 보내 준 어머니였다. 마냥 외면하고 모른 척한다는 게 생각만큼 쉽지 않았다.

하준은 굳은 표정으로 베란다 주변을 서성이며 고민에 빠졌다. 죗값을 치르게 내버려 두고 싶은 마음이 들다가도, 혼자 외로이 병원에 누워 있을 그녀를 생각하면 가슴에 돌덩이가 얹혀 있는 것처럼 답답함이 밀려들었다.

"네 어머니가 곧 구속될지도 모르는 판국에 아들이라는 녀석이 여자한테 정신이 팔려 나 몰라라 하다니…… 너나 네 아버지라는 족속들은 별수 없구나."

소파에 앉아 몸을 기댄 순간, 하준의 뇌리로 이희문이 했던 말이 스쳐 지나갔다. 그는 관자놀이 부근을 손으로 꾹꾹 눌렀다.

"네 어미가 이대로 구속당해도 상관없나 보구나. 나야 이혼하면 남남인 여자지만 네겐 어머니가 아니더냐."

귓속에 또렷이 박힌 류목형의 말. 입안 살점을 꽉 깨문 하준은 비릿하게 퍼지는 피를 뱉지 않고 목구멍으로 삼켰다.

"지금 네가 하는 행동들이 정녕 가빈이를 위한 길이라고 생각하는 것이냐?"

"너와 네 어미만 아니라면 가빈이는 그 누구보다도 평범하고 행복하게 살 수 있었다. 이렇게 하루하루 살얼음판을 걷는 것과 같은 삶을 살지 않게 할 수 있었단 말이다."

"휴우……."

참고 있던 숨을 훅 몰아 내쉬며, 그는 자리에서 벌떡 일어섰다. 그러고는 천천히 발걸음을 옮겨 가빈이 누워 있는 방으로 들어가 그녀의 곁에 다가섰다. 여전히 곤히 잠들어 있었다.

한참 동안 가빈을 뚫어지게 주시하던 하준은, 그녀의 팔 부근을 가린 이불을 살짝 걷었다. 가빈의 손목에 아직도 뚜렷하게 멍 자국이 남아 있었다. 그는 안타까운 표정으로 그곳을 조심스럽게 어루만졌다. 그러자 가빈이 신음 소리를 내며 미간을 찌푸렸다.

'어떻게 하는 게 맞는 걸까?'

정말 모르겠다. 마음 같아선 모든 것들을 버리고, 가빈과 외국으로 홀쩍 떠나고 싶었다. 하지만 그렇다고 간단히 해결될 문제가 아니었다. 류목형도, 이혜연도, 세상 끝까지 자신들의 뒤를 쫓을 것이 분명했다.

뫼비우스의 띠처럼 최악의 상황이 계속해서 돌고 돌 뿐, 해결되는 건 아무것도 없이 서로를 괴롭히며 살아가게 될 것이 뻔했다. 과거 박하연이 그러했듯 말이다.

"3년……."

하준이 중얼거렸다. 류목형이 내건 기간에 대한 조건은 3년이었다. 완고한 그가 처음으로 한 발 뒤로 물러선 채 내민 최후의 카드였다.

류목형의 성격상, 당장의 상황을 모면하고자 내뱉은 말이 아닌 충분히 고려하고 결정한 사항일 것이다. 그건 아들인 자신이 누구보다도 확신할 수 있었다.

어떤 상황에서도 류목형은 한번 내뱉은 말을 번복 한 적이 없었으니 말이다.

하준은 물끄러미 가빈을 바라봤다. 그리고 손을 뻗어 그녀의 머리카락을 쓰다듬었다. 이 아이를 지킬 수 있는 한 가지 방법. 그의 마음이 조금씩 움직였다.

하준은 휴대폰 전화부를 뒤져 현 실장의 번호를 확인했다. 그러나 통화버튼으로 향하는 손가락을 몇 번이나 멈칫거렸다. 결정은 내렸지만, 눈앞의 가빈이 눈에 계속 밟혔다.

이대론 죽을 때까지 결론이 날 것 같지 않았다. 하준은 결국 가빈을 피해 거실로 나왔다. 그리고 부엌으로 가 찬물 한 잔을 벌컥벌컥 들이켰다. 조금은 정신이 번쩍 드는 게 느껴졌다. 하준은 어금니를 꽉 깨물었다.

'견딜 수 있을까? 너 없이.'

3년 동안 못 볼 생각에 벌써부터 숨이 막혀왔다. 상상만으로도 끔찍했다. 흔들렸던 마음의 방향이 결정적인 순간에 거짓말처럼 틀어졌다. 이상하게도 갈팡질팡하던 마음이 이 답에 대해선 흔들리지 않았다.

처음부터 무의미했던 고민이었나? 하준은 허탈한 소리를 내뱉고는 가빈에게로 발걸음을 내디뎠다. 하지만 그때, 그의 손에 들린 휴대폰이 울리기 시작했다.

[김 실장]

이혜연의 비서였다. 하준은 벽에 걸린 시계를 확인했다. 이 시간에 무슨 일일까? 잠시 받기를 망설이던 그는, 왠지 모를 불길한 예감에 끝내 통화버튼을 눌렀다.

"네, 김 실장님."

—전무님, 어디 계십니까?

다급한 그의 목소리, 이후 하준의 얼굴에 검은 그림자가 점차 드리워졌다.

김 실장의 전화를 받고 병원 앞에 도착한 하준은, 하늘을 뚫을 듯 위로 높게 솟아오른 건물을 올려다봤다.

"왜 하필……."

이곳인가? 속으로 말을 삼킨 그는, 병원 건물을 보고 있는 것만으로도 옛 생각에 속이 울렁거리고 눈앞이 어질어질했다.

백지장 같던 머릿속이 온통 붉은색으로 변하더니, 콧속으로 진한 혈향이 풍기는 듯한 착각이 들었다.

오랜만에 느끼는 몸의 변화, 하준은 버릇처럼 숨을 멈추고 말았다. 시간이 지날수록 점차 얼굴이 창백해졌지만, 그는 마치 숨 쉬는 것을 잊은 듯 공허한 눈빛을 하고 서 있을 뿐이었다.

　　"하준아."

　귓가에 잊고 있었던 유진의 음성이 맴돌았다. 심장이 터질 듯 세차게 뛰는 게 느껴졌다. 중심을 잃은 몸이 서서히 옆으로 기울어졌다. 세상이 검은빛 속으로 빨려 들어가는 듯한 기분, 신경이 바짝 곤두섰다.

　탁.

　"아, 죄송합니다."

　누군가가 그의 옆을 스쳐 지나가며 어깨를 툭, 건드림과 동시에 그의 입에서 토해 내듯 거친 숨이 뿜어져 나왔다.

　"헉……헉……."

　하준은 두 손으로 얼굴을 감싸 쥐었다. 발끝에서부터 머리끝까지 오싹한 소름이 싹 돌았다. 이마에는 식은땀이 흥건했다.

　끔찍하리만큼 잔인했던 기억, 온몸이 피로 뒤덮인 유진이 응급실로 급하게 옮겨지는 걸 차마 멀리서밖에 바라보지 못했던 그 순간이 떠올랐다.

　입술 끝이 떨리기 시작했다. 두 손을 온통 적셨던 진득한 피의 공포가 호흡을 불규칙하게 했다.

　안 돼, 정신 차려. 눈을 질끈 감고 한 손으로 가슴을 움켜쥔 하준은 주치의였던 박하연을 떠올리며 그녀가 알려준 호흡법으로 정신을 가다듬었다. 그는 겨우 트인 숨통으로 차가운 공기를 들이마시고 내쉬었다.

다행히 초점을 잃었던 눈에 다시 빛이 감돌기 시작했고, 혈색도 점차 정상을 되찾기 시작했다. 이젠 전부 괜찮아졌다고 생각했건만, 안 좋은 기억을 떠올리게 하는 특정 장소에 오니 속수무책으로 정신이 무너지는 기분이 들었다.

"도련님?"

다소 피곤한 기색으로 힘겨운 발걸음을 내디디려던 하준은, 마침 병원 입구에서 나오는 익숙한 얼굴을 발견하고 멈춰 섰다. 집에서 가사 일을 전담하고 있는 유 실장이었다.

"그동안 어디 계셨습니까? 정말 걱정 많이 했습니다."

오랜 시간 집안 살림을 책임진 탓에 하준과 그나마 살갑게 지낸 그녀는, 걱정스러운 표정으로 그에게 다가섰다.

"별일 없으신 거죠?"

"……어머니께 다녀가시는 길입니까?"

하준은 슬쩍 말을 돌리며 유 실장에게 물었다. 그녀는 고개를 끄덕이며 대답했다.

"네, 통 식사를 못 하셔서 집에서 직접 죽을 끓여 가져다 드렸습니다."

"상태가…… 많이 안 좋으신가요?"

그가 조심스럽게 묻자, 유 실장이 잠시 머뭇대다 입을 열었다.

"이번 일로 충격을 많이 받으신 모양이십니다. 저와 김 실장을 제외한 누구도 병실 안에 들이시지 않고, 하루 종일 불을 켜 놓은 채 며칠째 잠도 주무시지 않으세요. 민 박사님 말씀으로는 알코올 중독으로 인한 우울증과 불안 장애가 전보다 더 심각해지셨다고……."

하준은 짙은 한숨을 내뱉었다. 그녀가 전부터 알코올 중독 치료를 꾸준히 받고 있었다는 걸 알고 있던 터라, 어느 정도 예상은 했었다.

그래도 민 박사가 주기적으로 방문해 치료를 한 뒤로 많이 호전된 줄 알고 있었는데, 오히려 상태가 더 심각해졌다니 마음이 좋지 않았다.

"아, 얼른 들어 가 보세요. 안 그래도 사모님께서 며칠 전부터 계속 도련님만 찾으셨습니다."

유 실장이 옆으로 살짝 비켜서며 말하자, 하준은 그녀에게 작게 인사를 건네고 병원 입구로 들어섰다. 코를 자극하는 역겨운 소독약 냄새에 머리가 지끈거리고 속이 매스꺼웠지만, 그는 인내하며 엘리베이터를 타고 VIP 병동으로 올라갔다.

그나마 인적이 드문 조용한 곳에 들어서니 조금은 안정이 되는 듯했다. 그는 큰 숨을 몰아쉬고는 통로를 지나 병실 앞으로 걸어갔다. 대기하고 있던 경호원들은 저마다 하준을 알아보고 정중하게 인사를 했다.

"오셨습니까?"

황급히 다가서는 김 실장을 발견한 하준은 살짝 미간을 찌푸렸다.

"네, 그런데…… 얼굴이 왜 그러십니까?"

하준은 김 실장의 뺨에 커다란 반창고가 부착되어 있는 걸 발견하고는 고개를 기울였다. 상처의 위치가 누군가에게 맞지 않고서는 생길 수 없는 곳이었다. 하지만 그의 질문에도 김 실장은 대답도 없이 하준의 시선을 피해 잽싸게 손으로 얼굴을 가렸다.

"……김 실장님."

낮고 음산하게 퍼지는 하준의 목소리에도 김 실장은 끝까지 입을 꾹 다물었다.

"말씀 안 하실 겁니까? 어머니께 직접 여쭤볼까요?"

그의 얼굴에 상처를 낸 이가 이혜연이란 것을 눈치챈 하준은, 경고하듯 그에게 말했다. 그제야 아차 싶었는지 김 실장은 난감한 얼굴로 조개처럼 다물고 있던 입을 천천히 뗐다.

"그게, 사모님께서…… 술을 계속 찾으셔서 말리다가……."

전부 듣지 않아도 알 것 같았다. 이혜연이 얼마나 김 실장의 피를 말렸을지, 그동안의 경험으로 비추어 보았을 때 충분히 머릿속으로 장면이 그려졌다. 하준은 피곤한 얼굴로 짧게 대답하고는, 그를 지나쳐 병실 문을 열고 안으로 들어섰다. 새벽인데도 병실 안은 환하게 불이 켜져 있었다.

"김 실장?"

김 실장을 찾는 이혜연의 목소리가 들렸지만, 하준은 대답 없이 응접실을 지나 병상으로 천천히 걸어갔다.

"어머니."

그는 침상 위에 잔뜩 몸을 움츠리고 앉아 있는 이혜연을 안타까운 표정으로 바라보며 그녀를 불렀다. 안 그래도 말랐던 몸이 더욱 말라 있었고, 제때 잠을 못 잔 탓인지 창백하게 질린 얼굴 위로 선명한 다크서클이 보였다.

"하준아?"

하준을 발견한 이혜연은 놀란 눈빛으로 침대 아래로 내려왔다. 그러고는 하준에게 재빨리 다가가 두 손으로 그의 얼굴을 감싸 쥐었다.

"도대체 어디 있었던 거야? 엄마가 얼마나 걱정한 줄 아니?"

"……걱정 끼쳐 드려 죄송합니다."

하준은 어딘가 평소와 묘하게 다른 그녀의 눈빛과 행동에 눈을 가늘게 떴다.

"……어머니?"

이혜연은 넋을 놓기라도 한 듯 초점이 흐릿했고, 몸에 힘이 없는지 그의 팔에 매달려 축 늘어졌다. 하준은 그녀가 넘어질세라 팔을 꽉 붙잡고, 눈을 날카롭게 떴다. 불길한 예감이 전신을 뒤덮었다.

하준은 일단 이혜연을 두 팔에 안아 침대 위에 앉혀 두고, 잔뜩 굳은 표정으로 주변 서랍장부터 쓰레기통까지 뒤지기 시작했다. 하지만 그가 예상한 물건은 보이지 않았다.

그는 마치 술에 취한 듯 해롱거리며 누워 있는 이혜연의 소매를 걷어 팔을 살펴보았다. 또렷이 보이는 작은 멍 자국.

하준은 즉시 화장실 안으로 급히 뛰어 들어갔고, 그곳 쓰레기통에서 작은 약병과 주사기 하나를 발견했다. 그 순간, 하준은 절망한 표정으로 변기 위에 털썩 앉았다.

"하아⋯⋯."

그는 믿기지 않는 상황 앞에 할 말을 잃고 말았다. 도대체 이걸 어떻게 받아들여야 하는 건지, 하늘이 무너지는 기분이 들었다.

성매매도 모자라 이제는 마약에까지 손을 댔으니, 이 사실이 외부로 알려지는 날엔 이혜연은 꼼짝없이 징역을 살 수밖에 없었다.

하준은 머리가 금방이라도 터질 듯 조여 오는 고통에, 두 손으로 이마를 부여잡았다. 어쩌다 이 지경까지 오게 된 걸까.

"하준아."

하준은 자신을 찾는 이혜연의 목소리에 정신을 가다듬고 화장실 밖으로 나갔다. 그녀는 한기라도 나는 듯 몸을 웅크린 채 몸을 가늘게 떨고 있었다.

"괜찮으세요? 어머니. 민 박사님 불러⋯⋯."

"그 아이는 어쩌고 왔니?"

이혜연은 떨리는 몸을 겨우 진정시키고는, 협탁 위에 놓인 담배 케이스에서 담배를 하나 꺼내 입에 물었다. 금세 뿌연 연기가 두 사람의 거리를 메웠고, 메케한 향은 무거운 분위기를 한층 더 가라앉혔다.

"마약은 언제부터 손대신 겁니까?"

"내가 먼저 물었다."

"안전한 곳에 잘 있습니다."

하준의 대답이 심기를 건드리는 불씨가 된 듯, 창백하게 식은 그녀의 얼굴 위로 악랄한 그림자가 드리웠다.

"왜, 내가 그 아이를 해치기라도 할까 봐?"

"어머니……."

"하긴 박하연 그 여자도 내가 그리 만든 거나 다름없는데, 그깟 여자애 하나쯤 어떻게 못 할까……."

이혜연이 머금었던 담배 연기를 훅 뿜어내며 무심하게 말을 꺼내자, 하준의 표정이 일약 딱딱하게 굳었다.

"선생님께서 돌아가신 그날…… 어머니께서 요양원에 찾아가셨다는 거 알고 있습니다."

하준의 말에 그녀의 표정이 돌변하며 격정적인 반응을 보였다.

"그래서? 내가 그 여자 목이라도 졸라 죽이고 자살로 꾸미기라도 했다, 그리 생각이라도 했니?!"

"아니요, 청우가 알아보니 선생님께서 돌아가신 사인은 우울증에 인한 자살이 맞다고 하더군요."

"하아! 하나밖에 없는 자식 놈이 엄마한테 한다는 소리가 뭐? 자살이 맞다고 하더군요?"

기가 막힌다는 듯이 코웃음을 치는 이혜연을 물끄러미 바라보던 하준은, 그녀의 입에 물린 담배를 빼앗아 들었다.

"병원 안에선 금연입니다, 이번 기회에 담배 끊으세요."

"너……!"

"그리고 선생님에 관련된 얘긴, 이제 두 번 다시 꺼내지 않을 겁니다. 그러니 어머니께서도 다시는 언급하지 마세요."

하준은 싸늘하게 식은 눈빛으로 이혜연을 응시하며 이어 경고하듯 말을 붙였다.

"마약은…… 한 번만 더 제 눈에 띨 시, 정말 가만히 있지 않을 겁니다."

"……"

"가차 없이 어머니를 정신 병동에 입원시킬 테니 조심하도록 하세요."

단호하게 말을 끝낸 하준은 손에 든 담배꽁초를 바닥에 버려 신발로 비벼 끄곤, 바깥쪽으로 발길을 돌렸다.

알싸한 담배 향과 소독약 냄새가 한데 어우러져, 이곳에 서 있는 것조차 머릿속을 누가 바늘로 헤집듯 지끈거려왔다. 한시라도 빨리 벗어나고 싶었다. 시원한 공기를 들이켜야 조금이나마 숨통이 트일 것만 같았다.

"정녕 네 눈앞에서 이 엄마가 죽어봐야 정신을 차릴 거니?"

불현듯 들린 이혜연의 한마디에 하준은 발걸음을 멈추고 그녀에게로 시선을 돌렸다. 이혜연의 손에 어디서 났는지 작은 과도가 들려 있었다.

"지금 내가 눈에 뵈는 게 없단다."

"……어머니! 지금 이게 무슨……."

"잘난 우리 아들, 이제 선택해 보렴. 그 문을 열고 나가 첩년 딸을 만날 것인지, 아님 이 엄마 옆에 있을 건지!"

이혜연은 금방이라도 찌를 듯 칼끝을 심장 쪽에 댔고, 하준은 어금니를 꽉 깨문 상태로 그녀에게 다가섰다.

"그만두고 칼 이리로 주세요. 두고 봐 드리는 데도 한계라는 게 있는 겁니다."

"내가 못 죽을 것 같니?"

"어머니!"

"딸한테! 단 한 번도 품어 주지 못한 딸한테 죽어 보라며 칼까지 건넸던 여자야, 내가!"

"……."

"어차피 세상에 쓰레기라고 다 소문난 이 마당에 죽지 못할 이유 없지."

"어머니!"

이혜연은 금방이라도 심장을 꿰뚫을 듯 칼을 높이 들어 올렸고, 하준은 그녀에게 뛰어들어 칼을 손으로 움켜쥐었다.

서걱!

기묘한 마찰음과 함께 잠시 뒤 누군가의 붉은 선혈이 침대 위로 뚝뚝 떨어졌다.

"하, 하준아……."

이혜연의 두 눈이 경악으로 물들었다. 칼날 부분을 손으로 꽉 쥔 탓에 살이 깊게 베였는지, 엄청난 양의 피가 하준의 손가락 사이로 흘러내렸다.

하준은 침착한 표정으로 일단 침대 시트 끝 부분을 쫙 찢어 손을 동여맸다. 그리고는 새파랗게 질린 얼굴로 이혜연의 손을 확인했다. 다행히 그녀의 손은 멀쩡했고, 하준은 그제야 안도의 한숨을 내쉬었다.

"네 손이…… 네 손이……."

"전 아무렇지도 않아요, 그러니 걱정 마세요."

"그러게 왜! 갑자기 뛰어들어!"

이혜연은 벌벌 떨며 그의 손을 확인했다. 너무나도 깊게 파인 탓에 출혈이 심해 보였다.

"어서 미, 민 박사 불러."

"진정하세요, 제가 알아서 할 테니."

"김 실장! 김 실장!"

"어머니, 제발……."

"전무님! 무슨 일 있으십니까?"

소란스러운 소리에 이상한 낌새를 느끼고 병실 안으로 들어선 김 실장은, 침대 위에 흥건한 핏자국에 깜짝 놀라며 하준을 돌아봤다.

"저, 전무님?"

"소란 피우지 말고 조용히 하세요."

하준은 나직이 그에게 말한 뒤, 자리에서 벌떡 일어나 가쁜 숨을 몰아쉬었다. 살을 에는 고통, 눈앞이 핑그르 돌았다. 하지만 애써 담담한 척, 그는 피가 묻은 손으로 입 주변을 매만지며 입을 열었다.

"지금 김 실장님께서 보고 계신 어느 것 하나 외부로 유출되지 않게 입조심 하셔야 할 겁니다."

"그게…… 아, 네! 알겠습니다."

김 실장의 대답을 듣자마자 하준은 뒤돌아 이혜연을 응시했다. 약 기운이 남아 있어서인지, 아님 하준이 다친 탓에 넋이라도 났는지, 그녀의 눈빛은 여전히 몽롱했다.

"민 박사님 모시고 올 테니, 어머니 옆에 꼭 붙어 계세요."

"아, 네! 그런데 전무님, 얼굴이랑 손은…….."

하준은 다친 손을 보이지 않게 슬쩍 주머니 속에 집어넣었다.

"제가 알아서 할 테니 신경 쓰지 마시고, 어머니나 잘 지키고 계세요."

"네, 걱정 마십시오."

"하, 하준아!"

하준은 황급히 부르는 이혜연의 목소리도 무시하고, 아무렇지 않은 척 뚜벅뚜벅 걸어 문으로 향했다. 피를 너무 흘린 탓인지 눈앞이 어질어질했다. 거기다 입이 바짝바짝 마르고 숨이 가빠져 오는 것도 느껴졌다.

'정말…… 끝이 없군.'

지친다. 언제까지 버틸 수 있을지, 아니면 끝이라는 게 있는 건지 정말 혼란스러웠다. 답답하고 구토가 치밀어 올랐다.

하준은 일단 이곳을 벗어나자는 생각에 지체 없이 문손잡이를 잡으려 했다. 하지만 하준이 채 손잡이를 잡기도 전에, 드르륵 소리와 함께 문이 열렸다. 현 실장이었다.

"전무님?"

하준은 갑작스러운 상황에 속으로 당혹스러워했다. 하필 이럴 때 현 실장과 마주하다니……. 그는 피가 흐르는 손을 재빨리 주머니에 찔러 넣었다.

'이 사실을 아버지께서 알게 되시면 안 되는데.'

하준은 어금니를 꽉 깨물었다. 이건 자신과 가빈의 일과는 별개의 문제였다. 아무리 류목형이라도 성매매에 마약까지 손을 댄 이혜연을 마냥 두고 보진 않을 것이었다. 더구나 자살을 하겠다며 칼까지 휘둘러 자신을 다치게 한 것을 알게 된다면, 이혼은 물론 최악의 경우에는 그녀를 구속까지 시키고도 남을 위인이었다.

"여긴 어떻게 알고 오신 겁니까?"

어떻게든 상황을 수습하기 위해 고민에 잠겨 있던 하준은, 불현듯 들리는 현 실장의 목소리에 그를 마주 봤다. 어떻게 변명을 해야 할까.

"김 실장님께 연락……."

"어? 그런데 전무님, 얼굴에 묻은 그 핏자국은 뭡니까? 어디 다치셨습니까?"

하준은 갑자기 자신의 얼굴을 만지려는 현 실장의 손을 탁 쳐내며 고개를 돌렸다.

"전무님?"

"여기는…… 어쩐 일로 오셨습니까?"

현 실장은 갑작스러운 하준의 질문에 의아해 하면서도 얼른 대답했다.

"사모님 상태가 많이 안 좋으시다고 하셔서, 회장님 댁에 가기 전 잠깐 들렀습니다."

"아버지께서 보내신 게 아니고요?"

"아, 네. 그런데 그건 왜……?"

하준은 현 실장의 반문에 입을 꾹 다물었다. 힘들었다. 죽을 만큼 힘들었다. 평생 내리고 싶지 않은 결정을 앞둔 지금 이 순간은 지옥이 따로 없었다. 하지만 하준은 잠시 후, 무언가를 결심한 듯 현 실장을 이끌고 밖으로 나와 주변에 서 있는 경호원들에게 말했다.

"다들 잠시 자리 좀 비켜 줘요."

경호원들은 짧은 대답과 함께 자리를 떠났고, 이후 하준은 진지한 표정으로 현 실장을 마주 봤다. 그래, 모두를 지키기 위해선 이제 결정을 내리는 수밖에 없다.

"지금부터 제가 하는 말 잘 들으세요."

현 실장은 그의 표정에서 뭔가 심상치 않은 기운을 느끼곤 작게 고개를 끄덕였다.

"네, 말씀하십시오."

"오늘 현 실장님께선 절 못 보신 겁니다."

"그건 왜……?"

하준의 얼굴 위로 냉기가 번졌다.

"아시겠습니까?"

더는 토를 달지 말라는 듯 강압적인 그의 말투에 현 실장은 잠시 망설이다 대답했다.

"네, 알겠습니다."

"그리고 이대로 돌아가 아버지께 전하세요. 저는 조만간 어머니와 함께 독일로 떠날 테니, 그 안에 성매매 관련된 모든 일, 확실히 수습해 주시라고요."

"전무님?"

하준은 가슴 깊은 곳에서부터 치밀어 오르는 울분을 겨우 삼키며 떨리는 입술 새로 말을 내뱉었다.

"3년 뒤에……."

"……."

"정확히 3년 뒤에 꼭 돌아올 거니까, 약속 반드시 지키시라고…… 전해 주시고요."

현 실장은 얼떨떨한 표정으로 그에게 물었다.

"……도대체 무슨 생각으로 이러시는 겁니까?"

"제발 아무것도 묻지 말고 그냥 시키는 대로 해 주세요."

하준은 점차 불규칙해지는 숨을 겨우 고르며 뒤돌아섰다. 그는 현 실장이 부르는 소리에도 그대로 엘리베이터로 향했다.

바로 도착한 엘리베이터에 올라탄 뒤, 그는 무거운 몸을 벽에 기댔다. 금방이라도 쓰러질 듯 몸이 휘청였지만, 하준은 이마에 흥건한 땀을 쓰윽 닦아 내며 끝까지 버티고 섰다.

"사랑해…… 오빠."

불과 몇 시간 전에 있었던 꿈같은 상황들이 그려지며 찢어진 입
술에 선혈이 비쳤다. 힘들었다. 힘들고 또 힘들었다. 그 아이를 잠
시 놔줘야 한다는 현실이 뼈를 도려내듯 너무나도 잔인하게 느껴
졌다.

'미안하다.'

하준은 칼에 벤 손을 있는 힘껏 꽉 쥐었다. 온몸이 뒤틀리는 듯
한 극한의 고통이, 심장이 뜯겨 나가는 것 같은 고통을 작게나마 잊
게 해줬다.

'미안하다.'

속으로 외쳤다. 부디 그녀에게 들리길 간절히 바라며. 들리지 않
더라도 저 자신에게 후회의 잔상을 새겨두기 위해, 지금 이 순간을
평생 증오하며 괴롭게 살도록.

"미안하다……."

목까지 차오른 죄책감을 힘겹게 삼킨 그는 손으로 입을 틀어막
은 채 소리 없이 슬픔을 토해 냈다.

이마에 닿은 키스,

'사랑한다, 류가빈.'

아련하게 들려오는 부드러운 음성, 그리고 익숙한 향기.

"오……빠?"

가빈은 순식간에 쏟아지는 빛들을 힘겹게 받아들이며 천천히 눈을 떴다. 벌써 아침인가? 창문 너머로 보이는 푸른 하늘을 한동안 바라보던 가빈은, 몽롱했던 정신이 조금씩 돌아오는지 뒤늦게 몸을 옆으로 돌렸다.

'어디 갔지?'

옆에 있어야 할 하준이 보이지 않자 가빈은 의아해하며 몸을 일으켜 앉았다. 몸살이라도 난 것처럼 온몸이 욱신거렸다. 하지만 잠을 푹 잔 탓인지, 하준의 사랑을 받은 탓인지, 기분은 무척 좋았다.

가빈은 옅은 미소를 머금고, 하준을 찾으려 주변을 둘러봤다. 하지만 방안에 그는 없었다. 밖에 있는 건가 싶어 가빈은 침대에서 내려와 옷을 챙겨 입고 방문을 나섰다. 거실에도, 부엌에도 하준은 보이지 않았다.

어딜 갔지? 가빈은 고개를 갸웃거리며 베란다로 나갔다. 하지만 바깥 어디에서도 그의 흔적은 찾아볼 수 없었다.

가빈은 부엌으로 돌아와 냉장고에서 물을 꺼내 한 모금 들이켰다. 그리고 바로 맞은편에 보이는 벽시계를 빤히 쳐다봤다. 점심이 다 되어 가는 시간, 그녀는 뒤늦게 날이 밝아 온 지도 모르고 늦잠을 잔 사실을 깨달았다.

'뭐 사러 나갔나?'

가빈은 흐트러진 머리카락을 손가락으로 대충 빗어내고는 혹시 그가 쪽지라도 남겨두지 않았을까 주변을 살펴봤다. 하지만 어디에도 그가 남긴 것으로 보이는 물건은 없었다.

'금방 오겠지.'

가빈은 하준이 올 동안 집이나 둘러보자는 생각으로 부엌을 나와 이곳저곳을 구경했다. 방은 총 3개였는데, 그중에 한 방은 신기하게도 복층 구조로 다락방 같은 공간이 있었다.

어릴 적 동화책에서나 볼 법한 집 안 구조에, 가빈은 두 눈을 반짝 빛내며 위로 올라가는 사다리로 향했다. 바닥을 기어 다녀야 할 만큼 천장이 낮았지만 그만큼 운치도 있었다.

그곳에 놓인 작은 화분들과 소품들을 한참 동안 감상하던 가빈은, 금방 흥미를 잃었는지 잠시 후 다음 방을 구경하기 위해 아래로 내려왔다.

조심스럽게 다른 방문을 연 가빈의 눈에 가장 먼저 커다란 책상과 노트북, 그리고 가지런하게 정리되어 있는 책들이 보였다.

'서재인가?'

사람 손이 타지 않은 물건들로 채워진 다른 방과 달리 이곳은 하준의 손길이 유독 느껴졌다. 책상 위에 읽다 만 책들이 널브러져 있었고, 그가 평소 즐겨듣던 음악 CD가 책장 한 곳에 정리되어 있었다. 그리고 그의 스케줄이 적혀 있는 달력과 간단한 메모가 적힌 포스트잇이 노트북 군데군데 부착되어 있었다.

최근에 이 집을 구했을 거란 그녀의 예상과 달리, 그는 예전부터 이곳에서 생활을 한 듯 보였다. 언제부터였을까? 궁금증에 방 안을 조금 더 자세히 구경하던 가빈은, 몸을 돌리자마자 보인 사진들에 우뚝, 걸음을 멈췄다. 사진 속의 익숙한 배경과 얼굴,

"이걸…… 어떻게?"

사진들이 붙어 있는 벽에 가까이 다가선 가빈의 눈빛이 크게 흔들렸다. 고등학교 때부터 지금까지의 추억이 담긴 사진들이었다. 고등학교 졸업식 때 찍은 사진부터, 대학교 입학식, 각종 행사와 기념일에 찍은 사진까지 날짜순대로 정렬되어 있었다.

항상 바쁘다며 갖가지 핑계를 댔던 그가, 매번 참석했었다는 사실을 알게 된 가빈의 눈에 촉촉이 눈물이 고였다.

'이날…… 꽃다발 보낸 게 오빠였어?'

가빈은 자신이 꽃다발을 한 아름에 안고 환하게 웃고 있는 사진을 발견하고는 두 눈을 동그랗게 떴다. 축제 공연 때 참석하겠다던 류목형이 하필 그날 출장을 가게 되는 바람에, 혼자 꽃다발도 하나 받지 못하고 쓸쓸히 무대 위를 내려왔던 적이 있었다.

그녀는 그저 부모님의 축하를 받으면 꽃다발을 들고 내려오는 아이들을 부럽게 바라볼 수밖에 없었다. 하지만 그때, 거짓말처럼 누군가가 한 손에 다 들 수 없을 만큼 많은 양의 꽃다발을 보내줬고, 그날 가빈은 오히려 다른 친구들의 부러움을 한몸에 받을 수 있었다.

당시엔 도대체 누구일까, 감조차 잡지 못했었는데 다름 아닌 하준이었다니, 새삼 감동하지 않을 수 없었다.

"풋, 이게 뭐야."

한 장 한 장 빼놓지 않고 확인하며 추억을 회상하던 가빈은, 그가 몇 장의 사진 위에 코멘트를 적어 놓은 것을 보고 눈물을 훔치며

정점에 다다르다 311

웃음을 터트렸다.

다소 얼굴이 흐릿하게 찍힌 사진 위에는 '조금 못 생기게 나온 사진. 뭐, 그래도 봐 줄 만은 함.', 류목형과 함께 고등학교 졸업식 날 찍은 사진 위에는 '고집불통 노인네, 늙지도 않음.' 등, 몇몇 사진에 다양한 멘트들이 적혀 있었다.

평소 하준에게서 볼 수 없었던 면이 단어 하나하나에 녹아 있었다. 그의 색다른 면모를 본 것 같아, 가빈은 신기하기도 하고 재밌기도 했다.

한 참을 제자리에 서서 그가 붙여 놓은 사진들을 즐겁게 감상하던 가빈은, 문득 한 사진을 발견하고 울컥하는 감정에 이를 꽉 다물었다.

'박하연 선생님과 함께.'

고등학생 때인지 앳된 모습의 하준이 박하연과 다정하게 어깨동무를 하고 찍은 사진이었다.

'엄마.'

사진 속 박하연의 얼굴을 쓰다듬으며 가빈은 눈물을 글썽였다. 오랜만에 봤다. 의사 가운을 입은 엄마. 가빈은 그녀와의 과거 추억들을 되새기며 고개를 떨어트렸다. 눈물이 금방이라도 뺨 위로 흘러내릴 것 같았다.

"하아……."

치솟는 감정을 추스르려, 그녀는 속에 꽉 들어찬 한숨을 입술 새로 내보냈다. 가빈은 붉게 달아오른 눈 주변을 손으로 비비며 눈물을 애써 감췄다. 앞으론 조금 더 강해져야 해. 그녀는 스스로를 다독이며 마음을 굳게 먹었다.

그때였다. 딩동, 밖에서 울려 퍼지는 청아한 벨 소리에 가빈은 움찔 놀라며 문 쪽을 바라봤다. 오빠인가? 그녀는 기대에 찬 표정으로 서둘러 방을 나와 현관문을 향해 뛰어갔다.

"어디 갔……."

반색하며 문을 열어젖힌 가빈은 새파랗게 질린 얼굴로 우두커니 서 있는 하준을 발견하곤 말을 멈췄다. 거친 숨을 몰아쉬며 살짝 벽에 기댄 그는, 어딘가 몹시 위태로워 보였다.

"오빠, 무슨 일이야? 안색이 안 좋은데……."

"들어가자."

어디 아픈 건가? 가빈은 자신을 지나쳐 안으로 들어서는 하준을 걱정스러운 눈길로 찬찬히 살펴봤다. 그러다 문득 그의 오른손에 칭칭 감겨 있는 붕대를 발견하고는 아연실색하며 그의 뒤를 쫓아 어깨를 붙잡았다.

"손은 왜 이래?"

상처가 깊은지 하얀 붕대 위로 점차 붉은 핏자국이 번지고 있었다. 하지만 하준은 별거 아니라는 듯, 손을 뒤로 숨기며 소파로 다가가 털썩 앉았다.

"신경 쓸 거 없어."

"어떻게 신경을 안 써? 불과 몇 시간 전만 하더라도 멀쩡했던 손이 그렇게 됐는데."

"접촉…… 사고가 좀 있었어."

"사고라니? 지금 어디 갔다 오는 건데?"

대충 말을 둘러댄 하준은 한숨을 푹 내쉬며 손으로 이마를 짚었다.

"물 한잔만 갖다 줘."

가빈은 그의 부탁에 말없이 부엌으로 가, 물 한잔을 떠와 하준에게 건넸다. 그는 단숨에 물을 들이켜고는 맞은편 소파를 가리켰다.

"앉아."

"사고라니? 아침부터 어디 갔다 온 건데?"

"일단 앉아서 얘기하자."

힘겹게 말을 내뱉는 하준의 모습에 가빈은 망설임 없이 그의 맞은편이 아닌 옆에 털썩 앉았다. 그러고는 다친 그의 손을 이리저리 살펴보고는 진지한 표정으로 하준에게 물었다.

"솔직하게 말해, 어쩌다 다친 거야?"

아무리 봐도 차 사고로 생길 상처가 아니었다. 피가 배어 나오는 걸 봐선 어디에 긁히거나 베인 상처였다. 하지만 그는 가빈의 재촉 어린 눈빛에도 입을 꾹 다물고선 손을 거둬 겉옷 주머니에 넣었다.

"괜찮아, 네가 신경 쓸 일 아니야."

"오빠."

"그보다 할 얘기가 있어."

무작정 감추려는 그의 행동이 마음에 들지 않았지만, 가빈은 재촉하기보단 그가 말해 줄 때까지 기다리기로 하고 그의 뜻대로 화제를 바꿨다.

"할 얘기라는 게 뭔데?"

"……나 독일 가."

잠깐 동안의 정적이 흐른 뒤, 툭 내뱉어진 그의 한마디에, 가빈은 멍하니 그를 바라보다 이내 별거 아니라는 듯 말을 받아쳤다.

"출장 가는 거야? 언제 가는데?"

"……이번 주 안에 갈 거야."

"그렇게 갑자기?"

가빈은 짐짓 놀랐지만 곧 수긍했다. 하준이 이렇게 갑자기 해외로 출장 가는 건 매우 빈번한 일이었으니까.

"그럼 한국에는 언제 돌아오는 건데?"

가빈의 질문에 하준은 가만히 그녀를 바라보다, 천천히 입을 열었다.

"3년 후에."

3년 후? 가빈은 말없이 하준의 얼굴을 응시했다. 3주 후나, 3달 후를 잘 못 얘기한 건가? 하지만 다른 때와 달리 하준은 자신의 시선을 회피했다. 가빈은 불길한 예감이 엄습하는 것을 느낄 수 있었다.

"내가 잘 못 들은 거지?"

가빈은 어색하게 웃으며 그의 팔을 붙잡았다.

"3년이라니? 갑자기 왜……."

"아버지께서 약속하셨어."

하준은 차갑게 식은 두 손을 맞잡고, 목에 힘을 줬다.

"독일에서 3년 동안 후계자 교육을 받고 오면, 너와 나 사이 인정해 주시겠다고."

"뭐?"

가빈은 갑작스러운 그의 말에 충격을 받고 할 말을 잃었다. 그녀는 하준의 팔을 붙잡은 손을 아래로 툭 떨어뜨렸다.

이제 서로의 마음을 알고 나눈 만큼, 언제까지고 함께 있을 거라 생각했는데…… 어떤 역경이 눈앞에 닥친다 하더라도 그의 곁에 있을 거라 다짐하고 다짐했는데…… 그런데 이제 와 3년이라는 긴 세월 동안 헤어져 있어야 한다니, 그녀는 납득하기 어려웠다.

가빈은 울컥하는 감정을 억누르며 아랫입술을 지그시 깨물었다. 그의 표정이 좋지 않을 때부터 불길하다 생각했었다. 이제야 지금의 그가 조금은 이해가 갔다. 이것이 결국 그가 내린 나름의 해결책인 걸까?

생각을 차분히 늘어놓던 가빈은 시선을 아래로 놓은 상태로 그에게 확인하듯 조용히 물었다.

"아침에 아버지 만나 뵙고 오는 길인 거야?"

하준은 답하지 않았다.

"손은 아버지하고 말다툼하다 다치기라도 한 거야?"

하준은 역시 답하지 않았고, 가빈은 꿋꿋이 다른 질문을 던졌다.

"……오빠가 독일에 가 있는 동안, 그럼 난 어떡해……?"

그녀의 목소리가 조금씩 떨리기 시작했다.

"나도 오빠 따라서 독일 갈래."

"가빈아."

만류하는 하준의 목소리에 가빈의 눈에 눈물이 가득 고이기 시작했다.

"이런 건 오빠답지 않잖아. 정말 아버지 뜻대로 독일로 가 버릴 생각이야? 아버지께서 단순히 우리 둘 사이 떼어 놓으려고 그런 거면 어떡하려고 그래? 그러다 영영 돌아오지 못하게 되면……."

"너도 알잖아, 아버지께서 한 번 내뱉으신 약속은 꼭 지키신다는 거."

하준은 그녀의 어깨를 붙잡고 정면으로 마주 봤다.

"이게 최선이야. 3년만 잘 넘기면 너도 더는 위험한 상황에 노출될 일도 없을 거고, 지겹게 반복되는 싸움에서도 벗어날 수 있어."

"설사 아버지께서 허락하신다고 해도 새어머니께서 반대하시면……."

"그건 걱정 안 해도 돼."

하준은 잠시 말을 멈췄다, 천천히 이었다.

"독일 갈 때 어머니도 같이 모시고 갈 거야."

가빈은 이해되지 않는다는 표정을 지었다.

"그게…… 무슨 말이야?"

하준은 어금니를 꽉 깨물었다.

"자세한 사정을 지금 당장은 얘기해 줄 수 없어."

"오빠."

"나 믿고, 한국에서 3년만 기다려 줘. 그럼 꼭 3년 뒤에 돌아올게."

가빈은 차마 아무 말도 못 하고 고개를 푹 숙였다. 이미 결론은 난 상황이었다. 머릿속으론 분명 그걸 알고 있는데, 가슴이 그걸 거부했다. 그를 향한 마음의 크기가 그녀가 인식한 것보다 훨씬 커져 버린 것이 절실하게 느껴졌다.

이럴 줄 알았다면, 그에 대한 진심을 꼭꼭 숨기려 애쓰지 말걸. 이럴 줄 알았다면, 조금 더 빨리 그의 손을 붙잡을걸. 후회와 미련이 거세게 휘몰아치며 그녀의 눈물샘을 툭 하고 건드리고 말았다.

"알았어."

단념하듯 말을 꺼낸 가빈은, 부들부들 떨리는 입술 끝을 힘겹게 위로 들어 올렸다.

"기다리고 있을게."

싫어, 가지마.

"걱정하지 마. 나 혼자서 잘 지낼 수 있어."

나 혼자 두고 가지 마.

"그러니까……."

그녀의 뺨 위로 또르르 눈물이 떨어졌고, 가빈은 결국 말을 끝까지 꺼내지 못한 채 입을 다물고 말았다.

평생 남의 눈치를 살피며 살아온 탓에, 마음과 다른 말을 쉽게 꺼내곤 했었다. 입에 발린 소리도 수없이 해 왔고, 거짓된 말도 간혹 아무렇지 않게 하기도 했다.

비록 완벽하진 않았지만, 그게 힘들 거나 괴롭진 않았다. 그녀 나름의 생존 방식이기도 했으니까. 하지만 지금 이 순간은 그게 너무나도 힘겨웠다.

한 마디 내뱉을 때마다 심장에 누군가 다트를 던지듯 깊숙이 파고드는 고통에 숨 쉬는 것조차 버겁게 느껴졌다.

"미안하다."

하준은 가늘게 몸을 떨며 눈물을 흘리고 있는 그녀를 품에 꼭 안아줬다. 가빈은 그런 그의 허리를 꽉 붙잡았다.

놓고 싶지 않아. 붙잡고 싶어. 그의 가슴에 대고 소리치고 싶었다. 하지만 가빈은 그를 붙잡은 손에 힘을 꽉 준 상태로 힘겹게 입을 열었다.

"괜찮아. 괜찮아, 정말."

하준은 품 안에 안은 그녀의 머리 위로 짧게 입을 맞췄다.

"매일 연락할게."

가빈은 작게 고개를 끄덕였다. 그녀는 몸을 살짝 떨어뜨린 상태로 그를 마주 보며 환하게 웃어 보였다.

"나도 매일 연락할게."

하준은 화답하듯 옅은 미소를 짓고선, 왼쪽 주머니에 넣어 둔 작은 상자 하나를 꺼내 들었다.

"항상 가지고 다녔는데 이제야 주네."

그는 상자를 열어 반지를 꺼내 안쪽을 보여 주었다.

JB.

"커플링이야, 안에 우리 둘의 이름 끝 자 이니셜을 새겼어."

하준은 가빈의 왼손 4번째 손가락에 반지를 끼워 주었다. 그러고는 나머지 반지를 그녀에게 건네주며 자신의 왼손을 내밀었다. 직접 끼워 달라는 듯 재촉하는 하준의 눈빛에 가빈은 슬며시 미소 짓고 그의 손에 반지를 끼워줬다.

"항상 끼고 다녀."

가빈은 반지를 내려다보며 고개를 끄덕였다. 가빈의 뺨 위로 또다시 눈물이 흘렀고, 이번엔 하준이 직접 그녀의 눈물을 닦아 줬다.

따뜻한 그의 손길에 가빈은 힘들게 꾹 참았던 감정이 한계에 다다랐는지, 벌게진 얼굴로 고개를 푹 숙였다. 어떻게든 감정을 추스르려 애썼다. 지금 이 상황에서 입 밖으로 슬픔을 고스란히 토했다간 걷잡을 수 없을 것만 같았다.

가빈은 그런 사태가 일어나지 않게 하준의 시선을 피해 몸을 돌리려 했다. 그때였다. 띵동, 갑작스레 그녀의 귀로 초인종 소리가 들렸다. 가빈은 손으로 눈물을 훔치며 얼떨떨한 표정으로 하준을 돌아봤다.

"누구…… 올 사람 있어?"

하준은 씁쓸한 표정을 지었다.

"오빠?"

그는 말없이 뒤돌아 현관문으로 향했다. 가빈은 그런 그의 모습에 의아해하며 인터폰을 확인했다. 낯익은 얼굴.

"현 실장님?"

가빈은 주춤 뒤로 물러서 한참을 멍하니 서 있다, 재빠르게 현관 문으로 향했다.

"오랜만에 뵙습니다. 아가씨."

혹시나 싶었건만, 그는 분명 현 실장이었다. 현 실장의 뒤로 검은 정장을 입은 세 명의 남자가 우뚝 서 있었다. 가빈은 이해할 수 없는 상황에 다급히 하준을 돌아봤다.

"이게 어떻게 된 거야?"

"이제 그만 집으로 돌아가."

단호한 그의 말투에 가빈의 안색이 하얗다 못해 파랗게 변했다.

"……왜……?"

"난 독일 들어가기 전에 정리해야 할 게 있어."

가빈은 그에게 천천히 다가섰다.

"그럼 나도 그때까지 여기서……."

"안 돼."

벼락같은 하준의 음성에 가빈은 움찔하며 제자리에 멈춰 섰다.

"오빠."

하준은 금방이라도 울 듯한 그녀의 눈을 외면하며 울컥하는 감정을 집어삼켰다.

당장에라도 붙잡고 독일로 떠나는 순간까지 함께하고 싶었지만, 차마 그럴 수 없었다. 병원에 있는 이혜연을 출국 전까지 이곳에 데려와 보살필 생각이었기 때문이었다.

지금 이대로 그녀를 계속 그 병원에 뒀다가는 언론은 물론, 당장 류목형의 귀로 이혜연에 관한 모든 얘기가 흘러갈 것이 분명했기에, 잠시 동안만이라도 그녀를 숨겨 둘 필요가 있었다.

　3년 안에 한국에 돌아오기 위해서는, 첫발을 내딛는 지금 이 순간부터, 최대한 잡음이 날 일은 만들어선 안 됐다. 류목형의 심기를 거스르는 그 어떤 행동도 하지 말아야 했다.

　"독일 가기 전에 꼭 해야 할 일이라서 그래."

　"하지만……."

　"출국 전엔 연락할게. 그러니까 걱정 말고 집에 가 있어."

　가빈은 뚫어지게 하준을 응시했다. 뭘까, 무슨 이유로 이러는 걸까? 끝까지 붙잡고 묻고 싶었다. 하지만 그녀는 이내 끊임없이 괴롭히는 의문을 지우고, 말없이 문밖을 나섰다. 마지막 순간까지 애처럼 그에게 매달리고 싶지 않았다. 현 실장은 그런 가빈의 뒤를 쫓아 나가기 전, 하준에게 먼저 묵례했다.

　"그만 가 보겠습니다."

　재빨리 문을 나선 현 실장의 눈에 우두커니 서 있는 가빈이 보였다. 가녀린 그녀의 어깨가 가늘게 떨리고 있었다.

　"아직 바람이 찹니다, 이거 걸치세요."

　현 실장은 겉옷을 벗어 가빈의 어깨에 둘러 주며, 그녀를 안타까운 표정으로 내려다봤다. 가빈은 결국 제자리에 선 채 울음을 터트렸다.

　아직 여리기만 한 그녀가 그나마 세상에 정을 나눈 사람과 떨어져 지내게 되었으니, 어떤 심정일지 직접 묻지 않아도 가슴으로 충분히 전해졌다.

가빈이 홍해그룹이라는 집안에서 어떤 삶을 살았는지 그는 누구보다도 잘 알고 있었다. 그랬기에 비록 남들이 손가락질하는 사랑일지라도, 두 사람이 잘되기를 내심 바라고 있었다. 하지만 언제나 그랬듯 편견에 맞서 싸우는 것은 쉽지 않았다.

둘이 이어질 여지는 충분했지만, 어찌 될지 모를 이 싸움을 어린 가빈이 언제까지고 버티고 견뎌 낼 수 있을지는 미지수였다. 마음으로 응원은 하지만, 그렇다고 해서 그녀의 등을 떠밀고 싶지는 않은 것이 솔직한 그의 심정이었다.

"앞에 차 대기시켜 놨습니다."

현 실장의 손길에도 가빈은 그대로 뒤를 돌아 집을 바라봤다. 한눈에 들어오는 전경. 생각했던 것보다 훨씬 멋지고 예쁜 집이었다.

정원에 심어진 꽃들도, 나무들도, 심지어는 한컨에 놓인 흔들의자까지, 평소 자신이 꿈꾸던 것들을 하준이 세심하게 모두 기억해 뒀다 준비한 것임을 알 수 있었다.

가빈은 뚜벅뚜벅 걸어가 건물 벽 한쪽에 그려진 그림을 손으로 툭 건드렸다. 마치 동화 속 헨젤과 그레텔에 나오는 과자 집이 바스라지는 것처럼, 눈앞으로 집이 무너지는 것 같은 형상이 그려지며 그녀의 가슴도 함께 무너져 내렸다.

"아가씨……."

"3년 뒤에 꼭 돌아오겠죠?"

현 실장은 잠시 망설이다 대답했다.

"네, 후계자 교육을 위해 잠시 떠난 것뿐이니 너무 상심하지 마십시오."

"정말 이렇게 헤어지는 게 맞는 걸까요?"

결국 그녀의 뺨 위로 후두두 눈물이 떨어져 내렸다.

"아가씨."

"불안해요. 이대로 오빠가 돌아오지 않을까, 너무 무서워요."

하준과 떨어진다는 것이 이렇게 아플지 상상조차 하지 못했었다. 이렇게 괴로울지 상상조차 하지 못했었다. 공기처럼, 때론 물처럼 손닿을 거리에 항상 맴돌고 있어, 미처 그 소중함을 깨닫지 못했었다.

정신이 아득해질 정도로 눈물이 차올라 시야를 가렸고, 가슴은 염산이라도 뿌린 것처럼 엄청나게 쓰리고, 고통스러웠다. 하준이 없는 세상을 어떻게 버텨야 할지 벌써부터 아찔하고 숨이 막혔다.

이렇게까지 좋아하는 줄 몰랐는데, 정말 몰랐는데……. 뒤늦게 깨달은 감정에 엄청난 후회가 몸을 짓눌렀다. 가빈은 금방이라도 쓰러질 듯 몸을 휘청이며 흐느꼈다. 그런 가빈의 모습에 현 실장은 그녀의 곁에 다가가 팔을 붙잡고 부축했다.

"많이 지쳐 보이십니다. 그만 차로 가시죠."

"현 실장님…… 저 오빠한테 갈래요."

현 실장은 눈물범벅이 된 그녀의 얼굴을 돌아보며 한숨을 푹 내쉬었다.

"전무님께서 지금 독일에 놀러 가시는 게 아닙니다. 아가씨 때문만이 아닌, 장차 수많은 직원들을 이끌어야 하는 차기 총수로서 맡은바 책임을 다 하기 위해 사명을 가지고 독일로 떠나시는 겁니다. 그런데 아가씨께선 마냥 이렇게 어린애처럼 굴면서, 전무님의 앞길을 가로막으실 생각이신 겁니까?"

현 실장의 냉정한 말에, 가빈은 흐르는 눈물을 손등으로 닦아 내며 입술을 꼭 깨물었다. 하준의 앞을 가로막을 생각 따윌 할 리가 없었다. 단지 이렇게 돌아서 가면 다시는 못 볼 것 같은 막연한 두려움에 무서워, 처절하게 그를 붙잡으려 했을 뿐이었다.

"죄송……합니다."

가빈은 정신이 번쩍 들었다. 막무가내로 행동했던 자신의 행동에 대한 후회가 들었다. 차분하고 냉정하게 상황을 돌아봐야 하건만, 너무 감정적으로 대처한 것 같아 하준에게 미안한 감정마저 들었다.

"죄송합니다."

쉴 새 없이 말을 내뱉던 가빈이 손으로 눈물을 훔쳐내고 또렷하게 말했다.

"그만 가요, 집으로."

가빈은 손에 낀 반지를 매만지며 다시 한 번 하준이 있는 현관문을 바라봤다. 3년이라는 시간, 너무나도 길고 멀게 느껴졌지만, 반지를 통한 그의 마음이 고스란히 전해져 모든 걸 인내하고 기다릴 수 있을 것만 같았다.

'3년.'

시간의 열쇠, 꼭 열릴 것이다. 가빈은 발길을 돌려 차로 향했다. 출국 전에 볼 수 없게 되더라도, 실망하지 않을 것이다.

긴 시간, 그때까지 그 누구보다도 강하고 단단하게 제자리를 지키고 있을 거라 그녀는 가슴 깊숙이 다짐했다. 다시 만날 그 날을 기약하며.

9화
영원히 함께 하다

4년 후.

"네, 지금 공항 도착했습니다. 편집장님."

새하얀 햇살이 쏟아지는 오후. 가빈은 택시에서 다급히 내리다 벗겨진 구두를 재빨리 도로 신고는, 헐레벌떡 공항 입구를 향해 뛰어갔다.

중간에 몇 번이나 발을 삐끗할 뻔했지만, 그렇다고 해서 그녀는 느긋하게 걸을 여유조차 부리지 못했다. 곧 있으면 비행기가 도착할 시간이었다. 기껏 만든 피켓을 쓸모 있게 쓰기 위해선 지금 당장 필요한 건 스피드였다.

"그럼요. 걱정하지 마시고, 출장 잘 다녀오세요. 작가님은 제가 잘 픽업해서 집에 모셔다 드리겠습니다."

오늘따라 왜 이리 공항 안에 사람들이 많은 건지, 그녀는 마치 럭비선수라도 된 양 주변 사람들과 격한 어깨 인사를 주고받으며 겨우 입국 게이트 앞에 도착했다.

"네, 딴 길로 세지 못하게 앞에서 잘 대기하고 있겠습니다. 그럼 조심히 다녀오세요."

눈을 굴려 입국 게이트를 살피던 가빈은, 피식 웃음을 터트리며 마지막 말을 끝으로 편집장과의 통화를 마쳤다.

휴우…… 혹시라도 늦게 도착하진 않을까 마음 졸였던 그녀는, 아직 탑승객들이 입국 게이트로 나오지 않은 것을 확인하고는 안심했다.

살았다. 다행이다. 가빈은 늦지 않게 온 것에 대해 스스로를 대견하게 생각하며 턱까지 차오른 숨을 골라냈다. 이후 가빈은 흐트러진 머리카락을 정돈하고, 이마에 맺힌 땀을 닦아 내며 손에 들고 온 작은 피켓을 들여다봤다.

[환영합니다! 레니 작가님!]

그녀의 입가에 슬며시 미소가 번졌다. 새삼 감회가 새로웠다. 이제는 다시 보지 못할 거라 생각했던 현을 4년 만에 작가와 편집자로 만나게 되다니, 왠지 모를 묘한 기분과 함께 가슴이 설레었다. 그동안 어떻게 변했을까? 기대감과 함께 머릿속으로 달라졌을 그의 모습이 절로 상상이 됐다.

'알아볼 수는 있으려나?'

긴장해서인지 괜스레 쓸데없는 걱정까지 들었다. 편집장의 스카웃 제의로 라임 출판사에 입사한 이후, 간혹 현과 통화를 한 적은 있었지만, 막상 대면하려니 벌써부터 어색함이 밀려들었다.

어떤 말을 먼저 꺼내야 할지 몰라 별의별 생각이 다 들었다. 최대한 자연스럽게 대하자 굳게 다짐했던 결심이 무색할 지경이었다.

'공적인 관계로 생각하자, 공적인 관계.'

사적인 감정은 최대한 배제하고, 출판사 직원과 작가와의 관계로만 대하자 마음을 정리한 그녀는, 입국 게이트가 서서히 열리자 슬쩍 내려놨던 피켓을 재빨리 들어 올렸다. 저마다 카트를 밀고 나오는 사람들 틈에서 얼마 지나지 않아 현을 발견한 가빈은 환하게 웃어 보였다.

그녀의 걱정과 달리 현은 4년 전과 크게 달라지지 않았다. 많은 사람들 가운데서도 눈에 띄는 외모와 타고난 패션 센스는 여전해 보였다. 막상 그를 보고나니 걱정과 달리 긴장했던 마음이 스르륵 녹으며 가빈의 표정이 한결 편안해졌다.

"오랜만이야."

가빈은 자신을 발견하고 다가서는 현에게 손 인사를 건네며 밝게 말했다. 그러자 현은 가빈이 들고 있는 피켓을 빼앗아 그녀의 눈앞에 들이밀며 피식 웃음 지었다.

"감동인데? 이런 것까지 준비하고."

"세계적으로 유명해진 작가님을 만나는 영광스러운 자리인데,

당연히 이 정도는 준비해야지."

"직장인 되더니 이젠 제법 넉살도 부릴 줄 아네? 난 편집장님하고 다르게 그런 입에 발린 말은 별로 안 좋아하는데."

"진심으로 하는 말인데? 너 안 본 사이에 의심 많아졌다?"

가빈이 능청스럽게 웃으며 말하자, 현이 묘한 표정으로 그녀를 가만히 응시했다. 4년 만에 만난 그녀는 전보다 훨씬 밝아져 있었다. 그동안 내심 그녀를 걱정했던 현은 한편으로 안심하면서도, 거짓말처럼 심장이 세차게 뛰는 것을 느낄 수 있었다.

4년 동안 가빈에 대한 감정을 남김없이 다 정리했다고 믿었건만, 세월이 무색하게도 순식간에 그녀를 향한 마음의 스위치가 탁, 하고 켜졌다. 어쩔 수 없나, 현은 허무함에 허탈한 웃음을 터트렸다.

"뭐, 좋은 일이라도 있어?"

가빈은 갑자기 터진 그의 웃음에 영문을 모르겠다는 표정으로 물었고, 현은 별일 아니라는 듯 손사래를 쳤다.

"아니야, 아무것도. 그만 가자."

현이 카트를 밀며 앞서 걸어가자, 가빈은 고개를 갸웃거리곤 그의 뒤를 따랐다.

"그런데 현아, 어쩌지? 내가 오늘 차를 못 가져와서 택시 타고 가야 할 것 같은데……."

공항 밖을 나서자 가빈은 난처한 표정으로 머리를 긁적였다. 얼마 전 교통사고로 차가 정비소로 들어간 탓에 택시를 타고 온 그녀는, 사뭇 미안한 표정으로 현을 대신해 카트 손잡이를 붙잡았다.

"이건 내가 대신 밀게."

"응? 아니야, 내가 할게."

"그래도 내가 명색이 네 담당자인데, 소중한 작가님을 위해 짐 정도는 책임지고 옮겨야지."

적극적인 가빈의 태도에 현은 당황하며 도로 카트 손잡이를 잡으려다, 문득 그녀의 손에서 무언가를 발견하고 멈칫했다.

그녀의 왼손 네 번째 손가락에 반지가 끼워져 있었다. 한눈에 봐도 꽤 값비싸 보이는 게, 직감적으로 하준이 그녀에게 준 것임을 알 수 있었다.

현은 애써 외면하며 시선을 돌렸지만, 가슴 한켠이 쓰려 오는 것을 느낄 수 있었다. 이젠 무뎌질 법도 하건만, 왜 자꾸 미련이 남는 건지 이제는 스스로가 한심하게 느껴졌다.

"현아, 안 가?"

가빈은 멍하니 서 있는 현의 어깨를 툭툭 쳤다. 그러자 한참 말 없이 우두커니 서 있던 그가 그녀를 돌아보며 꾹꾹 누르고 있었던 질문을 던졌다.

"대표님하고는 여전히 잘 지내고 있지?"

현은 묻고도 어색한지 괜스레 머리를 긁적였다. 4년 동안 묻고 싶었지만 묻지 못했던 한 마디였다. 그게 예의라고 생각했던 건지, 아니면 알량한 자존심 때문인지는 모르겠다. 그녀의 대답에 상처를 입을 것 같은 두려운 마음이 들어 시도조차 하지 못했었다.

못난 놈. 하지만 이렇게 된 거 차라리 오기로라도 묻고 싶었다.

그래야 쓸데없이 샘솟기 시작하는 기대감을 억지로라도 억누를 수 있을 것 같았다.

"흠, 아마도?"

의미심장한 그녀의 대답, 현은 예상치 못한 반응에 고개를 갸웃 기울였다.

"아마도?"

현의 반문에 가빈은 복잡 미묘한 표정으로 카트를 앞으로 밀며 말했다.

"그만 가죠, 레니 작가님."

"그래……."

현은 엉겁결에 대답하고선 조용히 그녀의 뒤를 따랐다. 잘 지내고 있다는 건지, 아니라는 건지 도무지 속을 알 수가 없었다. 괜한 질문에 마음만 더 복잡해진 것 같았다.

"이리 줘."

가빈이가 밀고 가던 카트를 기어코 빼앗은 현은, 졌다는 듯 웃으며 고개를 내젓는 가빈을 유심히 바라보았다. 그러고 보니 단순히 밝아진 게 아니라 전과 다른 묘한 분위기가 그녀의 주위를 감싸고 있었다.

행동 하나하나부터 웃는 모습까지. 마치 과장된 겉모습으로 속 마음을 꼭꼭 숨기기 위해 노력하는 것처럼 느껴졌다. 4년 전, 걱정이 들 만큼 솔직했던 그녀와는 조금 달랐다.

무엇이 그녀를 이토록 변하게 만들었을까? 현은 가빈에게서 시선을 떼지 못했다.

"현아, 너한테서 진동소리 나는데?"

"아, 그래."

한참 그녀를 살펴보던 현은 가빈의 말에 뒤늦게 정신을 차리고 재빨리 휴대폰을 꺼냈다. 민호였다. 비행기에서 내리자마자 혹시나 싶어 한국 휴대폰을 켜놨는데, 어떻게 알고 바로 전화를 한 건지. 하여튼 귀신이 따로 없다는 생각이 들어 그는 피식 웃었다.

현은 가빈에게 잠깐만 기다리는 말과 함께 전화를 받았다.

"응."

─작가님, 오랜만에 한국에 오신 것을 환영합니다!

귓속으로 찌릿하게 울리는 우렁찬 민호의 목소리. 그가 장난스러운 얼굴로 한쪽 눈썹을 찡그렸다.

"어째 넌 기운이 더 좋아진 것 같다."

─나야 항상 기운이 넘치지! 그나저나 어디십니까?

"공항이지 어디야, 넌 절친이 오랜만에 한국 오는데 마중도 안 나오고 전화질로 때운다 이거지?"

현의 볼멘소리에 옆에서 듣고 있던 가빈이 쿡 하고 웃었다.

─에이, 우리 사이에 징그럽게 마중은 무슨! 대신 환영 파티는 제대로 준비했어. 이따 로얄 클럽으로 6시까지 와.

"클럽? 주인공 취향은 무시하고, 주최자 취향에 맞춘 것 같은 기분이 드는 건 착각일까?"

─좋은 게 좋은 거라고, 주인공이든 주최자든 누구 한 사람 취향

만 맞으면 되는 거 아니겠어? 우리 사이에!

"잘한다, 곧 결혼한다는 놈이 아직도 클럽이나 다니고."

―땡! 미안하지만 클럽으로 장소 정한 건 세련이다. 전에도 계속 얘기했지만 이제 나한테 그런 선택권 따윈 없어.

민호가 칭얼대듯 말하자, 현은 못 말린다는 듯 웃으며 고개를 절레절레 흔들었다.

"아무튼 알았어, 근처로 가서 전화할게."

―그래, 아! 그나저나 오랜만에 가빈이 만나니까 기분이 어때? 더 예뻐졌지?

전화를 끊으려던 현은 그의 질문에 의아한 표정을 지었다.

"가빈이랑 같이 있는 걸 어떻게 알았어? 고모가 얘기하셨어?"

―아니, 몰랐구나? 내가 네 옆에 사람 붙여놓은 거. 24시간 네 옆에 딱 붙어서 내내 감시…….

"오랜만에 욕 듣고 싶어서 아주 용을 쓰지? 헛소리 그만하고, 사실대로 말해."

―귀여운 자식, 여기 오른쪽으로 고개 돌려봐!

현은 민호의 말에 시선을 오른쪽으로 옮겼다. 도로 위로 연예인들이 주로 타는 새하얀 벤이 주차되어 있었고, 뒷좌석 창문으로 팔 하나가 툭 튀어나와 있었다.

―어때? 오랜만에 내 속살 보니까 막 설레지?

"너……."

―감격은 나중에 하고, 일단 차에 얼른 타세요! 곧 출발할 겁니다.

"홋, 알았어, 기다려."

하여튼 사람 놀라게 하는 데는 일가견이 있었다. 현은 히죽 웃으며, 옆에 서 있는 가빈에게 민호의 차를 가리키며 말했다.

"저기, 민호가 데리러 왔대."

가빈은 그의 손가락 끝에 주차되어 있는 벤을 확인하고는 부러운 눈초리로 현을 돌아봤다.

"요즘 민호 엄청 바쁠 텐데 여기까지 너 데리러 온 거 보면 대단하다."

"그러게…… 기대도 안 했는데."

현이 어깨를 으쓱하자, 지켜보던 가빈이 카트 위에 잠시 올려놓은 가방을 팔에 걸치며 말했다.

"그럼 현아, 넌 민호 차 타고 갈래? 난 오늘 중요하게 가 볼 데가 좀 있어서."

갑작스럽게 따로 가겠다는 가빈의 말에 현은 아쉬운 표정으로 그녀에게 물었다.

"어디 가는데? 민호 차 타고 가는 게 불편하면 우린 택시 타고……."

"아니야, 사실……."

"응?"

"오늘이 엄마 기일이라서, 전주에 좀 내려가 봐야 하거든."

기일? 현은 생각지 못한 그녀의 말에 당황했다. 그렇게 중요한 날 괜히 자신 때문에 공항까지 마중을 나오게 한 것 같아 미안한 마음이 들었다.

"아, 그렇구나…… 그럼 중요한 날인데 나 마중 나올 게 아니라 바로 전주로 가지 그랬어? 나야 알아서 가면 되는데."

가빈은 그의 말에 고개를 세차게 저었다.

"아니야, 전주야 오늘 안에만 가면 되는걸. 그나저나 미안해, 오랜만에 만났으면 같이 밥이라도 먹어야 하는데."

"밥이야 나중에 언제든지 먹어도 되는 걸, 아니면 민호 차 타고 가자. 도중에 터미널에서 내려달라고 하면 되지."

"여기서 택시 타고 가는 게 더 편해, 난 신경 쓰지 말고 어서 가 봐."

"으응…… 그럼 먼저 가 볼게."

어서 가라며 가빈이 등을 떠미는 통에, 현은 결국 뒤돌아서 갈 수밖에 없었다. 가빈은 그런 현을 끝까지 바라보다 이내 가까운 곳에 서 있는 택시에 올라탔다.

'늦지 않아야 할 텐데.'

다행히 민호가 현을 데리러 온 덕에 시간을 조금이라도 절약할 수 있었지만, 집에 들렀다 옷을 갈아입고 전주로 가기에는 촉박한 시간이었다.

"아저씨, 죄송하지만 조금만 서둘러서 가주세요."

가빈은 초조한 표정으로 손에 낀 반지를 연신 만지작거리며 차창 너머 풍경에 시선을 고정했다.

아침부터 시뿌연 안개가 자욱하고 바람이 눅진하더니, 늦은 오후부터 비가 쏟아지기 시작했다. 축축한 공기를 가르며 스르륵 멈춰 선 택시에서 내린 가빈은, 우산을 펼쳐 쓰고 납골당을 향해 걸어갔다.

철버덕거리는 소리가 들리지 않을 때쯤, 도착한 입구 앞에서 한참 동안 묵묵히 서 있던 그녀는 턱까지 차오른 뜨거운 무언가를 겨우 억누르며 몸에 힘을 꽉 줬다.

아직 안에 들어서지도 않았는데 벌써부터 눈물이 후두두 떨어질 것만 같았다. 이제는 무뎌질 법도 한데, 가슴은 아직도 그때의 슬픔을 잊지 못하고 있었다.

언제쯤 사그라지려나, 가슴에 알싸하게 번지는 이 그리움이. 가빈은 고개를 탁 떨어트렸다. 그녀의 시야로 투명하고 가는 물줄기가 쏴아아 소리를 요란하게 내며, 땅을 두들기고 있는 것이 보였다. 하늘이 대신 울어 주는 듯했다.

가빈은 심호흡을 하고, 어느 정도 감정을 추스른 뒤 쓰고 있던 우산을 접었다. 이후 그녀는 납골당 안으로 천천히 발걸음을 내디뎠다. 익숙하게 쭉 뻗은 길을 지나 오른쪽으로 꺾어진 곳에 있는 박하연의 분신, 가빈은 손에 든 우산을 한쪽 벽에 세우고 앞으로 천천히 다가섰다.

"나 왔어, 엄마."

가빈은 입가에 옅은 미소를 띠고, 손에 든 국화를 박하연의 사진 앞에 내려놓았다. 환하게 웃고 있는 박하연의 얼굴을 보고 있으니,

귓가로 여느 때처럼 그녀의 목소리가 아련히 울렸다.

우리 딸, 왔어?

"보고 싶었어."

정말…… 정말 많이 보고 싶었어, 가빈은 목까지 차오르는 울음을 힘겹게 삼켰다.

"미안해, 늦게 와서. 많이 기다렸지?"

가빈은 물끄러미 액자를 응시하며 손으로 쓸어 만졌다.

"오늘 현이가 한국 들어오는 날이라서…… 공항에 다녀오느라고 조금 늦었어."

현의 얼굴을 떠올리며 그녀는 느릿하게 말을 이어 나갔다.

"현이 기억하지? 내가 전에 유명한 작가 친구 있다고 얘기했었잖아, 이번에 현이 작품 중에 하나가 미국으로 판권이 팔렸는데, 그게 영화로 만들어졌나 봐. 그래서 이번에 한국에 홍보 차 들어왔는데…… 아무리 생각해도 내 친구지만 대단한 것 같아."

그녀가 싱긋 웃었다.

"오랜만에 만나는 거라 어색하면 어쩌나 걱정했는데, 내 기우였나 봐. 4년이라는 세월이 무색하게 느껴질 만큼 편했어."

편하게 말을 꺼내던 가빈은 잠시 말을 멈추고 입술을 꼭 깨물었다. 흘러간 시간을 되짚으니 잔잔했던 마음의 호수가 서서히 물결치기 시작하면서 눈가에 열이 오르기 시작했다.

4년, 그래…… 4년.

"벌써 4년이나 지났네……."

가빈은 중얼거리듯 말하곤 왼손에 낀 반지를 내려다봤다.

'날 정말 잊기라도 한 걸까……?'

채 아물지 않은 가슴속 상처가 곪아 터진 듯 쓰라려 왔다. 그녀는 복받치는 서러움을 참아 내며, 박하연과 하준이 함께 어깨동무를 하고 있는 사진 위에 손을 얹었다.

'정말 날 잊은 거야?'

그녀의 손가락이 차츰 움직여 하준의 얼굴 위로 닿았다. 덧없다. 텅 비어 버린 심장이 칼로 조각조각 난도질당하는 것처럼 고통스러웠다.

그것을 시작으로 차곡차곡 쌓아뒀던 외로움과 쓸쓸함이 해일처럼 순식간에 마음의 둑을 덮쳐 큰 균열을 만들고 말았다. 아프고 괴로웠다. 꾹 참고 있었던 눈물이 결국 그녀의 뺨 위로 또르르 흘러내렸다.

"바보 같아……."

다시는 하준 때문에 울지 않을 거라 다짐했는데, 또다시 너무나도 쉽게 어기고 말았다. 가빈은 재빨리 눈물을 훔쳐내곤 울컥하는 감정을 잠재우려 깊게 숨을 들이켰다 내쉬었다. 하지만 쉬이 마음은 진정되질 않았다.

단지 사진 속 얼굴을 봤을 뿐인데, 이럴까 봐 이름조차도 추억조차도 되뇌지 않으려 노력했는데, 결국 속절없이 무너져 내리고 말았다.

"나쁜 놈."

가빈은 손가락으로 사진 속 하준의 얼굴을 툭 치고는 뒤돌아 두 눈을 손으로 가렸다. 3년 뒤에 돌아올 거란 말과 달리, 그는 소식조차 없었다.

처음엔 현지 휴대폰으로 직접 전화도 하더니, 언제부턴가 연락도 오지 않았다. 그래도 곧 연락이 오겠지, 라는 기대감과 설렘으로 손에서 휴대폰을 꼭 부여잡고 기다렸었다.

번호라도 바뀌게 되면 꼬박꼬박 그에게 메일로 알려줬으며, 매일 일상적으로 손편지도 보냈었다. 하지만 답장은 없었고, 그가 살고 있다는 집으로 전화를 걸어도 낯선 사람이 그저 이사 갔다는 말만 되풀이할 뿐이었다. 하준에 대해선 그 어떤 소식도 들을 수 없었다.

무슨 일이라도 생긴 건 아닐까? 답답하고 불안했었다. 하지만 그가 떠난 지 2년쯤 되던 날, 갑작스레 연락이 온 그의 입에서 들린 말은 너무도 황당하고 허무했다.

그는 정신없이 바빴다고했다. 그러곤 통화가 연결된 지 30초 만에 별다른 말없이 회의가 있다며 전화를 끊어 버렸다. 매일같이 전화하겠다며 그렇게 호언장담하더니, 결국 또다시 약속을 어기고 말았다.

다시 생각해도 서운하고 화가 나지 않을 수가 없었다. 그 뒤로 그에게 간간이 전화가 오긴 했지만, 한 달에 한 번, 많아야 2, 3분 정도였고, 몇 달 전부터는 그마저도 없었다.

'3년만 기다리라고 해놓곤……'

현 실장도 3년 뒤에 그가 한국으로 돌아올 것이라 호언장담했었고, 하준도 통화할 땐 분명 그렇게 말했었다. 하지만 점차 날짜가 미뤄지더니 어느새 1년이 더 훌쩍 지나고 말았다.

힘이 들었다. 아니, 지쳤다. 그를 향한 믿음과 진심의 무게가 이제는 혼자 버티고 서 있지 못할 만큼 버겁게 느껴졌다. 마치 벼랑 끝에 매달려 있는 기분마저 들었다.

"처음부터 이런 건 남겨두지 말든지!"

가빈은 도로 뒤돌아 손에 낀 반지를 그의 사진 앞에 툭 던지듯 내려놨다. 이런 투정이라도 하지 않으면 너무 괴로워 견딜 수 없을 것만 같았다.

"……내가 보고 싶지도 않아?"

가빈은 사진 속에서 웃고 있는 하준을 가만히 응시하다 시선을 아래로 내렸다. 지금 이 기분으로는 그의 얼굴을 더는 보고 싶지 않았다.

그녀는 손을 뻗어 그의 사진을 툭 엎었다. 그러자 목 언저리에서 맴돌던 울분이 적정선을 넘어 순식간에 눈을 적셨다.

하아…… 짧은 한숨이 입술 새로 흘러나왔다. 그리고 그게 기폭제가 되어 투명한 눈물이 바닥 위에 뚝뚝 떨어졌다.

1년 만에 돌아온 엄마의 기일. 오늘만큼은 그녀를 위해 눈물을 흘려야 하건만, 결국 하준에 대한 감정이 폭발하며 모든 게 엉망이 되어 버리고 말았다.

'미안해, 엄마.'

한참 동안 울음을 쏟아 내던 가빈은 박하연에 대한 미안한 감정을 가슴에 새기곤, 속을 달래기 시작했다. 제발 진정하자. 이를 꽉 다물고 그녀는 천천히 고개를 들었다.

멍하니 박하연의 유골이 담긴 항아리를 바라보던 가빈은, 엎어 놓은 사진 뒤로 반짝이는 무언가를 발견하고 눈을 살짝 찌푸렸다.

'뭐지?'

매우 익숙한 모양의 반지였다. 머리 위로 번개가 내려친 듯 정신이 번쩍 들었다.

가빈은 떨리는 손을 뻗어 서둘러 자신의 반지와 또 다른 반지를 집어 들었다. 그리고 그걸 대조해 보려는 듯 양손에 들고 유심히 바라봤다.

동일한 디자인이었고, 크기만 달랐다. 그리고 무엇보다도 반지 안쪽에 JB, 하준과 가빈을 의미하는 이니셜이 정확하게 새겨져 있었다.

"오빠⋯⋯?"

그녀는 두 개의 반지를 손에 꼭 쥐고, 뒤돌아 밖을 향해 뛰어 나갔다. 분명 1년 전까지만 해도 박하연의 유골이 놓인 곳에 하준의 반지는 없었다.

언제 왔다 간 거지? 아무리 생각해도 답이 나오지 않았다.

'한국에 온 건가?'

가빈의 눈빛에 한순간 밝은 빛이 비쳤다 곧 사라졌다. 설마⋯⋯ 벌써 한국을 떠난 건 아니겠지?

'안 돼!'

그녀는 속으로 울부짖었다. 가슴이 덜컥 내려앉으며, 입술이 바짝바짝 말라왔다. 미친 듯이 입구 앞으로 뛰어 나온 가빈은 주변을 두리번거렸다. 하지만 사람의 흔적 같은 건 보이지 않았다.

그때였다. 가방에 닿은 손끝으로 진동이 느껴졌고, 가빈은 혹시 하준은 아닐까 하는 생각에 재빨리 휴대폰을 꺼내 들었다. 하지만 그녀의 기대와 달리 전화를 건 사람은 류목형이었다. 가빈은 눈물이 글썽글썽해서는 힘없이 전화를 받았다.

"네…… 아버지."

―그래, 전주엔 잘 도착했느냐?

가빈은 반지를 쥔 손으로 이마를 짚고, 계속해서 주변을 살피며 대답했다.

"……네, 지금 납골당이에요."

―네 목소리를 들으니, 또 운 모양이구나.

"아니에요."

―아비한테는 숨기지 않아도 된다, 네 마음 충분히 다 아니까.

"아버지……."

―미안하구나, 가빈아. 전주에 같이 갔어야 했는데, 하필 오늘 독일로 출장 가 봐야 할 일이 생겨서 말이다.

독일? 가빈은 왠지 모를 싸한 기분을 느끼며 그에게 물었다.

"독일은 왜요……? 가신다는 말씀 없으셨잖아요?"

―독일 지사에서 추진하던 사업에 차질이 생겨서 말이다.

"갑자기 왜?"

―흠…… 일단 자세한 건 다녀와서 얘기해 주마."

잠시 정적이 흐른 뒤, 다시 수화기 너머로 류목형의 목소리가 들렸다.

―비도 오고 해서 아까 전주로 김 실장 보냈으니 꼭 그 차 타고 올라 오거라.

'네.' 라는 짧은 대답을 끝으로 전화를 끊은 가빈은, 멍한 눈빛으로 그와의 통화를 다시 한 번 상기했다. 갑자기 독일로 떠난다는 그의 말, 이상하게도 자꾸만 신경이 쓰였다. 단순히 출장으로 가는 걸까? 혹시 오빠하고 관련된 일일까?

가빈의 머릿속이 온통 꼬인 실타래처럼 복잡해졌을 때였다. 멀리 시선을 두고 생각에 잠겨 있던 그녀의 눈에 굵은 장대비 사이로 사람의 형상이 어렴풋이 보였다.

누구지? 조금 더 가까이 다가가 살펴보던 그녀의 눈이 커다랗게 떠졌다.

그동안 꿈에서라도 보고 싶었고, 사진으로만 봐도 가슴에 와 닿았던 사람이었다. 줄곧 바라고 바라던 사람.

"……오빠……?"

가빈은 세차게 쏟아지는 빗줄기를 온몸으로 받아내며 그가 있는 곳으로 미친 듯이 뛰어갔다. 하준이었다. 분명 그가 새하얗게 아지랑이가 피어오르던 땅 위로 우뚝 서 있었다.

하지만 멈춰 선 곳에는 차 한 대가 주차되어 있을 뿐, 그 어디에도 하준은 보이지 않았다.

잘 못 봤나? 망연자실하던 가빈은 곧바로 고개를 내저었다. 아니다, 분명 하준이었다. 그리 결론지은 가빈은 목청 높여 소리쳤다.

"오빠!"

가빈은 비로 흠뻑 젖은 상태에서 인근을 샅샅이 뒤지며 하준을 부르기 시작했다. 하지만 어디에서도 사람의 기척 하나 느껴지지 않았다. 역시 아니었나? 가빈은 거칠어진 숨을 고르며, 납골당 입구 계단 위에 털썩 앉았다. 힘이 쭉 빠지며 주체할 수 없는 슬픔이 밀려들었다.

그녀는 꼭 말아 쥔 손을 펴 그 위에 놓인 반지를 바라봤다. 이걸 어떻게 이해해야 하는 걸까? 비로 인해 시야가 분산되어 반지가 희미하게 보인다. 마치 자신과 하준의 미래를 보는 듯했다.

"끝내겠다는 의미인가……?"

미치기라도 한 건지 웃음이 났다. 의미 없이 추켜 올라간 입꼬리가 바르르 떨렸다. 목이 조여 오는 것처럼 아프다. 질끈 감은 눈꺼풀 아래로 눈물방울이 뚝 떨어졌다. 그녀는 허공에 대고 답 없는 질문을 던졌다. 정말 이대로 끝인 걸까?

"그렇게 애가 타게 날 찾는 걸 보니 보고 싶긴 했나 보네?"

질문에 반하듯, 익숙한 목소리와 함께 고개를 푹 숙인 가빈의 눈앞에 검은 구두가 선명하게 보였다. 흐릿하던 가빈의 갈색 눈동자가 애달프게 떨렸다.

"이렇게 비 맞다 몸이라도 상하면 어쩌려고 우산도 안 쓰고 다녀?"

그녀의 머리 위로 검은 그림자가 지며 시야를 가리던 빗줄기가 더 이상 느껴지지 않았다. 온몸에 아찔하게 전율이 흘렀다. 가빈은 마른침을 꿀꺽 삼키곤, 천천히 고개를 들어 앞을 응시했다.

"……오빠……?"

정말 하준이었다. 그는 우산을 가빈의 머리 위에 씌워 주고 슬며시 미소 짓고 있었다. 살이 빠졌는지 한층 날렵해진 그의 턱선을 따라 빗방울이 흘러내렸고, 가빈과 함께 맞춰 입은 듯한 하얀 셔츠가 비에 젖어 탄탄한 그의 몸이 고스란히 보였다.

그녀는 붉게 충혈된 눈으로 그를 발에서부터 위로 차근히 훑어보더니, 어느새 도달한 얼굴에 시선을 고정시킨 채 조심스럽게 입을 뗐다.

"진짜…… 오빠야?"

가빈은 믿기지 않는다는 듯, 떨리는 목소리로 물었다. 하준은 그대로 한쪽 무릎을 꿇고 앉아 그녀와 눈을 맞추고 장난스럽게 반문했다.

"그새 벌써 내 얼굴을 까먹은 거야?"

한쪽 뺨 위로 그의 손길이 닿자, 가빈의 눈에 주체할 수 없는 눈물이 가득 차올랐다. 따뜻한 그의 손과 눈빛, 진짜였다.

"왜……?"

울먹이듯 외마디 소리를 내뱉은 그녀가, 쓰러지듯 몸을 앞으로 기울이며 두 팔로 하준을 감싸 안았다. 그들 옆으로 우산이 떨어지며 사나운 빗줄기가 두 사람의 몸을 사정없이 강타했다. 비로 젖어

들었다. 눈물로 젖어들었다.

"왜……! 왜! 이제 온 거야!"

탁, 감정이 폭발하며 가빈은 목 놓아 엉엉 울기 시작했다. 그를 원망하며 수백 번은 외치고 싶었던 말, 그녀는 하준의 등을 때리며 한을 풀어내듯 소리쳤다.

"얼마나 보고 싶었는데……! 얼마나…… 얼마나 보고 싶었는데!"

빗소리와 그녀의 울음소리가 한데 섞여 그의 마음을 진하게 울렸다. 하준은 두 팔로 그녀를 꽉 안아줬다. 추워서인지 흥분해서인지, 가엽게도 가빈은 감정을 토해 내며 온몸을 떨고 있었다.

어느새 미소를 거둔 하준의 얼굴에 그녀를 향한 애석한 마음의 빛이 녹아들어 있었다.

"미안하다, 늦게 와서……."

하준은 어르고 달래듯 가빈의 등을 손으로 쓸어 주었다. 4년 동안, 눈만 감으면 환청이 들릴 만큼 그녀의 목소리를 그리워했었다.

4년 동안, 눈만 뜨면 환영이 보일 만큼 그녀의 얼굴을 그리워했었다. 만질 수도, 느낄 수도 없는 이 갑갑하고 답답한 심정을 끄집어내 보일 수 없음에 세상을 저주하며, 하루하루 시들어갔었다.

"루오나 신제품 개발을 성공적으로 거두지 못하면 3년이 됐든, 4년이 됐든, 아니면 평생이 됐든 한국으로 돌아오지 못할 것이니 각오 단단히 하는 게 좋을 게다."

류목형의 엄포, 그리고 계속된 그의 계략.

"독일에 있는 동안 그 아이와 연락을 하고 지내지 않겠다
약속한다면, 네가 내게 했던 부탁을 들어줄지 말지에 대해서
신중히 고민해 보마. 하지만 약속하지 않는다면, 평생 이곳에
서 네 어미와 정착해 살아야 할 거야."

'평생 못 벗어났겠지.'

그동안 보냈던 세월에 미련을 두고 도망치듯 먼저 박차고 나오
지 않았다면, 또 다른 미로 속에 갇혀 너무나도 간절하게 원했던 이
아이를 얻지 못할 뻔했었다. 생각만으로 눈앞이 깜깜하고 세상이
무너져 내린 듯한 극한의 공포가 등골을 서늘하게 했다.

한참 동안 가빈을 품 안에 안고 체온을 느끼던 하준은, 잠시 후
그녀의 어깨를 잡아 얼굴을 마주 봤다. 눈물, 콧물을 쏙 뺀 그녀의
얼굴이 웃기면서도 귀엽기 그지없었다.

"너 지금 되게 못생겼다?"

가빈은 씨익 웃으며 꺼낸 그의 말에 화들짝 놀라며, 빗물에 얼굴
을 닦아 냈다. 둘 사이를 감쌌던 애틋하고 절절했던 분위기가 분분
하게 빗속으로 흩어져버렸다.

가빈은 붉게 변한 얼굴을 하고선 자리에서 벌떡 일어섰다. 어쩜
이럴 수 있나 싶은 생각이 들 정도로, 그가 했던 말과 지금의 상황
이 급변하며 민망함과 창피함이 봇물 터지듯 밀려들었다.

"하, 한국은 언제 온 거야?"

가빈은 그를 피해 눈을 내리깔며 물었고, 하준은 태연하게 말머리를 돌렸다.

"살쪘나?"

"뭐?"

"오랜만에 보니까 그런가? 예전하고 어딘가 좀 달라진 것 같아서."

놀려 먹을 생각인지 그가 능청스럽게 그녀의 얼굴을 뜯어보며 말하자, 가빈은 입술을 삐쭉 내민 상태로 손에 끼고 있던 반지를 빼내 그에게 건넸다.

"이거, 이제 돌려줄게."

툴툴대는 가빈의 태도에 하준은 가까스로 웃음을 참으며 자리에서 일어서 반지를 받았다.

"안 그래도 도로 받으려 했어."

생각지 못한 반응에 가빈은 미간을 좁히며 멀리 둔 시선을 거둬 그를 마주 봤다.

"뭐?"

"내 손으로 직접 끼워 주고 싶었거든."

하준은 턱을 살짝 추켜올리고는 어깨를 으쓱했다. 가빈은 처음엔 그 모습에 얼떨떨해하더니, 곧 자신의 왼손을 잡아 반지를 끼워 주는 그의 행동에 저도 모르게 작게 미소 지어 보였다.

"자."

하준은 손에 든 자신의 반지를 가빈에게 건네줬다. 그게 어떤 의미인지 감지한 가빈은 곧바로 그의 왼손에 반지를 슬며시 끼워줬다. 나눠 낀 반지가 각자의 손에서 빛을 내자 두 사람의 마음이 그제야 하나로 이어진 듯했다.

하준은 가빈을 마주 본 상태에서 한 손으로는 반지가 끼워진 그녀의 손을 감싸 쥐고, 다른 한 손으로는 그녀의 뺨을 부드럽게 쓰다듬었다. 그녀의 얼굴에 조금 전 반지를 넘겨줬을 때와는 정반대로 환한 표정이 드러났다.

"이제 좀 예쁘네."

"원래 예뻤어."

쿡, 하고 소리 내 웃는 그녀를 하준은 사랑스럽게 올려다보며 슬며시 입을 맞췄다. 부드럽게 감기는 그녀의 입술 새로 부드럽고 달콤한 혀가 파고들며, 뜨거운 입김이 서로에게 전해졌다.

차가운 기온에 노출되어 있었던 그들의 몸에 열이 돌며, 아지랑이처럼 하얀 연기가 그들 옷 위로 피어올랐다. 차갑고도 뜨거운, 말로 설명할 수 없는 미묘하고도 심원한 감정들이 화학적 연소를 일으키며 분위기를 점차 고조시켰다.

"사랑해……."

살짝 각도를 틀어 숨을 뱉어낸 그녀는, 작게 입술을 움직여 그에게 속삭였다. 하준의 눈이 흐뭇함에 부드럽게 휘어지며, 곧바로 그녀의 입술 위로 응답하듯 말을 전했다.

"내가 훨씬 더 사랑해."

"그럼…… 이제 아무 데도 안 갈 거지?"

불안하게 흔들리는 그녀의 눈에 살포시 입을 맞춘 하준은 이후 이마, 코, 뺨, 입술에 차례로 키스를 퍼붓곤 나지막하게 말했다.

"이제 너 두고 아무 데도 안 갈 거야."

그녀와 떨어져 있었던 긴 시간, 그리움이 사무칠 정도로 괴롭고 힘든 나날의 연속이었다.

"이제 영원히 넌 내 거야."

죽는 순간이 닥친다 하더라도 이젠 절대 놓치지 않으리라,

"내가 허락하지 않는 한, 평생 넌 내 옆이 아닌 곳은 그 어디라도 못 가."

하준은 맹세를 기리고, 사탕을 녹여 먹듯 그녀의 입술을 달콤하게 핥고 빨아들였다. 꽤 오랜 시간 공을 들인 그의 자극적인 움직임에, 가빈은 결국 자연스럽게 밀착되었던 입을 벌렸고, 기다렸다는 듯 부드러운 혀가 그녀의 입안을 아찔하게 녹였다. 이후 서로를 향한 갈망이 교차한 상태로 질척하게 엉키기 시작했다.

희열이 느껴질 만큼 온몸을 녹이는 감촉에 그녀는 더욱더 강하게 그의 목을 감싸 안았다. 뜨겁다 느끼자마자 곧 추위에 사그라지고, 이내 춥다 느끼니 곧 그의 화염에 몸이 녹아들었다.

"추위?"

새파랗게 질린 가빈의 얼굴을 발견한 하준이 묻자, 그녀가 작게 고개를 저었다.

"아니, 괜찮은…… 아!"

말을 다 내뱉기도 전에, 가빈을 가볍게 두 팔로 감싸 안은 하준은 당황하는 그녀를 내려다보며 입을 열었다.

"아버지, 어머니 두 분은 어떡해서든 너와 나 사이를 갈라놓으려 하시겠지?"

하준의 말에 가빈은 사뭇 어두워진 표정으로 끄덕였다. 하지만 하준은 그런 그녀의 반응을 미리 짐작이라도 한 듯 눈썹을 들어 올리며, 입안에 담고 있었던 말을 내뱉었다.

"두 사람을 포기하게 만들 좋은 방법이 있지."

가빈은 의아한 표정으로 고개를 갸우뚱 기울였다.

"그런 게…… 있어?"

하준은 몸을 돌려 차로 이동하며 피식 웃어 보였다.

"물론."

"그게 뭔데?"

가빈의 물음에 하준은 잠시 제자리에 멈춰 선 상태에서, 고개를 숙여 그녀의 귓가에 대고 속삭였다.

"그건…….."

"……."

"차에 가서 하나, 하나 차근히 알려 줄게."

의미심장한 그의 말, 하지만 가빈은 그게 무슨 말인지 알아들었는지 얼굴 전체가 벌겋게 달아올랐다.

동시에 그동안 자신도 모르는 사이에 길들여지기라도 한 건지, 그의 눈빛과 말 한마디에 그녀의 몸이 예민하게 반응하기 시작했다.

"기대해도 좋아."

강한 빗소리를 가르며 들린 하준의 뜨거운 한마디. 가빈은 쑥스러움에 애써 그의 시선을 피해 두 눈을 감아버렸고, 하준은 그런 그녀의 모습에 웃음을 터트리며 다시 발걸음을 옮겼다.

"우리가 같이 살기로 한 집에, 안방 말고 다락방 보면 장난감이랑 인형들이 가득 있던데 그건 누구 거야?"

"음, 아마…… 곧 만나게 될 거야. 그 물건들 주인."

"만나? 누군데?"

"누군지 궁금해?"

"응, 궁금해. 말해 줘."

"흠…… 좋아. 만나게 해 주지. 그 대신 앞으로 며칠 동안 꼬박 밤을 새워야 할 거야."

"뭐? 밤을 왜 새워?"

"……그건, 이제부터 겪어 보면 알게 될 거야."

〈완결〉

"네 엄마의 건강이 회복될 때까지만이라도, 아버지와 함께
살자꾸나."

몇십 년 동안 모르고 지냈던 아버지와의 극적인 만남, 그리고 항
상 함께였던 엄마와 처음으로 헤어져 살게 되었다.

그녀와 떨어져 지내야 한다는 것이 너무나도 싫었지만, 정황상
어린애처럼 마냥 거부할 수만은 없는 문제였다. 처음 겪는 이별, 하
지만 그로 인한 슬픔을 참는 건 어렵지 않았다.

울컥할 것 같은 말은 삼키고, 슬프지 않은 척 담담하게 웃었다.
입안 살점이 떨어져 나갈 정도로 꽉 깨문 채 하늘을 바라보면, 촉촉
이 스며들던 눈이 어느새 사막처럼 바짝 메말라 버렸다.

그래. 어느 정도 시간이 지나면 너무나도 당연하게, 태연하게 슬픔이라는 감정이 금방 누그러졌고, 그렇게 매번 별일 아닌 것처럼 저를 짓누르는 고비를 넘겼었다. 그래서 두렵고 무서운 감정도 그렇게 참고 견디면 될 것이라 생각했다.

'이곳인가?'

올려다보는 것만으로도 목이 아플 정도로 높은 담벼락 너머에 위치한 저택에 들어선 순간부터, 엄습하는 이 낯선 감정들을 쉽게 제어할 수 있기를 바랐다.

온몸을 휘감는 긴장감을 눈 안에 가두고, 굳은 입술 끝을 억지로 붙잡은 채 떨리는 손을 꽉 말아 쥐면, 숨 쉬는 것조차 고역인 이 어두운 감정이 안개가 걷히듯 서서히 사라질 거라 그리 믿었었다. 하지만 이 모든 건 얼마 지나지 않아 착각에 불과하다는 것을 깨달을 수 있었다.

달칵.

심장을 오그라들게 만드는 문소리를 시작으로 한발 한발 내디딘 곳에선, 얄팍한 마음으로는 도저히 견뎌 낼 수 없는 새로운 세상이 펼쳐져 있었다.

굳게 먹었던 마음이, 실낱같은 기대감이, 유리처럼 투명하게 굳은 채 한순간에 부스러지고 말았다.

"어서 오십시오, 회장님."

가사도우미들은 가빈이 집 안에 발을 내딛기가 무섭게, 일사불란한 모습으로 정중한 인사를 건넸다. 그 덕에 가빈은 움찔하며 놀란 기색을 감추지 못했다. 저택의 위용에 감탄한 지 채 얼마 되지도 않아 겪게 된 또 다른 낯선 환경에, 그녀는 할 말을 잃고 말았다.

류목형이 보통 사람이 아니라는 건 이미 어느 정도 예상하고 있긴 했었다.

처음 그가 요양원에 방문했을 때, TV에서조차 본 적 없는 고급 차량을 타고 온 데다 수행 비서까지 대동하고 와, 어느 정도 재력 있는 사람이라는 건 눈치로도 알 수 있었다. 하지만 그는 상상 이상으로 더 대단한 듯 보였다.

'괜찮을까?

가빈은 그동안 살았던 환경과 전혀 다른 이곳에 잘 적응하며 살수 있을지 벌써부터 걱정이 밀려들었다. 각오를 하고 오긴 했지만, 막상 현실에 닥치고 보니 단단하게 다져났던 마음의 크기가 점차 줄어드는 것이 느껴졌다.

하지만 이제 와 돌이킬 수 없는 일, 가빈은 일단 부딪쳐 보자는 심정으로 스스로를 다독이며 류목형의 뒤를 따라 엉거주춤 발길을 내디뎠다.

"회장님, 오셨습니까?"

입구를 지나 거실에 다다를 때쯤, 기다렸다는 듯 유 실장이 류목형의 앞으로 다가왔다. 평소였다면 그가 집에 도착했다는 것을 알아챈 직후, 입구에서부터 대기하고 있었을 그녀가 뒤늦게 등장하자, 류목형의 눈빛에 의아한 빛이 서렸다.

"집사람은?"

유 실장은 류목형이 이혜연을 찾자 머뭇거리며 말끝을 흐렸다.

"그게……."

"호호호, 너 왜 이렇게 웃기니? 자, 한 잔 더 해."

유 실장이 뭐라 말을 꺼내려던 찰나였다. 그들 귀로 이혜연의 간
드러진 목소리가 들렸고, 류목형의 미간에 주름이 잔뜩 잡혔다. 그
는 사납게 굳어진 표정으로 유 실장의 곁을 지나쳐 거실 안으로 들
어섰다.

짐작했던 대로, 거실에는 이혜연과 젊은 남자 두 명이 서로 한
데 어울려 희희낙락하게 웃고 있었다.

류목형은 그런 그들을 이지러진 얼굴로 바라봤다. 안 그래도 미
리 유 실장으로부터 이혜연의 행태를 보고받은 터라, 분명 그녀에
게 자신이 도착하기 전까지 상황 정리를 하라고 명령 아닌 경고를
해 놓은 상태였다.

다른 날도 아니고 가빈이가 처음 가족으로 집에 들어오는 날인
만큼, 서로 간의 추잡한 모습은 가급적 숨기고 싶었기 때문이었다.

언젠간 드러날 일이었지만 적어도 첫날만큼은 무난하게 넘어가
고 싶어 그리했건만, 이혜연은 어림없다 조롱하듯 그의 얼굴에 제
대로 먹칠을 하고 있었다.

"당신 지금 뭐 하고 있는 거야?"

음산하게 퍼지는 류목형의 음성에 뒤늦게 그를 발견한 이혜연
은, 노골적인 비웃음을 흘렸다.

"어머, 오셨어요? 회장님?"

이혜연은 분노로 얼굴이 붉으락푸르락한 류목형의 모습에도 아랑곳하지 않고, 비아냥거리듯 그에게 인사를 건넸다.

그녀는 소파에 축 늘어지게 누워서는 쭉 뻗은 늘씬한 다리를 한 남자의 무릎 위에 올려놓곤, 머리맡에 앉아 있는 다른 남자의 얼굴을 부드럽게 쓰다듬고 있었다.

흡사 호스트바에라도 온 듯한 광경. 누가 봐도 남부끄러운 상황이었지만, 그녀는 오히려 보란 듯이 당당하게 행동했다.

류목형의 등장 이후, 어쩔 줄 몰라 하며 난처해하는 남자들에게 괜찮으니 편하게 있으라며 다독였고, 잔에 술을 가득 채워 남자의 목을 감싼 채로 한입에 다 털어 마셨다. 다 마신 뒤에는 자연스럽게 남자가 건네는 안주를 받아먹고 답례로 볼에 키스까지 했다.

보는 것만으로도 민망하기 이를 데 없는 모습이었다. 류목형은 당장에라도 눈앞에 벌어진 모든 것들을 뒤엎어 버리고 싶은 것을 겨우 참아내며, 죄지은 듯 안절부절못하고 있는 유 실장에게 말을 건넸다.

"저 아이, 일단 방으로 올려 보내게."

"네, 회장님."

유 실장은 그의 말에 이혜연의 눈치를 살피며 가빈에게 다가섰다.

"가시죠, 아가씨."

가자는 유 실장의 말에도 가빈은 이혜연의 곁에 있는 남자들에게서 시선을 떼지 못하고 멍하니 서 있었다. 낯이 익은 얼굴들이었다. 의아해 하며 그들을 유심히 살펴보던 가빈은, 이내 그들이 누구인지 깨닫고 놀란 입을 다물지 못했다.

둘 다 한참 주가를 올리고 있는 유명한 배우였다. 그들 중 한 명은 심지어 현재 방영 중인 드라마에 출연 중이라, 가빈은 쉽게 그를 알아볼 수 있었다. 그런데 그런 그들이 이곳에 있다니, 도무지 믿기지 않았다.

"아가씨."

"네?"

"앞으로 지내실 방에 안내해 드리겠습니다. 가시죠."

가빈은 작게 고개를 끄덕이고 유 실장을 따라 몸을 돌렸다. 지금의 상황이 그저 얼떨떨하고 혼란스러웠다. 이 집에서 벌어지는 모든 것들이 다 꿈처럼 느껴졌다. 현실과는 동떨어진 세상에 내던져진 기분이었다.

"잠깐, 기다려."

유 실장과 가빈이 막 2층으로 향하는 계단으로 오르려던 때였다. 그들은 등 뒤에서 들린 이혜연의 음성에, 두 사람은 걸음을 멈추고 그녀를 돌아봤다. 소파에서 몸을 느릿하게 세운 이혜연은 가빈에게 시선을 고정한 채로 그녀에게 손짓했다.

"너, 이리 와봐."

가빈은 그녀의 손끝이 자신을 향하는 것을 확인하고는 흠칫했다. 까딱거리는 그녀의 손놀림에 왠지 모를 거부감이 들었다.

"이리 가까이 오라는 말, 안 들려?"

뾰족하게 날이 선 이혜연의 말투에 석고상처럼 굳어 있던 가빈은, 결국 조심스럽게 발을 내디뎠다. 하지만 곧바로 옆에서 지켜보던 류목형이 그녀를 향해 손을 휙휙 저으며 행동을 저지했다.

"가빈이 넌 올라가 있거라."

이혜연의 얼굴이 보기 좋게 일그러졌다. 저 아이에게 무슨 해코지라도 하지 않을까, 전전긍긍하는 그의 모습이 잔잔했던 마음속 호수에 거친 물결을 만들어 냈다. 냉정하게 상황을 대처하려던 그녀의 생각에 변화가 일었다.

'평생 그년을 그리워하며 산 것도 모자라, 기어코 그년 딸까지 데리고 왔다 이거지.'

이혜연은 신경을 곤두서게 하는 치욕적인 상황에 아랫입술을 베어 물었다. 일종의 갈구였었다. 평생 한 여자만을 바라보는 저 목석 같은 남자가 한 번쯤 눈길을 주지 않을까, 외도라는 최악의 수까지 두며 관심을 끌어봤지만, 결국 언제나 그랬듯 결과는 처참했다.

아무리 서로의 사생활은 존중해 주는 것을 조건으로 사랑 없이 한 정략결혼이라고 하지만, 부부의 연을 맺고 난 후로 그녀는 단 한 순간도 류목형을 사랑하지 않은 적이 없었다.

그걸 류목형도 모르진 않았다. 하지만 그는 너무나도 냉정하고 매몰차게 그녀를 대했다. 잔인하게도 결혼 전 했던 맹세를 들먹이며 말이다.

'그래, 어디까지 당신이 날 비참하게 만들지 두고 보겠어.'

서늘한 빛을 머금은 눈빛을 한 이혜연은 소파에 붙박아져 있던 몸을 천천히 일으켜 세우며 입을 열었다.

"그래도 앞으로 같이 살 사이인데 인사 정도는 해야지?"

그녀는 옷매무새를 매만지고는 손에 술을 채운 잔을 들고 가빈에게 서서히 다가갔다. 가빈은 그런 이혜연의 기에 눌려 자신도 모르게 한 발짝 뒤로 주춤 물러섰다.

류목형에게 이혜연에 대해 대충 듣긴 했지만, 그녀는 생각했던 것 이상의 강한 분위기로, 마주 보고 있는 것조차 가슴이 떨릴 만큼 두렵게 느껴졌다.

"내가 네 새엄마라는데, 인사도 안 하고 그렇게 멀뚱히 쳐다만 보고 있을 거니?"

팔짱을 끼고, 턱을 추켜올리며 말하는 이혜연의 기세에, 가빈은 망설이다 고개를 숙이며 인사를 건넸다.

"안녕하세요, 류가빈이라고 합니다."

"류가빈……이라, 재밌네."

류목형의 성을 따른 그녀의 이름에 이혜연의 표정이 싸늘하게 변했다. 박하연, 그 여자와의 끈덕진 인연의 결실과도 같은 가빈의 존재가 눈엣가시가 되어 그녀의 심장에 가득 박혔다.

"네 엄마를 아주 많이 닮았구나."

이혜연은 가빈의 얼굴을 꼼꼼히 뜯어보더니, 손을 내밀어 그녀의 얼굴을 쓰다듬었다.

"피부도 아주 곱고……."

말끝을 늘어뜨린 이혜연의 눈이 가늘어지며, 음성의 높낮이가 변했다.

"아주 소름 끼칠 정도구나."

"아……."

이혜연은 술이 가득 들어있는 잔을 가빈의 머리 위에 기울였다. 안에 담겨 있던 술이 순식간에 그녀에게로 쏟아져 내렸다.

"사, 사모님!"

"당신! 지금 이게 무슨 짓이야!"

갑작스러운 이혜연의 돌발행동에 주변 사람들은 당황하며 우왕좌왕했지만, 정작 그녀는 별일 아니라는 듯 심드렁한 표정으로 가빈을 훑어봤다.

"꺼지렴, 내 눈앞에서."

"네……?"

충격으로 정신을 놓기라도 한 듯 넋이 나간 그녀의 모습에, 이혜연은 귓가에 대고 힘줘 속삭였다.

"너 같은 게 있을 곳이 아니란다, 이곳은."

"……."

"내가 널 없애버리기 전에 얌전히 나가……."

"안 떨어져!"

이혜연이 말을 다 내뱉기 전, 류목형이 가빈의 팔을 잡아끌어 둘 사이를 벌려 놓았다. 이혜연은 아쉬운 듯 입맛을 다시며 뒤로 물러났다. 가빈은 공허한 눈빛으로 당혹감을 감추지 못했다.

서슬 퍼런 그녀의 경고가, 술이 머리와 얼굴에 젖어 들어가듯 귓속에 스며들었다.

"정신 나갔어? 애한테 이게 무슨 막돼먹은 짓이야!"

류목형은 엉망이 된 가빈의 모습에 격노하며 이혜연에게 소리쳤고, 그녀는 도로 원래 자리로 돌아가 앉아 남자들이 따라 주는 술을 받아 마시며 말했다.

"이럴 줄 모르고 데리고 온 건 아니겠죠?"

"당신이란 여자, 정말 끝까지 질리게 하는군."

류목형이 치를 떨며 말하자, 이혜연은 손에 든 잔을 바닥에 집어던졌다.

쨍그랑!!

그녀의 눈동자가 파르르 떨렸다.

누가 할 소릴! 뻔뻔한 것도 유분수지.

"당신이 나한테 그런 말 할 자격이 있다고 생각해요?"

"자격? 그런 걸 논하고 싶다면 남자들 끼고 노는 정신 나간 짓은 관두고 해야지."

"……지금 말 다 했어요?"

"한마디만 더 해, 더는 두고 봐 주지 않을 테니."

이혜연은 그의 경고에도 전혀 주눅이 든 기색 없이 가빈을 돌아보며 핏대를 세웠다.

"너 하나로 인해 집안에 이런 사달이 나는구나, 이 사태에 대해 어떻게 생각하니?"

그녀가 몰아치듯 묻자, 가빈은 어떻게 대답해야 할지 몰라 난감한 표정을 지었다.

"그건……."

"그만두지 못해!"

자신으로 인해 둘 사이의 대립구도가 점차 악화되자, 지켜보던 가빈은 일단 자리를 피해 주자는 생각으로 그에게 말을 전했다.

"저…… 잠깐만 밖에서 바람 좀 쐬고 오겠습니다."

"가빈아……."

가빈은 류목형이 부르는 목소리도 뒤로 하고, 망설임 없이 현관문 밖으로 나섰다. 선선하게 부는 바람이 스쳐 지나가자, 알싸한 술의 향기가 코끝에 닿으며 정신이 몽롱해지는 것 같았다.

그녀는 가슴 속까지 깊게 들이켠 숨을 잠시 머금었다 힘겨운 듯 탁 뱉어냈다. 답답했던 속이 조금 풀리며 새파랗게 질려 있었던 낯빛에 붉은 기가 감돌기 시작했다. 멍했던 정신도 점차 돌아오는 듯했다.

가빈은 터덜터덜 걸어 대문 밖으로 향했다. 끼익— 하는 기묘한 울음소리를 내며 열린 문은, 이내 그녀가 문밖을 나서자마자 탁, 닫혀 버리고 말았다. 잠시 동안의 정적. 가빈은 설마 하는 생각으로 손잡이를 잡고 밀었지만, 문은 이미 잠겨 버린 지 오래였다.

그래도 포기하지 않고 몇 차례 문을 열어 보려 시도했지만 실패했고, 그녀는 결국 포기한 채 문 앞에 털썩 앉았다. 어떡하지, 벨을 다시 누르자니 좀 전의 일이 떠올라 선뜻 용기가 나질 않았다.

"꺼지렴, 내 눈앞에서."

이혜연의 살기 어린 한 마디가 그녀의 심장에 파고들었다. 달갑게 받아들여 주지 않을 거라는 건 충분히 예상했지만, 이토록 적대적으로 대할 거라곤 생각지 못했었다.

류목형이 충분히 상황 설명을 했다고 했고, 단순히 어린 마음에 그녀가 모든 걸 보듬어 주고 이해해 줄 거라 생각했었다. 하지만 이것 역시 어리석은 착각임을 가빈은 뒤늦게 깨달을 수 있었다.

어차피 자신은 꿔다 놓은 보릿자루 같은 신세, 그걸 인정하고 받아들이는 것이 앞으로 이곳에서 견디고 살아갈 수 있는 유일한 방법이라는 생각이 들었다.

'그래, 어차피 엄마 건강만 회복되면 돌아갈 수 있어.'

울컥 치민 울분이 목까지 차올랐지만, 그녀는 애써 무덤덤하게 참아내며 주머니 속에서 손수건을 꺼내 들었다. 엄마인 박하연이 이곳에 오기 전 선물로 건네준 것이었다. 그녀를 떠올리며 다시 한 번 마음을 다진 가빈은, 머리카락에 쏟아진 술부터 닦아 내기 시작했다.

'찐득찐득해.'

와인이라서 그런지 점액이 끈적끈적해 손수건으로 닦아 내도 찜찜한 것이 남았지만, 그래도 대충 술이 묻은 곳을 찾아내 닦아 냈다.

"손 씻고 싶다."

얼굴에 묻은 술을 닦아 내며 중얼거리던 가빈은 어떻게 집에 들어갈 것인가에 대한 고민에 또다시 빠져들었다.

벨을 누르자니 분위기가 아직은 심각할 것 같아 괜히 망설여졌다. 그렇다고 마냥 앞에서 기다리자니 오가는 사람들 앞에서 왠지 민망하기도 했다.

'얘기 끝나면 나와 보시겠지.'

일단은 류목형이 나오길 기다려 보자는 결론과 함께, 그녀는 손에 묻은 술을 손수건으로 닦아 냈다. 처량한 모습, 괜스레 한숨이 흘러나왔다.

끼이익—

한참을 멍하니 있던 가빈의 눈앞에, 때마침 미끄러지듯 차 한 대가 멈춰 섰다. 한눈에 봐도 꽤 값이 나가 보이는 고급 스포츠카였다.

저런 걸 타고 다니는 사람은 누굴까? 하는 궁금증에 운전석에서 눈을 떼지 못하던 가빈은, 거기서 내리는 한 남자를 발견하고는 고개를 살짝 기울였다. 어디서 본 듯한 얼굴, 그런데 누구인지 좀처럼 기억나지 않았다.

'연예인인가?'

낯이 익다면 분명 연예인일 가능성이 농후했지만, 딱히 떠오르는 이름은 없었다. 착각한 건가? 속으로 생각하던 그때, 그녀의 눈앞으로 차에서 내린 남자가 멈춰 섰다.

뭐지? 가빈은 고개를 들어 의아한 눈빛으로 그를 마주 봤다.

'왜 안 가고 서 있지?'

가빈은 아무 말 없이 자신을 뚫어지게 바라보고 있는 남자의 모습에 어색하게 이마를 긁적였다. 꼴이 우스워 그런가 싶어 민망한 표정으로 몸을 일으킨 그녀는, 자신의 옆을 지나 대문으로 향하는 남자를 멍하니 지켜봤다.

그는 가빈이 어색함에 차마 누르지 못한 벨을 과감하게 눌렀다. 벨 소리가 그들 주변에 울려 퍼졌고, 가빈은 문득 드는 생각에 빤히 그를 응시했다.

전주에서 이곳까지 차를 타고 오는 동안, 류목형이 해 주었던 말이 그녀의 뇌리를 스쳐 지나갔다. 그는 위로 오빠가 하나 있다며 앞으로 잘 지내보라고 했었다.

가빈은 평소 바라왔던 오빠라는 존재가 눈앞에 있다는 것에 설레어 하며, 그에게 말을 붙이기 위해 조심스럽게 다가갔다.

"저, 저기."

삐익.

가빈이 조심스레 말을 걸기가 무섭게 대문이 열렸고, 남자는 그녀를 무시한 채 집 안으로 들어갔다.

"저기, 잠깐만요."

가빈은 다급히 남자의 옷자락을 붙잡으며 말을 걸었고, 그는 가빈을 뭔가 못마땅한 표정으로 돌아봤다.

"왜?"

짧은 그의 반문이 강렬하게 그녀의 귀에 박히자 가빈은 당황한 표정을 숨기지 못했다.

"아, 저…… 혹시 여기 사세요?"

"보면 모르나?"

남자는 집 안에 들어선 자신을 마치 강조라도 하려는 듯, 발로 땅을 한 번 굴렀다. 그런 그의 행동에 가빈은 말문이 막혀 어색한 미소 지어 보였다.

"아, 그렇군요."

"……."

"저……저도 오늘부터 여기서 살기로 했는데요."

가빈의 말에 남자의 표정이 묘하게 바뀌더니, 이내 말없이 뒤돌아 저택을 향해 걸어갔다.

'이대로 대화 끝?'

남자의 반응으로 봐선 자신의 존재에 대해 알고 있는 것이 분명했다. 매몰차기 그지없어 보이는 그의 성향으로 봐선, 몰랐다면 일찌감치 나가라고 말했을 테니 말이다.

가빈은 점차 멀어져 가는 그를 물끄러미 바라보았다. 처음 대면한 그의 이미지는, 얼음 그 결정체라 해도 과언이 아닐 정도로 차갑고 냉랭해 보였다.

'내가 싫은가?'

갑자기 하늘에서 뚝 떨어진 것처럼 나타난 배다른 여동생이 반가울 리 없는 게 어찌 보면 당연했다. 다소 직설적인 그의 반응에 서운했는지, 가빈은 조금 시무룩해진 얼굴로 그의 뒤를 따라 걸었다.

용기 내 그에게 한 마디 더 붙이려던 그녀는, 이혜연과 함께 있던 남자 두 명이 걸어 나오는 모습에 열었던 입을 다시 오므렸다.

"오랜만이네, 하준이?"

하준의 뺨을 두어 대 정도 두드리며 친근하게 말을 거는 남자를 가빈은 가만히 지켜봤다.

'하준?'

그럼 류하준인건가? 그의 이름을 뇌리에 각인시킨 그녀는 조금 더 자세히 하준을 살펴봤다.

"자식, 여전히 찬바람 쌩쌩 이네. 좀 살갑게 좀 굴면 어디 덧나냐?"

하준의 어깨를 툭 짚으며 남자가 껄렁하게 시비 걸듯 말하자, 하준은 불쾌하다는 듯 그의 손을 탁 쳐내며 입을 열었다.

"내 몸에 손대지 마."

"뭐? 너 이 새끼……."

"어? 아까 그 아가씨네?"

또 다른 남자가 불현듯 가빈을 발견하곤, 반갑다는 표정으로 그녀에게 다가섰다.

"가까이서 보니까 훨씬 더 예쁘네, 이제 고등학생?"

갑작스러운 남자의 관심에 가빈은 당황스러운지 도와달라는 듯 하준을 힐끗 보고는 대답했다.

"네……."

"오늘 시간 어때요? 괜찮으면 우리랑 같이 놀러 안 갈래요?"

남자의 제안에 가빈은 재빨리 손사래를 치며 대꾸했다.

"아니요! 괜찮아요."

"그러지 말고 같이 가요. 안 그래도 사모님께 허락도 받았으니."

"네?"

사모님께 허락? 가빈은 무슨 말이냐는 듯 그를 바라봤고, 남자는 히죽 웃으며 그녀의 손목을 붙잡았다.

"그냥 우리 믿고 따라오면 돼요, 내가 좋은 곳 알고 있으니까."

"아, 저기 이것 좀 놔 주세요……!"

"죽고 싶어?"

가빈의 손목을 부여잡은 남자의 손을 세차게 떼어 내며, 하준은 그녀를 자신의 뒤에 세웠다. 그러자 남자가 어이없다는 눈으로 하준을 노려보며 입술 끝을 부르르 떨었다.

"너, 지금 이게 뭐 하는……."

"어머니만 믿고 설치다가 어떻게 됐는지, 벌써 잊었어?"

살기를 띄고 말하는 하준의 모습에 남자는 뭔가를 떠올렸는지 주춤 물러서며 주먹을 불끈 말아 쥐었다. 이혜연 몰래 그에게 호되게 얻어맞았던 기억이 벼락처럼 머릿속을 헤집어 났다.

치밀하고도 독한 저놈이 얼굴을 제외한 온몸을 묵사발로 만들어 놓는 통에, 몇 달 동안 제대로 활동을 하지 못했었다. 그날의 기억이 잔상으로 남아, 섬뜩함에 저절로 몸이 떨려왔다.

"그만 꺼져."

중얼거리듯 낮게 울리는 음성에 남자들은 분노를 억누르며 가빈을 지나쳐 걸어 나갔고, 그녀는 순식간에 끝난 상황에 허탈한 표정으로 하준을 바라봤다.

도대체 뭐 때문에 저렇게 뒤꽁무니가 빠지게 도망가는 걸까? 묻고 싶었지만 어딘가 피곤한 기색이 역력한 그의 모습에 가빈은 머뭇대며 그의 앞을 서성였다.

"저기⋯⋯."

"함부로 말 걸지 마."

그녀의 말이 떨어지기가 무섭게 튀어나온 그의 싸늘한 한마디에, 가빈은 놀란 표정으로 하준을 바라봤다. 날카롭게 치켜뜬 그의 눈빛에 절로 시선이 아래로 향했다.

"아, 네."

"⋯⋯앞으로 거슬리게 하지도 말고."

"네."

짧게 수긍의 대답을 건넨 가빈은 이후, 말없이 집 안으로 들어가 버리는 하준을 바라보며 미간을 찌푸렸다. 너무나도 차가워 대화를 나눈 것만으로도 온몸에 서리가 내려앉은 기분이 들었다.

"제일 무서운 사람은 따로 있었네⋯⋯."

그나마 제 편이 되어 줄까 기대했던 그마저 한 줌 거품이 되어 사라져 버린 탓에, 몸의 기운이 쭉 빠지는 기분이 들었다.

"잘 버틸 수 있을까?"

가빈은 앞으로 일어날 일에 대한 걱정에 입술 새로 짙은 한숨을 뱉어냈다.

*　　*　　*

　하준은 과제를 마치고, 휴식을 취하기 위해 침대 헤드 보드에 몸을 기댔다.

　오늘 하루도 이렇게 허무하게 지나가나 생각할 무렵이었다. 가사도우미가 가족들이 모두 모여서 저녁 식사를 하기로 했으니 내려오라 말을는 전했다. 하지만 그는 속이 좋지 않다는 핑계를 대고 그녀를 돌려보냈다.

　언제부터 같이 저녁을 먹었다고, 눈에 빤히 들여다보이는 류목형의 행동들이 껄끄럽게 다가왔다. 가뜩이나 냉골 같은 집안 분위기를 얼마나 더 망쳐놓을 셈인지, 차라리 신경을 끊는 편이 나았다.

　하준은 애써 떨떠름한 기분을 잠재우려 옆에 놓인 책을 들여다보다, 이내 탁 덮었다. 머릿속이 난잡하게 엉클어져 도통 집중이 되지 않았다.

　그는 한숨을 푹 내쉬고 쓰러지듯 침대 위에 몸을 눕혔다. 오후 9시경, 아직 이른 저녁이라 잠들기도 모호한 시간이었다.

　하준은 이리저리 몸을 뒤척이다 문득 뭔가를 떠올렸는지, 가늘어진 눈매로 상체를 일으킨 뒤 침대 옆 협탁 서랍을 열어봤다. 갖가지 물건들 사이로 화려한 무늬의 지퍼 라이터가 그의 눈에 제일 먼저 들어왔다.

　하준은 그걸 손에 집어 들고는 뚜껑을 딱, 하고 열어 보았다. 그

러자 머릿속으로 불꽃이 피어오르듯 강렬히 누군가의 얼굴이 상기
됐다.

"저도 오늘부터 여기서 살기로 했는데요."

쭈뼛대며 다가서던 아이.
'류가빈⋯⋯.'
그녀가 대문 앞에 쪼그려 앉아 자신을 올려다보던 모습이 그려
지며 라이터를 만지던 손에 힘이 들어갔다. 처음 그녀를 발견했을
때, 심장이 멎는 줄 알았었다.
잊으려 발버둥 쳤던 유진이 그녀에게 투영되며, 마주 본 순간 붉
은 꽃비가 가슴 속에 휘날렸다.

"네가 이혜연 교수님 아들이구나? 난 유진이라고 해."

대문 옆 벽에 삐딱하게 선 채로 담배를 피우던 그녀가 활짝 웃으
며 다가왔을 때, 가슴 한켠이 전기가 통하듯 찌릿했던 과거와 겹쳐
졌다. 당시 고등학생이었던 그가 3살이나 많은 그녀에게서 형용
할 수 없을 만큼 복합적인 감정을 느꼈던 그때 그날의 기억을 정확
히 떠올리게 했다. 류가빈이라는 그 아이가.
'닮았나?'
닮긴 닮았었다. 뭐랄까, 유진에게서 느꼈던 묘한 분위기라든지,

찰나에 보였던 작은 습관 같은 것들이 눈앞에 아른거릴 정도로 닮았었다.

특히 자신을 바라볼 때 빤히 쳐다보던 갈색 눈동자가, 꾸밈없이 직설적인 감정을 드러내던 그 눈빛이, 순간 할 말을 잃을 정도로 유진을 연상시켰다.

"앞으로 네 눈은 나만 바라봐야 하고, 네 입은 내 이름만 속삭여야 할 거야. 그래, 류하준…… 네 모든 건 다 내 것이어야만 해, 앞으로 넌……, 나만을 위해 존재하는 거야."

처음으로 사랑이라는 감정을 가르쳐 준 사람, 처음으로 집착이라는 감정에 지치게 한 사람.

달칵.

"하아……."

파노라마처럼 펼쳐진 과거의 잔해. 만지작대던 라이터의 뚜껑을 딱 닫자마자 그의 입술 새로 거칠어진 숨소리가 내뱉어졌다.

그녀를 떠올릴 때면 세상에 혼자 존재하고 있는 것조차 사치라는 듯, 스스로 숨통을 조이는 버릇이 생겼다.

일종의 강박관념이었다. 그녀를 끝까지 지켜주지 못했다는 죄의식이 낳은 습관.

하준은 어느새 이마에 송골송골 맺힌 땀을 손으로 쓰윽 닦고는 자리에서 일어섰다. 머리가 핑 돌고, 입술이 바짝 말라왔다. 뭔가

시원한 걸 들이켜고 싶었다.

똑똑—

"저, 류가빈인데요."

1층 부엌으로 내려가기 위해 방문으로 향하던 하준은, 노크 소리와 함께 들린 가빈의 목소리에 걸음을 멈췄다. 그는 본능적으로 고개를 돌려 시계를 확인해 봤다.

오후 9시 30분, 이 시간에 무슨 일이지? 그는 의아해하며 방문 앞으로 다가가 문손잡이를 돌렸다. 문 앞엔 편안한 차림의 가빈이 우두커니 서 있었다.

"무슨 일이지?"

가빈은 냉랭한 그의 음성에 움찔하던 그녀가 용기를 내 말을 건넸다.

"그게…… 저녁 식사하러 안 내려오셔서…… 혹시 저 때문인가 해서요."

잠시 동안의 정적, 그녀는 대꾸조차 없는 하준을 조심스럽게 올려다보며 이어 말했다.

"저하고 같이 식사하시는 게 불편하셔서 그러는 거라면, 앞으로 제가 따로 먹을 테니 거르지 마시라고……."

"쓸데없는 참견이야."

"네?"

그는 가빈을 지나쳐 1층을 향하는 계단으로 향했고, 가빈은 그저 멀뚱히 하준을 바라보았다.

그렇게까지 내가 싫은가? 가빈은 민망한 표정으로 머리를 긁적였다. 그와 잘 지내보고 싶었건만, 계속 엇갈리기만 한다. 내심 마음이 상했지만, 그렇다고 해서 이상하게 포기하고 싶진 않았다.

마음을 다하면 그도 언젠간 진심을 알아줄 거란 생각을 확고히 한 가빈은, 주저하던 발걸음을 내디뎌 그의 뒤를 따랐다.

"뭐 필요하신 거라도 있으세요? 아가씨."

1층에 내려가자마자 유 실장과 마주친 가빈은, 그녀에게 괜찮다 대답하고는 부엌 안에 있는 하준을 살펴봤다.

그는 가사도우미가 건네는 얼음물 한 잔을 들이켜고 있었다. 가빈은 유 실장에게 푹 쉬라는 말을 전하고는 천천히 부엌 안으로 들어섰다. 그러고는 마침 식빵 한 조각을 손에 든 그에게 다가가 말을 걸었다.

"배고프면 제가 뭐라도 만들어 드릴까요?"

하준은 싱긋 웃으며 말을 거는 가빈을 흘낏 쳐다봤다. 도대체 무슨 생각인 건지, 밀어내면 밀어낼수록 더 살갑게 구는 그녀의 행동이 마음에 들지 않았다.

얼굴을 마주 보는 것만으로도 유진이 생각나 괴롭고 가슴 한구석이 먹먹해졌다. 강하게 다져놨던 마음이 흔들리는 게 신경 쓰이고 거부감이 들었다. 마냥 피하고 싶은 게 그의 진심이었다.

하준은 손에 든 식빵마저 내팽개치듯 테이블 위에 내려놓고는 그녀에게서 시선을 뗀 채 부엌 밖으로 향했다.

"잠깐만요!"

하준은 팔에 닿은 따뜻한 손길에 걸음을 멈추고 그녀를 돌아봤다. 또 뭐냐는 듯, 날카로운 그의 눈빛에 가빈은 긴장한 낯빛으로 물었다.

"그럼…… 같이 라면 안 먹을래요?"

도무지 속을 알 수 없는 그의 눈빛, 가빈은 다급히 말을 덧붙였다.

"제가, 라면 하나는 진짜 잘 끓……."

"너나 많이 먹어."

하준은 그녀의 말을 자르며 차갑게 대꾸했고, 가빈은 멋쩍은 표정으로 작게 고개를 끄덕였다. 많이 먹으라면 혼자 많이 먹어야지 어쩌겠나. 하준은 이미 2층으로 올라가고 있었고, 거실엔 그녀만이 덩그러니 남겨져 있었다.

슬픈 예감이 뇌리를 스쳐 지나갔다. 왠지 이 집에 지내는 동안 계속해서 이런 일들이 반복될 것 같았다.

"휴우……."

가빈은 작게 한숨을 내쉬었다. 강하게 붙잡았던 마음의 끈이 서서히 풀리는 게 느껴졌다. 동시에 공허함 때문인지 알 수 없는 허기가 밀려들었다.

"아가씨, 라면 드시고 싶으시면 끓여 드릴까요?"

옆에서 듣고 있던 유 실장이 조심스럽게 다가와 물었고, 가빈은 밝게 웃으며 그녀를 돌아봤다.

유 실장을 보고 있으니 괜스레 전주에 있는 박하연이 생각나 울컥하는 마음이 들었다. 하지만 그녀는 언제나 그랬듯 애써 아무렇지 않은 척 밝게 말했다.

"아니요, 제가 끓일게요. 같이 드세요."

왠지 모를 서러운 마음을 삭이며 가빈은 유 실장과 함께 부엌으로 향했다.

*　　　*　　　*

알람 소리에 잠이 깬 가빈은 누운 상태에서 멍하니 천장을 올려다봤다. 비몽사몽 한 가운데서도 이곳이 낯선 곳인 것을 감지하자, 순간 정신이 번뜩 드는지 그녀는 소스라치게 놀라며 몸을 일으켰다.

뒤늦게 류목형의 집인 걸 깨달았지만 아직까지도 적응이 되지 않아, 그녀는 어색하게 주변을 빙 둘러보고는 천천히 침대에서 내려왔다.

문득 거울 속에 비친 제 모습을 발견한 가빈은, 부스스한 머리카락을 손으로 대충 정리하고 창문 밖을 내다봤다.

청명한 하늘 아래, 눈부시게 푸른 정원이 눈에 들어왔다. 날씨가 무척 좋았다. 창문을 열고 시원한 공기를 힘껏 들이켜니 몸 안의 피곤한 기색이 싹 가시며 한껏 기분이 좋아졌다.

똑똑.

"아가씨, 일어나셨습니까?"

가빈은 갑작스러운 가사도우미의 목소리에 깜짝 놀라 문 쪽을
돌아봤다. 아가씨라는 호칭이 유독 이질적으로 들리며, 새삼 이곳
이 평범한 세상과는 다른 곳임을 깨우치게 했다.

가빈은 서둘러 창문을 닫고, 발길을 돌려 문을 열었다.

"네, 안녕히 주무셨어요?"

가빈의 다정한 인사에 가사도우미는 싱긋 웃으며 대답했다.

"아가씨께서도 안녕히 주무셨습니까?"

"네, 덕분에요."

"다행입니다. 그럼 등교 준비하시고, 아침 식사하러 내려오세
요."

가빈은 평소처럼 활기차게 대답하고는 욕실로 향했다. 그녀는
평소보다 빠르게 준비를 마친 뒤, 옷장 속에 걸린 새 교복을 꺼내
갈아입었다. 전의 학교 교복보다 훨씬 고급스럽고 깔끔한 디자인
이었다.

내심 만족하며 옷매무새를 단정이 정리한 그녀는 1층으로 내려
갔다. 부엌에는 어제 저녁때와 마찬가지로 류목형 혼자만이 식탁
에 자리하고 있었다.

"안녕히 주무셨어요, 아버지."

류목형은 환하게 웃으며 인사를 건네는 가빈을 흐뭇한 미소로
바라봤다.

"그래, 이리 와서 앉거라."

"네."

류목형의 옆자리에 앉은 그녀가 텅 빈 자리들을 안타까운 표정으로 훑어봤다.

"저…… 그분은?"

아직은 차마 새어머니라는 호칭이 입 밖으로 떨어지지 않는지, 가빈은 주저하며 힘겹게 물었다. 그러자 그런 그녀의 의도를 눈치챈 류목형이 준비된 음식을 먹으라는 듯 손짓하며 대답했다.

"그 사람은 신경 쓸 것 없다. 어서 너나 편히 먹거라."

"네……, 아버지."

하준에 대해서도 물으려던 가빈은, 애써 말을 삼키고 식사를 시작했다. 어제 저녁 식사 때도 느꼈지만, 등 뒤에 줄지어 서 있는 가사도우미들이 신경 쓰여 편히 밥이 넘어가질 않았다.

누군가의 시선을 받으며 먹는다는 게 이렇게 불편한 거구나, 새삼 다시 한 번 깨달으며 그녀는 꾸역꾸역 밥을 입안으로 삼켰다.

"도련님, 좋은 아침입니다."

도련님? 한참 식사를 하던 가빈은 유 실장의 음성에 고개를 들어 앞을 응시했다. 학교에 가려는 건지 그가 나갈 준비를 마치고 계단에서 내려오고 있었다.

첫날 봤을 때도 느꼈지만, 아침인데도 불구하고 그는 여전히 뒤로 후광이 비칠 정도로 멋있었다. 태생이 남다른 건가? 가빈은 그를 유심히 살펴보며 생각했다.

"학교, 가는 게냐?"

류목형이 식사를 잠시 멈추고 무뚝뚝하게 묻자, 하준은 부엌 앞에 선 채 작게 묵례를 하며 말했다.

"다녀오겠습니다."

"아침은?"

"괜찮습니다."

하준은 짤막하게 대답하고는 그대로 몸을 돌렸다. 부자간의 정이라고는 느껴지지 않는 싸늘한 대화에 옆에서 지켜보는 사람이 다 숨이 막힐 지경이었다.

가빈은 불편한 상황에 두 사람의 눈치를 살피다 이내 작게 한숨을 내쉬며 자리에서 일어섰다. 차라리 자신도 빨리 학교로 가는 편이 이래저래 마음이 편할 것 같았다.

"저도 그만 학교 가볼게요."

"오늘은 네가 가빈이 학교까지 좀 데려다 주거라."

가빈이 인사를 건네자마자 류목형이 기다렸다는 듯이 하준의 발목을 붙잡았다. 가빈은 생각지도 못한 말에 당황하며 류목형을 돌아봤다.

"아니에요, 혼자 찾아갈 수 있어요."

하준을 괜히 신경 쓰이게 하고 싶지 않았지만, 그녀의 의도와 다르게 류목형은 확고했다.

"어차피 저 녀석 학교 가는 길에 네가 다닐 학교도 있으니, 앞으로는 하준이 차 타고 등교하도록 해."

"아니요, 전 괜찮……."

"알겠느냐?"

끝까지 대답을 요구하는 류목형의 강한 어조에, 멈춰 서 있던 하준은 뒤돌아 가빈을 보며 말했다.

"나와."

하준은 거실을 지나 집 밖으로 홀연히 사라졌다. 가빈은 난감한 표정으로 머뭇거리다 어서 가 보라는 류목형의 재촉에 마지못해 걸음을 옮겼다.

차라리 잘 됐다 생각해야 하나 싶었다. 앞으로 같이 얼굴 맞대고 살아야 할 가족인데, 지금 상태로 지냈다가는 남보다도 못 한 사이로 전락할 것 같았다. 그전에 힘들더라도 조금 더 노력해 어색한 사이의 폭을 좁히고 싶었다. 그래, 어떻게든 친해져 보자. 각오를 다진 가빈은 성큼성큼 걸어 대문 밖을 나섰다.

"오빠."

가빈은 차 앞에서 기다리고 있는 하준에게 반갑게 손짓했지만, 그는 무심하게 그녀를 쓰윽 보고는 운전석에 올라탔다. 하여튼 살가운 구석이라곤 찾아볼 수 없는 사람이었다.

가빈은 갈 곳을 잃은 민망한 손을 황급히 거두고, 보조석 방향으로 뛰어가 차에 탔다.

"죄송해요, 괜히 귀찮게 해서. 학교 늦으신 건 아니죠?"

"안전벨트 매."

의문이었다. 왜 하준과 대화를 하면 항상 동문서답이 되고 마는 걸까? 가빈은 시무룩해진 표정으로 안전벨트를 맸다. 그러자 하준이 차를 출발시켰고, 곧바로 엄청난 적막감이 차 안을 뒤덮었다.

'무슨 말이라도 걸어 봐야 하나.'

가빈은 운전에 집중하고 있는 하준을 살짝 고개를 돌려 훔쳐봤다.

이제껏 만나봤던 사람들 중에 단연코 가장 말이 없고 무뚝뚝한 사람이었다. 비록 단기간 동안 알고 지내서 그의 깊은 성정은 알 수 없었지만, 마치 자석의 양극이 서로를 밀어내듯, 그는 단단한 바리케이드를 치고 철저히 그녀를 무시하고 있었다.

어떻게 하면 그에게 조금 더 가까이 다가갈 수 있을까, 어떻게 하면 사이좋은 남매 사이가 될 수 있을까, 끊임없이 고민하던 가빈은, 그러다 문득 의자 옆에 꽂혀 있는 책자를 슬며시 꺼내봤다. 드라마 대본?

"배우 지망생이세요?"

가빈은 흥미로운 눈길로 꼼꼼히 지문마다 필기가 되어 있는 대본을 살펴봤다. 하긴, 하준의 외모 정도면 배우를 해도 될 만큼 훌륭하다고 생각하던 참이었다. 대본에서 눈을 떼지 못하던 가빈은, 그 순간 끼익 소리와 함께 멈춰 서는 차에 깜짝 놀란 눈빛으로 하준을 돌아봤다.

"내놔."

갓길에 차를 세운 하준은 정색하며 그녀에게서 대본을 빼앗았다. 가빈은 갑작스러운 그의 행동에 어안이 벙벙했다. 함부로 보면 안 되는 거였나? 가빈은 그의 날카로운 눈빛에 잔뜩 기가 죽어서는 어두워진 표정으로 간신히 입을 뗐다.

"죄송해요, 전 그냥 대본 같은 거 처음 봐서……."

"분명 경고하지 않았나? 거슬리는 행동 하지 말라고."

"네, 하셨어요."

가빈이 냉큼 대답하며 고개를 끄덕이자, 하준은 말문이 막힌 듯 그녀를 쳐다봤다. 생각이 없는 건지, 순진한 건지. 그저 해맑게 행동하는 그녀의 태도에 지금껏 열 낸 자신이 오히려 유치하게 느껴질 정도였다.

"화…… 많이 나셨어요?"

하준은 대답도 없이 손에 쥔 대본을 한 차례 내려다보고는 운전석 옆에 쑤셔 박았다. 유진이 세상을 떠나기 전 마지막으로 준비하던 드라마 대본이었다.

차마 버리지는 못하고 차에 둔 걸 또 어떻게 발견했는지, 아무렇지 않게 그녀에 대한 상처를 건드리는 가빈의 행동에 이제는 짜증마저 밀려들었다.

"내려, 여기서부터는 걸어가."

하준의 차가운 한 마디에 가빈은 쭈뼛대다 결국 안전벨트를 풀었다. 더는 그에게 민폐를 끼치고 싶진 않았다.

"여기까지 데려다 주셔서 감사합니다. 그리고 함부로 물건 손대서 죄송해요."

가빈은 시선조차 주지 않는 하준에게 미안한 기색이 역력한 표정으로 인사를 건네고는 차에서 내렸다. 탁, 문이 닫히고 창문 너머로 가빈을 바라보던 하준은 어금니를 꽉 깨물었다.

어깨가 축 처져서 가는 모습이 괜히 마음에 걸렸다. 그는 길게 숨을 내쉬고는 의자에 몸을 기대고 눈을 감았다.

신경이 잔뜩 곤두선 기분이었다. 이제 며칠 함께 했을 뿐인데 벌써부터 그녀를 대하는 것이 어렵게 느껴졌다. 끝없이 밀어내자니 내키지 않고, 조금씩 받아들이자니 왠지 모를 거부감이 들었다.

뭘까, 이 정체를 알 수 없는 감정은. 어느새 눈을 뜬 하준은 조금씩 멀어지는 가빈의 뒷모습에 시선을 붙박았다. 악의 없이 해맑게 웃어 보이던 그녀의 얼굴이 뇌리를 스치자 심장이 움찔대는 게 느껴졌다.

미쳤나 보다. 스스로에게 욕을 내던지고, 그녀에게서 시선을 거둔 하준은, 문득 보조석에 떨어진 휴대폰을 발견하곤 그걸 손에 쥐어 보였다. 배경에 띄워진 가빈과 박하연의 다정한 사진이 그녀의 휴대폰임을 증명해 주고 있었다. 급하게 내리면서 주머니에서 빠진 모양이었다.

하준은 나중에 집에서 줄까 하다, 전학 후 등교하는 첫날인 만큼, 혹시 필요할지도 모르겠다는 생각에 지체 없이 차에서 내렸다. 그러고선 그녀가 걸어간 방향으로 향하려던 그때, 휴대폰을 두고 간 것을 알아챘는지 가빈이가 다급히 차로 뛰어오는 것이 그의 눈에 보였다.

"아, 아직 안 갔네요?"

그새 마음이 풀렸는지 그녀의 얼굴에서 시무룩한 기색은 사라지고 환한 빛이 감돌고 있었다. 성격이 좋은 건지, 아니면 단순한 건지. 도통 종잡을 수 없었다. 하준은 내심 황당해하며 입을 열었다.

"이거 놓고……."

"아침 거르지 말고 이거라도 드시면서 가세요."

가빈은 하준의 오른손에 뭔가를 덥석 쥐여 줬고, 그는 의아한 표정으로 그걸 확인했다. 우유?

"앞으로 전 밥 따로 먹을 테니까 끼니 거르지 마시고, 편한 시간에 내려와서 꼭 챙겨 드세요."

"……."

"그리고 제가 많이 밉고, 마음에 들지 않겠지만 그래도 저 좀 좋게 봐주세요."

가빈은 하준의 손을 꽉 쥔 상태로 싱긋 웃어 보였다.

"전 오빠랑 정말 잘 지내고 싶어요. 진심으로."

진심을 내비친 가빈은 긴장된 표정으로 하준의 표정을 살폈다. 속을 알 수 없는 무감한 표정, 그다지 감흥이 없어 보였다. 실패인가?

"저기…… 오빠?"

"휴대폰 가져가."

하준은 왼손에 든 휴대폰을 그녀에게 툭 던지듯 건네주고는 그대로 몸을 돌려 차에 올라탔다. 그러고는 차창 너머로 보이는 가빈에게 비켜서라는 듯 손짓했다. 멍하니 서 있던 그녀가 주춤거리며 뒤로 물러섰고, 이후 하준은 차를 몰고 재빨리 도로 위로 나섰다.

"전 오빠랑 정말 잘 지내고 싶어요. 진심으로."

신호등 앞에 잠시 차를 멈춘 하준은 문득 떠오른 그녀의 말에 손에 쥔 바나나 우유를 내려다봤다. 눈웃음 지으며 해맑게 우유를 건네던 가빈이 떠오르며 자신도 모르게 입가에 잔잔한 미소가 걸렸다.

'잘 지내고 싶다라…….'

그렇게 홀대를 하는 데도 한결같은 모습으로 다가서는 그녀에게 왠지 모를 호기심이 들었다. 그냥 단순히 껄끄럽기만 할 것 같았던 존재가 새삼 새롭게 다가온 기분이었다.

유진이랑 닮았다는 생각은 단순히 그리움과 집착에 의한 착각이 아닐까 라는 생각이 들 정도로.

"류가빈……."

그녀의 이름을 되뇐 하준은 손에 든 바나나 우유를 한 모금 들이키고는 생각에 잠긴 듯한 얼굴로 앞을 응시했다.

*　　*　　*

일요일 아침, 가빈은 아침 일찍 자리에서 일어나 침구를 정리하고 창밖을 내다봤다. 화창하고 푸른 하늘, 그 아래 눈부시게 빛나는 꽃과 나무, 잔디가 눈에 들어왔다.

변함이 없다. 같은 풍경과 같은 내음이 언제나 그랬듯 그녀를 반겼다. 하지만 가빈은 전과 사뭇 달라져 있었다. 칙칙하고 생기를 잃은 얼굴, 걱정과 근심이 가득해 보이는 눈빛이 그녀가 처음 이 집에 들어섰을 때와는 다소 대조적인 모습을 자아내고 있었다. 항상 짓던 미소도 어느새 사라지고 없었다.

'이제 한 달 됐나?'

가빈은 탁자 위에 놓인 탁상용 달력을 확인하고는 눈썹을 찡그렸다. 한 달, 참으로 긴 시간이었다. 적어도 지금 그녀가 느끼기엔 그러했다.

느릿하게 지나가는 시간이 참으로 야속하게 다가올 정도였다. 가빈은 침대로 천천히 다가가 풀썩 몸을 눕혔다. 머리가 어질어질하더니 몸 안에 기운이 쭉 빠지는 듯했다.

"휴우……."

짙은 한숨이 연기처럼 눈앞에 어른대더니 지난날의 회상을 파노라마처럼 그려냈다. 새로운 곳에서의 생활. 그건 생각했던 것보다 심적으로 더욱 힘이 들었다.

마치 사람이 살고 있지 않은 곳처럼 집 안에는 항상 냉랭한 정적만이 흘렀고, 일하는 사람들마저도 숨죽인 채 조심스럽게 행동하고 움직였다.

마치 감옥에 갇힌 죄수처럼 일정한 시간 이외는 방 밖으로 나오는 것조차 눈치가 보였고, 이혜연과 맞닥뜨리기라도 하는 날에는 어김없이 폭언세례를 받아야만 했다. 하지만 그때마다 가빈은 입한 번 벙긋하지 못했다.

유 실장이 그때마다 눈짓을 주기도 했지만, 지금 처한 상황을 그 누구보다도 저 자신이 잘 알고 있었기 때문에 참고 또 참을 수밖에 없었다.

류목형의 혼외자식. 그의 본처인 이혜연이 쉽게 받아들일 수 없는 존재라는 걸 어린 나이임에도 충분히 깨닫고 있었기 때문이었다. 또, 혹시라도 류목형의 도움으로 겨우 요양원에서 지낼 수 있게 된 박하연에게 해라도 가지 않을까, 하는 걱정도 있었다.

이 모든 걸 어느 정도 감수하기로 마음먹고 이 집에 발을 들인 이상, 그녀는 홀로 견뎌 냈다. 오로지 박하연을 위해 스스로를 그리 속박했다. 하지만 저 자신을 너무 과대평가한 것일까? 어느 순간부터 가빈은 조금씩 무너져 갔다.

하루하루가 고역이었다. 복잡한 관계가 뒤엉킨 정글과도 같은 이곳에서 버텨낸다는 것이. 하다못해 하루의 절반 이상을 보내야 하는 학교생활이라도 무난했더라면 이렇게까지 힘들지 않았겠지만, 하늘도 무심하게 그마저도 정상적이지 못했다.

어떻게 된 일인지 전학 간 첫날부터 그녀가 첩의 딸이라는 것은 물론, 전의 학교에서 몸을 굴리고 다녔다는 허무맹랑한 소문이 학교 안에 파다하게 퍼지는 바람에, 왕따나 다름없는 존재가 되어 고개조차 편히 들고 다닐 수 없게 되어 버렸다.

나중에 알고 보니 같은 반에 이아진이라는 하준의 이종사촌이 그녀에 대한 소문을 안 좋게 퍼트린 거였지만, 이미 수습은 불가능한 상태였다.

간혹 살갑게 다가서는 친구들조차 이아진이 전부 중간에서 제지하는 바람에, 그녀는 외롭게 학교생활을 할 수밖에 없었다.

철저히 세상에 혼자 던져진 거나 다름이 없게 되어 버린 것이었다. 속이 곪아 곧 터져 버릴 것만 같았다. 누구에게도 쏟아내지 못하는 이 아픔을 언제까지 감당하고 살아야 할지 하루하루를 생각하면 눈앞이 캄캄했다.

"아가씨, 아침 식사 준비 다 됐습니다."

이맘때쯤이면 방문 너머로 들리는 유 실장의 목소리에 가빈은 몸을 일으키곤 짧게 대답했다. 입맛은 없었지만, 류목형을 생각해서라도 아침을 거를 수는 없었다.

아침만큼은 꼭 함께 했으면 좋겠다는 그의 바람을 단순한 이유로 거역할 순 없었다. 가빈은 또 이렇게 하루가 시작되는구나, 속으로 생각하며 어두운 표정으로 방문 밖을 나섰다.

"아."

축 처져서 1층으로 향하려던 가빈은 때마침 맞은 편 방문을 열고 나오는 하준을 발견하고는 우뚝 제자리에 멈춰 섰다.

서늘한 기운이 감도는 어색한 분위기, 가빈은 서둘러 손을 들고 웃어 보였다.

"잘 잤어, 오빠?"

류목형이 하준과 편하게 말을 놓고 지내라고 한 뒤로 매번 용기 내 건네는 인사였다.

다행히 하준은 그걸 불쾌하게 받아들이진 않는 듯 보였으나, 매번 찬바람 쌩쌩 날리며 가뿐히 그녀의 인사를 무시했다.

오늘도 그의 반응은 크게 다르지 않았다. 민망하고 어색했다. 하지만 한두 번 겪는 일이 아닌 만큼, 가빈은 아무렇지도 않은 척 손을 수습하고는, 계단 아래로 향하는 그의 뒤를 총총 쫓아 내려갔다.

아침 식사자리에 항상 참석하라는 류목형의 불호령 때문인지 하준 역시 어김없이 부엌으로 향했다.

"안녕히 주무셨어요? 아버지."

"그래, 너도 잘 잤느냐? 어서 이리 와 앉거라."

부엌에 들어서자마자 가빈은 류목형에게 안부 인사를 건넸고, 그는 다정하게 웃으며 손짓했다. 누가 봐도 사이좋은 부녀 사이처럼 보였다. 하지만 하준은 그런 둘의 모습이 마뜩잖은지, 굳은 표정으로 류목형을 향해 작게 묵례만 하고 자리에 앉았다.

잠시 뒤 부엌 안이 약속이라도 한 듯 고요함이 폭풍우처럼 몰아쳤다. 처음에는 이 분위기를 낯설어하던 가빈은 이제는 제법 익숙해졌는지 눈치 보지 않고, 무덤덤하게 식사를 이어나갔다.

"요새 기운이 없어 보이는 데 무슨 일 있는 게냐?"

한참 조용히 식사를 하던 중, 류목형이 가빈의 얼굴을 슬쩍 들여다보며 물었다. 항상 밝게 웃으며 살갑게 말도 꺼내고 하던 그녀가, 어느 순간부터는 생기를 잃은 듯 보였다. 그게 마음에 걸려 물었지만, 가빈은 별일 아니라는 듯 희미한 미소를 지으며 대답했다.

"아니요, 어제 공부하다 잠을 좀 늦게 잤더니 그런가 봐요."

"그래? 공부한다고 괜히 무리하지 말고, 건강 생각해서 쉬엄쉬엄 하도록 하거라."

"네, 아버지."

힘없이 대답하는 가빈을 물끄러미 지켜보던 류목형이 곧바로 말을 이어 붙였다.

"오늘 특별한 일 없으면 전주에 있는 네 엄마한테 다녀 오거라."

뜻밖에 들린 그의 한마디, 가빈은 놀라 동그랗게 뜬 눈으로 그를 휙 돌아봤다.

"네?"

"앞으로 한 달에 한 번쯤은 네 엄마한테 가 봐도 좋단다. 단, 혼자는 위험하니 전주에 내려갈 때는 꼭 현 실장이나 박 기사와 함께 다녀와야 한다."

생각지도 못한 류목형의 말에 가빈의 눈망울이 촉촉하게 젖어들어갔다. 사실 박하연에 대한 그리움에 남몰래 울기도 했던 그녀로선, 그의 배려가 세상 그 어떤 선물보다도 값지고 감사할 수밖에 없었다. 목까지 차오른 감정을 추스르며 가빈은 한껏 밝아진 표정으로 입을 열었다.

"네, 아버지. 감사합니다."

"감사는 무슨, 그보다……."

말끝을 흐린 류목형의 시선이 하준에게로 옮겨졌다.

"오늘은 하준이 네가 가빈이와 같이 전주에 다녀오도록 하거라."

하준의 표정에 미미한 변화가 일었다. 그는 고개를 들어 류목형을 돌아봤다. 왜 갑자기 전주에 같이 내려가라고 하는 건지 의문이 들었지만, 그보다도 거절이 먼저였다. 하준은 단호한 표정으로 입을 열었다.

"전 약속이 있어서 못……."

"너도 전에 가빈이 엄마한테 신세 진 게 있으니, 한 번쯤 인사 하러 가 봐야지."

"……."

"오늘 약속은 다음으로 미루고, 아침 식사 끝나자마자 가빈이와 함께 바로 출발하도록 해."

하준은 류목형을 못마땅한 표정으로 쳐다봤다. 강압적인 그의 말투가 거슬려 당장에라도 거부하고 싶었지만 이내 수긍했다. 류목형의 인연으로 알게 된 그녀는 자신에게 있어 또 다른 의미로 특별한 사람이었기에, 언젠가 찾아뵐 생각을 하고 있던 참이었다.

어쩌다 보니 자발적인 방문이 아닌 타의에 의한 방문이 되고 말았지만, 괜히 류목형과의 분란을 일으키면서 시비를 따질 문제가 아니었기에 그는 짧게 대답하고는 자리에서 일어났다.

"그럼 준비하고 한 시간 뒤에 내려와."

하준은 가빈에게 무뚝뚝하게 말을 건넨 뒤, 먼저 올라가 보겠다며 류목형에게 양해를 구하고 발길을 돌렸다. 얼떨떨한 표정으로 황급히 고개를 끄덕이던 가빈, 자신과 함께 가는 게 걱정되는지 얼굴에 불안한 빛이 비쳤었다.

'뭐, 어쩔 수 없지.'

하준 역시 불편하긴 매한가지였지만, 서로 무시하고 철저히 목적을 향해서만 가면 될 일이었다. 그저 언제나처럼 외면하면 될 것이라고 단순히 생각했다. 하지만 잠시 후 벌어진 상황에 하준은 이 모든 것이 착각임을 깨달을 수 있었다.

"나 이것도 먹고 싶고, 저것도 먹고 싶어."

전주에 내려가는 길에 잠시 들른 휴게소에서 가빈은 걸신이라도 들린 듯, 많은 음식들을 고르고 사느라 정신이 없었다.

한두 개 사고 말 것이라는 하준의 예상과 달리, 그녀는 한참 신이 나서는 먹을 것들을 한 아름 챙겨 들고 차에 올라탔다.

그녀는 잔뜩 들떠 보였다. 하준은 한동안 풀이 죽어 있던 가빈이 전주에 가까워질수록 밝아지고 있음에 신기하지 않을 수 없었다.

"이거 한번 먹어 봐."

그녀는 운전 중인 하준에게 호두과자 한 개를 건넸고, 그는 됐다며 손사래를 쳤다. 단 거라면 질색이었다. 하지만 그런 하준의 식성을 알 리 없는 가빈은 이번엔 설탕을 잔뜩 묻힌 감자를 건네며 말했다.

"그럼 이거라도……."

"너 다 먹어."

하준은 가빈이 건네는 감자를 무의식적으로 툭 쳐냈고, 그녀는 마지못해 손을 거뒀다. 냉담하기만 한 하준의 태도가 야속했다. 그녀는 속상한 마음에 고개를 돌려 창밖을 내다봤다.

아무리 노력해도 하준은 도무지 마음을 열지 않았다. 쉽지 않을 거라 예상은 했지만, 생각보다 그의 마음의 문은 더 단단하게 닫혀 있었다.

그 문을 열 수 있을지 이제는 의문마저 들었다. 하지만 이대로 포기하고 싶진 않았다. 적어도 자신에 대한 걱정에 밤을 지새울 박하연에게 하준과 잘 지내고 있다는 것을 보여 주고 싶었다. 절대 그녀에게 쓸데없는 걱정을 끼치고 싶지 않았다.

그래, 조금 더 노력해 보자. 마음을 다잡은 가빈은 최후의 보루로 미리 사둔 커피에 빨대를 꽂아 그에게 건네며 활짝 웃어 보였다.

"그럼 커피 마실래?"

하준은 쉴 새 없이 음식을 건네는 가빈의 모습에 한숨을 푹 내쉬었다. 왜 자꾸 뭘 못 먹여서 안달인 건지. 이해가 되지 않았지만 하준은 결국 졌다는 듯 손을 내밀었다. 하지만 가빈의 손과 엇갈리며 커피가 아래로 툭 떨어졌고, 그 덕에 그의 바지 한쪽으로 커피가 튀었다.

"앗!"

잽싸게 가빈이 잡아채는 바람에 커피가 한꺼번에 쏟아지는 건 막을 수 있었지만, 그녀는 자신의 실수로 인해 벌어진 상황에 당황하며 재빨리 티슈를 꺼내 그의 바지를 닦아 줬다.

"미, 미안해! 안 뜨거워?"

하준은 더듬거리며 닦아 내는 가빈의 손길이 점차 허벅지 쪽으로 올라오자, 놀라며 그녀의 손을 덥석 잡았다.

"됐어, 괜찮아."

"잠깐만, 아직 다 안 닦았어."

됐다며 만류하는 하준의 말에도 가빈은 거침없이 그의 허벅지에 손을 올렸고, 하준은 운전 중이라 이러지도 저러지도 못한 상황에 발견한 휴게소로 다시 진입했다.

"너, 정말!"

하준은 차를 주차장에 세우고, 잔뜩 열난 표정으로 가빈을 돌아봤다. 하지만 곧바로 화를 수그릴 수밖에 없었다. 갑작스러운 상황에 많이 놀랐는지 어느새 그녀의 눈에 눈물이 그렁그렁 맺혀있었다.

"미안해, 정말! 많이 데였으면 어쩌지?"

가빈은 어쩔 줄 몰라하며 발을 동동 굴렀다. 하준은 더는 화를 내지 못하고, 작게 한숨을 내쉬며 어색하게 이마를 긁적였다.

사실 커피가 데일 정도로 뜨겁지 않은 데다 살짝 묻은 거라 크게 걱정할 건 아니었다. 다만, 너무나도 갑작스러운 그녀의 손길에 당혹스러웠을 뿐이었다.

순수한 의도였다는 걸 알기에 과하게 열을 낸 자신이 이제는 한심스럽게 보일 지경이었다.

"괜찮아, 그러니까 제발 얌전히 좀 있어."

하준은 그녀를 달래듯 말을 꺼낸 뒤, 물티슈를 꺼내 바지에 묻은 커피를 대충 털어냈다. 검은색 바지라 티가 많이 나지는 않았다.

다행이라 생각하며 그는 옆을 흘끔 돌아봤다.

먹을 것을 잔뜩 무릎 위에 올려놓고 경직된 자세로 앉아 있는 가빈의 모습에 속으로 피식 웃음이 터져 나왔다.

사과처럼 벌겋게 달아오른 얼굴. 금방이라도 눈물을 떨어트릴 것 같은 눈망울.

'정말 못 말리겠군.'

그 와중에 뭘 먹었는지 입을 오물거리고 있었다. 하준은 위로 치솟을 듯 씰룩거리는 입술 끝을 겨우 다잡고, 말없이 시선을 앞으로 옮긴 채 차를 몰았다.

과거 유진도 이따금씩 엉뚱한 짓을 하긴 했지만 가빈은 더하면 더 했지 못하진 않았다. 한동안 얼음 성 같은 집 안에 갇혀 지내면서 성격이 조금 변했나 싶었는데, 그건 아닌 모양이었다.

'다행이라고 해야 하나.'

남들이 보기엔 누구나 부러울 정도로 호화로운 집안 환경이지만, 그 속을 들여다보면 누구든 쉽게 버티기 힘들 정도로 냉혹하고 잔인했다.

그곳에 스스로 발을 내디딘 만큼 감내해야 하는 고통일지라도, 쉽게 포기하지 않고 어떻게 해서든 아등바등 버티고 밝게 행동하는 그녀가 기특하긴 했다.

'박하연 선생님하고 닮긴 했어.'

하준은 억척스러울 정도로 대찼던 박하연을 떠올리며, 어느덧 당도한 전주 톨게이트를 물끄러미 응시했다. 처음 와 보는 곳인 만큼 생소하면서도 왠지 모를 기대감이 들었다.

"집에 먼저 들러야 하나?"

하준은 집에 가져갈 물건들이 있다던 그녀의 말을 상기하며 물었지만, 가빈은 고개를 저었다.

"아니, 일단은 요양원으로 가자."

다급한 가빈의 대답에 하준은 지체 없이 내비게이션이 알려주는 방향을 향해 달려갔다. 얼마 지나지 않아 요양원에 당도했고, 가빈은 잔뜩 설레는 표정으로 차에서 내렸다.

"오빠, 201호로 와. 나 먼저 갈게."

트렁크에서 류목형이 준비해 준 선물을 꺼내던 하준은 헐레벌떡 요양원 안으로 뛰어가는 가빈을 바라보며 어깨를 으쓱였다.

저렇게까지 좋은가? 평소 이혜연에게서 특별한 애정을 느껴본 적 없는 그로서는 쉽게 이해할 수 없었다.

하준은 무덤덤하게 짐을 챙겨 들고 요양원 안으로 들어섰다. 생각했던 것보다 훨씬 시설이 쾌적하고 좋아 보였다.

'201호?'

계단을 올라 2층에 당도한 하준은 복도 끝에 따로 특실로 표시된 곳 앞에 섰다. '박하연' 명패를 확인하니 이상하게 가슴 한켠이 찌릿하게 울렸다. 과거, 그녀의 모습이 뇌리를 스치며 복잡 미묘한 감정이 전신을 휘감았다.

어떻게 변했을까? 한 번에 날 알아볼까? 그는 갖가지 생각들로 선뜻 들어가지 못하고 앞에 우두커니 서 있었다. 그때, 드르륵 소리와 함께 문이 열리며 가빈이 나타났다.

"오빠? 안 들어오고 뭐 해?"

가빈의 물음에 하준은 멋쩍은 표정으로 말없이 그녀를 지나쳐 안으로 들어섰다.

"어서 오세요."

들어서자마자 웬 아주머니가 그를 반겼다. 직감적으로 박하연을 돌봐준다는 홍인숙임을 인지한 하준은, 그녀에게 묵례와 함께 짧은 인사를 건넸다. 그러고는 침상에 앉아 환하게 웃고 있는 박하연을 마주 봤다.

6년 전, 마지막으로 봤을 때보다 훨씬 야위고 쇠약해진 모습이었다. 건강미가 넘쳤던 예전의 그녀는 찾아보기 힘들 정도로 많이 변해 있었다.

[어서 와, 하준아.]

수화 대신 입 모양으로 대충 그녀의 말을 알아들은 하준은, 목이 턱턱 막히는 기분에 선뜻 다가서지 못하고 몸을 옆으로 돌렸다. 가슴이 먹먹해지고 찢어질 듯 아려왔다.

상상했던 것보다 훨씬 상태가 심각해 보여 할 말을 잃고 말았다. 도대체 무슨 일이 있었기에 한때 잘 나갔던 정신과 의사가 저렇게까지 피폐해진 건지 의문이 들지 않을 수 없었다.

"이리 와서 앉아요."

홍인숙이 침상 옆으로 의자를 놔주자, 멀리 떨어져 서 있던 하준이 그제야 천천히 그녀에게로 다가섰다.

"난 가빈이하고 과일 좀 씻어서 가져올 테니, 얘기하고 있어요."

홍인숙은 박하연에게 필기도구를 챙겨주고 가빈과 함께 병실을 나갔다. 공허한 기류가 방안에 맴돌았다.

어색해진 하준은 우선 손에 든 물건들을 옆에 내려놓고 의자에 앉아 박하연을 바라봤다. 뭐라고 먼저 말을 꺼내야 할까, 하준이 고민한 찰나 그녀가 조심스레 글씨를 채운 종이를 그에게 내밀었다.

[오랜만이네, 그새 더 멋있어졌다.]

박하연이 싱긋 웃자, 하준은 그제야 조금은 풀어진 표정으로 입을 열었다.

"함묵증이라고…… 들었는데, 말씀 못 하시는 거 말고는 다른 데 불편하신 곳은 없으신 겁니까?"

하준의 질문에 박하연은 미소를 지으며 고개를 끄덕인 뒤, 뭔가를 또 종이에 적기 시작했다.

[오랜만에 봤는데 너한테 이런 모습 보여서 그저 미안하고 또 미안해.]

"……아닙니다."

[이때껏 날 단순히 네 아버지 친구로만 알고 있었을 텐데, 이렇게 돼서 많이 힘들고 혼란스러웠지?]

종이를 쥔 박하연의 손이 가늘게 떨리는 걸 확인한 하준은 처음 그녀를 만났을 당시를 떠올렸다. 그가 초등학교 때 류목형에게서 친구라며 소개받았던 걸 처음 시작으로, 둘의 인연이 시작됐다.

결정적으로 유진의 자살을 직접 목격하고 정신을 놓은 채 살아가던 자신을 류목형이 박하연에게 데려가 주었다.

　그것을 인연으로 주치의와 환자로서 둘의 관계가 조금씩 깊어졌다. 어머니인 이혜연보다 더 성심성의껏 돌봐주던 그녀를 하준은 누구보다도 따랐고, 묘한 인연은 어느 순간 박하연이 사라지기 전까진 계속됐었다.

　하준은 그때를 돌이켜 생각하며 씁쓸한 표정을 지어 보였다.

　"처음 만나 뵀을 때부터 대충 눈치채고 있었습니다. 선생님과 아버지와의 관계."

　다만 모른 척하고 있었을 뿐이었다. 이혜연에 대한 일말의 양심의 가책으로. 하준은 이어 말했다.

　"평생 남 앞에서 웃는 모습 한 번 보이지 않던 아버지께서 매번 선생님 앞에선 그 누구보다도 환하게 웃으셨으니, 눈치 못 채는 게 이상하죠."

　"……."

　"아, 두 분 사이에 딸이 있었다는 사실은 조금 충격이긴 했습니다."

　그의 말에 박하연이 움찔 놀라며 아랫입술을 꼭 깨물었다. 아까보단 창백해진 낯빛, 하준은 얘기를 잘 못 꺼냈나 싶어 우려 섞인 목소리로 물었다.

　"선생님, 괜찮으십니까?"

　그의 걱정스러운 표정에 박하연은 가슴을 부여잡으며 한 글자 한 글자 또박또박 말을 전달하기 위해 입술을 움직였다.

[괜찮아, 너한테 미안해서 그래.]

박하연은 손을 뻗어 하준의 머리를 쓰다듬어 주며 다시 입을 열었다.

[네 어머니한테도, 너한테도 상처 준 날 원망해.]

그래, 씻을 수 없는 죄를 지었다. 류목형의 아이도 아닌 가빈이를 단지 그녀의 미래에 대한 걱정에, 조금 더 잘 키우고 싶은 욕심에, 모두를 속이고 한 가정을 파탄 내면서까지 그 집안에 들여보냈다. 평생 속죄해도 부족한 일, 그녀의 눈에 서서히 습기가 차오르기 시작했다.

[대신…….]

염치가 없어 고개조차 들기 힘들다. 박하연은 차마 하준을 바라보지 못하고 시선을 아래로 내렸다. 숨을 길게 내쉰 그녀는 창백해진 얼굴로 주섬주섬 종이를 집어 들더니 뭔가를 적어 내려가기 시작했다.

[대신 하준아, 우리 가빈이는 너무 미워하지 마.]

볼펜 끝이 덜덜 떨렸다.

[가빈이는 내 스스로 품고 낳은 아이야, 네 아버지 잘못도 아니야. 단지 내 욕심에 세상 밖에 던져진 불쌍한 아이란다. 날 평생 원망하고 증오해도 좋지만, 그 아이만큼은 네가 동생으로서 잘 좀 돌봐 주면 안 되겠니?]

하준은 한참 동안 그녀의 얼굴을 빠히 쳐다보더니, 어금니를 꽉 깨물었다. 원망하는 마음 따윈 들지 않았다. 이혜연을 생각하면 한

편으로 그런 마음이 들다가도, 그녀의 평소 언행을 보면 아버지의 마음이 이해가 가지 않는 건 아니었기 때문이었다.

다만, 처음으로 믿고 따랐던 사람이 아버지의 불륜 상대자로 전락해 얽혀있다는 사실이 곤혹스럽고 괴로울 뿐이었다. 참으로 얄궂은 운명이다. 하준은 눈을 질끈 감았다 뜨곤, 마른 입술을 혀로 적셨다.

"잠깐 바람 좀 쐬고 오겠습니다."

답답하게 가슴이 옥죄어올 때면 숨을 참는 버릇이 또다시 돋을 기미가 보이자, 그는 박하연을 피해 자리에서 일어나 밖으로 나섰다.

조금은 탁 트인 공간에 입술 새로 탁한 숨이 훅하고 내뱉어졌다. 충격적인 사건을 겪고 난 뒤로 강박관념에 의해 생긴 습관. 하준은 여전히 과거에 사로잡혀 헤어 나오지 못하는 자신을 탓하며 요양원 입구 쪽으로 발길을 돌렸다.

"얘기 다 하셨어요?"

코너를 돌자마자 두 손에 과일이 든 쟁반을 든 홍인숙과 마주친 하준은 작게 고개를 끄덕였다.

"네, 들어가 보세요."

"아, 밖에 가빈이 있는데 대신 데리고 병실로 오시겠어요? 같이 과일 먹어야죠."

홍인숙의 말에 하준은 알겠다, 짧게 대답하고는 요양원 밖으로 나섰다. 푸른 잔디가 깔린 정원 위로 가빈이 웬 덩치 큰 개와 함께 뛰노는 모습이 보였다. 팔까지 걷어붙이고 까르륵거리며 즐거워하는 그녀를 보고 있자니 절로 입가에 미소가 번졌다.

　"가빈이는 내 스스로 품고 낳은 아이야, 네 아버지 잘못도
　아니야, 단지 내 욕심에 세상 밖에 던져진 불쌍한 아이란다.
　날 평생 원망하고 증오해도 좋지만, 그 아이만큼은 네가 동생
　으로서 잘 좀 돌봐 주면 안 되겠니?"

　한참을 넋 놓고 가빈을 지켜보던 하준은 불과 몇 분 전에 박하연이 했던 말을 생각하며 눈매를 가늘게 떴다. 박하연이 스스로 품고 낳은 아이라는 뉘앙스가 묘하게 거슬렸다.

　'아버지 잘못이 아니다……?'

　되짚어 생각해 보니 석연치 않은 구석이 있었다. 그러다 불현듯 이런 생각도 떠올랐다. 혹시 박하연이 다른 남자에게서 낳은 아이를 류목형이 받아들인 건 아닐까? 하지만 이내 이 생각은 지워버렸다.

　류목형은 사랑하는 여자를 위해 핏줄이 아닌 아이를 집안에 들일만큼 감성적인 위인은 아니었다. 괜히 예민하게 생각한 건가. 하준은 쓸데없는 상념들은 접어 버린 뒤, 계단을 내려와 가빈에게 다가갔다.

　"아, 오빠!"

　하준을 발견한 가빈이 활짝 웃으며 손을 흔들었다. 햇빛에 반사

되어 눈부시게 빛나는 그녀의 미소에 또다시 심장이 움찔대는 게 느껴졌다. 뭘까……, 한 번씩 그녀를 마주할 때마다 느껴지는 미묘한 감정이 온몸의 세포를 일깨우는 듯했다.

그와 동시에 머릿속에 번쩍이는 어떤 신호탄이 빨간 경고등에 불이 들어오게 했다. 오늘 그녀와의 여러 번의 마찰로 정신이 고장 나기라도 한 듯 싶었다. 하준은 헛기침을 두어 번 하고는 괜스레 눈에 힘을 꽉 줬다.

"그만 들어가자."

하준은 금세 자신의 앞으로 뛰어 온 가빈에게 한 마디 툭 던지곤 몸을 돌렸다. 지금 이 순간, 왠지 모르게 그녀가 불편했다.

"잠깐만 기다려."

돌아서는 하준의 팔을 잡아당긴 가빈은 자신을 향해 힘차게 뛰어오는 개를 가리키며 말했다.

"쟤 월이라고, 여기서 키우는 강아지인데 엄청 예쁘지?"

평소 개라면 질색하는 그는 못마땅한 표정으로 볼멘소리를 냈다.

"넌 저 백곰이 강아지로 보이냐?"

"응?"

"그만 병실로 들어가자."

"아, 잠깐만."

가빈이 주저앉은 채 숨을 헐떡거리며 침을 질질 흘리는 개의 목을 껴안자, 하준은 질색하며 그녀의 손목을 잡아끌었다.

"일단 가서 손부터 씻……."

"앗! 뭘!"

하준이 가빈을 일으켜 세우자마자, 옆에서 얌전히 앉아 있던 개가 커다란 몸을 일으켜 그의 가슴을 퍽 밀쳤다.

개의 힘에 균형을 잃은 하준은 그대로 바닥에 넘어졌고, 가빈은 깜짝 놀라며 손으로 입을 가렸다. 순식간에 벌어진 일, 석고상처럼 굳어 있던 하준의 얼굴이 와락 일그러졌다.

"오, 오빠……, 괜찮아?"

"왈왈!"

마치 큰일이라도 해낸 듯 옆에 앉은 개가 씩씩하게 짖자, 가빈은 결국 참고 있던 웃음을 터트렸다. 평소 무뚝뚝한 얼굴로 흐트러진 모습 한 번 보인 적 없던 그가 개의 발길질 한 방에 나가떨어지다니, 가빈은 손이 근질근질한 걸 느낄 수 있었다.

사진을 찍어 남기고 싶었다. 하지만 레이저 쏘듯 날카롭게 변한 그의 눈빛에 가빈은 웃음을 멈추고, 휴대폰을 꺼내기 위해 주머니로 향하던 손을 그에게 내밀었다.

"일어나."

그녀의 눈웃음에 또다시 심장이 반응했다. 뒷골에서부터 전율이 쫙 오르며 입가가 비틀려 올라가려다 그의 저지로 아래로 처졌다. 하준은 구부정하게 허리를 숙이고 자신을 내려다보고 있는 가빈을 잠시 올려다봤다.

"안 일어나?"

가빈이 고개를 갸웃하자 하준이 그녀의 손을 잡았다. 따뜻한 그녀의 온기가 느껴지자, 동생으로서 잘 돌봐달라는 박하연의 말이 떠오르며 멍한 정신이 제 자리로 찾아온 듯했다.

하준은 일순 표정이 변하더니, 이를 꽉 다문 채 맞잡은 그녀의 손을 확 자신의 품 쪽으로 끌어당겼다.

"아!"

몸의 균형이 앞으로 쏠리며 그대로 무릎을 꿇게 된 가빈은 정신을 차릴 새도 없이 귓가에 닿은 하준의 숨결에 놀라며, 그대로 경직됐다.

"내 앞에서 웃지 마."

그녀의 목을 감싼 손에 힘이 들어갔다.

"날 보면서 웃지 말라고."

가빈이 천천히 고개를 돌려 하준을 마주 봤다.

"왜……."

은은하게 퍼지는 그녀 특유의 달콤한 향이 그의 코끝을 간지럽혔다. 곧았던 정신이 이내 흐트러진다.

"동생이라는 명목으로 내 눈앞에 나타났으면 그 선 잘 지켜."

차가운 경고.

"내가 감히 그 선을 넘어 볼 수조차 없게, 정신 똑바로 차리고 날 밀어내란 말이야."

하준은 강한 어조로 말을 한 뒤, 몸을 일으켰다. 정신 나간 놈, 지금 뭐라고 지껄인 거야?

스스로를 타박하며 하준은 뒤도 돌아보지 않고 요양원 안으로 들어섰다. 머릿속이 백지장처럼 하얗게 변해있었다. 움켜쥔 손을 펴 보니 땀이 흥건했다.

'개 때문에 긴장한 거겠지.'

어릴 적 큰 개한테 물린 기억을 가진 탓이었다. 갑자기 맞닥뜨린 큰 개에 습격 아닌 습격까지 당했으니 분명 당황해서 횡설수설 떠들었던 것이다.

"죽어라."

하지만 이내 쿵쾅거리는 심장을 느끼곤 모든 걸 놔버리고 말았다. 하준은 지끈거리는 머리를 한 손을 내려치며 한숨을 푹 내쉬었다.

평상심을 잃은 게 얼마 만인지 모른다. 그 원인이 가빈이라는 것을 깨닫는 순간, 새로운 세상이 펼쳐진 듯한 착각이 들었다.

"오빠, 같이 가!"

정신이 바짝 들기도 전에 등 뒤로 들리는 가빈의 목소리에 하준은 조심스럽게 몸을 돌렸다. 착각일 거야, 이 모든 감정의 시작이. 하지만 곧 그녀의 얼굴을 마주 보자, 허무하게 모든 걸 깨닫고 말았다.

착각이 아니구나, 정확히 심장이 그녀를 향해 요동치는 게 느껴졌다. 새로운 세상이 펼쳐진 듯하다. 암흑처럼 어두컴컴했던 앞이 점차 하얀 안개로 바뀌더니 이내 청명하고 밝은 빛이 쏟아진다.

'이미 늦은 건가?'

그녀에게 경고를 하기 전에 이미 선을 넘은 듯 보였다. 훨씬 전부터. 아니, 처음 본 순간부터였을지도.

류가빈……, 하준은 새삼 새롭게 느껴지는 그녀의 이름을 심장에 새겨 넣고는 작게 웃음 지었다. 허탈한 웃음, 그는 곰살궂게 다가서는 가빈을 똑바로 바라보며 작게 혼잣말로 중얼거렸다.

"분명 난 처음 만났을 때부터 너한테 경고했어, 함부로 다가서지 말라고."

하준은 누구보다도 저 자신을 잘 알고 있었다. 외로웠고, 곁에 있어줄 누군가를 항상 갈망했다. 그때, 운 없게도 그녀가 그의 눈에 들어왔다. 어떠한 관계를 떠나서 말이다.

"미안해, 내가 아까 웃어서 기분 나빴지? 어디, 다치진 않았어?"

혹시 어디 상처라도 난 건 아닐까 조심스레 살펴보는 가빈을 하준은 유심히 지켜봤다. 왠지 알 것도 같았다. 이 아이에게 끌리는 이유,

"아프네, 가슴이."

익숙하지 않은 감정에 혼란스럽게 반응하는 가슴이, 쿵쾅거리는 심장이, 아프다. 하준은 의미심장하게 말을 내던졌고, 가빈은 걱정 가득한 눈빛으로 그의 팔을 붙잡으며 말했다.

"어떡해, 괜히 나 때문에. 아까 윌이 발로 찬 곳이 아픈 거야?"

화답하듯 반응해 오는 순진한 가빈이 참으로 흥미롭다. 그래, 아무도 주지 않던 관심을 항상 직접적으로 보이는 그녀의 모습에 굳어있던 마음이 움직였다.

하준의 입꼬리가 점차 위를 향해 치켜 올려갔다.

"그래, 너 때문에 아프다……."

그래, 너 때문에……. 그러니까 모든 건 네가 자초한 거야.

"네가 다 책임져야겠다, 이제부터."

이 모든 감정을.

"알았어, 내가 책임지고 봐 줄게."

그녀의 해맑은 미소와 함께 결국 멈춰 있던 잔인한 운명의 톱니바퀴가 서서히 움직이기 시작했다.

외전 2

운명처럼 만나다

이태원에 위치한 클럽 안. 민호는 평소와 다르게 얌전히 바에 앉아, 못마땅한 표정으로 누군가를 유심히 관찰했다.

남궁현, 평소 과하게 술을 마시는 일이 없던 그가 낯선 여자들과 어울리며 코가 삐뚤어질 정도로 마셔대고 있는 꼴은 가관이 아닐 수 없었다.

4년 전만 하더라도 상상조차 할 수 없었던 모습. 하지만 근래 그는 미국에 정신을 두고 온 사람처럼, 이런 낯선 모습을 민호에게 여과 없이 보여주고 있었다.

오늘처럼 클럽에 직접 방문해 여자들과 헌팅도 마다하지 않는 건 일도 아니었다. 혼자 포장마차에서 술을 진탕 마시고 취해 뻗은 일을 비롯해, 최근엔 숙취 때문에 잡지사와의 인터뷰를 펑크 낸 일까지.

외전 2 | 운명처럼 만나다 413

다른 건 몰라도 일에 관련해선 누구보다 철저했던 그가 얼마만큼 변했는지, 이 사례를 통해 단편적으로 볼 수 있었다.

답답했다. 일밖에 몰랐던 녀석이 저러니, 마음 같아선 흠씬 때려눕히고 정신 차리라 윽박이라도 치고 싶었다. 하지만 그렇게 한다고 해서 말을 들을 녀석이 아니라는 걸 알기에 민호는 속이 시꺼멓게 타들어 갔다.

"배우 황민호 씨 아니세요?"

민호는 조심스럽게 묻는 두 명의 여자들에게 '닮았다는 얘기 많이 들었다.'며 너스레를 떨고는, 자리에서 일어나 현에게 다가갔다. 계속 이대로 있다간 클럽에 온 사실이 세련의 귀에 들어가는 것은 물론이고, 여러 가지 귀찮은 일에 휘말릴 것만 같았다.

서둘러 돌아가야겠다는 생각에 민호는 이미 취했는지 눈이 살짝 풀려 있는 현의 어깨를 붙잡고 귀에 소곤댔다.

"현아, 이제 그만 가자."

"벌써? 그럼 너 먼저 가."

현이 어깨에 올린 손을 툭 치며 말하자, 민호가 미간을 좁혔다. 혼자 클럽에 남겠다니, 그답지 않은 발언에 마음이 착잡했다.

현이 왜 이렇게 변해 버린 건지 대강 그 이유가 짐작되기는 했지만, 점차 인내심의 한계가 느껴졌다. 한 여자만을 이렇게 오랫동안 짝사랑하는 것도 모자라, 잊지 못해 스스로 망가져 버리다니.

가족처럼 그를 생각하고 있는 민호는 현의 상황이 그저 안타까우면서도, 누구보다 이성적인 그가 쉽사리 마음을 잡지 못하는 것에 화도 났다.

"잔말 말고 따라와."

민호는 거칠게 현을 잡아끌고, 밖으로 발걸음을 옮겼다. 나가는 내내 놓으라며 현이 소리쳤지만, 그는 들은 척도 하지 않고 클럽 밖으로 나섰다.

얼마 지나지 않아 온몸을 울려대던 시끄러운 음악 소리에서 벗어났고, 민호는 그제야 강하게 붙잡은 현의 손목을 놔줬다.

"기다려, 차 가지고 올게."

"됐어, 난 알아서 갈 거니까 먼저 가."

"야! 남궁현."

현은 소리치며 어깨를 붙잡는 그의 팔을 확 밀어냈다. 민호는 그런 그의 행동에 참았던 화를 확 터트리려다, 이내 그의 눈을 마주보곤 말문이 막히고 말았다. 촉촉하게 젖어 있는 그의 두 눈에 슬픔이 고스란히 담겨 있었다.

"너……."

"먼저 가라고 했잖아!"

"현아."

"부탁인데, 그냥 나 좀 혼자 내버려 둬."

현은 목까지 차오른 뜨거운 무언가를 삼키며, 몸을 돌려 앞으로 걸어 나갔다. 그런 현을 가만히 두고 볼 수만은 없어 민호가 재빠르게 쫓았지만, 그는 도망치듯 곧바로 택시를 잡아탔다.

"어디로 모실까요?"

택시기사의 질문에 현은 일단 서둘러 출발하라 말을 전하고, 창문 너머로 보이는 민호의 시선을 피해 고개를 돌려버렸다. 민호에게 미안했지만 지금 상태론 그의 마음을 헤아려 줄 만한 여유가 있질 않았다.

곧 시야에서 민호가 사라지자, 현은 천천히 창문을 아래로 내렸다. 어두컴컴하고 답답했던 곳에서 벗어나 상쾌한 바람을 맞으니, 술기운이 서서히 걷히며 겨우 잊고 있던 슬픔이 안개처럼 다시 그의 머릿속을 어지럽히기 시작했다.

"나 곧 오빠하고 결혼해. 현아."

기억 저편으로 묻어 두려 애썼던 그녀의 한마디가 다시 거짓말처럼 상기됐다. 한국에 귀국한 뒤, 오랜만에 가빈에게 연락한 현이 들은 그녀의 마지막 한마디였다.

매일 수도 없이 스스로에게 주문을 걸어왔었는데……. 기쁜 일이 있을 때마다, 슬픈 일이 있을 때마다, 우울하거나 몸이 힘들 때조차 끊임없이 떠오르는 그녀를 이제 완전히 잊었다 되뇌며 저 자신을 속이고, 속박하고 억압했었는데, 결국 아무런 소용이 없었다.

그녀를 향한 실낱같던 희망이 산산조각이 난 지금, 단단하게 먹었던 마음은 하찮게도 가루가 되어 분분히 안개처럼 사라지고 말았다.

모든 것을 다 잃은 듯했다. 저 자신조차 현실에서 희미해져 버린 듯했다. 어쩔 줄 모르겠다. 지금 이 순간을.

"손님, 최종 목적지가 어디십니까?"

이태원을 빠져나와 이곳저곳을 돌던 택시기사가 묻자, 현은 공허한 눈빛으로 밖을 살펴봤다. 익숙한 거리, 흐릿했던 눈의 초점이 잠시나마 또렷해졌다.

"여기서 내려주시겠어요?"

계산을 하고 택시에서 내린 현은 뭔가에 이끌린 듯, 한 곳을 향했다. 가빈이 살던 빌라 앞에 멈춰 선 그는 건물 위를 올려다봤다.

그녀가 살았던 집에 불은 꺼져 있었다. 착잡했다. 동시에 이곳에 다시 온 것을 후회했다. 그녀를 향한 그리움에 괴로움만 눈처럼 가득 가슴에 쌓였다.

현은 씁쓸한 표정으로 서둘러 그곳을 벗어나 근처 편의점으로 들어섰다. 맥주 캔을 계산하기 위해 옷 주머니를 뒤적거리던 그는, 문득 상의 안주머니에서 느껴지는 볼록한 감촉에 그것을 꺼내봤다. 가빈에게 선물로 줬던 녹음기였다.

"내게 준 녹음기, 전에 살던 네 집으로 보냈어. 아버지께 선물 받은 소중한 물건인데 나보다는 네가 간직해야지."

현은 손에 든 녹음기를 꽉 움켜쥐었다. 그걸로 끝이었다. 준 걸 돌려받는 순간, 그녀와의 인연은 끝이 났다. 그는 울컥하고 솟아오르는 눈물을 억누르며 고개를 들었다.

집으로 돌아가 어둠 속에 몸을 파묻고 싶었다. 한시라도 빨리 이 모든 감정들을 갈무리해 가슴속 깊은 곳에 봉인해 버리고 싶었다. 현은 서둘러 계산대를 향해 몸을 틀었다. 그때였다.

"앗!"

현은 코너를 돌아 나오는 여자와 부딪치고 말았다. 그 여파로 현은 손에 든 물건들을 모두 떨어뜨렸고, 여자도 손에 들려 있던 클러치를 놓쳐 버렸다.

덕분에 그 안에서 그녀의 소지품들이 쏟아져 나와 바닥은 난장판이 됐다. 현은 놀란 표정으로 재빨리 허리를 숙여 그녀의 소지품을 줍기 시작했다. 그러고는 미안한 표정으로 여자에게 사과했다.

"죄송합니다. 조심했어야 했는데."

"아닙니다. 저도 앞을 잘 살폈어야 했는데, 실수했네요."

여자는 그를 대신해 주운 맥주 캔을 건네며 작게 미소 지었다.

"여기."

"아, 감사합니다."

"아니에요, 신경 써 주셔서 감사해요. 그럼."

여자는 작게 목례를 한 뒤 음료수 코너로 향했다. 계산대로 가 물건을 올려놓던 현은 힐끔 그녀를 살펴봤다.

클러치 안의 물건들이 전부 바닥에 쏟아져 나와 여자로서 짜증이 날 법했지만, 그녀는 그런 기색 하나 없어 보였다. 오히려 상대방을 배려하는 모습이 현에겐 꽤나 인상적으로 다가왔다.

"5,600원입니다. 손님."

한참 동안 그녀를 응시하던 현은, 점원의 목소리에 그제야 시선을 거두고 계산을 마쳤다. 편의점 밖으로 나온 현은 주위를 둘러보았다. 내일이 주말이라서 그런지 늦은 시간임에도 불구하고, 많은 사람들이 거리를 돌아다니고 있었다.

　그러다 문득 남자의 등에 업혀 가는 여자를 발견한 현은, 봉지를 든 손에 힘을 꽉 줬다. 온통 세상이 그녀와의 추억으로 가득 찬 것 같았다. 힘겨웠다. 집까지 걸어가려 했던 현은 결국 택시를 타고 갈 생각으로 도로로 향했다.

　"저기요."

　그때, 등 뒤로 들리는 여자 목소리에 현은 천천히 뒤를 돌아봤다. 조금 전 편의점 안에서 부딪친 여자가 손을 흔들며 그에게 빠른 걸음으로 걸어오는 것이 보였다.

　"이거, 떨어뜨리셨어요."

　현은 그녀가 내미는 물건을 확인하고는 눈을 동그랗게 떴다. 녹음기였다.

　"아, 감사합니다."

　녹음기를 건네받은 현은 그녀에게 감사의 인사를 건넸다. 아버지께서 처음으로 선물해 준 물건이기도 했지만, 유일하게 가빈과의 추억이 담긴 물건이기도 했다.

　만약 잃어버렸다면 매일 밤을 뜬눈으로 지새웠을 지도 모를 일이었다. 그는 안도하며 가슴을 쓸어내렸다.

　"중요한 물건인 것 같은데 앞으로 조심하세요."

현은 고개를 들어 여자를 바라봤다. 그녀의 얼굴엔 여전히 미소가 번져 있었다.

"그럼, 전 이만 가보겠습니다."

"네."

인사를 대신해 짧게 묵례를 한 현은, 이후 편의점으로 도로 들어가는 그녀를 우두커니 바라봤다. 풍기는 분위기나 웃는 모습이 이상하게 눈을 뗄 수 없게 만들었다. 분명 처음 만나는 사람인데, 이질감이 들지 않았다.

"전에 어디서 만난 적 있었나?"

현은 멍하니 편의점을 들여다보며 중얼거렸다. 묘한 기분,

'집이나 가자.'

잠시 고민하던 현은 곧 밀려드는 우울한 기분에 손에 든 녹음기를 주머니에 넣곤, 도로로 발걸음을 옮겼다.

* * *

갑작스러운 민호의 연락을 받고 호텔 레스토랑에 들어선 현은, 웨이터의 안내를 받아 그가 있는 자리에 도착하자마자 예상치 못한 상황에 당황했다.

오랜만에 민호와 단둘이 식사를 하는 자리인 줄만 알았건만, 환한 얼굴로 손 인사를 건네는 그의 맞은편에는 세련이 앉아 있었고 그녀의 옆자리엔 낯선 여자 한 명이 자리 잡고 있었다.

"오랜만이야, 현아. 와서 앉아."

선뜻 자리에 앉지 못하고 서 있는 현에게 세련이 앉으라며 민호의 옆자리를 가리켰다. 능글맞게 미소 짓고 있는 민호의 표정이라든지, 낯선 여자에게 의미심장한 눈빛을 날리는 세련의 모습만으로도 대충 무슨 상황인지 감지한 현은, 앉으라는 두 사람의 재촉에 일단 마지못해 자리에 앉았다.

한국에 들어온 이래로 매일 같이 전화해서 소개팅하라고 그렇게 닦달하더니, 끝끝내 거절하는 자신의 의견을 무시하고 민호 녀석이 자리를 만든 모양이었다.

현은 당장에라도 자리를 박차고 나가고 싶었지만, 영문도 모르고 나왔을 여자를 생각해 화를 삭이며 옆에 앉은 민호를 힐끗 노려봤다.

두고 보자는 의미가 담긴 눈빛. 하지만 민호는 그런 그의 반응을 예상했다는 듯, 자연스럽게 시선을 회피하며 세련의 옆에 앉은 여자에게 현을 소개했다.

"이쪽은 전에 얘기했던 제 친구 남궁현. 현재 한국에서 제일 잘나가는 작가님이시죠."

현은 호탕하게 웃으며 얘기하는 민호의 입을 당장에라도 꿰매버리고 싶은 충동을 억누르며, 입을 열었다.

"안녕하세요. 남궁현이라고 합니다."

현의 내키지 않았지만 일단은 정중하게 여자에게 인사했고, 그녀는 화답하듯 살짝 미소 지으며 말했다.

"이렇게 유명한 작가님을 만나 뵙게 돼서 영광입니다. 전 정연수라고 해요."

"아! 네가 그동안 미국에 있어서 모를까봐 얘기해 주는 건데…… 연수, 요즘 한국에서 제일 잘 나가는 신인배우야. 내가 제일 아끼는 후밴데, 어때? 예쁘지?"

세련의 설레발에 현은 으레 예의상으로 작게 고개만 끄덕였다. 청초한 외모에 환한 미소가 매력적인 그녀는 남자라면 누가 봐도 호감을 가질만했지만, 현은 심드렁하기만 했다. 그는 인사를 나눈 직후부터는 아예 연수와는 눈을 마주치지도 않았고, 그녀의 어떤 말에도 무덤덤하게 대꾸했다.

처음엔 왠지 예감이 좋다 생각했던 민호는 그런 현의 태도에 난감하지 않을 수 없었다. 일부러 최대한 가빈과 비슷한 느낌의 여자를 세련과 고심 끝에 데리고 나왔지만, 현의 반응으로 봐선 아무래도 실패로 돌아갈 가능성이 커 보였다.

하지만 그렇다고 해서 어렵게 만든 자리를 이렇게 허무하게 끝낼 순 없어 분위기를 반전시켜 보려 애를 썼지만, 시간이 갈수록 점점 싸해져만 갈 뿐 나아질 기미가 보이지 않았다.

어떻게 해야 하나, 중간에서 눈치만 살피던 민호는 막 식사를 주문하려던 중 자리에서 일어서는 현을 의아한 눈초리로 올려다봤다.

"잠깐 실례 좀 하겠습니다."

뒤따라오라는 의미가 담긴 눈짓. 현은 먼저 앞서 화장실로 향했고, 그런 그의 뒤를 민호가 곧바로 뒤따랐다.

"황민호, 지금 이게 뭐 하는 짓이야?"

화장실 입구에 도착하자마자 현은 민호를 돌아보며 낮은 목소리로 물었다. 하지만 이미 그의 뒤를 따를 때부터 지금의 상황을 예상한 민호는, 별다른 표정 변화 없이 대꾸했다.

"뭐하는 짓이긴, 네 소개팅 주선해 주고 있잖아."

"내가 분명히 됐다고 얘기했잖아."

"그랬지, 분명 그랬는데, 이대로 뒀다간 신체 건강한 내 친구 녀석이 평생 노총각으로 늙어 죽게 생겼는데 그럼 어떡해?"

현은 그의 말에 쓸데없는 오지랖이라는 듯 한숨지으며 말했다.

"노총각으로 늙어 죽든 말든 그건 내가 알아서 할 문제야. 굳이 네가 나서서 상관할 문제가 아니라고."

민호의 눈썹이 씰룩 움직였다.

"상관을 어떻게 안 해? 네가 어떤 생각으로 이러고 있는지 다 아는데."

"뭐?"

현이 무슨 말이냐는 듯 반문하자, 민호가 참고 있었던 말을 탁, 하고 터트렸다.

"너, 아직도 가빈이 못 잊어서 이러는 거잖아, 지금."

느닷없는 그의 한마디에 현의 표정이 삽시간 굳어졌다. 굵고 강한 화살이 심장을 꿰뚫는 기분이 들었다.

"그만해, 그런 거 아니니까……."

현이 말끝을 흐리며 시선을 아래로 흘리자, 민호가 다소 경악된 목소리로 반응했다.

"아니긴 뭐가 아니야? 귀국하고 매일마다 가빈이한테 언제 연락 올까, 오매불망 기다리고 있었던 거 내가 모를 줄 알아?"

"그만하라니까!"

"미련한 놈, 그렇게까지 공을 들였는데도 안 받아주면 그냥 포기해야지. 네가 뭐가 아쉬워서 곧 결혼한다는 애한테 목을 매고 있는 건데?"

현의 눈동자가 파르르 떨렸다.

"너 그걸 어떻게……?"

"고모님한테 얘기 다 들었어. 이제 그만 정신 차려, 이 미친놈아! 애초에 가빈이하고 넌 인연이 아니었던 거야. 이제라도 정신 차리고 가빈이 잊……."

"그 입 다물어."

현이 낮게 소리치곤, 민호의 곁으로 다가섰다.

"내 일은 내가 알아서 해. 그러니까 다시는 이런 자리 만들지 마. 알겠어?"

"현아……."

그는 끝까지 팔을 붙잡는 민호의 손을 쳐내곤 레스토랑 밖으로 걸어 나갔다. 가슴 위로 황산이 끼얹어진 것처럼 쓰라리고 아려왔다. 그는 와이셔츠의 단추 하나를 풀었다. 커다란 바위에 짓눌린 것처럼 갑갑했다.

현은 깊은 한숨을 훅, 하고 내뱉고는 호텔 밖으로 나왔다. 오전부터 하늘에 먹구름이 가득 꼈다 싶었더니, 굵은 빗줄기가 땅을 세차게 두드리고 있었다.

현은 앞을 응시한 채, 손을 들어 이마를 짚었다. 분명 후덥지근했던 날씨가 비로 인해 시원해진 듯했는데, 이마는 불덩이처럼 뜨거웠다. 머리를 식힐 필요가 있어 보였다.

빗줄기를 보자마자 가빈과의 첫 만남을 버릇처럼 그려내는 머릿속을 텅텅 비워 버릴 필요가 있었다.

현은 앞으로 터벅터벅 걸어갔다. 그리고 막 호텔 건물을 벗어날 무렵, 머리 위로 드리우는 그림자에 현은 의아한 표정으로 걸음을 멈췄다.

"여기서 이렇게 또 보네요?"

현은 멍한 눈빛으로 옆을 돌아봤다. 우산을 쓴 여자가 빙긋 웃으며 그를 바라보고 있었다. 어디선가 본 듯한 얼굴, 하지만 정확히 기억나지 않았다.

"보아하니 나 기억 못 하나 봐요?"

현은 그녀의 얼굴을 뚫어지게 응시하며 고개를 갸우뚱했다.

"낯은 익은데……."

"그럴 거예요. 나름 몸으로 대화한 사이니."

"네?"

현의 순진한 반응에 여자가 피식 웃음을 터트렸다.

"며칠 전 편의점에서 서로 부딪치는 바람에 의도치 않게 안면 튼 사이인데, 정말 기억 안 나요?"

"아……."

뒤늦게 가빈의 집 근처 편의점에서 실수로 몸을 부딪쳤던 여자를 기억해 낸 현은, 놀란 표정으로 그녀를 바라봤다. 이렇게 호텔에서 우연히 만나다니 지금의 상황이 그저 신기했다.

"이렇게 또 만나니 반갑네요."

현이 환하게 웃으며 말하자, 그녀가 좀 더 가까이 다가서며 말했다.

"그러게요. 그런데 호텔엔 무슨 일로?"

그녀의 질문에 현은 잠시 머뭇대다 대답했다.

"친구하고 약속이 있어서 왔는데…… 취소됐어요. 그쪽은요?"

그녀가 어깨를 으쓱했다.

"아, 전 오늘 여기서 선 봤어요."

"선이요?"

"네, 비록 식사도 하기 전에 자리를 박차고 나오긴 했지만."

그가 조심스럽게 물었다.

"……왜요?"

"저보단 제 아버지께 더 관심이 많아 보여서요."

현이 영문을 모르겠다는 표정을 짓자, 그녀가 생글 웃으며 말했다.

"전 오로지 저만 평생 사랑해 줄 남자를 만나고 싶은데, 그 남자는 전혀 그럴 생각이 없어 보이더라고요."

"그래요……?"

갑자기 분위기가 가라앉자, 여자는 한껏 밝아진 목소리로 화제를 돌릴 만한 질문을 던졌다.

"그나저나 혹시 나 못 봤어요? 그쪽 일행 바로 옆 테이블에 있었는데."

"네?"

무슨 말이냐는 듯 반문하는 현의 모습에 그녀가 뭔가를 깨달은 표정으로 고개를 끄덕였다.

"아, 그땐 그쪽이 나 기억 못 했을 때죠. 난 그쪽 레스토랑 들어오자마자 바로 알아봤는데."

"저랑 같은 레스토랑에 계셨던 거예요?"

"네, 의도치 않게 그쪽이 친구 분하고 다투는 얘기도 들었고요. 제가 그때 마침 화장실에 있었거든요."

그의 표정이 순식간에 싸하게 변했다. 예상치 못한 현의 반응. 그녀는 조금은 당황한 기색으로 황급히 말을 꺼냈다.

"오해하지 말아요. 정말 우연히 듣게 된 거니까."

"뭐, 괜찮습니다."

현이 짧게 한숨을 내쉬었다.

"얘기가 좀 길어졌네요, 전 이제 그만 가보겠습니다."

그가 잔뜩 굳은 얼굴로 빗속으로 뛰어들려 하자, 그녀가 황망히 그의 팔을 붙잡았다.

"잠시만요. 그렇게 가면 내가 마음이 불편하잖아요."

"어차피 두 번 다시 볼 사이도 아니잖습니까?"

여자가 이마를 찡그렸다.

"그래도 잃어버린 물건 찾아 준 사람인데, 빚은 갚아야 하는 거 아니에요?"

현은 몸을 돌려 그녀와 마주 봤다.

"원하시는 걸 말씀해 보세요. 보상하겠습니다."

"그럼 술 한 잔만 사줘요."

"술이요?"

현이 되묻자, 여자가 고개를 끄덕였다.

"네, 당신하고 조금 더 얘기해 보고 싶어요."

그녀가 진심 어린 목소리를 냈다. 화장실에서 우연히 듣게 된 그의 이야기. 과거, 소나기처럼 짧은 순간이었지만, 자신이 누군가를 진심으로 사랑했던 과거가 떠오르며, 그에게 호기심이 들었다. 왠지 모르겠지만 그와 대화가 잘 통할 것만 같았다.

"비싼 술 안 마셔도 돼요. 소주 정도는 사 줄 수 있죠?"

현은 한참을 고민 끝에 마음을 정한 듯, 그녀가 들고 있는 우산을 대신 들었다.

"알겠습니다. 가시죠."

"아, 그 전에 우리 먼저 통성명은 하고 갈까요?"

그녀의 제안에 현이 먼저 오른손을 쓰윽 내밀었다.

"남궁현이라고 합니다."

현의 이름을 들은 그녀는 곧바로 그의 손을 맞잡으며 말했다.

"전 이지수라고 해요."

지수가 현과 맞잡은 손을 가볍게 흔들었다.

"이렇게 만나게 돼서 반가워요. 남궁현 씨."

"정말 죄송합니다."

이제는 입에 껌딱지처럼 붙어 버린 한마디.

"정말 죄송합니다. 선생님."

가빈은 사죄의 마음을 담아 난처한 표정을 짓고 있는 선생님에게 연신 고개를 조아리며, 옆에 우두커니 서 있는 남자아이를 노려봤다.

이 사건의 주범. 심각한 사태에도 별일 아니라는 듯, 평온한 표정을 짓고 있는 저 대단한 아들 녀석 때문에 그녀는 손과 발이 닳도록 선생님께 용서를 빌고 또 빌어야만 했다.

횟수로만 치자면 올해 들어 벌써 4번째 학교 방문이었다. 다른 집 아이들 부모는 한 번 찾아올까 말까 한 학교를 문턱이 닳도록 드나드는 바람에, 이제는 다른 반 선생님들의 얼굴까지도 전부 눈에 익힐 정도였다.

가빈은 매번 사고를 치는 자신의 아들이 이제는 용하기까지 했다.

"이번에는 또 어떤 문제를 일으켰는지 모르겠지만…… 어떻게든 해결을……."

"아닙니다, 선우 어머님. 일단 진정하시고 자리에 앉아서 얘기 나누시죠."

선생님이 의자를 내주며 말하자, 가빈은 그제야 고개를 들고 조심스럽게 자리에 앉았다. 그녀의 시야로 이마에 굵은 주름이 잡힌 선생님의 얼굴이 또렷이 들어왔다. 이번에는 또 무슨 문제기에 저런 표정을 지으실까?

가빈은 불과 2주 전, 선우가 다른 반 남자아이의 눈과 입술에 퍼런 멍을 들게 한 일을 떠올리며, 이번엔 더 큰 문제를 일으킨 게 아닐까 내내 불안해하고 초조해했다.

"선우, 넌 일단 밖에서 기다리고 있어."

선생님의 말에 덤덤하게 서 있던 선우는 힐끔 가빈의 눈치를 살피더니 교실 밖을 나섰다. 가빈은 그가 문밖으로 나서자마자 황급히 선생님에게 물었다.

"선생님, 우리 선우가 이번에는 무슨 문제를 일으켰나요?"

가빈의 질문에 선생님은 기다렸다는 듯, 책상 서랍에서 시험지를 꺼내 그녀에게 내밀며 말했다.

"이번에 선우가 낸 답안지입니다."

가빈은 가만히 시험지를 들여다봤다. 순간 그녀의 눈이 휘둥그레 해졌다. 0점. 항상 100점을 놓치지 않던 선우의 시험지라고는 믿어지지 않는 점수였다.

"이게 정말 선우 건가요?"

"그럼요, 이런 답안지를 낼 수 있는 건 아마 전교생 중에 선우 한 명뿐일 겁니다."

의미심장한 선생님의 대답에 가빈은 의아해하며 다시 시험지를 자세히 살펴봤다. 그리고 잠시 뒤 그녀의 얼굴은 창피함과 분노로 인해 점차 붉게 물들어 가기 시작했다.

'류선우, 이 녀석이 정말.'

선우의 답을 확인한 가빈의 손과 입술 끝이 부르르 떨리기 시작했다. 아들 녀석의 행각에 어이가 없었다.

시험지의 모든 객관식 문제에 답이 두 개씩 표시가 되어 있었다. 당혹스러운 건 두 개의 보기 중 한 개는 꼭 정답이라는 사실이었다. 이건 평소 선우 실력으로 보아 정답을 알고도 일부러 2개의 보기를 선택했다고밖에 설명되지 않았다.

더 가관인 건 주관식 문제의 답이었다. 정답인 답에는 일부러 빨간 펜으로 취소 선을 그어 놓고, 굳이 그 밑에는 오답을 써 놓는 기이한 짓을 해 놓은 것이었다.

객관식이든 주관식이든 한 개의 답만 썼다면 100점인 답안지였지만, 그 녀석은 어떻게 해서든 다 틀리기 위해 두 개의 답을 써낸

격이나 다름없었다.

0점을 받고 싶었다면 그냥 오답 하나 써서 내면 될 것을 굳이 답까지 써낸 것이 이해가 되지 않았지만, 항상 남들과 다른 생각을 하는 녀석인 만큼 그 이유까진 깊게 파고들고 싶진 않았다. 그것까지 신경을 썼다가는 인내심의 한계를 느낄 것만 같았다.

"정말 죄송합니다. 선생님."

가빈은 다시 한 번 고개를 조아렸다. 선우가 한 짓은 누가 봐도 선생님을 농락한 것으로밖에 볼 수가 없었다.

이제 겨우 초등학교 6학년인 녀석이 어떻게 이런 짓을 할 생각을 했을까. 가빈은 황당해 하면서도 선우에 대한 분노의 칼을 혼신의 힘을 다해 갈기 시작했다.

"다시는 이런 일 없도록 따끔하게 혼을 내겠습니다."

"아, 네. 그리고 또 드릴 말씀이 있는데……."

선생님이 말꼬리를 늘리자, 가빈은 또 뭔가 싶은 마음에 불안한 표정으로 눈치를 살폈다.

"네, 말씀하세요."

"오늘 선우가 저희 반 여자애들 반 이상을 울리는 일이 있었는데요."

"네?"

이제껏 남자애를 괴롭힌 적은 있어도 여자애를 건드린 적은 없었던 선우였다. 그런데 여자애들을 울리다니, 가빈은 극심하게 밀려드는 두통에 신음을 흘리며 손으로 이마를 짚었다.

"어머니, 괜찮으세요?"

"괜찮습니다. 그런데 우리 선우가 왜 여자애들을 울렸는지……?"

"그게…… 저번에 다른 반 아이를 때렸던 이유하고 같은 이유입니다."

선생님은 작게 한숨 쉬었다.

"저희 반 여자아이들이 은우에 대해 안 좋게 말하는 걸, 우연히 선우가 들었나 봐요."

가빈은 여기까지 들었는데도 어떤 상황이었을지 짐작이 갔다.

이번에도 쌍둥이 여동생인 은우 때문에 사고를 친 모양이었다. 평소 은우에 대한 애정이 남다른 선우가 그런 상황에서 가만히 있을 리가 없는 게 당연했다.

과거 경험을 토대로 생각해 봤을 때, 여자애들 속을 있는 대로 다 들쑤실 만큼 못되게 굴었을 것이다.

평소 말이 없다가도 한 번 마음먹고 말을 꺼내기 시작하면, 엄마인 그녀조차 할 말을 잃게 만들 정도로 현란한 말솜씨를 가진 그 아이라면 말이다.

"선우가 여자애들한테 인신공격하듯 말을 좀 과하게 한 모양인데, 아이들 대부분이 평소 선우를 좋아하고 있었던 터라 상처를 많이 받았나 봐요. 교실 전체가 울음바다가 돼서 마지막 수업은 진행조차 하지 못했었답니다."

선생님은 말을 꺼낼 때마다 점차 침울해지는 가빈의 표정 변화에 잠시 말을 멈추다, 한층 사그라진 음성으로 말을 이었다.

"이번 일 같은 경우에도 은우에 대해 안 좋게 말한 아이들 잘못도 있으니 선우 탓만으로 보기 힘들지만, 어쨌든 말씀은 드려야 할 것 같아서요."

"아, 네……."

가빈은 어두운 표정으로 고개를 푹 숙였다. 오빠가 동생을 위하는 마음이야 칭찬해 주는 게 마땅하다지만, 유독 선우의 행동은 과하다 싶을 때가 많아 걱정이 들었다.

이럴 때 보면 제 아빠와 쏙 빼다 닮은 게 새삼 핏줄의 힘이 신기하지 않을 수 없었다. 그러면서도 매번 일어나는 불상사에 이제는 선생님을 마주하는 것조차 민망할 정도였다.

이 문제를 어떻게 풀어야 할까, 가빈은 내내 착잡한 심정이었다.

"그저 선생님께 면목이 없습니다. 앞으로 최대한 이런 일 없도록 제가 잘 타이르고, 주의시키겠습니다."

가빈은 참회하듯 강한 어조로 말했다. 선생님은 긍정의 의미로 고개를 끄덕이곤, 그런 그녀를 유심히 살펴봤다.

초등학생을 둔 부모라 믿기지 않을 만큼 앳되고 가냘픈 모습. 저번에도 느꼈지만, 외적으로 보기에도 선우를 혼자서 감당하는 게 벅차 보이긴 했다.

"혹시 아버님께서 선우 문제에 대해 알고 계신가요?"

가빈은 갑작스러운 그녀의 질문에 조금은 난처한 표정으로 대답했다.

"그게…… 남편하고 떨어져 지내고 있어서요."

"아, 선우 생활기록부 보니까 아버님께서 사업하신다고 적혀 있던데 출장이라도 가신 건가요?"

"아니요, 그런 건 아니고⋯⋯."

가빈이 곤란한 듯 선뜻 대답하지 못하고 말끝을 흐렸다. 선생님은 평소 의심스러웠지만 차마 꺼내지 못했던 말을 조심스럽게 꺼냈다.

"외람된 질문일 수 있지만, 혹시 두 분⋯⋯ 별거⋯⋯."

드르륵. 천천히 말을 꺼내던 선생님은 갑자기 들린 문소리에 말을 멈추고 앞을 응시했다.

누구지? 30대 중반이나 되어 보이는 남자가 교실 안으로 들어서고 있었다. 학부모님인가 싶어 유심히 그를 지켜보던 선생님은, 의아한 표정으로 자리에서 일어섰다.

"누구⋯⋯시죠?"

"안녕하세요."

가빈은 귓속에 꽂히는 익숙한 음성에 재빨리 고개를 돌려 뒤를 봤다. 그리고 잠시 뒤, 남자를 마주한 그녀의 얼굴에 놀란 기색이 번졌다.

"당신⋯⋯?"

"처음 인사드립니다, 선생님. 류선우 아빠인 류하준이라고 합니다."

예상치 못한 하준의 등장. 가빈은 귀신이라도 본 사람처럼 얼떨떨한 표정으로 그를 멍하니 바라봤다.

"어떻게 된 거야? 갑자기 연락도 없이."

아이들과 함께 학교를 빠져나와 겨우 한숨을 돌린 가빈은, 연락도 없이 나타난 하준의 모습에 고개를 갸우뚱 기울였다.

그와 둘만의 결혼식을 올린 뒤 얼마 되지 않아 아이들을 낳게 되면서, 주변 시선을 의식해 홀로 전주로 내려와 지낸 지 벌써 10년이 되어갔다. 하지만 회사 때문에 서울에서 지내야만 하는 하준으로 인해 그들은 주말부부나 다름없는 상황이었다.

그것도 말이 좋아 주말부부지, 그의 해외출장이 잦은 탓에 한 달에 한 번 볼까 한 경우도 허다한 상황이었다. 간혹 시간이 날 때면 이따금씩 불쑥 찾아오긴 했지만, 오늘처럼 이렇게 학교로 찾아온 경우는 처음이라 가빈은 어리둥절하기만 했다.

더구나 어제 분명 하준은 오늘 홍콩 출장에 간다고 전화를 했던 터였다. 그랬기에 가빈은 지금의 상황이 더더욱 믿기지 않았다.

"오늘 홍콩 출장 간 거 아니었어? 2주간 홍콩 가 있을 거라고 했잖아?"

그녀의 질문에 하준은 덤덤하게 대답했다.

"일정이 미뤄졌어. 다음 달로."

"그럼 연락이라도 주지. 갑자기 와서 놀랐잖아."

"갑자기 와야 더 반겨 줄 것 같아서."

그가 싱긋 웃으며 말하자, 가빈은 못 말린다는 듯 고개를 절레절레 흔들었다. 하여튼 예전부터 알고는 있었지만 사람 놀라게 하는데 재주가 있었다.

"그럼 아빠, 오늘은 전주에서 주무시고 가시는 거예요?"

옆에서 잠자코 하준을 바라보던 은우가 그의 손을 꼭 잡으며 물었다. 항상 하준이 오기만을 손꼽아 기다리던 은우는 잔뜩 기대하는 눈초리로 그를 바라봤다.

오늘도 혹시 얼굴만 보고 바쁘다며 가지 않을까 걱정했는데, 다행히도 하준의 입에선 긍정의 대답이 흘러나왔다.

"응, 오늘은 전주에서 자고 갈 거야."

"내일은 회사 안 들어가 봐도 돼?"

가빈이 걱정스러운 눈빛으로 물었고, 하준은 은우의 머리카락을 쓰다듬어 주며 대답했다.

"홍콩 출장이 취소되는 바람에 일정에 여유가 생겼어. 며칠 간 전주에 있을 생각이야."

"와! 아빠, 정말이에요?"

"그렇게 오랫동안 회사 비워두시면, 할아버지께서 가만히 안 계실 텐데요."

우두커니 서 있던 선우가 옆에서 한 마디 던졌고, 부녀간에 돌던 따뜻한 기류가 부자간의 사이에선 냉랭한 기류로 바뀌었다. 은우를 향했던 하준의 다정한 눈빛이 일순 날카롭게 변하며 그의 입에서 싸늘한 음성이 흘러나왔다.

"그래, 그래서 볼모로 할아버지한테 널 보낼 생각이다."

선우의 눈에서 파박 불꽃이 일었다.

"학교 결석하고 가란 말씀이세요?"

"내일은 주말인 걸로 안다만."

"공부해야 합니다."

"어차피 0점 맞을 텐데, 공부는 뭣 하러 해?"

"그건……."

순간 말문이 막혔는지 선우가 입을 꾹 다물자, 하준이 그에게 경고하듯 말을 내뱉었다.

"네놈이 선생님께 반항이라도 하고 싶어 그리했는지 모르겠지만, 앞으로 한 번만 더 그런 짓 했다간 서울로 강제 전학시킬 테니 조심하는 게 좋을 거야."

서울로 전학시킨다는 하준의 말에 선우가 움찔 놀라며 그를 쳐다봤다. 그것만큼은 죽을 만큼 싫었다. 하루 이틀도 아니고 평생 엄마와 은우를 떠나 할아버지, 아버지와 살아야 한다니…… 상상만으로도 숨이 막혀 죽을 거 같았다. 선우는 창백해진 낯빛으로 다급히 하준의 팔을 붙잡았다.

"잘못했습니다. 다신 안 그럴게요."

하준은 재빠르게 용서를 비는 선우를 물끄러미 쳐다봤다. 곧 죽어도 서울에선 못 산다는 의미가 서린 그의 행동이 괘씸하긴 했지만, 한 편으론 자존심 강한 녀석을 수그러들게 했다는 것에 내심 회심의 미소가 지어졌다.

"할아버지께서 네 엄마가 또 학교에 불려 간 걸 아시고 노발대발하셨다. 오늘 당장 서울로 올려보내라고 하셨으니, 넌 양 비서하고 지금 바로 서울로 올라가도록 해."

하준은 그들 앞으로 스르륵 멈추는 차를 가리키며 말했고, 선우는 가빈에게 구원을 바라는 눈초리를 보냈다. 하지만 이번만큼은 가빈도 선우를 구해 줄 생각이 없는지, 그의 시선을 피해 고개를 돌려버렸다.

결국 홀로 남겨진 선우는 모든 걸 포기한 듯 축 늘어진 어깨를 하고선 터덜터덜 차로 향했다. 지금 저항했다간 전학이라는 큰 폭격을 맞을 수 있어 몸을 사릴 수밖에 없었다.

선우는 한숨을 푹 내쉬었다. 벌써부터 머릿속으로 류목형이 호통치는 모습이 그려지며, 머리가 다 지끈거렸다.

"나도 오빠 따라서 할아버지한테 갈래요."

그때, 선우의 귓속으로 천사의 목소리가 들려왔다.

"아빠는 전주에 있을 건데 서울로 가려고?"

하준의 물음에 은우는 선우를 한 번 쳐다보더니 작게 고개를 끄덕였다.

"네. 사실 오빠가 말하지 말래서 말 안 하려고 했는데…… 이번에 오빠가 시험 일부러 망친 건 전부 저 때문이에요."

"야, 류은우!"

만류하는 선우의 목소리에도 은우는 결심한 듯, 하준에게 사실대로 얘기를 털어놨다.

"제가 저번 시험 때 20점 받은 거 가지고 애들이 놀리고, 선생님이 뭐라 하시니까 오빠가 일부러 제 편들어 주려고 그렇게 한 거에요."

"······류선우, 이게 사실이야?"

가빈이 묻자, 선우가 그녀의 시선을 피하며 대답했다.

"아니요. 그냥 선생님이 마음에 안 들어서 그런 것뿐이에요. 쟤하고는 아무 상관없어요."

"오빠!"

"이 멍청아! 너 때문에 그런 거 아니라고 했잖아. 그리고 내가 그런 말 다른 사람들한테 하지 말라고 했지? 괜히 오해한다고!"

"하지만······."

"아무 말도 하지 마! 한마디만 더 하면 앞으로 학교에서 아는 척도 못 하게 할 거야. 알았어?"

선우의 말에 은우는 울먹이며 고개를 끄덕였다. 그러자 그제야 선우는 안심하는 표정으로 하준과 가빈을 돌아봤다.

"그럼 전 서울 다녀오겠습니다."

선우가 목례를 하며 인사하자, 잠자코 지켜보던 하준이 그에게 다가가 머리에 세게 꿀밤을 때렸다.

"악! 왜 때려요?"

선우가 비명을 지르며 소리치자, 하준은 눈을 가늘게 뜬 상태로 입을 열었다.

"네가 뭔데 내 딸한테 멍청이래?"

"아씨, 저도 아버지 아들이거든요?"

"그래, 아들이지 딸은 아니잖아?"

하준의 말에 선우는 더는 대꾸할 가치도 없다는 듯 씩씩거리며 차로 발길을 돌렸다. 가빈은 피식 웃음을 터트렸다.

톰과 제리가 따로 없었다. 얼굴이면 얼굴, 성격이면 성격, 어쩜 이리 판박이처럼 똑같은지, 유전자의 힘이 새삼 신기하지 않을 수 없었다.

"어차피 하룻밤만 있다 올 거면 은우도 오빠 따라서 서울 갔다 올래?"

뒤도 돌아보지 않고 차로 향하던 선우가 제자리에 우뚝 멈춰 섰다. 가빈은 그런 선우의 모습에 피식 웃음을 터트렸다.

말은 안 해도 선우가 은우와 같이 가길 간절히 바란 걸 그녀가 모르고 있을 리가 없었다.

어차피 류목형도 선우 혼자 올라오는 것보단 은우와 함께 오길 바라고 있을 테니, 같이 보내는 편이 여러모로 좋아 보였다.

"그래도 돼?"

은우가 눈치를 살피며 묻자, 가빈이 온화한 미소를 지으며 대답했다.

"그럼, 할아버지께서도 은우가 같이 오길 바라실 거야. 가서 할아버지하고 좋은 시간 보내고, 내일 조심히 내려와. 알았지?"

"응."

"그래, 그럼…… 류선우!"

선우는 가빈의 부름에 황급히 뒤로 돌아 대답했다.

"네."

"동생 데리고 가야지. 뭐 해?"

선우는 가빈의 말에 쭈뼛거리며 은우에게 다가와 손을 내밀었다.

"가자."

"응."

은우는 힘차게 대답하며 선우의 손을 꼭 붙잡았다. 그러고는 하준과 가빈에게 다녀오겠다며 손을 흔들어 보인 뒤, 선우와 함께 차에 올라탔다.

잠시 후, 두 아이를 태운 차가 출발했고, 겨우 평화를 찾은 가빈은 한결 편안해진 표정으로 하준을 돌아봤다.

"우리도 이제 그만 집에 갈까?"

"박가빈, 그새 많이 변했어."

하준이 입술 끝을 슬며시 추켜올리며 말하자, 가빈이 영문을 모르겠다는 표정으로 고개를 갸웃 기울였다.

"변했다니, 뭐가?"

"일부러 둘이서만 있고 싶어서 은우, 선우하고 같이 보낸 거 아냐?"

그의 말에 가빈은 황당하다는 듯 코웃음을 치며 대꾸했다.

"미안하지만, 아니거든요. 아버지하고 선우 둘이서만 있으면 찬바람만 불 게 분명하니까, 은우도 같이 보낸 거야."

"흠, 그래?"

"그래, 그러니까 착각하지 마."

하준은 단호한 그녀의 대답에 멋쩍은 듯 머리를 긁적였고, 가빈은 살짝 상기된 표정으로 그를 지나쳐 걸어갔다.

은우를 선우와 함께 보낸 이유 중에 그런 의도가 다소 포함되어 있다는 게 사실이긴 했다. 다만 그걸 제 입으로 말하기 창피해 숨 겼던 건데, 그걸 또 어떻게 귀신같이 눈치챘는지 새삼 그가 대단하 게 느껴질 정도였다.

"배고프면 뭐라도 사 먹고 갈까?"

어차피 아이들도 없으니 오랜만에 데이트라도 할 생각으로 가빈 이 물었지만, 등 뒤로 아무런 대답이 들리지 않았다. 알아서 뒤따라 오고 있을 거라 생각했던 그녀는 의아한 표정으로 뒤를 돌아봤다.

"아⋯⋯!"

가빈은 돌아서자마자 바로 마주 보게 된 하준의 얼굴에 깜짝 놀 라며 몸을 뒤로 뺐다. 다리가 엉키며 순간 균형이 무너졌지만, 하준 이 재빠르게 그녀의 허리를 감아챘다.

숨소리가 느껴질 만큼 가까워진 거리. 가빈은 눈을 이리저리 굴 려 주변을 살피더니, 떨리는 목소리로 작게 말했다.

"사람들 쳐다보면 어쩌려고?"

"뭐, 어때? 우리가 불륜 사이도 아닌데?"

하준은 고개를 살짝 숙여 그녀의 입에 짧게 입을 맞추고 눈웃음 을 지었다.

"우리 예전엔 자주 이랬잖아? 기억 안 나?"

가빈은 성냥에 불을 붙인 듯 붉어진 얼굴로 그를 똑바로 마주 봤 다. 거리낌 없는 하준의 행동에 내심 놀랐지만, 그렇다고 예전처럼 피하진 않았다.

이제 그는 엄연히 자신의 남편이었고, 자신은 그의 부인이었다. 남매가 아닌 부부. 그 의미를 새삼 다시 되짚어 생각한 가빈은, 손을 뻗어 그의 목을 끌어안았다.

거리를 오가는 사람들의 시선이 느껴졌지만, 가빈은 오히려 당당하게 하준의 입술에 입을 맞췄다.

새하얗게 부서지는 햇살이 내리쬐는 것이 느껴졌다. 반짝반짝 빛나, 시야를 흐릿하게 만들었다. 마치 꿈처럼, 현실이 아닌 것처럼 그들은 서로에게 집중할 수 있었다. 규칙적인 심장 소리가 그들의 품 안에서 잔잔하게 울려 퍼졌다.

"대담해졌네."

뺨 위로 쏟아지는 그의 숨결이 가슴을 간질였다. 가빈은 입가에 미소를 머금고는 뚫어져라 그의 얼굴을 바라봤다. 그 어떤 여자가 보더라도 설렐 만큼 하준은 여전히 멋있었다.

"내가 없을 때 바람피울지도 모르니까 미리 침 발라 놔야지."

가빈의 말에 하준은 쿡 웃음을 터트리더니 그녀의 귓가에 대고 낮게 속삭였다.

"입술에만?"

그의 한마디에 그녀의 얼굴이 상기됐다. 가빈은 하준의 목을 감싸고 있던 팔을 어깨로 내려 그에게서 살짝 떨어져 섰다.

지금 이대로도 좋았지만, 겨우 얻게 된 그와의 시간을 1분 1초라도 알차게 보내고 싶었다. 가빈은 하준의 팔짱을 낀 채 환하게 웃으며 물었다.

"우리 뭐 할까? 좋은데 가서 밥부터 먹을까?"

가빈의 물음에 한참 동안 그녀를 바라보던 하준은 의미심장한 미소를 지으며 그녀의 어깨를 감싸 안았다.

"네가 해 주는 밥 먹고 싶어. 집으로 가자."

"반찬이 변변찮아서, 그냥 밖에서 먹고 들어가자."

"흠, 그래 그럼. 좋은데 가서 밥 먹고 얼른 집에 가자."

유독 집을 강조하는 그의 말투에 가빈은 눈을 가늘게 치켜떴다. 그의 표정과 눈빛만으로 무슨 생각을 하는지 금방 알 수 있었다.

'밝히긴.'

가빈은 실룩거리는 입술을 다잡곤, 그를 올려다봤다. 두 사람의 시선이 교차했고, 하준은 그녀의 이마에 짧게 입을 맞췄다.

그녀가 너무나 사랑스러워 어쩔 줄 모르겠다는 그의 진심이 눈에 고스란히 담겨 있었다.

"뭐 먹으러 갈까?"

거리를 거닐며 하준이 물었고, 가빈은 잠시 뭔가를 생각하더니 빙긋 웃으며 입을 열었다.

"카레 어때?"

"카레?"

"응, 오늘 아침에 잔뜩 만들어 놨거든."

그녀의 말뜻을 이해한 하준의 입가에 잔잔한 미소가 걸렸다. 벌써 그녀와의 하루가 기대됐다.

"그럼 가자, 집으로."

유일한 삶의 이유. 제 생명보다 더 소중한 사람. 서로를 가슴에 새긴 채 그들은 망설임 없이 앞을 향해 발길을 내디뎠다.